A Doce Canção de Caetana

OBRAS DA AUTORA:

GUIA MAPA DE GABRIEL ARCANJO (Romance)
MADEIRA FEITA CRUZ (Romance)
TEMPO DAS FRUTAS (Contos)
FUNDADOR (Romance)
A CASA DA PAIXÃO (Romance)
SALA DE ARMAS (Contos)
TEBAS DO MEU CORAÇÃO (Romance)
A FORÇA DO DESTINO (Romance)
O CALOR DAS COISAS (Contos)
A REPÚBLICA DOS SONHOS (Romance)
A DOCE CANÇÃO DE CAETANA (Romance)
O PÃO DE CADA DIA (Fragmentos)
A RODA DO VENTO (Romance Infantojuvenil)
O CORTEJO DIVINO (Contos)
O PRESUMÍVEL CORAÇÃO DA AMÉRICA (Discursos)
ATÉ AMANHÃ, OUTRA VEZ (Crônicas)
VOZES DO DESERTO (Romance)
APRENDIZ DE HOMERO (Ensaio)
CORAÇÃO ANDARILHO (Memórias)
LIVRO DAS HORAS (Memórias)

Nélida Piñon

A Doce Canção de Caetana

ROMANCE

2ª edição

EDITORA RECORD
RIO DE JANEIRO • SÃO PAULO
2012

Capa e Projeto Gráfico
Evelyn Grumach

CIP-Brasil. Catalogação na fonte
Sindicato Nacional dos Editores de Livros, RJ

Piñon, Nélida
P725d O calor das coisas / Nélida Piñon. – 2ª ed. –
2ª ed. Rio de Janeiro: Record, 2012.

1. Romance brasileiro. I. Título.

CDD 869.93
97-1291 CDU 869.0(81)-3

Texto revisado segundo o novo Acordo Ortográfico da Língua Portuguesa.

EDITORA RECORD LTDA.
Rua Argentina 171 – Rio de Janeiro, RJ – 20921-380 – Tel.: 2585-2000

Impresso no Brasil

ISBN 978-850-105119-6

Ao atravessar a praça, Polidoro olhou o relógio, presente do avô Eusébio. O ponteiro ultrapassava as cinco horas. O atraso irritou-o, como se sua vida dependesse de uma pontualidade arbitrária, imposta unicamente pela pressa de ficar sozinho consigo mesmo, em frente à garrafa de uísque no bar do hotel Palace.

Apressou o passo na tentativa de recuperar o tempo perdido. O corpo, porém, não correspondeu com a leveza de antes, o que lhe deu motivos para maldizer os anos. Pressentiu então que aquela segunda-feira, com manchas quase amarelas no céu, ameaçava espalhar a discórdia por onde quer que fosse. Havia pois que se prevenir, sobretudo quando faltavam escassas horas para o dia terminar.

Já pela manhã, ao sinal do vento varrendo folhas, insetos e a roupa pendurada na corda, sentira a mão pesar ao fazer a barba. E enfrentando Dodô, do outro lado da mesa, fugira a seu olhar. Ela jamais perdia a oportunidade de vigiá-lo, de fazer-se presente à mesa, sobretudo no café da manhã. Era sempre a primeira a despertar. Orgulhava-se, aliás, de haver herdado do pai o hábito de saudar o sol tão logo a primeira luz infiltrava-se pela janela, invadindo o quarto. Polidoro até suspeitava que, para manter o desafio que se infligira de não dormir um minuto a mais após o sol surgir no horizonte, Dodô decerto deixava um olho aberto, enquanto o outro repousava. Só assim podia explicar, em tantos anos, como jamais chegara à sala sem encontrá-la à sua espera, de olhos arregalados, assustadiça, entretida, porém, em estender as bandejas dos salgados e dos biscoitos sobre a mesa.

Era visível a voracidade com que Dodô alimentava-se sem deixar cair na toalha uma só migalha de pão. Tinha tudo sempre asseado, a mesa posta. Nenhuma visita deveria surpreendê-la desprevenida.

— E quem vai nos visitar a esta hora, Dodô? protestava Polidoro a propósito das xícaras enfileiradas à sua frente, que retornavam limpas à cozinha.

— Nunca se sabe quem bate à nossa porta. Quando se é o homem mais rico das redondezas, mais vale se prevenir. Ter a mesa sempre posta e o ataúde encomendado.

Dizia a frase com tal seriedade que faltava a Polidoro a coragem de contestar um argumento de aparente valia, mas inútil na prática.

Dodô, naquela manhã, parecia ansiosa. Oferecia-lhe o pão de queijo, recém-saído do forno, no esforço de livrar o marido dos efeitos de uma praga que ameaçava avizinhar-se a passo célere.

Apesar do olor do pão de queijo despertar-lhe apetite, Polidoro recusou uma oferta que talvez deflagrasse uma sequência de indagações, a que a mulher era tão afeita. Tão logo ele lhe concedia discreto sorriso, Dodô jactava-se de presumíveis vitórias. Em seguida, indagava-lhe com quem havia jantado a noite passada, pois não engolira um só grão do arroz deixado no forno com a esperança de que o marido não esquecesse o sabor da comida feita em casa. E a que horas pusera ele a chave na fechadura, após reiterar que afinal tinha casa instalada em Trindade, de que também era dona por escritura e obrigação familiar. Perguntas, enfim, que mal dissimulavam seu ressentimento pelo fato de há muitos anos dormirem em quartos separados.

Destemida, Dodô voltara a insistir com o pão de queijo. Oferecido dessa vez numa bandeja de prata trazida de Portugal. Polidoro absteve-se de aceitar. Com gesto nascido de um tédio crescente a cada hora de permanência na casa, dissuadiu-a de uma generosidade que lhe provocava aflições no peito.

Confrontada com outra negativa, Dodô ergueu-se voluntariosa, fazendo questão de oferecer-lhe a visão de um corpo que há anos ele se esquivava de tocar, ao menos em obediência a um gesto nascido da piedade. Como se a fuga ao leito conjugal parecesse ao marido uma decisão que ambos haviam pactuado em discussão amena.

A sós com a filha mais velha, Dodô protestava contra a insólita situação.

— Ele só age assim para se vingar.

— E por que iria o pai se vingar? A senhora lhe deu cinco filhas saudáveis e terras como dote.

A filha recolhia as palavras salgadas da mãe em meio aos perdigotos que ia derramando em torno. E dava particular ênfase à fortuna, como meio de lançar a mãe à única reflexão que de fato a acalmava e da qual emergia disposta a tomar iniciativas indispensáveis para enfrentar o marido omisso.

De penhoar negro, salpicado de rosas púrpuras, banal imitação das flores que ela mesma regava no canteiro dos fundos da casa, Dodô desafiou-o com o olhar. Uma mirada que despejava facas, canivetes, sabres importados, garantindo-lhe existir, no arsenal de seus sentimentos, armas de mais grosso calibre. Muitas delas, marteladas na forja com refinada precisão, haviam sido esfriadas em água oriunda do rio Jordão. Não devia, pois, Polidoro duvidar de seus recursos secretos. Sentia-se às vezes como certas estrelas na galáxia, que não podiam ser vistas a olho nu.

Nessa peleja, Dodô tinha prazer em exibir frente ao marido um desleixo presente quer na casa da cidade como nas fazendas, extenso feudo que ambos possuíam. Quase uma comarca de difícil administração, mas de cuja propriedade jamais abriam guarda.

Após observá-lo com acentuada dureza, Dodô deu-lhe as costas, afastando-se da mesa. Arrastava os chinelos, como se varresse, nesse mister, o assoalho por onde ia passando. Uma operação que ela fazia render o máximo em seu favor, bem sabendo o quanto Polidoro recriminava certos detalhes há mais de trinta anos empilhados na vida dos dois.

As pálpebras pesando com grave melancolia, Polidoro viu a mulher perder-se no corredor, levando para o quarto, no outro extremo da casa, o ruído dos chinelos que assaltava as dependências da propriedade desde as primeiras horas da manhã até o almoço, quando, afinal, decidia livrar-se daqueles monstros brancos, colados à sola dos pés. Um ruído com o qual Polidoro jamais se conformou ao longo do casamento.

Não resistiu ao desejo de agredi-la de uma vez por todas. De dar término a uma situação que lhe dificultava a respiração matutina. Sentiu-se tentado a enviar-lhe, por escrito, um recado contundente, cada palavra convocando Dodô a enfurnar-se na fazenda. Para cumprir tal ordem, bastava à mulher apontar no mapa de seus sentimentos e de sua fantasia qual fazenda, das cinco que possuíam, convinha-lhe em particular naquele mês de junho. Qualquer das propriedades a acolheria com o fogão de lenha aceso e o feijão cozido.

Contrito, apanhou o papel e a caneta. Arrependia-se de não dispor de um papel timbrado, que transmitisse seriedade à mensagem. Hesitou na elaboração do texto. A primeira frase, em geral a mais penosa, permitia às demais fluírem com naturalidade. Como se, por força de secreta ira, elas escoassem num riacho cheio de cascalhos. Acaso deveria dizer-lhe querida Dodô, forçando-a a crer que viria a querê-la no futuro? Resistiu à fórmula que adotava a cerimônia para insinuar um gesto de carinho.

De fato, em relação a Dodô, tinha o coração salgado e extenuado. Apesar de haver-lhe frequentado o leito e, desavisado, batido à porta do ventre, tudo que queria era livrar-se daquele afeto. Cancelar para sempre qualquer tentativa de sonho que porventura a mulher ainda acalentasse.

Redigiu a frase inicial. Pareceu-lhe à primeira vista discreta e persuasiva. Quem sabe, no entanto, que, longe de convencê-la a partir, tal reserva robustecesse seu desejo de ficar só para dar-lhe combate.

Pousou a caneta sobre a mesa. Apoiado nos cotovelos, observou a sala. As paredes, enfeitadas de quadros do grego Venieris, começavam a descascar. Dodô mantinha-as nesse estado só para provar que a casa, como ele, também havia envelhecido. E assim não se esquecesse Polidoro de que, perto dali, entre quartos e corredores, estava a engordar uma adversária incapaz de conceder-lhe a mínima trégua. Mais valeria frequentar-lhe o leito que ficar à mercê de sua misericórdia.

A prudência aconselhou Polidoro a guardar o papel no bolso. Não devia Dodô ter acesso às linhas escritas com tanto percalço. Por precaução, eliminou as páginas subsequentes do bloco, onde ficara gravada a sombra de sua caligrafia. Temia o olhar irado de Dodô, sua língua indômita lançando-lhe setas envenenadas. O talento capaz de amaldiçoá-lo pelo resto da semana. Sobretudo tinha a vaga lembrança de Dodô haver-lhe dito, dias antes, que, na terça-feira vindoura, ou seja, amanhã, o marido se veria livre de sua presença. Tinha planos de refugiar-se na fazenda Suspiro. Havia muito trabalho a que atender.

Polidoro diminuiu o passo na metade da praça. A respiração ofegante cobrava-lhe ar dos pulmões consumidos pelo fumo. Olhou à direita, em direção à mangueira plantada pelo avô Eusébio. Um tronco que ameaçava resistir, sepultar a ele e os netos. Aquele avô, de olhos negros e intempestivos, que, um pouco antes de morrer, proclamara que, enquanto existisse Trindade, de onde se viam as montanhas tocando o céu, ele seria eterno. Para isso espalhara os sinais inconfundíveis de sua passagem. Antes de liquidarem com sua lembrança, havia que demolir Trindade por inteiro.

Ao recordar o avô Eusébio, de quem se suspeitava haver trazido longínquo sangue negro à família, Polidoro pensou, com inesperado alívio, que todos os Alves, com exceção do pai, haviam morrido nos últimos anos. Daqueles parentes guardava lembranças incômodas. Alguns invadiam seu sono, cobrando o retorno a uma realidade da qual a morte os expulsara, só para nomeá-lo porta-voz de seus inconformados desejos.

Nenhum desses Alves manifestara, no entanto, desejo de ultrapassar os oitenta anos. Perto dessa marca, limitavam-se a meros cumprimentos formais, na maioria das vezes furtando-se a dar boa-noite, na dúvida de amanhecerem vivos. Com frequência fechavam os olhos em flagrante demonstração de enfado ante a paisagem monótona de

Trindade. À mesa, obrigados à sopa de feijão passada na peneira, insurgiam-se contra os familiares por meio de bocejos, para que vissem assim sua pressa de partir.

Joaquim era o último que sobrara daquela grei. Por sua saúde, posta sempre à prova no meio do mato, entre cobras, cipós, pântanos e febres intermitentes, dava seguidas provas de que dificilmente o arrancariam da terra sem seu expresso consentimento. Tão sensível parecia em seu posto de observador que, ao julgar-se descuidado pelos vivos, sobretudo por Polidoro, declarava, em voz sempre mais tênue, sua condição de imortal em meio a tantos homens frágeis. Enquanto vivesse, faria chegar a Polidoro, o filho primogênito e autoritário, o teor de tal mensagem.

A vitalidade quase abusiva do pai surpreendia Polidoro, embora seus olhos já não brilhassem com o fulgor de outrora. Ainda hoje temia-lhe a manifestação do espírito intolerante. No auge da fúria Joaquim escondia as mãos trêmulas entre as axilas, no afã de exorcizar os maus espíritos. Logo tirava do bolso um terço de madrepérola, presente do padre Basílio, antigo cura da comarca que ele roubara em tempos idos de Cambuquira, só para prover Trindade com orações, missas e sermões. Com o terço nos dedos enrijecidos, passava conta por conta, jamais rezando ou agradecendo a Deus a longa existência. Ao contrário, entre silvos imperceptíveis, ia declinando os nomes de notórios inimigos, a cuja intransigência e crueldade julgava dever uma vida decorrida em intermináveis pelejas. Forçado a concordar que os infelicitara igualmente, Joaquim admitia que, de fato, impusera-lhes a cada dia sua sombra nefasta. Restava-lhe agora, portanto, a voluptuosa vantagem de ser o único que sobrara daqueles nomes monotonamente repetidos a cada conta vencida do terço.

— De todos os inimigos, Bandeirante foi o único que me causou remordimento, porque acabei gostando dele. Mas nunca pude aprovar sua desmedida ambição, o desejo de me roubar o afeto da família!

À simples menção de Bandeirante, Polidoro mergulhava nas zonas sombrias dos sentimentos. Para tanto, extraía do pai detalhes que se arrastavam até a hora do jantar, antes das seis, ao escurecer. Joaquim, porém, estimulado pelas travessas que chegavam fumegantes à mesa, reagia irritado. Não suportava o interesse do filho pela memória acesa de um inimigo. Às vezes, com o temperamento à flor da pele, indicava-lhe a porta da rua.

— Não vê como eu tinha razão? Até depois de morto Bandeirante teima em surripiar minha própria história, só para eu contar a sua, rasteira e pobre. O que seria dele sem mim? dizia, vaidoso, apesar de caminhar apoiado na bengala.

Certo, porém, de ainda contar com uma memória lubrificada incessantemente pelas gorduras de porco ingeridas a cada refeição, a própria vida, como um balaio de frutas recém-colhidas no pomar, saltava-lhe pelos poros. Não temia, pois, os encargos advindos dessa condição, sobretudo porque não tinha a quem agradecer a longa existência.

Sentia-se seu próprio deus. Sozinho lograra administrar os extensos anos de vida. Julgava tudo obra sua. Cada músculo do corpo e da vontade havia sido trabalhado por seu temperamento, que o fogo e a raiva robusteceram de modo a ser reconhecido a léguas de distância, em meio ao pó levantado por uma tropa de mulas. Poucos em Trindade haviam escapado de suas maneiras desabridas, quase desrespeitosas.

Em casa, era o primeiro a levantar-se. Abria, nervoso, a janela do quarto, indiferente à sorte dos que ainda dormiam. Tão logo via o sol no quintal, ganhava alento que durava até o anoitecer. A vida não lhe seria roubada senão durante a madrugada, quando lutaria outra vez por prorrogá-la.

De pijama, apoiado no patamar da janela, Joaquim batia a mão repetidas vezes contra o peito, em direção às árvores.

— Vocês são minhas testemunhas. Acabo de ganhar mais um dia. A morte ainda não conseguiu me garrotear, dizia aos gritos.

Ninguém ousava sugerir que cancelasse os brados saídos de uma voz atormentada pela rouquidão, que dava motivo de queixa à vizinhança.

Polidoro fazia-o ver que a morte, de tanto ser insultada em público, terminaria por bater à porta antes do prazo. Ante os conselhos do filho, Joaquim ameaçava-o com a bengala. Não lhe faltavam forças para desferir-lhe golpe certeiro. A velhice não extorquira sua aparência viril.

Polidoro disfarçava às vezes a animosidade do pai com falsos elogios. Ali estava um homem que, à beira dos noventa anos, mostrava-se ainda sensível aos adversários mortos. Joaquim, porém, ajeitando os aros dos óculos que deslizavam do nariz desfocando a realidade em torno, notou no filho o vestígio de um sorriso que ironizava sua sorte de velho. Exigiu que se sentasse, tinha urgência em falar com ele.

Polidoro obedeceu, guardando distância. Queria abstrair-se da visão do pai que lhe doía justo no estômago. Joaquim pediu que acercasse a cadeira. De perto, mediriam o grau de envelhecimento um do outro. Para que Polidoro visse, através do pai, que também murchava, a despeito de seu orgulho vil.

Ao ter o filho à altura da mirada, ambas as respirações confundindo-se num hálito único, Joaquim soltou uma gargalhada. A boca despejou na cara de Polidoro os perdigotos de uma saliva branca e ativa.

— Apesar de sua pressa em me enterrar, resisto à morte. Essa desgraçada que mora no quarto vizinho ao meu e que faz durante a noite ruídos com seus ossos velhos e eternos. Mas me vingo de você sabendo que aquela atriz voltará um dia a Trindade só para escalpelar seus cabelos. Você há de consumir seus dias sem ter de volta o amor daquela mulher. De nada vale seu dinheiro nem suas vacas.

O bafo do pai atingia-o com incontrolável repulsa. Entrava-lhe pelas narinas, quase asfixiando-o. Já não mais podendo suportar sua presença, ergueu-se desafiante.

— Voltarei um dia para seu enterro. E espero não me atrasar um só minuto. Por nada no mundo perderia esse espetáculo. Só assim estarei seguro de que nos deixou para sempre, disse, afastando-se às pressas da casa.

Joaquim não resistiu ao degredo imposto pelo filho. Duas horas mais tarde, prevendo a noite insone, a debater-se com fantasmas, mandou chamá-lo. Havia chegado a hora de morrer, esquecesse, pois, os desacordos. O dinheiro a ser repartido facilitaria o diálogo.

No bar do hotel Palace, onde o álcool manchava seu coração com desesperada fortuidade, Polidoro resistiu a atendê-lo. O pai merecia o castigo de mergulhar nas chamas do próprio ódio. No entanto, após havê-lo abandonado, o eco maligno de suas palavras vaticinando a morte do velho inquietou-o. Sentiu pena do pai, a perambular pelos corredores da casa, cercado por estranhos do mesmo sangue. E tendo unicamente de seu uma bengala e o medo de morrer.

— O senhor nunca me quis, disse, atendendo ao chamado de Joaquim. — Por isso formamos uma família de solitários e déspotas.

Joaquim, aparentemente, não se movera da poltrona naquelas duas horas. Liberto das necessidades fisiológicas, parecia convertido num vegetal. Com o guardanapo atado em torno do pescoço, mastigava biscoitos de araruta. As migalhas caíam no colo, sem que as removesse. Ansiava por certa degradação, que se visse o perfil triste de sua futura morte. Um homem carente de ajuda alheia.

— Tome um café comigo. A voz neutra dirigia-se a um estranho.

Após o café, Polidoro serviu-se do biscoito empilhado desordenadamente no prato sobre a mesa. Igual ao pai, deixava tombar farelos na camisa, esquecido de limpar-se. Ao notar-se, porém, submisso aos desígnios paternos, sacudiu a camisa.

Os gestos do filho negavam qualquer solidariedade. Pouco lhe importava que o pai babasse ou defecasse no meio da sala. Jamais fora seu cúmplice.

— E não vai também me limpar? perguntou Joaquim, após longo silêncio.

Polidoro observou que o pai, às portas da morte, queria acusá-lo de inimigo. Como se não lhe bastasse aturar Dodô, as filhas e tantas cenas amargas embebidas em sua memória como vinagre. Atendeu, porém, ao pedido. Agia com cuidado, para não lhe fraturar o braço, a mandíbula ou outras peças, prestes a se desprenderem do corpo esgotado. Seus ossos agora dificilmente se soldariam.

— Livrei-o do biscoito, pai. Exijo em troca que me respeite e não volte a mencionar aquela mulher.

O rosto do pai já não podia, como antes, despejar contra ele sentimentos destinados aos inimigos. Melhor que cortejasse a morte, prestes a vir buscá-lo, e livrasse a família de seu gênio irascível.

A morte para ele era uma questão de meses. Logo o enterrariam junto a Magnólia, que os deixara satisfeita. A mãe já não suportava uma família que transitava por Trindade com desapiedada arrogância. Uns em lombo de cavalo, outros ao volante de carros portentosos.

Polidoro tinha os papéis em ordem para o enterro do pai. Certas providências que não ferissem os brios dos irmãos, sempre melindrados com sua fortuna e primogenitura. Além do mais, desde menino atendia aos velórios, vira os mortos enfiados à força nos ataúdes. As peles transparentes e as vísceras gélidas jamais o assustaram. Pareciam suplicar por flores, missas e o pranto familiar. E velas ainda, dessas que tardavam sete dias a apagar o pavio.

— Quando eu fechar os olhos, fique a meu lado. Conte-me então a história de seu amor por aquela mulher, disse Joaquim com voz suave.

Polidoro ajeitou-lhe a lapela da camisa.

— Sabe que tenho medo de morrer? Joaquim abaixou a cabeça. Não devia o filho surpreender as lágrimas saídas das crateras onde boiavam o espanto e a incredulidade por sua condição de mortal.

Tentado a afagar aquele monte de músculos prestes a desabar, Polidoro esticou o braço. Imbuído das funções da morte, queria arrastar o pai para o reino da penumbra. O que fazia ele, entre os vivos, se mal dava sinais de vida?

A intimidade trouxe-lhe desconforto. Convinha apagar as marcas que o pai imprimira em seu coração com o propósito de residir nele para sempre. Para romper o sortilégio, bateu palmas, chamando a empregada.

— Não vê que já escureceu? Nervoso, ordenou que a mulher acendesse as luzes da casa. — Sirva logo o jantar. Seu Joaquim hoje vai dormir mais cedo.

O pai acenou com a cabeça.

— Tenho fome, sim. Mas que tal irmos amanhã à fazenda Suspiro?

Polidoro parecia ganhar tempo. Olhou o relógio de parede. Insatisfeito, consultou o relógio no pulso.

— Como estamos de hora? perguntou Joaquim, mais tranquilo.

— Há uma diferença de três minutos entre nossos relógios.

— Isso não é nada, tendo em vista a eternidade, comentou Joaquim, mostrando os dentes gastos.

Tão logo o ônibus deixou para trás uma nuvem de pó, Ernesto consultou outra vez o relógio. Quis certificar-se do atraso de Polidoro, para que lhe sobrassem razões de crítica. Desde as quatro horas, apoiado no poste, não escondia a pressa em falar com ele.

Antecipara-se com receio de que Polidoro mudasse o horário de visita ao bar do hotel. Na esquina, por onde ele passava a cada tarde, Ernesto podia deter-lhe os passos. Nunca mudava de itinerário, apesar de suas ameaças diárias de seguir por outras rotas, mais condizentes com as fantasias que ultimamente vinha tecendo, a despeito da idade e da presença onerosa de Dodô.

Ernesto sorriu à vista de Polidoro, prestes a cruzar a rua. Notou, porém, sua postura rija, guardada para instantes de inexplicável desconsolo. Não lhe via, no entanto, razão de angústia. A menos que se sentisse acossado pela idade, que chegara praticamente sem aviso.

Polidoro surpreendeu-se em vê-lo à espreita, aplicado sempre em definir-lhe o estado de ânimo, ameaçando-o com dramáticos prognósticos. Em meio à enxurrada verbal, Ernesto simulava ler o coração de Polidoro à simples mirada do rosto.

— Hoje, por exemplo, você amanheceu angustiado. Cuidado com o enfarte.

Sujeito a tais exames, Polidoro reagia. Fazia-o ver que só ele tinha acesso à própria alma. Não lhe invadisse, pois, os domínios, com pretenso título de propriedade.

Ernesto não se dava por vencido. Atribuía a reação de Polidoro a uma timidez que bem conhecia. Desde a infância seguia-o pelos montes de Trindade, atrás das vacas e das mulheres. Portanto, não iria agora renunciar à voraz intimidade desse afeto.

O sorriso de chinês implantado no rosto de Ernesto era parte essencial do assédio que lhe fazia. Resignado, Polidoro censurava às vezes a inapetência de seu coração, que não sabia aplaudir um amigo fiel como Ernesto.

Ernesto adquirira nos últimos meses discreta barriga, após livrar-se de insistente acidez no estômago, atribuída ao café. Com a saúde restaurada, fugia da farmácia para ficar horas no bar da esquina. Entre os companheiros de ócio, decifrava receitas médicas e bulas de remédios.

Vivina, porém, arredia a seus afagos, ameaçava-lhe cortar as asas com a tesoura familiar.

— Já pensou, mulher, o que é aguentar doentes imaginários à porta da botica, ano após ano? Ele usava a mesma frase pelas manhãs, com ligeiras variantes. A voz, aparentemente perturbada, garantia ser a vida um fardo. Tudo para comover a mulher e ampliar sua faixa de independência.

Polidoro, sabendo-se alvo da curiosidade alheia, franzia a testa à aproximação de estranhos.

— Esse povo me segue até no banheiro. O que querem? Que eu abra a braguilha e exiba as coisas de homem?

Ernesto sorriu. Não se sentia atingido pela observação. Era Polidoro quem o seguia com persistência. Para cobrar-lhe amizade ou despejar-lhe confidências, que Ernesto recolhia por trás do balcão da farmácia.

— Estou atrasado, Ernesto. Fica para mais tarde, disse Polidoro, arrastando-o em sua companhia.

— Para que tanta pressa? Só para ficar sozinho na mesa do bar? Tirava cartões de visita e fotografias da carteira, enquanto Polidoro ia acelerando o passo.

— Trata-se de seu Joaquim. E sacudiu a bula de um remédio.

Polidoro cedeu. Examinou o amigo para se consolar e constatou com despeito que a vida poupara Ernesto. As rugas que o envelheciam não apareciam no rosto de Ernesto, apesar de nascidos no mesmo ano.

De fato, desde a adolescência, comprometia-se com emoções supérfluas. Herdara certamente da mãe a sina de uma sensibilidade à flor da pele. Suspeitava que tinha o corpo corroído pelos sentimentos exaltados, ainda que não os deixasse transparecer para os demais.

— Dessa vez o que quer o velho?

Teve prazer em ofender Ernesto com o tratamento dado ao pai. Sensível aos laços de parentesco, segundo o farmacêutico não se devia desmerecer qualquer membro da família, com exceção das esposas, que estas não tinham o sangue da grei, só o esperma do marido.

— Seu Joaquim veio à farmácia pela manhã, mas não quis entrar, ficou na calçada batendo a bengala contra o cimento. Só cedeu quando viu a farmácia vazia. Quase pediu que abaixasse as portas.

— Para que tanta cautela, se o pai é um exibicionista, observou, curioso.

— Pediu-me um veneno, desses que matam homens e ratos. Vendo minha surpresa, confessou que brincava. Precisava simular uma doença que o prendesse ao leito por duas semanas ao menos.

— O pai enlouqueceu!

— Estranhei também. Logo ele que se desfaria de um lote de vacas em troca de uns dias mais de vida! Falei dos riscos desses remédios. Há sempre o perigo de uma parada cardíaca. Ele gritou, te esconjura, homem, vira a boca para lá. Afinal confessou que não queria comparecer à inauguração do busto.

A inauguração do busto de bronze em sua homenagem estava prevista para aqueles dias. A ideia nascera de Virgílio, fiel vigilante das efemérides nacionais, o único cidadão em Trindade que zelava pelo fortalecimento de uma identidade nacional, diariamente ameaçada pelo avanço das hordas estrangeiras.

— Uma pátria destituída de símbolos e de bandeira desfraldada ao vento constitui um espetáculo desolador. É como um moribundo num quarto de pensão, sem alguém que ponha uma vela em sua mão e aqueça-lhe o último sonho antes de morrer.

A exemplo dos tribunos do império, entusiasmava-se com as expressões cívicas, enquanto apertava o nó da gravata que dançava em torno do colarinho.

— O Brasil necessita de uma juventude que se consagre aos ideais republicanos. Esta pátria é um gigante amigo, que foi trazido pelos portugueses até o quintal de nosso coração. Comovido com uma imagem engendrada por sua farta retórica, completava, enérgico: — Mas é graças a este gigante brasileiro que temos comida e clima ameno. Nunca sofremos borrascas, tufões, nem maremotos.

No início, Virgílio propugnou por um panteão de mármore, capaz de abrigar heróis que, a despeito da mesquinharia do cotidiano, conferiam grandeza à condição humana.

— A vida humilha-nos a cada instante. Desde a cólica de barriga, os desarranjos, até a queda gradual dos dentes. Sem falar na perda da memória e nos testículos caídos. Até parece que o único mister da vida é entorpecer-nos enquanto a morte não chega. Sendo assim, por que não lhe damos combate mediante atos que nos façam crer que temos asas capazes de voar? proclamou, em torno da mesa apinhada de homens.

Tal proposta despertou ironias. Aqueles corações, endurecidos de barro e bosta de vaca, não suportavam o idealismo.

— Esse seu panteão corre o risco de ser ocupado por bandoleiros e corruptos.

Disposto a arrecadar provas contrárias, Virgílio recorria às enciclopédias.

— Isso é uma calúnia. Trindade não é só pasto de vacas, mas também de homens ilustres. Além do mais, a grandeza é ofício humano. Está em todos os homens, mesmo nos peitos infestados de ódio, de peste e de demência.

Ante a frieza do público, mudou de ideia.

— Que tal uma homenagem a seu Joaquim! Como ele vai fazer

oitenta e cinco anos, podíamos inaugurar um busto de mármore, disse em desafio ao prefeito Pentecostes, que se esgueirava do bar.

Instado a ficar, Pentecostes tirou o lenço da lapela. Com surpreendente presteza providenciou lágrimas abundantes. O gesto rendeu-lhe expressões laudatórias. O próprio Polidoro, a despeito de recentes divergências políticas, cumprimentou-o. Mas, para neutralizar os efeitos políticos do gesto, abraçou os demais com a mesma força.

Em rápido contra-ataque, Pentecostes saiu em defesa de uma emoção inspirada nos valores da família Alves, que tinha Polidoro como insigne representante. O olhar metálico de Polidoro fulminou Virgílio, graças a quem o adversário lograva inconteste triunfo.

Dias depois, nos festejos do casamento de um fazendeiro amigo, Pentecostes saudou os noivos antes mesmo de cortar-se o bolo. Além de desejar-lhes uma felicidade de uso comum, perdia-se numa oratória que arrastava consigo delicados lauréis líricos, para proclamar em seguida o orgulho de Trindade por ter entre seus filhos um homem como Joaquim, ilustre varão de Plutarco, cujo busto devia enfeitar para sempre a praça da cidade.

Ernesto, que se excedia na cerveja, ia frequentemente ao banheiro, de onde retornava com aspecto juvenil. Esquecido dos deveres da amizade, aplaudia o prefeito, para maior irritação de Polidoro.

Pentecostes, em tom agradecido, pediu silêncio com incontida impaciência.

— Sou um servidor da cidade e, como tal, julgo que a orquestração dessa festa pública deve ser entregue a um cidadão acima de qualquer suspeita. Tão ilustre, por sinal, quanto o homenageado. E seu olhar, posto em Polidoro, sufragava-lhe o nome.

As idas ao mictório faziam Ernesto perder partes do discurso. Inconformado em renunciar às decisões tomadas em sua ausência, exigia do vizinho minucioso relatório, embora, pessoalmente, suspeitasse das incertezas do passado e das dificuldades de atualizar-se em relação aos acontecimentos já pretéritos. Ele próprio, cada vez que falhava na transcrição de uma realidade distante, dizia, contristado:
— Acho que cheguei tarde à minha própria vida.

Após beber o último gole da caneca de cerveja, limpou a boca com o punho da camisa. Ganhou súbita coragem. Não queria decepcionar a seleta plateia.

— Só há um homem em Trindade afeito a essas celebrações. Refiro-me ao eminente historiador Virgílio.

Livres daquele encargo, os homens aplaudiam o professor. Virgílio, ruborizado de prazer, recolhia as palavras que, embora tardias, consagravam uma vida dedicada a prover Trindade com uma cultura que aquela gente reagia em assimilar.

Esmerara-se no traje. Apesar de sua solidão, nunca o viam desleixado. Até os cabelos, pintados de acaju, não causavam estranheza. Casavam-se bem com as gravatas grená, de sua predileção.

Obrigado a agradecer a indicação, limava as palavras, no esforço de fazê-las escorreitas. De fato, conheciam-lhe as veleidades literárias. A ponto de Pentecostes entregar-lhe certos discursos para que os escoimasse de impurezas estilísticas. E conquanto Virgílio lhe respeitasse a veia rebuscada e reiterativa, forçava-o a decantar o passado brasileiro por meio de seguidas citações históricas.

Pentecostes simulou apoiar seu nome. E tendo de ouvir o discurso alheio, quando pretendia retomar o seu, aguardava uma falha respiratória de Virgílio para recuperar a palavra que lhe haviam roubado.

Virgílio limpou o suor da testa com gestos moderados. Foi o quanto bastou para Pentecostes cortar-lhe a palavra.

— E quem responderá pelos custos operacionais? indagou, singelo, na expectativa de comprometer Polidoro.

Entretido com os rabiscos feitos na toalha com as unhas, Polidoro fingiu não ouvir. Não iria financiar os projetos políticos de um prefeito que não o consultara, nem apresentara justificativas eleitorais, para nomear secretário de obras um notório adversário seu.

A proposta de Pentecostes, recebida em silêncio, ameaçou soterrar os sonhos de Virgílio. Na ânsia de salvar o busto de Joaquim, usurpou a palavra ao prefeito.

— O dinheiro é tema de somenos importância. O que nos falta, sim, é um escultor de punho certo, capaz de captar o coração de seu Joaquim e eternizá-lo no bronze.

Ligeiramente alcoolizado, Ernesto gargalhou.

— E que espécie de homem é esse?

Virgílio franziu o cenho, esquecido de que lhe devia a indicação.

— O que sabe você desses assuntos, Ernesto? Só os artistas podem voar, mesmo sem asas.

Pentecostes assumiu a iniciativa. O erário público, em precária situação, só lograva fazer frente aos absurdos orçamentários, herdados das gestões anteriores, graças a seus bons ofícios de administrador.

— Depois de pagar às professoras, aos funcionários, aos empreiteiros e aos aposentados, que recontratamos, não sobra nada. Só o cofre vazio.

A voz, com súbita sinceridade, parecia sofrer. Conferia credulidade às palavras, enquanto ia insinuando que, caso Polidoro se negasse a assumir os encargos da singela homenagem, estaria desacatando o próprio pai.

— Tenho uma ideia para o impasse, proclamou afinal, angustiado.

— Só se vier acompanhada de pastel quentinho, interrompeu Ernesto, fazendo circular a travessa com os salgadinhos que a dona da casa encarregara-o de passar.

Junto a Polidoro, que recusava o pastel, Ernesto insistia.

— Acaso deixou de ser jovem, Polidoro? Já não restam na sua alma as lembranças da juventude, quando comíamos pastéis feitos por dona Amélia?

Tropeçando contra as cadeiras, Ernesto impedia Pentecostes de falar. Tais desastres, longe de irritar Polidoro, mereciam-lhe irônico sorriso, diante do prefeito no meio da sala, de boca aberta, querendo pronunciar as palavras postas em salmoura.

Polidoro voltou atrás.

— Passe-me um pastel, Ernesto. Estimulou os demais a imitá-lo. — Quem não aprecia um pastel como este está à beira da cova.

Os homens lançaram-se à travessa, enquanto reclamavam o chope, saído da serpentina fria.

— Vivam os noivos! proclamou uma voz.

— Viva o pastel, viva o Brasil! aduziu Ernesto, abraçado por Polidoro. Nos braços um do outro, ambos cobriam Pentecostes, não o deixando ser visto pelos convivas.

Sucumbindo ao peso do corpo, Pentecostes atirou-se à cadeira de balanço. Tinha esperança de voltar a reinar na sala. Outras vezes expulso dos palanques, retornara a eles de tanto insistir. Mergulhado nessa ordem de pensamentos, atraía-o o rumor das bocas que estalavam a seu lado. O cheiro da massa frita despertou-lhe a cobiça. A língua batia entre os dentes de tanto desejo. Fez um gesto em direção à travessa. E quase agarrava o último pastel, quando, mais rápida, outra mão passou-lhe a frente.

A desconsideração doeu-lhe. Feriu sua autoridade e, sobretudo, fazia-o de súbito compreender a estranha renúncia da primogenitura em troca de um prato de lentilhas. A reminiscência bíblica, contudo, irritou-o. Eram todos uns filhos da puta.

Virgílio, que por força do rebuliço saíra de sua bolsa de ar, notou o desalento de Pentecostes. E vendo-o na cadeira de balanço, lembrou-se de que ele ainda não havia terminado o discurso.

— Atenção, senhores, vamos ouvir o prefeito!

Sob o impulso de uma mola invisível, Pentecostes levantou-se. Ao limpar a garganta, arrancou de imediato das cordas vocais nacaradas as primeiras palavras.

— Neste instante em que o Brasil põe em prática um modelo econômico progressista e generoso, sob a inspiração do general Médici, que tanta sorte, por sinal, nos tem trazido, é justo que a sociedade civil aceite o desafio de homenagear Joaquim Alves. Anuncio, pois, minha disposição de repartir com os senhores as glórias de tal promoção. Como cidadão de Trindade, insisto pessoalmente em contribuir. Não podemos, de forma alguma, estatizar uma festa que pertence ao povo.

Para que adivinhassem sua emoção, a cabeça pendeu. E temeroso de que não lhe registrassem os recônditos sentimentos, assoou o nariz com o lenço perfumado de sândalo.

Ernesto, que há muito ansiava por deliberar sobre questões que lhe dissessem respeito, entusiasmou-se. A visão política de Pentecostes permitiu-lhe, afinal, viver naquela cidade eloquente momento de liberdade. Num gesto contrito, como se estivesse na igreja, depositou seu óbolo na travessa onde antes haviam servido os pastéis.

Sob a pressão desse espetáculo, Polidoro resmungou: — O que faltar eu cubro.

Virgílio saiu às pressas da festa. Através do catálogo telefônico chegou a Borelli. O escultor, residente no Rio de Janeiro, dava tantas provas de ser perfeito na arte de confeccionar bustos, que praticamente dispensava o modelo do sacrifício de posar à sua frente. Bastava-lhe observar um rosto por dez minutos, para reproduzi-lo em seguida com um realismo tido quase como insuportável. A ponto de alguns de seus bronzes e mármores respirarem, padecendo de uma dor que a linguagem do material empregado não tinha como expressar.

Borellli chegou a Trindade no primeiro ônibus da manhã. Cansado da viagem, reclamou da falta de aeroporto.

— Nem parece que esta cidade pertence ao Brasil! Onde já se viu não dispor de um pedaço de terra para os aviões aterrissarem. Como então Trindade tem homens que merecem um busto em praça pública?

A arrogância irritou Virgílio. Ao observar, porém, suas mãos de urso, comoveu-se. Decerto eram mãos de um artista. Um ser capaz de lidar com os signos da eternidade. Havia, pois, que ter paciência com essas criaturas tocadas pela graça.

Com rara compreensão, sorriu para Borelli. Se a vida criara-lhe arestas, pretendia protegê-lo enquanto permanecesse em Trindade.

— Quero voltar ao Rio de carro. Já não sou mais criança para me aventurar de ônibus por essas estradas, disse o escultor.

Disposto a fazer suas vontades, Virgílio exigiu em troca rigorosa discrição. Não devia revelar a Joaquim o motivo da visita. Iriam fazer uma surpresa. Além do mais, Joaquim era homem de gênio peculiar.

Borelli rebelou-se. Não aceitava dissimular sua condição de artista famoso. Mandara mesmo imprimir num cartão o nome e os títulos correspondentes.

Convencido afinal com um cheque suplementar, Borelli aceitou passar por vendedor de geladeira. Há muito o refrigerador da casa de seu Joaquim degelava sem aviso.

Ao abrir-lhe a porta, Joaquim mandou-o embora. Que não lhe viesse com falas laudatórias. À beira dos noventa anos, não lhe fazia falta geladeira nova. Não lhe sobrariam anos para consumi-la.

— Se já me custa tanto deixar a vida por conta desses trastes inúteis, como irei dormir para sempre sabendo que abandono uma geladeira amarela, cor de ouro, que guarda toda a comida do mundo? A comida que não terei tempo de comer!

Zeloso em cumprir a encomenda, Borelli insistiu, sem dissimular o constrangimento. Um artista como ele não viera do Rio de Janeiro para desempenhar papel tão desairoso.

Admitido na cozinha, fiscalizou a geladeira com descaso. Não abriu sequer a porta com visíveis pontos de ferrugem. Já ia saindo, após passageira mirada em Joaquim, quando foi interceptado.

— Aonde pensa que vai? Antes de ir, mostre-me que sabe mais de geladeira do que eu. E segurou-lhe o braço com firmeza.

Borelli debateu-se contra as tenazes do velho.

— Largue-me, quem pensa que sou?

— Um embusteiro e um mentiroso. Que me olha com insistência desde que entrou nesta casa. Acaso o contrataram para me matar?

Joaquim não o perdia de vista. Temeu o revólver escondido em algum coldre.

— Confesse, seu ladrão de galinhas! Não tem vergonha de matar um velho como eu?

Borelli não suportou a humilhação. Desde sua primeira viagem à Itália incorporara o orgulho à bagagem como parte essencial da postura de artista. Por onde quer que seguisse, movia a cabeça num gesto que lhe recordava Júlio César em mármore nos jardins da Vila Adriana. Era-lhe frequente usurpar as memórias de Bellini e com elas debaixo do braço passear por Florença, como se lhe coubesse recolher as glórias de um cinzel que soubera dar vida ao frio mármore de Carrara.

Decidiu, pois, usar o látego adequado para a ocasião.

— Acaso é dono do mundo só porque vão homenageá-lo com um busto de bronze? A fala veemente fazia-o respingar perdigotos junto com as palavras. Sem controle, a voz ressoava até o jardim.

— De que busto fala? Os olhos de Joaquim, arregalados, revelavam inocência. O homem não mentia.

Joaquim buscou o bastão. Ludibriado dentro da própria casa, havia que reparar a ofensa. Borelli previu o golpe na cabeça, de consequências fatais. Encaminhou-se para a porta, arrastando Joaquim atrás. Já tinha meio corpo fora quando se voltou.

— Graças a meu talento o senhor não vai ser esquecido. E agradeça aos céus que eu não lhe faça mais feio do que já é.

Chamado às pressas, Polidoro ouviu os impropérios. O velho não suportava a ideia de converter-se num busto de bronze que só serviria para receber a bosta dos malditos pombos que sujavam os bancos da praça de Trindade.

— O que fiz para se vingarem assim de mim? Exaurido pelo esforço, estatelou-se na poltrona. — Além do mais, esse escultorzinho de merda vai me fazer mais feio do que sou. Por que não fizeram minha cara quando eu tinha vinte anos!

E, parecendo soluçar, cobriu o rosto com as mãos. Polidoro ajoelhou-se a seu lado. O pai ergueu a cabeça. Sem temer o apurado exame do filho, suspirou.

— Ah, Polidoro, você não sabe o que é a velhice. Ter vergonha do corpo, destas pelancas todas. Quando alguém me olha, tudo dói.

Polidoro sentiu-se inábil. Não sabia consolar um aflito. Duro como rocha, faltava-lhe dar provas a quem quer que fosse de um amor casual. O próprio pai educara-o de forma a anular as manifestações afetivas.

Afagou-lhe o ombro, desajeitado: — Também eu comecei a envelhecer, pai.

Joaquim olhou-o. Não havia alívio no rosto contraído. Polidoro sentiu-se ingênuo na tentativa de animá-lo com um exemplo imprestável. Não resistia à severidade daquela mirada.

— A homenagem será rápida, pai. Mas, se preferir, envio Pentecostes e Virgílio à sua casa com o busto na mão e o fincamos na horta, disse, nervoso, já de pé.

Joaquim ergueu-se sem a ajuda do filho. Parecia não vê-lo. Andava agora com firmeza até a porta que levava aos quartos. Dali empunhou a bengala em riste. O gesto abarcava a sala inteira.

— Quer saber de uma coisa? Meta o busto no rabo. E sumiu no corredor, sem dar tempo ao filho de apreciar o andar lento.

— O que faço com seu Joaquim? insistiu Ernesto, no meio da rua.

Polidoro deu de ombros. Para todos os efeitos, Joaquim tinha a vida por um fio e as lembranças impregnadas de amargos dissabores. O membro do pai, diante do espelho, balançava murcho e indefeso.

— Faça a vontade dele. E começou a movimentar-se em direção ao hotel.

Ernesto magoou-se.

— Acaso se esqueceu de que já fui seu mosqueteiro e livrava você dos perigos?

Polidoro esforçou-se em acreditar no instinto vital que outrora os fazia excursionar por Trindade à cata de aventuras e de virgens lustrosas e úmidas.

— Não passo de um fazendeiro que vive agora do leite e do estrume das vacas, sussurrou, apressando o andar, não querendo ouvir suas vozes, nem romper a estranha magia que lhe trazia do fundo da memória a visão daqueles mosqueteiros prontos a arriscar a vida pela rainha.

— Além do mais, onde está a rainha?

Ernesto animou-se.

— Um dia a rainha volta. Não perca a esperança.

À menção de uma cabeça feminina com adornos, Polidoro estremeceu. Cerrou o semblante. Ernesto não tinha o direito de reclamar nenhum de seus sonhos.

— O que houve? lastimou-se Ernesto, ante a cara inóspita do amigo.

— Não sentiu que o vento desta manhã trazia maus presságios?

Suavizou a expressão na tentativa de reincorporar Ernesto a seu cotidiano. A credulidade do farmacêutico, porém, mergulhou-o outra vez no mistério.

— Ou foi só para mim que o vento silvou como um potro selvagem?

A confidência reconfortou Ernesto. Quis retribuir com segredos que lhe exacerbassem a sensibilidade.

— Também Vivina me despertou no meio da noite para me avisar de que algo estava por acontecer em Trindade. E para me inquietar, ela fechou os olhos, indiferente à minha insistência. Só depois do café da manhã decidiu falar. Sabe o que me disse?

— Cale-se, por favor, gritou Polidoro, as pernas travadas.

Acorrentado às lembranças domésticas, Ernesto prosseguiu.

— Desde que nos casamos, Vivina tem visões. Por isso, ao confessar que havia sonhado com uma mulher que levava asas nas costas e cuspia moedas de ouro, uma verdadeira cornucópia, arrepiei-me. Corri para olhar a folhinha. Mas os meninos haviam arrancado algumas folhas e já estávamos na sexta-feira próxima.

A mensagem de Vivina fugia quando queria agarrá-la. Não atinava com seu sentido. Ansioso, Polidoro agarrou Ernesto pelo pulso.

— Por que levou tantos anos para me falar das visões de Vivina?

— Você não teria acreditado. Como iria aceitar que as mulheres têm uma intuição extraordinária? E que foram sacerdotisas e membros das castas religiosas no início das civilizações? Talvez por isso lhes falte, ainda hoje, noção de limite entre os objetos domésticos e os outros, sagrados. Estão todos misturados na cozinha, na sala e na cama. Os deuses das mulheres participam do cotidiano da casa, até mesmo na hora em que elas temperam o feijão.

Sob o impacto da mensagem, Polidoro tinha pressa em chegar ao hotel Palace. Ernesto ameaçou segui-lo com atitude eloquente.

Polidoro suspendeu-lhe o gesto. Precisava bater à porta do próprio coração, sem testemunhas. Afastou-se sem registrar a decepção de Ernesto.

O hotel Palace ficava a dez minutos da farmácia Bom Espírito. A cada tumulto etílico no interior do bar, Ernesto acudia prestativo.

— Os farmacêuticos são consultores da alma humana, à falta do padre ou do médico. Em troca das injeções que aplicamos, os doentes nos despejam bílis e tragédias.

O Palace, em frente à praça, contrastava, por sua imponência, com os demais prédios do quarteirão. A arquitetura, de inspiração francesa do início do século, nascera da decisão de um paulista chegado a Trindade no final da década de vinte. De temperamento inquieto, logo deu provas de desejar ficar para sempre. Em poucas semanas, enfrentando a oposição de alguns cidadãos, idealizou o hotel.

Joaquim foi o primeiro a insuflar no filho, menino ainda, os perigos representados pelo paulista. Acusava-o, enquanto comia, de instalar-se em Trindade movido por um coração perverso e obscuro.

— Esse tipo de homem avança pelo Brasil levado por uma ambição assassina. Quer nos espoliar com esse progresso desrespeitoso.

A intempestiva reação de Joaquim excedia à simples defesa da economia local. Tomava o assunto como questão de honra.

Para acalmá-lo, Magnólia oferecia água com açúcar. A mistura, adequada para donzelas, ofendia-o. Sobretudo quando a mulher descrevia com minúcias o paulista, a tirar-lhe o chapéu tão logo a via nos logradouros públicos. Um cumprimento que não distinguia raça, dinheiro e credo. Sem falar em seus ternos que, vindos de Paris, motivavam discussões e discórdias.

— É mais um motivo para expulsá-lo. Esse paulista quer nos converter em janotas repulsivos. É o que você também quer, Magnólia?

O olhar de Joaquim concedia à mulher a rara oportunidade de fazer-lhe uma declaração de amor. Para resguardar a família, cabia a ela insinuar, diante dos filhos, que tinha em casa, sobretudo na cama, um homem que a dispensava de recorrer às fantasias alheias para ser feliz.

Fugiu ao olhar do marido espanando os móveis com vigor. Habituada a seus melindres, extinguia-os com uma comida em que abundavam os temperos.

A controvérsia familiar seduzia Polidoro. O prestígio do paulista conseguia abalar os alicerces de um casamento assentado num imperturbável cotidiano. Há muito buscava, como adolescente, uma figura lendária que cruzasse em roupa cáqui, botas e rebenque, o deserto, a Amazônia, sem sair de seus cuidados ou renunciar às posturas galantes. E que emergisse de tais regiões só pelo prazer de contar enredos rigorosamente inéditos para os ouvidos humanos. Um homem que, a despeito de visitar paragens onde a morte, em meio à clorofila exuberante, era soberana, punha, à noite, a cabeça serena no travesseiro, sem temer os resíduos dos sonhos que lhe ficassem na imaginação.

Ao contrário do pai, que só conhecia vacas, a sabedoria do paulista abria-lhe o visor através do qual enxergava um outro mundo além de Trindade.

Ao sair da escola, Polidoro observava diariamente a obra. Graças à energia do paulista, os tijolos, unidos uns aos outros, iam formando intermináveis paredes. Nessa contemplação, desguarnecia-se às vezes dos perigos.

— Dessa vez peguei você fazendo gazeta, surpreendeu-o o pai, ameaçando-o com castigos. Sobretudo não devia o filho aliar-se aos inimigos. Enquanto falava, Joaquim não perdia de vista o movimento dos operários trazidos dos municípios vizinhos.

— Para que nos serve um hotel desse tamanho? Acaso vamos encher os quartos com jogadores, putas e bandidos? murmurou, esquecido do filho.

Referindo-se ao forasteiro, Joaquim não lhe dava nome. Tratava-o de Bandeirante para ridicularizá-lo. E aliciando os demais a abraçar-lhe a causa, lançava suspeitas sobre sua presença em Trindade, após ter sido escorraçado de São Paulo.

Certo domingo de sol, bateram à porta de Joaquim. Justo quando decidira naquela manhã fiscalizar a prole e a mulher, há muito à deriva.

— Então, Magnólia, não vai abrir a porta?

Atenta aos deveres caseiros, a mulher não lhe ouviu os reclamos. Talvez estivesse no galinheiro a recolher os ovos. Uma função que jamais transferia aos filhos. Sistemática nos detalhes, Magnólia apurava-se em examinar a casca branca manchada do sangue da valente galinha. E no afã de exaltar o animal, falava dele como de uma irmã abatida no rigor de uma guerra.

Joaquim, insensível a seus argumentos, contrapunha-lhe: — E o que tem uma galinha mais que uma mulher? Você, que já pariu, deve saber o quanto dói expulsar a cabeça de uma criança!

Joaquim encaminhou-se para a porta. Não lhe permitiam repousar nem mesmo no domingo.

— Sou eu, disse o paulista. De botas e culote, recém-desmontado de um baio dourado deixado à porta, ajeitava minucioso o boné que Joaquim só conhecia de revistas estrangeiras, que raramente lhe caíam às mãos.

Joaquim hesitou. Já com o pé na soleira da porta, pareceu-lhe difícil expulsar o intruso.

— Pode entrar, disse, constrangido. — Mas com a condição de marcar a visita pelo ponteiro mais rápido do relógio.

Indicou-lhe a cadeira estofada, cuja mola, semiexposta, desrespeitava qualquer traseiro. A sala, com escassos enfeites, parecia um claustro. Sua mais ilustre peça era a mesa de jantar com gavetas e pernas arqueadas, de surpreendente apuro artesanal.

O paulista acomodou-se com displicente elegância, não dando mostras de sofrer. Suas pernas deitavam raízes no assoalho lavado.

— Muito bem, o tempo já começou a correr, Joaquim chamou-lhe a atenção, atraído pelas botas engraxadas. Pretendia abalar o visitante, quebrar o feitiço que ele quisesse plantar em sua família.

O visitante inclinou o corpo em sua direção, sem ferir as maneiras aprendidas numa casa senhorial de São Paulo. Os olhos postos em Joaquim devoravam-lhe os sentimentos. A vida dos dois, por alguns instantes, parecia escoar-se inutilmente.

— Não vim trazer o progresso, seu Joaquim. O progresso é uma mentira. E já não me iludo com bravatas, disse, afinal.

Joaquim temeu que o verniz das palavras, de origem urbana e ufanista, esmagasse um homem de extração rural.

— Seja mais direto, retrucou com secura.

— Estou tratando de dizer que o hotel é uma ilusão para mim e para o senhor. Após a confissão, de volta ao encosto da cadeira, retomou aliviado a postura inicial.

— Não me inclua no rol desses desesperados, protestou Joaquim. A voz estridente ecoou pela sala. Podia ser ouvida por Magnólia.

— O senhor está certo. Cada ilusão nos rouba um centímetro das tripas. E como não sei de quantos metros dispomos, mais vale não sacrificarmos qualquer pedaço. Mesmo porque, como é que vamos cagar sem elas? Tão logo fez uso da linguagem surpreendente, o paulista examinou Joaquim.

A sensibilidade de Joaquim, regida pelo estrume do campo, resistia ao assédio do paulista, que lhe vinha disputar a linguagem só para convencê-lo de que pertenciam à mesma família espiritual.

Intimado a renunciar aos próprios sonhos, o paulista decidiu lutar.

— Por outro lado, a ilusão é o melhor dos remédios. É uma tentação que tem preço e que estou pronto a pagar. Comunico-lhe, pois, que quanto mais enganos e mentiras eu construa diante da praça de Trindade, será melhor para todos nós, incluindo o senhor.

Após o desabafo, o paulista apreciou o adversário. Carregava às costas um casco de tartaruga. E no desenho do casco as marcas de mil anos de resistência. Não se via a carne que levava dentro.

Joaquim tirou do bolso o rolo de fumo. Antes de fatiá-lo com o canivete sobre a mesa, aspirou o tabaco. Notou que o paulista, grudado à cadeira, esquivava-se de consultar o relógio da parede, perto da cômoda mineira. Os ponteiros iam avançando no ritmo habitual.

Bandeirante levantou-se. Mirava-o de cima para baixo. Joaquim inquietou-se. Não apreciava que lhe impusessem em casa uma coreografia alheia a seus interesses.

— O senhor sabia que Fernão Paes Leme mandou matar o próprio filho? Com ar taciturno, o paulista parecia falar de um membro de sua família.

— Por quê? assustou-se Joaquim.

— Por conta das esmeraldas. Havia que escolher entre as pedras e o filho, respondeu o paulista, assaltado agora pela piedade.

Joaquim pediu licença para vencer o caminho que tinha o homem como obstáculo. Bandeirante deu-lhe passagem com gesto de apurada elegância. Ao agir como dono da casa, obrigou Joaquim a agradecer-lhe.

Na janela, Joaquim respirou fundo. Retornou em seguida, revigorado. Antes, porém, de soslaio, fiscalizou o retrato na parede. Os filhos e os primos misturados em roupas de festa, por ocasião de um batizado. Ao certificar-se da linhagem familiar, sofreu o impacto oriundo daquela comunidade humana, sujeito, de repente, por inesperada fatalidade, a usar a adaga contra um membro da própria família. Pareceu-lhe ver sangue junto à poeira do assoalho.

A sombra de Fernão Paes Leme perseguia Joaquim. Não ouvira em toda a história do Brasil caso tão bárbaro. Para ele, semelhantes episódios só podiam ocorrer nos países vizinhos, ferozes e propensos a dizimar famílias inteiras. Ao mesmo tempo, o relato servia para realçar o perfil maligno do paulista. Tinha certeza de que ele inventara a história para privá-lo da vantagem de estar na própria casa e, portanto, em condições de expulsá-lo.

Cortou com o canivete outras lascas do rolo. Os dedos iam desfazendo o tabaco sobre o papel transparente. Confiante em cada gesto, enrolava seguidas vezes, até formar o cigarro. Passou com a língua desaforada tênue fio de saliva na extremidade da folha. E pousando o cigarro na beira da mesa, suspirou satisfeito.

— Não deve ter sido fácil para esse Fernão, não é? Olhou o forasteiro como se o visse pela primeira vez.

A voz de Joaquim, de registro suave, parecia trair longa amizade com o estrangeiro. O paulista não se iludiu. Havia que devolver com presteza o lance do fazendeiro astuto.

Joaquim previu-lhe a derrota. E magnânimo, dispôs-se a ceder-lhe alguns minutos mais na casa para tornar-lhe a fala murcha e estampar-lhe no rosto um irremovível desencanto. Só assim, derrotado, abandonaria Trindade.

Os homens entreolhavam-se em meio à solene suspeita, alheios aos ruídos promovidos agora pela presença de Magnólia na sala.

— Ah, eu não sabia que tínhamos visita! A mulher depositou a travessa na mesa, sem olhar o estranho.

A intromissão arruinou a tensão reinante. Molestado, Joaquim fez gesto à mulher para retirar-se. Desatenta ao marido, Magnólia afinal surpreendeu-se com o forasteiro. Um personagem que jamais imaginara em sua sala despida de adornos. Tomada, porém, de súbito pudor, o corpo conquistou imediata graça felina.

Joaquim registrou a mudança, a solenidade que se devia emprestar unicamente aos membros da família imperial, que viviam em Petrópolis.

— Não carece este ar importante, Magnólia, foi dizendo sem qualquer cerimônia. — O paulista é plebeu como nós. Veio de São Paulo, trazendo a burra cheia de dinheiro.

E simulando cordialidade, consultou o visitante.

— Não é verdade que decidiu gastar o dinheiro como os antigos garimpeiros do Amazonas, que acendiam o charuto com notas de mil réis?

Alvo da ironia de Joaquim, o paulista, que se apresentou a Magnólia como Antunes, aliviou-se. A presença da mulher desfizera uma situação desfavorável. Agradecido, repartiu-se em gentilezas. Especialmente fixou-se em Joaquim.

— O senhor é o único cidadão de Trindade a ter sentido de realidade. Imagino o quanto lhe custa conciliar o sono quando leva no peito tal noção. Não é verdade, seu Joaquim, que lhe dói ser assim tão realista?

A fala do paulista, tido pelo marido como um anjo do mal, encantou Magnólia. Um homem que, a despeito do fardo da fortuna, instalava-se humilde no centro da sala de gente simples como eles, sem demonstrar qualquer orgulho. Ao contrário, pedia clemência a Joaquim pelos distúrbios que eventualmente houvesse provocado.

Joaquim ensaiou cortar-lhe a palavra. Antunes, porém, precipitou-se em outro discurso, também encantatório.

— Quanto a mim, preferi ficar na margem oposta do rio vendo a realidade passar, como se não fizesse parte dela. Por isso preciso recorrer aos que são, como o senhor, sensatos e valentes.

E sem libertar Joaquim do espanto, dirigiu-se a Magnólia.

— Posso cumprimentar de perto a senhora Alves?

Uma frase de efeito protocolar, pois, antes de Joaquim conceder-lhe tal graça, não somente agarrara a mão de Magnólia, como inclinava o tronco à sua frente numa reverência jamais vista antes na cidade.

Tal gesto transportou Magnólia imediatamente de volta às telas dos cinemas, quando Jeanette McDonald e Nelson Eddy, entretidos com gestos arrebatados, mal disfarçavam o amor que sentiam, embora revestido de pecado. Uma paixão que conseguira arrancar lágrimas de Magnólia, a ponto de Joaquim, na sala escura, dar-lhe uma cotovelada sob pretexto de que comprometia sua honra em público. Pois como iria a mulher comover-se com o sentimento de dois amantes que feriam a sociedade? Em casa, recriminara-lhe a descontinência moral.

Ela enfrentara-o em flagrante desafio.

— Em vez de me censurar, por que não os imita? Não vê que faltam homens em Trindade que reverenciem as mulheres?

Afinal Magnólia realizava seu sonho à vista do marido. E graças ao forasteiro, que não se constrangia em tornar pública sua admiração pelas mulheres, esses seres que traziam consigo, sob aparente fragilidade, a sombra da tragédia, típica dos heróis gregos.

Observou o marido de soslaio. Tardava ele em refazer-se da cena.

Tinha ainda na retina o paulista a reverenciar sua mulher como uma santa, que Roma recém-entronizara. E tudo para atender a um pedido que Magnólia, na intimidade da alcova, não desistia de fazer a Joaquim, tão logo o via satisfeito após o cumprimento dos deveres conjugais.

Enérgica, Magnólia acercou-se do forasteiro. Apreciou a roupa de montaria. Em seguida, indicou-lhe a mesa.

— Está na hora do almoço. Fazemos questão que coma conosco. A comida é caseira, mas preparada com esmero.

Estimulado pelo convite, Antunes percorria a sala, sem perder Joaquim de vista.

— Com muito gosto, dona Magnólia. Isto é, se seu Joaquim não se importa em ter um paulista à mesa.

Antes de Joaquim responder, próximo à mesa, puxou a cadeira à direita de uma das cabeceiras. Animavam-no os cheiros oriundos da cozinha, que não permitiam prever de antemão os pratos a serem servidos, com exceção do feijão, cujo olor chegava intacto à sala, após vencer a cozinha e o corredor. Um prato que se enriquecia de alho, louro, carne-seca, pé de porco, chispe, toucinho, rabo, todos os salgados formando harmonioso conjunto só para despertar o apetite. Percebeu então que tinha fome. Madrugara e esquecera-se de tomar o café da pensão, preocupado com a visita.

Magnólia espalhava as travessas na mesa para a comida não esfriar. Embora boa cozinheira, não variava o cardápio. Joaquim, de caráter conservador, não lhe teria permitido qualquer ambição culinária. Suspeitava dos cardápios copiosos que, dando margem à imaginação, condimentam os pratos a pretexto de sabores exóticos. Fora da comida mineira, franzia o cenho.

Magnólia convocou marido e filhos à mesa. Contudo, Joaquim não se mexeu. Sentado na poltrona, teimava em não se acomodar junto aos filhos. Talvez esperasse que a família, penalizada, rogasse por ele. Ou lhe concedesse, diante do paulista, exuberantes provas de amor, de que estava carente.

À cabeceira, perto do hóspede, Magnólia tardava em captar os sinais do marido. Não parecia compreender o homem com quem vivia há tantos anos.

A impaciência de Antunes diante das travessas levou-o a esfregar as mãos. Antecipava o prazer da comida.

— Então, seu Joaquim, não se anima a vir? Olhe que a comida esfria. A voz saiu bem modulada, para não ferir os tímpanos de cristal daquele homem.

O sorriso de Magnólia deixava à mostra um molar coberto de ouro. Antunes desconfiou de que a mulher comprazia-se na manifestação de uma riqueza que a embelezava ao mesmo tempo.

Joaquim hesitou. O Bandeirante, além de desrespeitar o traçado da cidade, de ameaçá-los com um luxo impensado para eles, invadia-lhe a casa, extorquia-lhe a comida e roubava agora o sorriso da mulher e o prazer dos filhos, submergidos na esfera de admiração que ele ia inspirando. Um feitiço do qual nem Polidoro, caráter arredio, escapava.

Naqueles breves instantes, sondou o próprio coração. Propenso em geral a blasfemar contra quem quer que fosse, inibia-se ante o paulista. As frases, na boca de Antunes, tinham ritmo e prosódia quase musicais. Algumas das notas colavam-se à sua memória.

Não conseguia guardar rancor pelo homem. Além do mais, atraía-o quem lhe suplicava um prato de comida. Ali estava um homem que, levado pelo desespero, vivia à míngua de companhia humana. E que, de tanto empenhar-se na arte de enriquecer, acabara convivendo apenas com a escória. Sem falar que herdara, como paulista, cuja índole separatista propugnara sempre pela criação de outro país dentro do Brasil, esse dramático sentimento de repúdio pela pátria. Dessa forma, sem jamais encontrar tempo para constituir família, dedicava-se a atrair a humanidade, representada sobretudo pelos operários da obra, para seu peito úmido e solitário.

Magnólia seguia sem lhe dar atenção, entretida com os membros da indisciplinada família. Indiferentes todos à sua sorte. Só Bandeirante na sala dependia dele para sobreviver. Quem sabe o paulista lhe quisesse pedir desculpas pelo abuso. Embora pudesse agora melhor entendê-lo. Desde cedo Antunes saíra pelo mundo à cata daquilo que os homens, com esperança na boca, intitulam amor. Em busca, pois, de uma morada para os ossos fatigados, podia vê-lo próximo ao esgotamento, a menos que lhe oferecessem leite quente, pratos caseiros, com alto índice de banha de porco, e feno fresco no estábulo onde repousar, para quando a morte, benfazeja caçadora, viesse procurá-lo. Temia, porém, que essas generosas providências tivessem chegado tarde. A alma de Antunes, saturada de dor e de gordura, enrijecera-se como a pele de um tambor, já não havendo socorro para ele.

No entanto, naquele domingo ensolarado, viera à casa de Joaquim, homem sabidamente impulsivo mas magnânimo, para pedir-lhe, em nome da caridade cristã, que lhe prolongasse a vida. Quem, em Trindade, oferecia mais comida aos pobres que Magnólia? Uma senhora com nome e atuação de flor, capaz de abdicar da própria sorte e do pão para salvar uma cidade. Uma cidade condenada ao luxo, ao desperdício e ao pecado, graças a Bandeirante, que chegara com jeito dissimulado, para que não lhe registrassem a presença, a despeito das vultosas somas despendidas na compra do terreno em frente à praça. Mas não seria de fato exagero imaginar que Trindade, assim como o Brasil, estivessem sob a ameaça dos credores ingleses, donos da metade do país, e de homens como Antunes?

O cheiro do feijão entrava pelo nariz botocudo de Joaquim. O estômago sofria de impiedosa agonia. Contudo, o retorno ao seio da família poderia significar uma fraqueza moral. Acabavam de demonstrar que não dependiam dele para viver, e essa certeza, conquanto o desgostasse, deu-lhe ânimo também para ocupar a última cadeira vazia em torno da mesa. Desafiou Antunes.

— Vejamos se é magro de tanto sonhar ou porque despreza a comida do povo. O gesto autoritário com que segurou o garfo desobrigava Antunes de responder.

Magnólia perdeu de repente o frescor que a animava. Mergulhada na dúvida, não sabia a quem servir primeiro. Temia que o marido, levado pelos ciúmes, desconsiderasse as leis da hospitalidade. Tanto que se mantinha impassível na cadeira de espaldar alto.

Polidoro notou o constrangimento da mãe. Ao lado do pai, puxava os ralos fios de barba. As mãos da mãe, ligeiramente trêmulas, mantinham no ar, com dificuldade, a travessa onde se empilhavam os bifes à milanesa.

Súbito, Polidoro esticou-lhe o prato vazio: — Posso ser hoje o primeiro?

Joaquim ruborizou-se. Faltava-lhe o filho com o respeito na presença de estranhos. A cobiça, armazenada nos filhos, constituía uma ameaça contra ele. Devia prevenir-se. Tão logo lhes visse o olhar mortiço, que traz na íris desígnios assassinos, se precipitaria em puni-los.

Enquanto Magnólia não reagia ante o prato do filho esticado, Joaquim mostrou ao paulista o corte afiado do facão, próprio para destrinchar os frangos assados dos domingos, numa clara demonstração de que tinha a família sob controle.

— O senhor sabia que os papas italianos, refugiados lá numa cidade do sul da França, na hora da comida mantinham os cardeais em mesas separadas? E que os privavam do uso das facas, com medo de serem assassinados? disse Joaquim, indicando o filho. Aparentava tolerar com paciência certas insubmissões.

— Desculpe meu filho. Nasceu impetuoso como eu. Da mãe ele herdou a melancolia, que nunca senti, nem quando perdi algumas cabeças de gado na última enchente do rio. Só espero que não cultive ilusões, como o senhor.

Magnólia serviu o filho e, no mesmo impulso, preparou o prato do hóspede. Ia acomodando o arroz, a couve picada, ao lado do feijão, enquanto abria espaço para os salgados e a farofa. O prato crescia sob a cupidez geral.

— Sirva-se da pimenta, mas cuidado que é forte. Me foi dada por uma baiana do Recôncavo, que passa horas descrevendo as pimenteiras que conheceu até chegar de viagem a Trindade.

Ela cuidou para não entornar o prato. Havia exagerado na montagem de um espetáculo que unia fraternalmente os famintos da terra em torno de sua mesa. Acalmava feliz os filhos, que não se engasgassem com a farofa.

Antunes levava o feijão à boca de olhos fechados. Os estalidos discretos da língua apuravam o paladar. O prazer irradiava-se rubro por seu corpo. Esquecera-se de que tinha companhia, até Joaquim pigarrear.

Constrangido, o paulista reduziu as garfadas, mastigando devagar, como se não apreciasse a refeição. Forçado, no entanto, por Magnólia, que o supria com mais comida, exaltou-se de novo.

— Que maravilha de pimenta! É uma invenção dos deuses. É como transitar pela antecâmara da paixão, sem a ameaça de ser expulso dali.

Afeito a criar imagens, ia falando em meio às garfadas.

— Já mastigaram a pimenta com os dentes? É como sofrer uma morte doce. Em troca, conhece-se o estado de graça. É, sem dúvida, a especiaria da paixão.

Joaquim empurrava a comida com o pão, prestes a desfazer-se entre os dedos, observado sempre pela mulher, que parecia ansiosa. Antunes voltou a dar atenção ao marido.

— Quanto aos papas, seu Joaquim, era justo que se acautelassem. De outro modo despejavam veneno em seus copos de vinho. Só a desconfiança salvava-lhes a vida e o poder. Por isso resistiram durante séculos em Avignon e em Roma. E cada século era mais assassino que o outro.

Voltou-se para Magnólia.

— Como lhe parece que os cardeais reagiram à descortesia papal?

Ela disfarçou, cortando o bife à milanesa em pedaços miúdos.

— Magnólia é tímida, disse Joaquim, agitando a faca e o garfo no ar. — Além do mais, nesta casa sou eu o papa, não é, Magnólia?

Polidoro riu com o pai. Dava-lhe pública demonstração de que Joaquim, sob o estímulo da família, podia ser brilhante. Pois a vaidade do pai alimentava-se desses detalhes.

— Se é papa em Trindade, como não haveria de ser o sumo pontífice no próprio lar? disse Antunes.

Preso ao desejo de vingança, que não soterrara com o lauto almoço, Joaquim atentou no paulista.

— E a obra, como está indo? Termina mesmo o hotel ou será como a sinfonia inacabada daquele compositor russo?

Magnólia sobressaltou-se. O marido cobria-a de cinzas e de vergonha. E ela não sabia protegê-lo de sua própria desfaçatez. Ele não aceitava medir com exatidão o limitado conhecimento que tinha. Ia arrotando conceitos surgidos de uma alquimia produzida pela sorte e o destino.

O semblante do paulista não registrou qualquer emoção, enquanto Magnólia lançava a aflição no guardanapo amassado.

— Não foi Tchaikovsky quem deixou uma sinfonia inacabada. Em todo caso, faltou-lhe tempo para completar outros trabalhos, disse ela.

— Pode ser, replicou o marido, irritado. — São tantas as informações que já não sei como livrar a família da praga da ignorância.

Antunes exaltou o bife à milanesa, a pretexto de agradecer a hospitalidade. E provando que não se sentia melindrado, sorriu para Joaquim.

— A cultura, sem a bondade, é adereço inútil, pontificou.

Após uma pausa estratégica, revigorou-se.

— Os senhores serão meus convidados no dia da inauguração do hotel. Faço questão de lhes reservar a suíte do quinto andar logo na primeira noite. Dormirão em cama concebida para magnatas estrangeiros. Desse andar poderão ver a última casa de Trindade. A vista vai tão longe que alcança parte da fazenda Suspiro, que é sua, não é? Destinei esse apartamento para mim mesmo. Um solteirão como eu precisa fingir que tem um lar. Garanto que serão felizes entre aquelas paredes, que recebem o sol da manhã.

Joaquim admirou-lhe a habilidade. Levava armas delicadas na cintura, em caso de qualquer desfeita. Não tinha pressa em atacar. Ao contrário, decantava o tempo para que os minutos fossem amadurecendo, expostos ao sol como uvas brancas e douradas.

Magnólia trouxe da cozinha outro jarro de refresco de maracujá. O olor, ligeiramente embriagante, desanuviou o ambiente. O silêncio do marido, porém, indicava-lhe que não se manifestara ainda sobre o convite.

No afã de salvar o almoço do malogro, Magnólia sentou-se com solenidade.

— Nada nos dará maior prazer, seu Antunes. Não é mesmo, Joaquim?

Ele bebeu de um só gole o suco de maracujá. Limpava as cordas vocais dos detritos que escureciam a voz e embargavam a respiração. Antunes temeu um desentendimento conjugal iminente.

— De ora em diante, chamem-me Bandeirante. Ante o espanto de Joaquim, esclareceu: — Era assim que chamavam a meus antepassados, paulistas misturados com portugueses assassinos e líricos ao mesmo tempo. Começando por Fernão Paes Leme. E que matavam a pretexto de ouro e terra, enquanto iam transmitindo aos mestiços o espírito da nova raça. Graças a esses homens, intrusos e abusados, nos tornamos o país do futuro. Não fosse por eles, o Brasil teria hoje o tamanho da França. E ainda com fronteiras instáveis. Mal conseguiríamos dormir à noite, cercados de inimigos.

E antes de Joaquim refazer-se do susto de ver revelado em sua casa o apelido dado ao paulista por ele próprio, Antunes correspondeu ao interesse de Polidoro.

— Um dia, você ainda será feliz em meu hotel. Isso não é tudo que se quer na vida? Ferido por uma irreprimível evocação, escondeu parte do rosto com o guardanapo.

Polidoro aprumou-se.

— Prefiro ser seu sócio, seu Antunes.

Antes de Joaquim sofrear o impulso do filho, o paulista animou-se.

— Quer ser meu sócio? Quem sabe lhe deixo em testamento metade dos quartos. Por que andar tem preferência?

— Pelo apartamento do quinto andar. Quero olhar dali a fazenda Suspiro, que vai ser minha um dia, disse, tão resoluto que imobilizou Joaquim.

— Antes, porém, temos um problema, disse Antunes, preocupado. — O hotel ainda não tem nome. Que tal batizá-lo agora?

Polidoro consultou a mãe. Com as mãos repousadas na mesa, Magnólia piscou-lhe os olhos, encantada por participar de um festim que se realizava dentro de seu coração e do filho.

Polidoro sempre sonhara em atravessar o oceano Índico. Nessas viagens longínquas ia desenhando na retina mulheres com casacos de pele e que levavam aos lábios a taça de um vinho espumante. Sempre paisagens e detalhes extraídos de leituras dos almanaques. Era hora, pois, de concretizar seus anseios.

— Já sei como vamos chamá-lo: Palace. Isso mesmo, hotel Palace.

— Mas que falta de imaginação, protestou Joaquim, preterido pelo filho. — Em todas as cidades do mundo há hotéis Palace!

Sob a proteção da mãe, Polidoro desafiou o pai.

— Se o hotel é um palácio, só pode ser chamado assim, em língua estrangeira.

— E para que queremos um palácio em Trindade? Só se for para guardar prisioneiros em suas masmorras, disse Joaquim, desabrido, sob a ameaça do paulista ambicioso.

— Esse palácio vai socorrer os viajantes. Não está sendo construído à custa do sangue popular, reagiu Antunes, descuidando-se dos humores de Joaquim.

Alheia à disputa, Magnólia sonhava com os monumentos forjados em estreita aliança com a eternidade. Pelas fotografias que vira, esses edifícios, em sua beleza, despediam-se dos afazeres da terra e guardavam como lembrança as obras humanas.

— Belas palavras, seu Antunes, disse ela entre suspiros.

A letargia, provocada pela comida gordurosa, ia causando consequências. Joaquim julgou oportuno dar o almoço por terminado, apesar de Magnólia mexer displicente o doce de leite com a colher, como se ainda lutasse na cozinha para impedir que o leite talhasse.

— É hora da sesta, seu Antunes.

Antunes preparou-se para partir, seguido de Polidoro.

— Aonde vai, filho? disse Joaquim com rara delicadeza.

Polidoro pediu a bênção ao pai. Fez o gesto de acompanhar Bandeirante até o portão. Antunes, por sua vez, na certeza de dirigir-se a Magnólia na cabeceira da mesa, fez-lhe a mesma reverência de quando chegara. Só mais tarde percebeu que ela havia deixado a sala sem se despedir.

O gesto inútil arrancou de Joaquim um sorriso irônico, que exibia os dentes escurecidos pelo fumo. Ante o fracasso do paulista, chamou Polidoro.

— Visite o palácio de seu Antunes. Não é lá que ele lhe prometeu ser feliz? Só espero que a felicidade tenha forma de mulher. É a única que de fato interessa.

Forçando o riso, despediu-se de Bandeirante à porta da casa.

Polidoro dirigiu-se à recepção do hotel. Mágico aguardava-o inconformado com o primeiro atraso em muitos anos. De terno escuro e colete cinza, simulava sofrer os rigores de um falso inverno.

Gostava pouco de falar. Julgava parte de seu dever economizar as cordas vocais, para gastá-las com hóspedes de inegável prestígio. Jamais definiu os critérios que utilizava para firmar tais princípios. Apenas esmiuçava os hóspedes com olhar intolerante, inventariando-os desde os sapatos até a água-de-colônia.

À vista de Polidoro, retirou o relógio da algibeira sem consultá-lo. Agia de caso pensado, para fazê-lo sofrer. Polidoro, porém, ignorou o gesto, apoiando-se no balcão.

— Boa-tarde, disse como se não conhecesse, servindo-se de um ritual há muito consagrado entre eles.

— Ainda bem que não choveu. Não sobrará um só quarto nesse fim de semana, disse Mágico, pomposo, forçando-o a crer que o estabelecimento, embora envelhecido pela ação do tempo, ainda atraía curiosos e casais em lua de mel.

Mágico mentia com o propósito de proteger a honra do hotel. E porque disfarçava a agonia de um prédio que pulsava também em seu coração, Polidoro mantinha-o à frente da recepção, perdoando-lhe a petulância.

— Qualquer dia construiremos um outro andar só para corresponder à demanda, disse Polidoro, retardando a pergunta habitual.

Mágico admitia dever-lhe o emprego e os cheques enviados por ocasião do Natal e que jamais agradeceu.

— Resta saber se as estruturas suportarão o peso de um sexto andar.

Polidoro pousou as mãos sobre o balcão enquanto Mágico, evitando o seu olhar, revistava as unhas pintadas com esmalte incolor.

— Chegou correspondência para mim? indagou, constrangido.

Mágico conhecia as frases de cor. O ritmo, o hálito e o arfar com que eram pronunciadas. Há vinte anos, na mesma posição, Polidoro reunia forças para repeti-las ao cair da tarde, o saguão mergulhado ainda na semiescuridão, sem que ocorresse a Mágico acender as luzes do opulento lustre que pendia da abóbada.

Mágico abriu a gaveta à direita, vasculhando os papéis, convencido de haver visto, afinal, a carta endereçada a Polidoro. Também o fazendeiro parecia convencido de que o correio dessa vez deixara-lhe a carta, como prêmio à sua obstinação.

Com deliberado vagar, Mágico repassava faturas, bilhetes e correspondência jamais reclamados por antigos hóspedes. Dessa forma retinha Polidoro colado ao balcão por alguns minutos.

A desordem da gaveta saltava à vista. O zelo de Mágico, concentrado no traje e no prédio, relegava a parte administrativa a segundo plano. Em compensação, seu temperamento acumulativo conservava até mesmo guardanapos em que certos hóspedes, sob inspiração amorosa, haviam registrado suas frases.

A cada tarde, Mágico afligia-se no manuseio dos papéis, em busca da carta desejada. Vencia-os na ilusão de descartar os registros inúteis, embora lhe faltasse a coragem de jogá-los na lata de lixo. Ia passando de uma gaveta a outra com os mesmos resultados.

— Dessa vez eu jurava que havíamos recebido uma carta, informou, desanimado.

— Volto amanhã, disse Polidoro, dando-lhe as costas, indiferente à própria sorte. Atravessou o saguão em direção ao bar. Olhou o lustre de cristal da Boêmia. Os pingentes, com a luz recém-acesa, brilhavam intensamente.

Bandeirante, em seu tempo, proibira as mulheres de frequentar o bar. De aspecto inglês, Bandeirante decorara-o de acordo com as lembranças guardadas da única viagem feita à Europa. Para justificar por que não queria as mulheres em meio às blasfêmias, ao álcool e ao tabaco, recorria a variadas considerações.

— Não devem frequentar um lugar concebido para nossas grosserias de macho. Tenho receio de ferir sua alma delicada.

De tanto o paulista exaltar as virtudes femininas, Joaquim temeu que Polidoro, ainda adolescente, absorvesse, por pura inveja, parte do espírito que Magnólia exibia entre os afazeres da casa, aquela propriedade da mulher de fazer tudo crescer como milagre. Opunha-se, severo, a esses maneirismos. Queria proteger a alma do filho, sob a ameaça de, no futuro, suspirar simplesmente em nome da gentileza. Queria impor-lhe um código que o depredasse por dentro. Como Cartago, coberta com o sal dos heróis, para impedir as flores de sequer brotarem nos vasos.

Após a inauguração do bar, Joaquim recusara o uísque escocês que Bandeirante oferecia como brinde da casa. De certa forma, a bebida ameaçava-lhes o idioma e os sentimentos que acompanham o álcool. Bandeirante, porém, cioso dos protestos contra hábitos importados em detrimento dos nacionais, persuadia-os de não pretender dobrar-lhes a vontade.

— Uma cultura só resiste quando posta à prova, afirmava, convicto.

No bar, Polidoro cumprimentou Francisco. Acomodado na cadeira de vime, quase de uso exclusivo seu, observou comovido as garrafas dispostas em desordem na estante. Seu humor amargo expressava-se através das sobrancelhas desgrenhadas que se uniam perto da base do nariz. Grudado à mesa, fingiu não ver o delegado Narciso a cumprimentá-lo efusivo. Francisco trouxe o uísque, o balde de gelo e a garrafa de água mineral, que tomava em outro copo.

— O professor Virgílio acaba de sair. Esteve à sua procura. Serviu o gelo com cuidado.

— O que quer ele? disse, seco.

Francisco passou o palito mastigado para o outro canto da boca. Comprazia-se nessa dança enquanto enrolava as palavras, que mal se entendiam, um truque que lhe assegurava o direito de evitar, a qualquer hora, alguma impropriedade capaz de ferir os clientes. Os cabelos negros, reforçados pela tintura, denunciavam o temor de envelhecer. Usava também colete de cetim, a única peça que sobrara da temporada passada num cabaré da Lapa. Sempre que invocada, a aventura carioca trazia-lhe lágrimas.

Ninguém como Francisco conhecia Trindade. Para atualizar-se quanto à vida alheia, lançava mão de recursos nem sempre recomendáveis. Quando tinha sorte de atender a um bêbado, seguia-o por toda a noite até arrancar-lhe as últimas confidências. Sem esmorecer, aplicava toda espécie de esperteza. O próprio Polidoro estimulava-lhe a intriga. Uma vocação como outra qualquer e, ademais, útil para ele. Francisco, porém, antevia o declínio próximo, a velhice a exaurir-lhe o faro, cancelando as oportunidades de ouvir os descontentes. Polidoro seria o primeiro a abandoná-lo. Sempre fora o mais rebelde de seus ouvintes. Quando não o cativava à primeira frase, perdia-o no minuto seguinte.

— Não sei o que o professor quer, mas posso adivinhar. Garanto que é sério. E lançou-lhe uma mirada que prometia ilusões de difícil acesso.

Polidoro sentiu estranho sobressalto. Dominou-se, porém, na expectativa de silenciar o garçom.

Francisco não podia, no entanto, renunciar às agruras de sua vocação.

— Desde que cheguei de manhã ao trabalho, apalpo o bolso o tempo todo. Tenho a sensação de haver perdido um objeto de valor. Uma aliança, por exemplo, confiada à minha guarda. E que deveria ser restituída a seu dono no final da noite. Não sei não, seu Polidoro, mas hoje é um dia diferente. O senhor já olhou como estão as nuvens?

Polidoro não o animava a prosseguir. Não lhe dirigia um só olhar. Semelhante desdém arranharia o prestígio do garçom caso não reagisse.

— O professor tomou o caminho da Estação. Trazia hoje o terno azul das segundas-feiras e a mesma colônia. Decerto, ia para a festa. O senhor sabe a que festa me refiro. O sorriso malicioso de Francisco observava Polidoro, nem sempre afeito às intimidades.

Polidoro mantinha-se indiferente à casa da Estação, como era conhecida a pensão de Gioconda, em cuja porta não batia há duas semanas. Uma ausência que fazia as mulheres suporem que Polidoro voltara a frequentar o leito de Dodô, ou tinha agora cria nova em alguma de suas fazendas. Seu vigor na cama, apesar dos sessenta anos, não prescindia das mulheres.

Alheio à indiferença de Polidoro, Francisco continuou.

— Ele foi, sim, à casa de Gioconda. Não falta uma só segunda-feira.

E escandia as palavras insinuando saber que Polidoro lá não ia desde o dezoito de maio, dia por sinal brumoso e triste. Uma informação que não lhe viera de Gioconda, cuja agenda, onde registrava em letra miúda a frequência de certos cavalheiros na casa, mantinha tão secreta quanto a alma.

Polidoro fechou os olhos, dando por finda a conversa. Melindrado com o descaso, Francisco observou suas rugas em torno dos olhos empapuçados. Via-o envelhecer à sua frente, dificilmente inspirando em quem quer que fosse outra paixão nessa fase da vida.

Afastou-se devagar, na expectativa de ser reclamado de volta. Polidoro acomodou as pernas sob a mesa. Não dormira direito na noite anterior, atormentado pelo medo de morrer sem rever a mulher cujo nome evitava pronunciar. A cada ano vencido, sentia a vida mais curta.

O relógio marcava seis horas. As badaladas do sino da igreja chegaram impulsivas. Concentradas na igreja, as mulheres certamente deslizavam as contas do terço com inevitável nervosismo. Cada conta era uma súplica. Polidoro entretinha-se com tais reflexões, quando um ruído o despertou.

— Estava à minha procura? disse, sem convidar Virgílio a sentar-se.

O professor, apoiando o corpo na perna deslocada para a frente, aguardava o convite. Polidoro fez o gesto que prometia corrigir sua descortesia inicial, constrangido com a presença de Francisco.

— Se soubesse da visita de Virgílio, já teria mandado vir outro copo. Estamos ainda em tempo de corrigir a falta. O que quer beber, professor?

A manobra afetou Virgílio. Polidoro fazia crer aos demais que só o aceitava por não poder evitar sua companhia. Francisco se apressaria em divulgar o menosprezo do fazendeiro por um professor que tinha a casa modesta mas apinhada de livros. E que esbanjava cultura, enquanto Polidoro, leitor de almanaques e folhetos de farmácia, pecava por soberba ignorância, na dependência apenas da experiência pessoal para examinar o mundo.

— Há quantos anos ninguém lhe pede um vinho português bem rascante? O professor, ante o espanto de Polidoro, sorriu para Francisco. — Traga-nos o melhor vinho dessa adega empoeirada. E que seja de linhagem. Hoje é dia de festa, apesar de Polidoro ter-se esquecido de que me convidou.

A insolência surpreendeu Polidoro. Não tinha o professor o hábito de abusar das amizades. Não lhe fez, portanto, reparos. Ao contrário, confirmou o casco empoeirado e o rótulo colorido. Afinal, a segunda-feira aziaga, assaltada por ventos sibilantes desde as primeiras horas do amanhecer, parecia enlaçá-los. Havia que se acautelar.

Francisco não se movia. Temia perder o segredo que Virgílio reservava para o fazendeiro. De posse dele seria rei por uma semana e se sentiria compensado pelas gorjetas escassas e pelo salário apertado, que não lhe permitiam retocar o reboco da casa, ameaçada de ruína desde a morte da mãe. Sem falar que, nos últimos anos, nada alvoroçava os corações de Trindade. Desde o advento das telenovelas, os vizinhos entretinham-se em esquecer suas vidas, antes bordadas com fios que iam do rosa ao verde, sem tal mistura significar escárnio a qualquer estética.

Não havia hoje uma só alma em Trindade disposta a praticar desatinos. Tal encargo fora simplesmente delegado aos atores. E a própria política, antes uma prática pública, perdera o lastro de paixão após a ocupação de Brasília pelos militares. Murmurava-se até que em certas capitais aplicavam-se torturas cruéis contra estudantes e comunistas. Ninguém, porém, dava fé a uma calúnia assacada contra o presidente Médici, o mais simpático general da revolução, às vésperas de ter seu nome para sempre associado à próxima conquista do tricampeonato no México.

Em casa, Francisco combatia a solidão por meio da coleta de intrigas com força para alastrar-se pela cidade. Uma vocação de que não se arrependia, pois julgava indispensável dar atenção aos atos humanos, de que grandeza fossem. De fato, preferia os atos mesquinhos, de difícil decifração. Não via, pois, motivo para ser discreto, arquivando para sempre os segredos nos cofres. Por sua ausência coletiva, os feitos humanos mereciam retornar à sociedade em cujo seio, aliás, haviam sido engendrados.

— E o vinho, Francisco? Não ouviu o que Polidoro disse? Virgílio imitou o fazendeiro com o cenho franzido.

Polidoro aprumou-se na cadeira, não queria ser o primeiro a falar. A iniciativa cabia a Virgílio. Entregue às tramas da história, desse ele, pois, luz ao que se resguardava no pântano que era o coração humano.

Virgílio folheou o livro que trazia. Ao passar-lhe o envelope, suspirou de alívio.

— A carta veio para minha casa, mas está endereçada a você.

Sob o olhar turvo de Virgílio, Polidoro temeu que a carta explodisse em suas mãos. Doía-lhe o peito sob o impacto do fluxo sanguíneo. Suspeitou que a carta, escrita quando da descoberta do Brasil, vencera séculos para desfazer-se agora em pó em sua presença.

Examinou o envelope simulando indiferença. Súbito, notou-lhe uma irregularidade.

— Por que está manchado de gordura?

A ingratidão fez Virgílio estremecer. Além de Polidoro não agradecer o serviço prestado, alimentava sórdidas desconfianças.

— E lá sei de onde veio a mancha! Esses carteiros são uns relaxados. Enquanto merendam, vão limpando os dedos nas próprias cartas, disse, circunspecto.

Polidoro não se convenceu.

— Esta é uma mancha recente. E farejou indiscreto a superfície do envelope. — E tem mais, cheira a frango assado.

Virgílio admirou tanta sagacidade. De fato, quando o carteiro bateu-lhe à porta para entregar a carta na hora em que chupava o osso da coxa de frango, após haver limpado o prato com a côdea de pão, faltou-lhe tempo de ir ao banheiro lavar as mãos. Agarrou então o envelope com dois dedos para não lambuzá-lo por inteiro. De nada valera o expediente, pois Polidoro acusava-o sem oferecer clemência.

Francisco interrompeu-os com a garrafa. Sentindo-se salvo, Virgílio aguardou que o calor do vinho se irradiasse por suas almas. A cada sorvo do tinto a ira se evaporaria.

Enquanto extraía a rolha da garrafa, Francisco acumulava mesuras. Um maneirismo que acusava o cansaço dos anos no ofício.

— Um dia ainda engole este palito. Em seu epitáfio vai ficar registrado que morreu engasgado com um palito. Ou então como os vampiros, que se exterminam com uma estaca cravada no coração, disse Polidoro, irritado.

Francisco defendia, em qualquer circunstância, as boas maneiras. Invejava os hóspedes que, de passagem pelo Palace, deixavam marcas de refinada educação.

— Um vinho assim exige solenidade, disse, gentil.

— Apresse-se. Não temos o dia inteiro para consumir este vinho, aparteou Polidoro.

Ao lembrar-se de que já fora vítima de sua prepotência, Virgílio interferiu.

— Tempo é o que mais nos sobra. Que diferença faz ser personagem do século dois ou do século vinte? Só sabemos deles pelos livros. E que importância podemos ter dentro deles?

Francisco despejou o vinho nas taças do serviço Baccarat.

— São os últimos cristais. Como são belos! Virgílio observou o aspecto taciturno do fazendeiro. — Quais são as notícias da capital?

Polidoro temia apagar com as mãos suadas as letras da carta escritas a tinta. Tinha no peito um ninho de cobras. Trepidantes e nervosas, chocalhavam dentro da cesta, na iminência de lançar o veneno da traição. Era dessa forma que esses répteis, uma espécie condenada no seio do próprio Éden, pleiteavam a felicidade.

Abriu a carta. O papel, espesso como um lenço, tremia-lhe ao dar início à leitura. A letra, quase desenhada, pusera-se de pé por força de um orgulho cujo cheiro chegou às suas narinas como lhe vinham os olores de suas vacas, deusas da Índia que mijavam urina e leite. Indefeso, todos os sentimentos o desarmavam.

Seus cotovelos sobre a mesa ralavam-se na madeira. Lia sem rumo, as letras voavam, a curiosidade de Virgílio aguçando-se. Quem lhes batia à porta àquela hora, para dizimar Polidoro, em geral de coração endurecido pelas lições do pai? Sem ânimo de abordá-lo, viu o fazendeiro perder a vitalidade que hauria diariamente das vacas e dos touros de suas propriedades.

Penalizou-se, esquecido agora das vezes em que o invejara na casa de Gioconda, quando Polidoro deixava o quarto com ar de triunfo, enquanto ele acabrunhava-se com o fraco desempenho sexual. Contudo, jamais lhe cobiçou os olhos melancólicos a vagarem por onde nem o próprio Polidoro sabia. Ao cofiar os fios da barba, parecia desprender surdo lamento.

No balcão, Francisco girou o botão do rádio. A voz de Maria Bethânia, numa canção consagrada ao amor ímpio, ecoou pela sala. Ao apelo dramático da cantora, Polidoro fixou-se na gravura do Quixote, amarelada na parede. Sentindo-se abandonado no mundo, agitava as mãos em direção a um corpo ausente.

— Beije-me a boca. Beije-me na boca! Seus lábios crispados avançavam para uma boca vizinha, que só ele enxergava, disposto a arrancar-lhe a língua, os dentes, o arfar derradeiro.

Virgílio interceptou-lhe os gestos. O fazendeiro retornou capenga à realidade.

— Chegou a hora que eu mais temia e desejava!

Virgílio assombrou-se. Acaso Polidoro, de tanto exaurir os deuses com seus sonhos, fora afinal atendido? E tinha agora os deuses como vizinhos, podendo, portanto, chamá-los pela janela, dizer-lhes o nome?

— É ela que dá notícias?

— É Caetana que chega. Ia recompondo-se devagar.

— Quando?

— Sexta-feira. Leia a carta.

Virgílio apalpou o paletó. Esquecera os óculos.

— Estou envelhecendo. Agarrou a carta com a cautela reservada aos manuscritos de pergaminho. Decifrou afinal o texto.

— E quem lhe disse que é nessa sexta-feira? Caetana refere-se a uma sexta-feira de junho. Como o mês tem quatro semanas, não se refere a nenhuma em particular.

A postura didática de Virgílio irritou Polidoro. Enquanto o outro exibia cultura, ele compensava a ausência de estudos pela ciência que tinha da paixão humana. Ao contrário dos sábios que mal saborearam os corpos das camponesas, pastara sobre os dorsos silvestres com o membro iluminado e cego.

Quis arrancar-lhe a carta. O professor resistia em devolvê-la.

— Ainda vai rasgá-la, vociferou Polidoro.

Virgílio imaginou as consequências, Polidoro em seu encalço, clamando vingança, e de nada lhe servindo refugiar-se na Biblioteca Nacional, reduto onde outrora sonhara consumir sua vida. Ainda que a instituição lhe desse guarida, a pretexto de que, com sua ajuda, desvendariam o que restava de mistério na história do Brasil. Sem contar, é claro, o material soterrado no baú do Vaticano e nos arquivos dos jesuítas, e que o povo brasileiro poderia dar por perdido. Nunca mais o teriam de volta. Faria parte da memória que se dissolve nos tempos sem pretensão de registro. O máximo que lhe permitiriam, a despeito da perseguição de Polidoro, seria transmitir de passagem aos outros historiadores suas suspeitas quanto aos reais motivos de os portugueses haverem se despedido às pressas do ambicioso Dom Miguel, à beira do Tejo, no remoto dia 8 de março de 1500, antes de iniciarem a viagem da qual resultaria a descoberta do Brasil.

— O que houve? Polidoro trouxe-o de volta à mesa.

Virgílio olhou as mãos vazias. Havia devolvido a carta num gesto despercebido. Superado o susto, serviu-se de vinho.

Polidoro admitia com facilidade os erros e os infortúnios que pro-

vocava. De imediato dizia, arrependido, no afã de seduzir sua vítima:
— Sou bruto por herança familiar!

— Leia você em voz alta, pediu Polidoro.

Francisco precipitou-se e, ante o assombro dos dois homens, tomou a carta que Polidoro entregava de novo a Virgílio. Começou a ler com modulações que eliminavam desajustes vocais.

— A carta é para Polidoro e diz: Deixei Trindade de trem numa sexta-feira muito antiga. Lembro-me bem de que chovia. Logo que o apito do trem deu o sinal de partida, esforcei-me em enxergar através dos vidros sujos da janela. Não vi senão o aguaceiro que confundiu a paisagem com os que ficaram estatelados na estação e que, diferentes de mim, jamais sairiam de Trindade. Agora, porém, chegou a hora de voltar. Retorno, pois, neste mês de junho, e pelo mesmo trem que me levou. Escolhi sexta-feira para ter a ilusão de que não se passaram vinte anos. Quanto ao resto, é aguardar. A vida é quem nos dá o recado no canto do ouvido. Assinado, Caetana.

— E a que ano refere-se Caetana? Será mesmo neste ano da graça de 1970? disse Virgílio.

Polidoro não reagia, incapaz de tomar qualquer providência. Virgílio julgou oportuno descobrir onde se encontrava Caetana. Quem sabe escrevera-lhes ao final de uma turnê pelo Nordeste, já com as malas por fechar.

— De onde foi expedida a carta? insistiu.

Polidoro não decifrou o carimbo. Faltando-lhe ar, deixou o bar, seguido pelo professor.

Na praça, perto da mangueira plantada pelo avô Eusébio, olharam-se de novo. Virgílio abstinha-se de falar. As sombras da noite esfriavam-lhe os ossos. Não quis voltar para casa. Ninguém o aguardava na sala com um prato quente dentro da estufa do fogão. Mergulhado nesse desconsolo, pareceu-lhe insuportável compactuar com qualquer mentira.

— Até ontem à noite, nos iludíamos com a felicidade. A partir desta carta será mais difícil, não é?

Apoiou-se na mangueira. A árvore era a única presença tangível no escuro. Intimidado com a sequência de enredos que a vida lhes reservava, Virgílio pressentiu que as emoções fugiam a seu controle. De tanto lidar com livros e papéis, descuidara-se dos sentimentos que turvavam o rosto alheio. Não passava de um solteirão desajeitado quanto às regras amorosas que lhe escapavam como o mercúrio. No entanto, para Polidoro e seu círculo de amigos, iniciava-se a contagem de outro capítulo de uma história interrompida no passado, sem que se tivessem preparado para os vinte anos de uma longa espera.

Para se livrarem da escuridão, avançaram até o poste. A luz incomodou Polidoro. Para onde fosse, a sombra de Caetana espreitava-o, ciente, onde quer que estivesse, de que Polidoro, com a carta no bolso, já não voltaria a dormir. Sob o signo dessa certeza, Caetana poderia fazer as malas com extremado cuidado, para não esquecer os pertences nas pensões e nos camarins que percorrera sempre apressada. Junto com o bando de artistas, cada ator deixando nos camarins mensagens de angústia e de esperança escritas nos espelhos com carmim. Dessa forma advertiam os saltimbancos, seus sucessores naqueles picadeiros, de que o suor de artistas como eles só seria de fato apreciado caso despertassem os aplausos da plateia.

— Aposto que Caetana já tem as malas prontas. Tudo que faz agora é aguardar o apito do trem para partir. Já não é sem tempo. Ela nos fez esperar vinte anos! Eu já começava a me cansar. E num suspiro que refrigerou o rosto de Virgílio perto do seu, Polidoro tentou descontrair-se. — Onde já se viu tanta desconsideração?

De repente, desatento ao que lhe dizia, Virgílio segurou o braço de Polidoro.

— O que houve? O fazendeiro assustou-se.

— Você se esqueceu do trem.

— O que tem o trem? Não atinava com a angústia do professor.

— Acaso se esqueceu de que o trem já não passa mais por Trindade?

Polidoro empalideceu. Levou as mãos ao rosto. Tremia como quando teve malária e o cobriam com mantas inúteis. Virgílio ouviu o surdo ruído que lhe saía do peito. E estremeceu com um choro que não sabia se era seu ou de Polidoro.

Tomado às vezes de fervor bucólico, Virgílio chamava as mulheres da casa da Estação de vacas sagradas do rio Ganges. Queria-as orgulhosas dos sentimentos que inspiravam aos comuns dos mortais.

— As vacas têm aparência desprezível, mas são capazes de mugir por mais de vinte horas sem demonstrar qualquer fadiga.

Gioconda não se deixou convencer.

— Se é elogio, por que nos chamam de vacas quando querem nos ofender?

No lazer das segundas-feiras, Virgílio convencia as Três Graças, constituídas de Diana, Sebastiana e Palmira, de que a atribuição grosseira era insincera. Na Índia, adoravam as vacas em detrimento dos homens.

— Nesse país, elas pariram a humanidade em meio a urina e fezes. Igual às mulheres. Além do mais, as vacas prestam-se a desatinos, como os poetas, disse ele com ar sonhador.

Virgílio esfriava o chá trazido por Gioconda com seguidos sopros. Mais reconfortado com o calor da infusão, reclamou do excesso de tempero que a realidade comportava.

— Eu, por exemplo, levo sal, pimenta e alho na voz. De tanto haver lecionado, tenho as cordas vocais inúteis e uma aposentadoria de pária.

Agradecido por tanta atenção, quis distinguir Gioconda com epíteto nobre.

— Você é ao mesmo tempo rainha das vacas e matrona de Roma.

Suspeitando que o professor lançava-a à categoria das mulheres já perdidas para o amor, Gioconda ressentiu-se. Esses títulos encerravam a pérfida insinuação de que os dias, arrancados às pressas da folhinha, haviam-na despojado dos últimos vestígios da juventude.

— Só não lhe ofereço os biscoitos de polvilho, e mostrou a lata quase vazia, porque são os últimos, disse, avara.

Ao notar-lhe a mágoa, Virgílio defendeu as analogias quando nascidas do coração. Afinal, a matrona romana influenciara igualmente o lar e o senado. Quantas províncias de além-mar não foram saqueadas a pedido dela?

— Às vezes, embrulho tudo, como se estivesse a embaralhar as cartas. Sou mau jogador. Nunca tive um coringa nas mãos. Aliás, o único coringa de Trindade é Polidoro.

Simulando modéstia, desfez-se, diante das Três Graças, do título de zeloso observador do cotidiano e da alma humana, como forma de punir-se pelas ofensas casualmente impingidas.

Gioconda satisfez-se com as explicações. Esse homem, no trato com a realidade, inspirava-lhe ternura. Via agora a originalidade do retrato que lhes fazia. E querendo retribuir as atenções, saudou suas virtudes viris, tão escassas ultimamente.

— Não me pergunte quem o elogiou. Nesta casa exerço o sacerdócio. Recolho confissões e não denuncio a fonte.

Virgílio ruborizou-se. Jamais lhe pareceu gracioso o instrumental que a natureza lhe concedera. Ao contrário, porque lhe faltasse com frequência, tendia a usá-lo com reserva.

— Tem certeza de que se referem a mim?

Arrumou o nó da gravata no espelho da sala incendiada pelo vermelho das paredes e dos sofás. Talvez seu vigor se devesse ao leite materno, tomado até os três anos de idade. Junto às tetas da mãe, castigava-as com a boca sôfrega. Ele de pé e a mãe sentada, impaciente por retornar aos afazeres da casa.

— Ah, Gioconda, a despeito do mal que falam das mulheres, são elas de fato os melhores frutos da terra.

Aos poucos, Gioconda adestrava-se na arte de iludir os demais. Há muito soterrara os sentimentos em prol das palavras que iam saindo de sua boca vestidas de arlequim, colombina e pierrô, uma evocação carnavalesca que escondia a quarentena triste após os festejos. Aos domingos, sobretudo, sucumbia ao vazio, a despeito dos suculentos pratos de arroz, feijão, lombinho de porco, mandioca frita, vindos à mesa.

Naquela segunda-feira, por motivo inexplicável, os clientes, ansiosos por regressarem aos lares, bocejavam sem parar. O rancor acumulado no longo e pachorrento domingo familiar os exaurira, só tendo marcado presença na pensão por fidelidade ao cumprimento de uma agenda onde também cabia o desejo.

Virgílio mesmo, tão logo aparecera, anunciou a decisão de partir nos próximos trinta minutos. Não lhe viessem, pois, com afagos, nem lhe tirassem o paletó, como quem chegou para ficar no colchão de alguma delas horas seguidas. Polidoro aguardava-o no bar do Palace. Tinham muito que conversar.

— Pena que não possa vir, Gioconda. O prédio é velho, mas ainda é elegante. Ali ninguém tem pressa. Só o país tem pressa. Ainda bem que o Brasil pode crescer sem nós! disse para animá-la.

Antes de devolver-lhe o chapéu, Gioconda tirou a poeira com a escova.

— Quando for velha respeitável, irei beber um vinho com vocês. Não vai faltar muito.

Ele ajeitou a aba do chapéu. Um legítimo Ramenzoni, um dos últimos produzidos pela fábrica antes de falir. Voltou-se para Gioconda. Acariciou-lhe o rosto com gesto distraído.

— Você nunca envelhecerá, disse antes de sair.

Naquela tarde, apesar da calma fortalecida pelo cansaço das Três Graças, Gioconda pressentiu um perigo iminente. Temia a presença de intrusos invadindo a casa, tapando-lhes a boca e o coração, sem propósito prático. Tarde da noite, ainda arrastava essas inquietações.

Sem vontade de dormir, acomodou-se na sala. O peito rugia como se estivesse acatarrada. Para acalmar-se, olhou a janela, atraída pelas sombras. Surpreendeu um homem na calçada, encostado na árvore. A luz do lampião não lhe revelou o rosto. Com angústia, aspirou o cheiro de café recém-coado que vinha da cozinha. O relógio marcava três horas e ainda não tinha sono.

O homem na calçada ora fazia menção de partir, ora fiscalizava os tijolos da casa aquecidos pelo calor das putas. Cansada, Gioconda retornou à poltrona. Com as pernas pousadas sobre a banqueta, pensou, contrafeita, no homem. Logo afugentou a lembrança, atraída por outras. Em certas noites pegava no sono ali mesmo. Sentia o assédio dos fantasmas, vindos especialmente para depenar suas ilusões e a esperança. Insistentes, queriam envolvê-la com a mortalha do desprezo ou da indiferença. Em meio a essa forma de invasão, Gioconda suspeitava se não estaria assim sonhando a própria morte. Entre sobressaltos, afugentava tais presságios com impropérios.

Sentiu frio. Com as pernas a descoberto, ajeitou o penhoar no corpo. Tinha preguiça de buscar o cobertor no outro andar. Ouviu, porém, ruídos à porta. Suspeitou que fosse o estranho. A respiração tensa parecia vencer os nódulos da madeira para pedir socorro. Quem sabe tinha buracos na sola dos sapatos e o estômago encolhido pela fome. Mas, ainda assim, capaz de garantir que longe dali havia, à espera de Gioconda, uma vida anônima e mesa farta.

Seduzida por tal consolo, Gioconda abriu a porta. Polidoro adiantou-se com os olhos dilatados. Pelo bafo, havia bebido.

— Você está sem sorte. Todo mundo foi dormir. Sou a única coruja da casa.

Familiarizado com o vermelho que salpicava as poltronas e o papel de parede da sala com uma aparência dramática, Polidoro aspirou o cheiro de suor e de perfume entranhado nos objetos espalhados sobre os móveis.

— É a cor da paixão, dizia Gioconda, justificando o vermelho aos clientes sensíveis, quando a vida fugia deles e havia que lhes afagar as mãos.

Polidoro acomodou-se na poltrona. Ela cedeu a banqueta. Sempre o tratou com esmero. Era um cliente fiel. Comparecia à Estação duas vezes por semana. Graças a ele, Gioconda instruía as Três Graças a que variassem de penteado e de pintura no rosto. Para suscitarem-lhe assim a ilusão de haverem desembarcado da Itália e do Japão. De outro modo, exaurido o desejo, os clientes se recolheriam cedo ao leito conjugal, esquecidos das doçuras que poderiam haver encontrado na casa.

A despeito dessas providências, há muito Polidoro dava mostras de enfado. Tardava em escolher quem seguir até o quarto. E nas sextas-feiras, coincidindo com Ernesto, pedia-lhe que o estimulasse com gestos obscenos, jamais repetidos por eles longe da Estação.

Certa feita, confessou condoído: — Como cansa ser macho. Se não apareço aqui duas vezes por semana, vão espalhar por Trindade que estou broxa.

Gioconda respeitou seu silêncio. As contrações da testa escureciam-lhe o rosto. Ele esboçou um gesto. Parecia cansado.

— Como se encontra, Gioconda?

Ela indicou o pequeno bar, após servir-se de licor de jabuticaba.

— Estamos todas envelhecendo, Polidoro. Já não nos chamam, como antes, as meninas da Estação. Somos as únicas que sobram do antigo bando. E não temos substitutas nesse ofício. As novinhas agora tomam a garupa de uma moto e somem daqui. Só nós ficamos.

Ele esforçava-se por seguir a conversa.

— Nunca quisemos abandonar Trindade. O tom de voz, melancólico, esclarecia o estado de espírito de Polidoro.

— Você tinha motivo para ficar.

— O mundo para mim cabe dentro deste município, disse ele, os olhos postos num horizonte imaginário. — Há vinte anos não viajo.

— À espera de Caetana, que podia aparecer a qualquer momento. E Gioconda encaminhou-se para a janela numa atitude hostil, as pernas entrevistas através da fenda do penhoar.

Polidoro observou-as sem luxúria. Brancas e gelatinosas, recordaram-lhe a beleza de outrora. Enterneceu-se. Também as angústias da mulher eram de origem sinistra.

— E você? Nunca esperou por ela?

Presa à moldura da janela, Gioconda fingiu não ouvir. Parecia divagar para um interlocutor invisível.

— Você se lembra de como os circos vinham antigamente nos visitar? E que ríamos de qualquer jeito, mesmo quando o palhaço não sabia fazer graça? Abandonou a janela para encará-lo de perto. — Por que será que os circos desapareceram?

Polidoro afastou a banqueta. Pediu licença para tirar as botas. Pesavam após tantas horas.

— Quer um sanduíche?

Polidoro havia comido no boteco, antes de fecharem. Em casa, esperava-o dentro do forno um banquete, que Dodô teimava em deixar, sabendo de antemão que o marido não viria. Só pelo prazer de acusá-lo na manhã seguinte de causar desperdícios.

— Você ainda vai nos empobrecer, Polidoro. A geladeira está cheia de comida que você nem quis provar. Por onde tem andado, que vive com esta cara triste?

As palavras de Dodô previam suas reações, de que ela carecia para sentir-se objeto de atenção por parte do marido.

— Pois não faça então o jantar. Ademais, tenho dinheiro para fartar Trindade inteira. Deixe de ser mesquinha.

— Não esqueça que parte do dinheiro é meu também. Dodô desafiava-o, apontando-lhe o leque com algumas varetas quebradas.

— Pensa que me esqueci? Não precisa me recordar a cada semana.

Polidoro acercou-se do móvel do bar. Movia-se entre as garrafas como dono da casa. Abrindo e fechando as gavetas.

— Com este frio, prefiro uma cachaça. Me acompanha? Sorria, descontraído.

— É muito forte. E ainda estou de serviço, respondeu, irônica.

— Por mim, está dispensada.

Polidoro sorveu a cachaça com gosto. À primeira talagada, sentiu que era de alambique nobre, que ele mesmo fornecia a Gioconda.

Ela disfarçou os sentimentos. Não queria expor-se. A voz, porém, traía ressentimento.

— O que o trouxe aqui, depois do sumiço? Poderíamos ter morrido e você nem saberia. Pela proximidade, quase recebia o hálito de Polidoro impregnado de álcool.

— Você nunca me perdoou, não é? Ele registrou sua antiga ânsia de vingança, há muito abafada. Ambos trocaram olhares rancorosos. Polidoro buscou em seu rosto um ponto vulnerável, para melhor observar os estragos que ia causar.

— Você nunca me disse seu nome de batismo.

Gioconda absorveu o golpe, como se o passado não pudesse feri-la. Aprumou-se com orgulho, esquecida do penhoar ligeiramente aberto à altura dos joelhos.

— Já não me lembro. Só me ficou o nome dado por Caetana. É com ele que quero ser enterrada.

— Por que Caetana quis mudar seu nome?

Esquecido da adversária, interessou-se de fato pelo episódio que ignorava. Talvez fizesse parte de um conjunto de medidas que determinaram a partida de Caetana sem qualquer aviso. De temperamento impulsivo, ela ofendia-se por banalidades.

— Caetana tinha a mania de consertar o que lhe parecia feio. Como artista, não se conformava com a realidade. Me lembro dela dizendo que um nome podia alterar o destino. Perguntei-lhe então, e de que nome preciso? Ela respondeu sorrindo, Gioconda, a da dança das horas. Tive vergonha de perguntar de quem se tratava. O que sabia eu do mundo de Caetana? Cada vez que ela repetia meu nome, sua voz ia ficando grave. Uma voz que me fazia chorar e rir. Um dia, indagou, está feliz, Gioconda? Quando respondi sim, foi a uma caixa forrada de veludo, cheia de bugigangas. E separou este anel.

Gioconda observou o anel. O metal perdera o brilho, afundado no dedo agora mais gordo.

— Este anel é minha sina, disse para si mesma. E sob o impulso da história que estava contando, sentiu-se de volta ao camarim de Caetana.

— Caetana então me disse...

Com pudor de prosseguir, Gioconda deteve-se. Já não aceitava Polidoro como interlocutor.

— O que disse ela?

Expulso da sala e do passado de Gioconda, o rosto de Polidoro ardia por causa do álcool e do ciúme. Não se conformava com Caetana, que renunciara à sua tutela para entregar-se a andarilhos que talvez a possuíssem agora, sem respeitar as marcas da volúpia deixadas por ele em seu corpo. Não podia suportar a ideia de que ela fora feliz sem ele. Quis golpear Gioconda, responsabilizá-la pelos sentimentos malignos que propiciaram a fuga de Caetana.

Gioconda pressentiu o perigo, os vapores do álcool provocando-lhe uma febre raivosa.

— Por que veio até aqui? Ela preferiu antecipar-se. A visita dele queria abalar as estruturas de seu lar de puta.

— Vim pedir um obséquio.

Serviu-se de cachaça. O gole queimou a garganta. Afrontou, então, a mulher. O favor não devia torná-lo cativo de seus caprichos.

— Preciso de que o Dr. Mendes, da Ferrovia, desvie o trem para Trindade. Faça o trem passar por aqui na próxima sexta-feira. Aliviado, encheu o copo outra vez.

— O trem? Você está louco! Há mais de sete anos que nenhum trem passa por aqui. Gioconda examinou a situação, sem atinar com as razões do pedido.

— É só ele dar ordens para desviar a locomotiva para nosso ramal e trazê-lo até nós. Do resto cuido eu. Mando limpar os trilhos e o prédio da estação.

— É tão importante assim? Viu-lhe a aflição, o peito franqueado para que ela o pisoteasse. Ante o silêncio, insistiu: — Que mercadoria o trem traz que não pode vir pela estrada?

Sua desconfiança crescia. Não teria condições de ajudar sem conhecer a verdade.

— Pensei que fôssemos amigos, disse ele, hesitante.

Gioconda mostrou-se irredutível. Devia designar-lhe a mercadoria, de outro modo recusava-se a ajudá-lo.

— É um amigo que precisa desembarcar sem ser reconhecido.

Ele não queria recorrer ao governador. Tal pedido despertaria suspeitas. De imediato Polidoro se tornaria alvo fácil de intrigas políticas. Quanto a ela, nada tinha a perder. Era bem conhecida a paixão que o engenheiro lhe devotava.

Fez menção de partir, dando o assunto resolvido de forma positiva. Gioconda, porém, não o acompanhou à saída.

— Não me leva à porta?

— Diga antes o nome desse amigo, insistiu ela sem esmorecer.

— Quer saber mesmo? Ameaçou-a sem piedade.

Gioconda pensou em recuar. Ainda havia tempo de resguardar-se da curiosidade mórbida. Polidoro, porém, estalou os dedos num ruído provocador. Parecia um relógio de alarme.

— Caetana.

Gioconda empalideceu. Em reação imediata, refugiou-se apressada na cozinha. Polidoro ouvia a água jorrar da bica aberta. Quando afinal ela retornou, cada passo, da cozinha à sala, desfalcava-a de um pedaço do próprio corpo. Esquecera-se de secar o rosto molhado.

— Posso contar com você? Ele recuperara a situação.

— Com uma condição.

O rosto de Polidoro não se mexia.

— Também irei à estação. Quero esperar Caetana na sexta-feira.

Polidoro dirigiu-se à saída, desatento a Gioconda. Ao abrir a porta, o frio da rua espalhou-se pela sala. Dobrou os braços à frente do peito, não podia resfriar-se. Tinha a vida concentrada em Caetana. Apalpou a carteira no paletó, levava dentro o único retrato que tinha da mulher. Às vezes, consultava a foto para refrescar a memória com detalhes que a cada dia iam-lhe faltando.

Ao cruzar o batente, Polidoro respirou o ar da noite. Colheu indícios de que retornava à vida com espessa volúpia. Olhou Gioconda, devia-lhe uma resposta.

— Está bem, Gioconda. Iremos juntos.

Tinha agora pressa de deixar a casa. Felizmente vencera uma noite mais. Deu os primeiros passos em direção à calçada. Logo amanheceria. Havia muito que fazer naquela terça-feira.

Ernesto e Virgílio disputavam a honra de identificar a cama que fora palco dos amores de Caetana e Polidoro. O pleito iniciara-se pela manhã na farmácia Bom Espírito.

Polidoro convocara-os após o banho, sob os protestos de Dodô. A seu lado, ela acusava-o de dependurar-se no telefone quando estava em casa. Indiferente a seus reclamos, ele parecia feliz.

— O que está tramando, Poli? Usava o apelido para atiçar-lhe os velhos temores conjugais.

Ele aceitou o pão de queijo para dar-lhe prazer. Dissuadindo-a de qualquer suspeita, bateu a palma da mão contra o bolso.

— Estou prestes a fechar um grande negócio.

Os olhos de Dodô brilharam de cupidez. Ganhou súbita graça, pois nada a bafejava tanto quanto a perspectiva de adquirir terras, como se não lhe bastassem as que já possuía. Sonhava em ver o retrato estampado nos jornais estrangeiros, como exemplo de latifundiária brasileira, dona de milhares de zebus exóticos, trazidos de barco da Índia, podendo sozinha abastecer um país como a Bélgica.

— Veja lá o que vai fazer, advertiu-o, após a euforia inicial.

Na farmácia, Polidoro manifestou urgência em restaurar o quarto do Palace que Caetana e ele ocuparam no passado. Exigia irrestrita fidelidade à decoração anterior, de forma a que Caetana, envolvida por sua magia, jamais suspeitasse de haver abandonado Trindade, o tempo suspenso induzindo-os a crer que eram vinte anos mais jovens.

Aquele amor comoveu Virgílio. Esforçando-se em provar sua solidariedade, tocou-lhe o braço, para o fazendeiro registrar sua emoção. Falava com dificuldade.

— Ah, Polidoro! Nunca o imaginei sensível à poesia. Ou que tivesse alma tão feminina! Limpou o rosto, ansioso de que lhe vissem o monograma bordado no lenço, as mesmas letras entrelaçadas que se estendiam também à roupa interior.

Ernesto suspeitou do pranto. Prendia-se decerto à solidão do professor. Para consolá-lo, mostrou-lhe que o amor tinha como destino fazer a carne arder na mesma pira onde outrora se lançavam as viúvas inconsoláveis. Embora sujeito a tantos desatinos, o amor sabia engendrar seu próprio sistema de cura. Tão logo Caetana chegasse, a casa do amor, por tantos anos em desalinho, prontamente se poria em ordem.

Distante do debate, Polidoro vagava por paragens só suas. Aqueles homens dissertavam sobre os caprichos dos afetos com exaltada autoridade. O próprio Ernesto, descuidando-se dos fregueses com receitas por serem aviadas, despachava-os impaciente. Garantia-lhes, com breves afagos, ser a hora imprópria para consultas. Tinha agora o amor como paciente. Com a diferença de que, instalando-se no corpo, o amor de imediato revitalizava a saúde.

— O amor é o melhor dos remédios. Cura qualquer mazela e avaria física. É um demiurgo que faz milagres, disse, ocupando-se de Virgílio.

Os cuidados de Ernesto com Virgílio sensibilizaram Polidoro. Ao mesmo tempo envergonhou-se de manter-se alheio à sorte do professor.

— Ah, Polidoro, como esses anos custaram a passar!

Com a voz embargada, Virgílio mantinha o lenço amassado entre os dedos. Naqueles anos, graças à generosidade de Polidoro, também convivera com a sombra de Caetana. E, à falta de família própria, levara estampado no rosto o retrato de Caetana, visível igualmente a Polidoro e a Ernesto. Com que orgulho fora fâmulo de um amor que buscara refúgio no Palace, após Caetana encerrar sua função no circo.

Eram amantes tão sôfregos que Virgílio chegara a sonhar ter um dia em seu prato um naco da carne que comeria com a paixão inventada pela fome.

Polidoro não queria chamar a atenção. Até sexta-feira se desvelariam em gestos discretos. Portanto, não levaria mais que um homem ao hotel.

Ernesto quis acompanhá-lo. Mas Virgílio, sentindo-se preterido, avocou sua condição de historiador, que o obrigava a pôr-se à frente dos acontecimentos.

Ernesto reagiu aos queixumes.

— Acaso sabe, como eu, curar feridas e mágoas? Aplicar injeções?

Os sentimentos corporativos irritaram Polidoro.

— Quem tiver memória mais apurada, vem comigo.

Virgílio e Ernesto não disfarçavam a mágoa que bebiam do mesmo copo.

— Digam-me, sem titubear, o dia do mês e da semana em que Caetana partiu de Trindade sem deixar um só bilhete.

A memória de Ernesto vacilava com frequência. Na escola, ao declinar as desinências latinas, indispensáveis à tradução de certas frases de Cícero, esforçava-se em vão por acertar. Tudo lhe saía truncado, confundindo Cícero com Catão. Tinha, porém, vaga lembrança do dia funesto. Estava à mesa jantando quando Polidoro o convocou urgente ao Palace só para comunicar-lhe a deserção de Caetana e de sua trupe de assassinos da arte. O jantar, mais caprichado que o habitual, garantia-lhe ser um aniversário familiar. Mas de quem? Dele, da mulher, ou do filho mais velho? A memória traía-o, negando qualquer subsídio valioso. Não lhe vinham senão dispersas reminiscências. Uma carência que o privava de repente de julgar-se dono do próprio passado, incapaz de testemunhar a respeito da própria vida. Dessa forma, qualquer vizinho inescrupuloso poderia alardear-se no botequim de episódios que de fato lhe pertenciam.

Insensível ao esforço de Ernesto, Virgílio pediu a palavra. Sua cerimônia sugeria superioridade intelectual.

— Foi na sexta-feira, dia 3 de maio de 1950. Naquela manhã, o trem saiu de Trindade com dez minutos de atraso, por causa da chuva. Portanto, às nove e quarenta e cinco. A chuva começou na véspera, antes do almoço, na mesma hora em que Polidoro foi chamado às pressas e viajou à fazenda Suspiro, para ver de perto os estragos causados pela caixa-d'água que arrebentou na cozinha, levando na enxurrada a feijoada que Dodô mandara preparar para o batizado do afilhado Joãozinho, nascido de Doçura e de Maneco, gente dali mesmo, no tempo em que o capataz era seu...

— Chega, impacientou-se Polidoro. — Você ganhou.

Decretada a vitória, Virgílio consolou Ernesto, sempre com maneiras fidalgas.

— Se os historiadores não tivessem memória, como iríamos defender a história do Brasil frente aos estrangeiros que aqui atracam para roubar nossos documentos?

Pouco afeito aos exercícios físicos, custou a seguir Polidoro. No saguão do hotel, Mágico assustou-se.

— O que o traz aqui a esta hora?

A despeito da encenação, Mágico mentia-lhe. Francisco decerto informara-o na véspera da vinda de Caetana.

— Não é verdade que já sabe? Polidoro não lhe concedeu tempo para recuperar-se do susto. — Nesse caso, bico calado. É segredo, ouviu? Quanto a Francisco, ainda mando um dia cortar os cachos dele.

Mágico empalideceu. Quis protestar em defesa de Francisco.

— Não importa. Tudo que quero é saber agora quem ocupa a suíte do quinto andar. Apontou para o alto, a vista esbarrando no lustre de cristal apagado.

— Um casal em lua de mel. Eles ficam até sábado. Vieram de Miracema. A família do rapaz tem uma pequena fabricação caseira de sabão. Do tipo português, com a cruz-de-malta. Parece gente boa.

— Tire-os de lá agora mesmo. A qualquer pretexto.

— Mas eles ainda estão dormindo! Nem pediram o café da manhã. Em lua de mel, o senhor sabe, ninguém dorme cedo. Sorriu pela primeira vez, querendo comovê-lo.

— Quem trepa a noite inteira precisa de repouso. Sendo assim, dou duas horas mais. Depois, mude-os de quarto. Mas como são de Miracema, onde tenho amigos, a direção custeia a temporada. Incluindo comida e bebida.

Encaminhou-se até a porta fechada à direita da recepção. Tinha total domínio das dependências do hotel. Mágico seguiu-o. Insistia com o casal.

— Se não falar com eles, expulso-os daqui, mesmo que estejam fodendo, disse, furioso, enquanto abria a porta que dava para a escada.

— Vamos agora testar sua memória, Virgílio. E para Mágico, na retaguarda. — Traga-me a chave do porão.

Polidoro vencia os degraus com extrema desenvoltura, em contraste com a lentidão de Virgílio que, à falta de luz e com receio de cair, amparava-se na parede.

— Pode contar, são vinte e sete degraus, esclareceu Polidoro. Instalado no porão, tentava abrir a porta. A fechadura resistia.

— Que merda de chave é esta? Há quantos anos não se usa esta porta? Afinal, a porta cedeu. Rangia emperrada. Polidoro tomou a dianteira.

— Acenda a luz, Mágico.

No escuro, Mágico tropeçou em Virgílio, que o agarrou desamparado. Juntos, os dois localizaram o interruptor. A luz revelou um cemitério de móveis, com lápides por todos os lados, sob forma de cadeiras de pernas para o ar, não havendo nos móveis e nas caixas informação quanto à sua origem. Reinava absoluta confusão. Apinhados, os móveis criavam ao longo do salão um labirinto a ser vencido com zelo e determinação.

— Como iremos descobrir os móveis e o colchão do quarto de Caetana em meio a tamanho desalinho? suspirou Virgílio.

— Não sairemos sem o serviço feito. Melhor prestar atenção, ordenou Polidoro. Deslizando as mãos pelos móveis, sentiu a crosta de sujeira incrustada neles como um rubi sem brilho. Esforçava-se em identificá-los. Dava início à excursão por um território onde não dispunha de mapa para orientá-lo. No empenho, porém, de vencer os obstáculos, ia desobstruindo o caminho para forçar a passagem até o outro extremo do porão, de onde desfrutaria de visão mais abrangente. Tinha esperança de ver a busca compensada.

— Sabe ao menos o que procura? disse Virgílio.

— Não me interrompa, por favor. Vencia nervoso o mar de sargaços, seguido por Mágico e Virgílio, que aos poucos ficavam para trás, um agarrado ao outro, para não se perderem. Afetava-os o universo povoado de escombros e de memórias desfeitas.

Apesar de tantos cuidados, mais desastrado que Mágico, Virgílio esbarrou numa pilha de caixas, que começou a desmoronar em cima do historiador como um castelo de cartas. Prevendo o desastre, Mágico precipitou-se para salvá-lo. O gesto, oportuno, não impediu que Virgílio se assustasse.

— A quem devo a vida? disse, estupefato.

Mágico abriu-lhe os braços para que se aninhasse entre eles. Diante do homem que o salvara, Virgílio cedeu à atração do calor humano, esquecido dos móveis. Os ruídos da confraternização alertaram Polidoro.

Virgílio, ainda nos braços de Mágico, notou-lhe o esforço por localizá-los.

— Estamos aqui, perto da pilha de colchões, informou Virgílio, receando achar-se fora da área de visão do fazendeiro.

Polidoro viu os estragos. À falta de vítimas, aliviou-se. A imprevidência de Virgílio, porém, retardara a busca.

— Por quanto tempo vão ficar abraçados? criticou os dois desajeitados.

Livre de Mágico, Virgílio tapou a boca com o lenço, protegendo-se da poeira levantada na queda das caixas. Em meio a tais cuidados, olhou à esquerda.

— Olhem só os colchões que buscamos! disse, lançando-se à nova pilha.

Contido por Mágico, que queria examinar sua tíbia para ver os estragos causados pelo acidente, não conseguia mover-se. Polidoro impacientava-se com a excessiva misericórdia em tempo de guerra.

— Sabem que horas são? Em menos de três dias, Caetana desembarca em Trindade.

Com um safanão Virgílio expulsou Mágico, esquecido da gentileza.

— Juro que descobrirei o colchão de Caetana. É a peça mais importante de todas. Escandia as palavras de modo a tirar-lhes qualquer insinuação sórdida, embora no íntimo julgasse absurdo forçar Caetana a deitar-se em qualquer daqueles colchões.

— Você está louco, Virgílio. Como descobriremos o colchão no meio desta sujeira? esbravejou Polidoro, inconformado com os estragos promovidos pelos anos.

Ferido pela incredulidade do fazendeiro a quem servira com irrestrita lealdade, Virgílio reagiu. Afinal, o ofício de historiador, ainda que modesto, ensinara-o a extrair dos documentos o melhor proveito. A boa técnica recomendava inventar, sempre que enfrentasse situações desfavoráveis. Portanto, no afã de identificar o colchão dos fogosos amantes, lançaria mão de tais recursos. Aquele mesmo colchão onde, despidos e solitários, tiveram a si próprios como única referência das formas humanas. Sob o primado do orgulho, entre carícias e suspiros, nenhum outro corpo representara melhor para eles o homem e a mulher.

Por outro lado, constrangia-o que Polidoro lhe exigisse provas do antigo amor. Ufano e diligente, o fazendeiro, longe de representar um autêntico personagem romântico, luzia agora a barriga crescente de um bufão. Desgovernado, no entanto, pela arrogância oriunda da riqueza, Polidoro queria reconstruir, à beira dos sessenta anos, a paixão que tivera como moldura os sonhos de uma época dourada.

Os olhos postos no colchão, pareceu a Virgílio ver surgir de uma zona de sombras Caetana, a mover as ancas com voluptuosa determinação, para que o sexo exaurido, mas ainda magnífico de Polidoro, não lhe fugisse da vagina. Seus meneios sábios constringiam-no dentro dela, obrigando o apêndice do homem a nadar agônico em seus tenebrosos interiores tomados de lava e de água salgada.

— Agarre-se às margens deste vulcão, gritou Virgílio, descomposto.

Sob as lembranças de um amor que jamais aderira à realidade, Polidoro assustou-se também. No porão abafado, estavam sujeitos a delírios.

— Quer tomar um pouco de ar fresco? sugeriu Polidoro.

Virgílio lamentou a interrupção. O episódio não voltaria a repetir-se. Ajoelhou-se no chão à cata de um objeto. Nessa posição, o frio do cimento penetrava em seus ossos. Mágico e Polidoro participavam de sua busca.

— O que estamos procurando? disse Mágico.

— Meu chapéu, disse Virgílio. — Perdi meu chapéu no aluvião das caixas.

Responsável por uma tribo propensa a desatinos, Polidoro assumiu o comando.

— Voltemos ao trabalho. Eu lhe consigo outro chapéu ao sairmos daqui.

O chapéu era insubstituível. Levava-o à cabeça a cada segunda-feira, quando ia de visita à casa da Estação. E na festa que os alunos do colégio estadual ofereceram-lhe por ocasião de sua aposentadoria, referiram-se ao chapéu como símbolo de seu amor pela história do Brasil.

— Este mesmo chapéu acompanhou-me no enterro de minha mãe.

Mágico não participava do debate. Apalpando o chão, persistia na busca. Esbarrou afinal num objeto.

— Não estará debaixo desta caixa?

Virgílio lastimou o chapéu amassado. Imediatamente se pôs a modelá-lo, no afã de devolver-lhe a forma original, concentrado, porém, na pilha de colchões. Queria prover sua memória com detalhes que facilitassem a identificação do colchão. Retomava com vagar os anos distantes. Alguns meses surgiam com extrema nitidez. Certos dias de sol, aliás, jamais apagara da memória. Sobretudo a terça-feira em que batera à porta do quinto andar do Palace para prevenir Polidoro, na companhia de Caetana, de que Dodô, antes da data prevista, havia regressado a Trindade.

O fazendeiro, com um robe comprado no Rio de Janeiro, recebeu-o contrafeito. O rosto abatido indicava que não dormira. A sala exalava lavanda fresca. A bandeja, com o café da manhã, fora depenada. Não sobrara uma só migalha de pão. Uma das xícaras trazia na borda marcas de batom, acusando o hábito de Caetana de pintar os lábios cada vez que terminavam de fazer amor. O rebuliço na sala denunciava pressa em retornar ao leito.

Polidoro mostrou-se indiferente ao retorno de Dodô. Só reagiu ao argumento de que Caetana, exposta aos escândalos da mulher, jamais o perdoaria.

— Nesse caso, irei visitar a família.

Desapareceu no quarto para as tradicionais juras de amor. Em algumas horas estaria de volta, pronto de novo para a paixão.

O cheiro de luxúria, proveniente do quarto, grudara-se nos objetos da sala e agora no corpo de Virgílio, que estremecia de inveja. As cortinas fechadas escureciam a sala, propiciando-lhe exaltada fantasia. A certeza de que Caetana, vinda do outro lado do Brasil, onde havia palmeiras, dunas e araras, trazia uma experiência que Trindade, tão provinciana, não suspeitava existir.

Nervoso, o professor passava os dedos no bolo das calças que se formara à altura da pélvis entre as coxas. Entretinha-se nesse ritual antigo, quando Polidoro o chamou.

Virgílio deteve-se à porta do quarto. Emocionava-o recolher a maçã da árvore mais cobiçada, surpreender Caetana na cama, a lingerie indiscreta mostrando os seios.

No quarto espaçoso, Polidoro recolhia, ajoelhado, as cartas de um baralho espalhadas sobre o tapete.

A cada naipe, que parecia haver testemunhado cenas insólitas ou feito parte de um jogo onde os avanços amorosos entre os parceiros cumpriam-se mediante apostas prévias, Polidoro buscava o olhar cúmplice de Caetana, que não lhe podia faltar naquela hora.

A trajetória da densa mirada, minada por resíduos apaixonados, chegava ao púbis abaulado de Caetana. Sob a camisola, os tufos de pelos eriçados arfavam opressivos e contínuos. A vida ali tinha por fim reproduzir quimeras e obsessões.

Até aquela data, as emoções de Virgílio estiveram circunscritas à casa da Estação e aos raros puteiros dos municípios vizinhos. À vista, porém, das coxas roliças empalideceu de morte. Como se, de visita ao inferno, lambesse as chamas de um sexo que despejava lavas, sumos e outras torpezas.

De educação rígida, tateou o sexo às pressas. Ao surpreender-se em ato vergonhoso, forçou uma sequência de espirros para dar-lhes as costas. Quando voltou a mirar Caetana, ela sorria-lhe de forma vaga. Os lábios, entreabertos, recebiam cunhas, estacas, mourões, toros de madeiras, o sexo de Polidoro. Sentiu-se no covil das feras.

A voz de Polidoro interrompeu seu delírio.

— Encontrei a carta, a dama de espadas, dizia o fazendeiro, risonho.

Contornou a cama, entregando a carta a Caetana.

— Esta dama de espadas é o penhor de minha paixão.

E dono de inesperada lírica, fez-lhe respeitosa reverência.

— Basta mostrá-la no futuro, que lhe darei tudo que me peça.

Caetana cheirou a carta. As narinas traziam-lhe suor e perfume. Assegurada do valor da promessa, acomodou a dama de espadas na mesinha de cabeceira entre copos, joias e remédios.

Polidoro pediu que Virgílio recolhesse as cartas. Ele obedeceu, como partícipe de uma paixão que lhe feria o corpo. Ao segurar a primeira carta, úmida e quente, sentiu um impacto que jamais o abandonou ao longo daqueles anos. Bastava-lhe fechar os olhos, enquanto apalpava as mulheres da Estação, para evocar de imediato os seios de Caetana lassos e grandes, esparramados sobre a própria carne.

— Dê-me cinco minutos mais e prometo-lhe o colchão de Caetana, disse Virgílio, livrando-se de tais memórias.

Reconfortado pela promessa, também Polidoro retornou ao cenário da antiga paixão. A figura de Caetana, desfeita entre os lençóis, estampou-se em seu rosto, para júbilo de Virgílio que o observava na ânsia de colher subsídios pessoais. Foi o quanto bastou para que o professor, desfazendo-se de dúvidas, indicasse com o dedo em riste o colchão mais velho da pilha.

— É este aqui. Eis o palco dos amores de Caetana, disse, ajeitando o chapéu na cabeça.

Polidoro, imerso na lembrança de Caetana, que justo nesse instante chupava-lhe a jugular com irresistível ardor, tardou muito em regressar ao porão.

— Não me dê falsas ilusões, disse, desamparado.

A voz, porém, fortalecia-se à medida que desconfiava da indicação. Não guardava do colchão qualquer lembrança para contrapor-se a Virgílio, e sua semelhança com os demais, todos sujos e mofados, dificultava-lhe a aceitação do veredicto. Dependia, pois, da sinceridade de Virgílio, que sempre lhe dera provas de inocência. Um homem decente, embora perplexo diante dos irradiantes fatos da realidade, até por exigência, quem sabe, de seu ofício, que se nutria de versões ambíguas e contraditórias de qualquer história.

Fiel à sua origem rural, desconfiada por excelência, examinou o colchão de perto.

— Não estaremos exumando o cadáver errado? Acautelou-se, para não ferir Virgílio.

— Se fosse preciso, eu localizaria uma mariposa, quanto mais um colchão que, na ordem da criação humana, não passa de uma peça grosseira. Amuado, Virgílio defendeu o vigor de sua memória.

— Ainda assim, preciso de uma prova. Talvez uma mancha de vinho. Ou outras manchas. Afinal cometíamos tantos excessos! disse, irônico.

— Acaso uma mancha de amor? A audácia de Virgílio crescia. Graças a Polidoro, transitava por uma esfera em que o amor expulsava pudor e comedimento.

A seu lado, Mágico ressentia-se. Excluído do círculo das lembranças de Caetana, deu um passo à frente no intuito de desmontar a pilha de colchões.

— Veremos se Caetana imprimiu nele seu sudário, disse, regozijando-se com a iniciativa.

Como dono de Caetana, Virgílio indicou-lhe o oitavo da pilha de cima para baixo. Polidoro abriu-lhe espaço no bosque de móveis empoeirados. Depositado à vista de todos, o colchão achava-se em péssimo estado. Saía palha pelas laterais descosidas.

— Está imprestável, disse Mágico.

Polidoro reagiu à incredulidade de seu funcionário. Comprometia-se a recuperar o colchão, caso fosse de Caetana.

— Até sexta-feira vai parecer novo.

— Podem levá-lo para o quinto andar. É o colchão que buscamos, disse Virgílio.

Preso à contingência humana que lhe impunha tantas incertezas, Polidoro sofria.

— Dê-me a última prova.

Virgílio resignou-se com a indigência que cercava a fantasia humana. Mas, como ser poeta da realidade, se até os artistas falhavam em definir a alma do homem? Sem pressa, tratou de oferecer a prova necessária.

Há vinte anos exatamente, no afã de recolher as cartas do tapete, atendendo ao pedido de Polidoro, vira de perto, entre os lençóis desfeitos, o referido colchão. Não lhe ocorrera indagar os motivos de as cartas espalharem-se pelo chão, lançadas pessoalmente da cama. O fato é que, ao pinçar cada uma delas, esbarrava sempre no colchão à mostra, havendo, portanto, registrado exaustivamente, nessas curtas viagens pelo quarto, sua tecelagem, a cor salmão, e algumas emendas feitas a mão no canto esquerdo.

— Ofereço-lhe ainda a mais convincente de todas as provas. Diga-me qual é o colchão mais gasto da pilha?

— O meu, sem sombra de dúvida, respondeu Polidoro, resoluto.

— E lá podia ser diferente! Que outra paixão houve em Trindade tão tórrida? A única com ímpeto para estropiar qualquer colchão? E não me venha dizer que se encontra neste estado só por causa dos anos! Afinal, o que são vinte anos diante da história!

Polidoro transbordava de orgulho.

— O que acha, Mágico? Parecia olhá-lo pela primeira vez.

Presa fácil de um amor que jamais lhe batera à porta, Mágico apoiou a legitimidade do colchão.

Virgílio aprumou-se. Faltavam, porém, ao historiador palavras nascidas do coração e que prescindiam da lógica para impulsionar a emoção em estado puro.

— A melhor maneira de homenagear Caetana é admitir que este colchão tornou-se o cenário de uma pungente paixão, disse, sem qualquer convicção.

Polidoro sentiu-lhe a pobreza descritiva. Em compensação, Virgílio fizera-os ver a grandiloquência de um amor vivido e que não se esmaecera com os anos na memória.

— Amei como um profano! Trepei como um oriental! Polidoro mal podia crer no volume de suas façanhas amorosas.

Sua perplexidade impressionou Virgílio. Havia que ser meticuloso com o fazendeiro, sem lhe roubar, porém, o arrebato do rosto.

— Vocês não saíam da cama. Até a comida vinha ao quarto. Pareciam zumbis insones. Nos últimos dias, com olheiras impressionantes, você pesou-se na balança do armazém e deu por falta de cinco quilos. Não se lembra?

A descrição exaltou Mágico, que se sentia protagonista do episódio. Compreendia com grande atraso que a epopeia, restrita antes a alguns romances que lera, onde os heróis morriam, estava igualmente ao alcance dos homens comuns.

— Que vigor amoroso tinham os homens de antigamente. Hoje em dia não passamos de amostras grátis, disse Mágico, com entusiasmo tão patente que não lhe sobrava tempo para a inveja.

Cercado de uma admiração que Dodô cancelava no recinto do lar, Polidoro levou a mão à braguilha, esquecido de que tinha companhia, ansioso por averiguar se o sexo robusto de fato merecia tantas louvações.

Virgílio registrou-lhe a dúvida. Para distraí-lo envolveu-o com um abraço.

— Ah, Polidoro, pena que Caetana não possa agora testemunhar em seu favor. Melhor que ninguém, ela nos falaria das maravilhas daquele tempo.

Polidoro abstraía-se, em vigília ao colchão. Aos poucos desvanecia-se sua exaltação. Nenhuma voz interior ditava-lhe sentimentos capazes de substituir os antigos, quando tinha quarenta anos. Virgílio temeu que o desalento de Polidoro lhe roubasse o mérito da descoberta do colchão.

— Vamos logo restaurar este objeto. Ele faz parte da arte amorosa. Simulava entusiasmo.

Polidoro não reagiu. A vida fugia-lhe pelas frestas da porta, enquanto ouvia Virgílio a arrumar o quarto de Caetana sem esquecer um só detalhe. Nada deveria faltar a Caetana, que tinha os olhos esgotados pela miséria brasileira. Com que enlevo Virgílio referia-se ao jarro amarelo cujas flores vinham do jardim de sua casa! E o baralho de cartas, que devia estar à disposição dos amantes, caso quisessem entreter-se com jogos privados! A cada evocação, Virgílio, com o apoio de Mágico, tornava-se companheiro de folguedos de Caetana, só faltando admitir que a atriz, após desembarcar em Trindade, substituiria o nome de Polidoro pelo seu, como corolário natural da história ora contada.

À medida que os dois homens esmeravam-se na riqueza de tantos detalhes, Polidoro sentia-se preterido.

— O quarto estará pronto até sexta-feira, mas quem de vocês me devolverá os vinte anos que me faltam? O que faço agora com estas rugas e com a articulação endurecida?

Polidoro cobriu o rosto, à lembrança de um amor que não temera no passado práticas provavelmente sórdidas para exprimir-se.

Sob a ameaça de perder a confiança de Polidoro, Virgílio buscou em seu repertório a frase que o animasse. Nenhuma palavra lhe ocorria para reabilitar o fazendeiro. Qualquer erro, e Polidoro o acusaria, até o fim de seus dias, de dispor de parcos recursos. Debatia-se nessa questão, sob o desolado olhar de Mágico, quando uma batida à porta arrancou Polidoro da apatia.

Ernesto, esquecido dos maus-tratos que lhe infligiram na farmácia, pediu para entrar. Queria ver os móveis de Caetana.

— Que cara é esta, Polidoro?

Sorridente, inspecionou as peças em conjunto.

— E o que fizeram o tempo todo neste maldito porão?

Polidoro agarrou-se ao amigo. Virgílio não fora capaz de despojá-lo dos véus sombrios que lhe vinham ocultando a visão do mundo. Quem sabe Ernesto, de temperamento ameno, aliado perpétuo do cotidiano singelo, o traria de volta à crosta terrestre, onde de fato se debatiam as paixões humanas. Só de regresso a uma paisagem às vezes inóspita, recuperaria a alegria com que receber Caetana na sexta-feira.

Mostrou-lhe o colchão. Ali, segundo Virgílio, Caetana e ele usaram dentes e garras para dar vazão ao desejo que lhes usurpava a consciência. E, na celebração do ritual amoroso, haviam automaticamente remontado aos tempos pagãos, quando os homens tinham a seu alcance uma legião de deuses amigos. Agora, no entanto, não resistia à dramática constatação de que os vinte anos de espera haviam esgotado a energia que esbanjara no passado como um déspota.

— Quando conheci Caetana, sentia-me um deus. Meu corpo era uma navalha. Mutilava a quem quer que fosse. Ninguém podia me extorquir o gume desta espada. Mas agora, diante do espelho, o que vejo não corresponde a meu coração, que se ilude em ser jovem ainda.

Ernesto evitava associar-se à recente depressão de Polidoro. Sentia também as juntas emperrarem-se, a morte sussurrando-lhe palavras com olor a nardo, a prometer-lhe o único abraço com atributo de imortalidade.

— Não vai então me salvar? gritou Polidoro, cobrando sua presença.

Ernesto não tinha mais onde refugiar-se. Polidoro queria-o como espelho, mesmo quebrado e azinhavrado.

— Diga-me, Ernesto, para onde terá ido o rosto que Caetana acariciou? Veja, estou feio e empapuçado. Já não desperto mais paixões. Como se pode viver sem essa esperança!

Ernesto decidiu dar combate ao cortejo de desesperados amontoados no porão, Virgílio à frente. Tinha a mentira a seu lado, para usá-la com doçura e parcimônia.

— Chega de tanta história do Brasil. Desse jeito, condenaremos este país e nós mesmos, disse.

Havia que desmascarar o professor. Até na pensão de Gioconda, às segundas-feiras, teimava este em dotar as putas com pedaços irrisórios da história do país que não puderam estudar na escola pública. E em sua catequese só as levava para a cama após interrogá-las sobre a passagem da monarquia para a república.

Ernesto condoeu-se de Polidoro. À sua frente, cabisbaixo, carecia restaurar-lhe a confiança em si mesmo.

— Reaja, homem! Quem nesta zona tem uma biografia tão recheada de amores! Até Gioconda está enrabichada por você.

O recurso infame, com a escusa de consolar Polidoro, feriu Virgílio.

— Mas que falta de respeito! Precipitou-se em defesa da honra da mulher que lhe oferecia uma xícara de chá toda segunda-feira.

— Por que não posso ser amado? Acaso sou um monstro? Polidoro despertou de sua letargia, seriamente ofendido. Esquecera-se o professor de sua habilidade de inspirar sentimentos forrados de nobreza e de arrebato ao mesmo tempo?

Virgílio lamentou a própria imprevidência. Cedera terreno a Ernesto, que lhe agradecia com um sorriso irônico.

— Como admitir outra mulher em sua vida senão Caetana, ainda que de viagem pelo Brasil? Virgílio reagiu com firmeza, no intuito de salvar a amizade com Polidoro.

Estava em curso uma intriga que visava desacreditar Virgílio. Mágico podia dar os nomes dos responsáveis. Orgulhava-se de vê-la surgir no nascedouro.

— Que mau gosto comparar Gioconda com Caetana, que é uma profissional da sétima arte! disse, no afã de participar da disputa.

Cercado por inimigos, Ernesto admitiu o caráter volátil das palavras e o quanto algumas esfumaçavam-se em segundos, enquanto outras, pela carga de veneno, deitavam raízes, contaminavam o destino humano. Convinha livrar-se das últimas. Atraiçoavam os melhores sentimentos. Assim sendo, respeitassem sua boa-fé. Em nome desse princípio, voltassem a pisar em terreno firme, cercado de mourões e de arame farpado.

A defesa de Ernesto fundamentava-se em detalhes cada vez mais minuciosos. Encantava-o, como Virgílio, subjugar os vizinhos com o verbo em fogo.

— Nessa história toda sou o único ofendido. Perdi Caetana e sinto a inclemência dos anos. Chega de tantas desculpas, impacientou-se Polidoro com um discurso que ameaçava estender-se até o almoço.

Enquanto os acusava de negligentes, ou lhes pedia reparação, Polidoro ia sendo tomado por inesperado vigor. De novo as memórias suscitadas pelo colchão traziam de volta a juventude e a bexiga intumescida. O sexo pronto a acolher desatinos.

— Que motivos afinal tenho de queixa se este colchão é a prova viva do quanto ainda posso ser feliz!

Tão logo acentuou cada palavra com a marca da esperança, fugiu dos braços de Virgílio e Ernesto, que lhe celebravam o retorno às lides sexuais, tidas como exemplares.

Por iniciativa própria, Mágico arrastava o colchão em direção à porta, deixando atrás uma nuvem de poeira. A inesperada neblina não lhes permitiu descobrir de quem partia um lamento que irrompeu no porão como golpe de machado.

— Quem está chorando? murmurou uma voz, que podia ser de todos.

Ao assentar-se a poeira, Virgílio abafava os soluços com o lenço, na iminência de tombar sobre o colchão. Ao ver o professor em perigo, Polidoro precipitou-se. O gesto, porém, chegou tarde. Arrastado pelo peso do corpo de Virgílio, ambos caíram no colchão, de onde tentavam em vão levantar-se. Queriam livrar-se de uma magia, vinda dali mesmo, que lhes dificultava os movimentos, enquanto Polidoro, pela primeira vez, deitava-se nele sem contrair o corpo de Caetana contra o seu.

Mágico ajoelhou-se no colchão, atraído pela cena. Virgílio, já recuperado do pranto, deu-lhe imediatas boas-vindas. Ali, sentados, estariam protegidos dos dissabores que coalhavam as ruas de Trindade.

Ernesto, de longe, resistia em aderir à estranha festa, por medo de um desenlace que não se podia prever. Seduzia-o ao mesmo tempo pôr à prova sua condição de homem em meio aos desafortunados. Cauteloso, acercou-se. Polidoro estendeu-lhe a mão, pregando a necessidade de sucumbir àquela experiência. Ele aceitou agradecido o gesto que o conduzia ao colchão.

O ar de desconsolo dos quatro homens igualava-os na sorte. Sentiam frio, por causa da umidade do porão, mas faltava-lhes a coragem de quebrar o encantamento emanado do colchão. A decisão, sobretudo, de se erguerem e enfrentarem juntos de novo o sol que queimava as ruas de Trindade àquela hora.

As flores foram colhidas na horta, em meio aos tomates, à couve, à salsa verde. Gioconda deu preferência às magnólias, pensando na mãe de Polidoro, que ostentava nome de flor. Ela mesma cortou os cabos das flores com a tesoura enferrujada, há muito esquecida na gaveta da cozinha.

Naquela sexta-feira, contrariando seus hábitos, Gioconda despertou cedo, ansiosa por providenciar o almoço, que deveria ir à mesa às onze horas. Não poderia haver um só minuto de atraso na recepção a Caetana. A chegada do trem a Trindade, para despejar Caetana e amigos, estava prevista para as duas e dezessete.

Um desembarque certamente nervoso, pois o foguista tinha ordem de permanecer apenas dois minutos na estação, antes de os passageiros protestarem pelo desvio do trem que, em flagrante desrespeito aos horários, enveredava por leitos em desuso, sob o risco de pôr suas vidas em perigo.

O engenheiro Mendes, a despeito de temer um processo administrativo que lhe encurtasse a discreta carreira a um passo da aposentadoria, e duvidar dos trilhos propícios a um descarrilhamento, terminou por ceder, ante a insistência de Gioconda e os impulsos da própria paixão. Ela mesma provou-lhe que a via férrea, por sorte, conservava-se em bom estado naquele ramal.

Contudo, agiriam com presteza, para a cidade não suspeitar da ocorrência. O trem, após largar Caetana na plataforma, zarparia às pressas, dispensando apitos, para que os curiosos, vendo-o partir, se julgassem vítimas de uma ilusão provocada pela sesta prolongada após lauta refeição.

Desde a véspera, Gioconda enfrentou a animosidade das Três Graças. De comum acordo haviam decidido comparecer à estação, com o intuito de prestar a Caetana as homenagens há vinte anos acolchoadas em seus corações.

Gioconda assustou-se. A caravana de putas iria enfurecer Polidoro que sonhava para Caetana, após tantos anos, outro tipo de recepção. Pediu-lhes, portanto, que sacrificassem suas ambições ao menos por algumas horas. Caetana não se furtaria a visitá-las na calada da noite. Com que alegria ela se acomodaria no sofá vermelho que merecera no passado seus exaltados elogios. Então, as cinco mulheres, entretidas com biscoitos de araruta, brevidades, pão de queijo e café, pronunciariam as palavras que há muito lhes incendiavam a imaginação nas longas noites daqueles anos. Sobretudo noites em que o obscuro mundo de afetos as acometia, em geral sentimentos rarefeitos que exigiam áreas de ventilação, portas de saída, para não asfixiá-las.

Contrariado, Polidoro podia ser imprevisível. E convinha não esquecer que, além de cliente assíduo, trazia-lhes regalos o ano inteiro. No Natal, cobria-lhes a mesa com peru assado, farofa e bandejas de frutas e doces.

— Nem por isso Polidoro nos enriqueceu ou montou casa para uma de nós. Que provas, pois, nos deu de amor? protestou Diana, à cata de um homem que lhe entregasse as chaves de uma casa mobiliada. Suas pestanas, premidas pelo medo do futuro, piscavam nervosas.

— Se tomasse uma de nós como amante, estaria traindo Caetana, disse Sebastiana com a lógica da fidelidade.

— Quem desaparece por mais de vinte anos já não pode contar com o amante. Ele está livre para se amigar de novo, insistia Diana, perseguida pela visão de uma casinha onde fosse um dia descansar, sem receio das contas do fim do mês e das varizes inchadas.

Gioconda descascava as batatas com os olhos postos no vasilhame. Ao saltarem na água, os pedaços salpicavam seus olhos raivosos. Sebastiana tentou consolá-la.

— Diana não sabe o que diz. É a aposentadoria miserável que nos ameaça. Afinal, quem vai cuidar de nós no futuro?

Diana teimava. Rebelava-se ante Gioconda.

— Veja só que triste vida a nossa. Onde já se viu dona de puteiro de categoria ficar descascando batata. De que lhe valeu sorrir para Polidoro?

A intrusão daquela gralha junto a seu ouvido enervou Gioconda, que jogou a faca na pia.

— Cumpro certas tarefas por nostalgia. É pela dor que levo no peito e você nunca suspeitou.

Palmira pediu que se acalmassem. As próximas horas exigiam uma concentração propícia aos sentimentos há muito albergados no peito.

— É para festejarmos a chegada de Caetana.

O aparte, tão gentil, comoveu Gioconda. Sobretudo a xícara de café que lhe trazia. Sorveu cada gole certa de que Polidoro não perdoaria a presença das mulheres na estação, atadas umas às outras, a salpicarem de lama a capa de veludo de Caetana, agora decerto esgarçada e sem cor.

Diana mantinha-se irredutível. E mostrando não renunciar às suas convicções, absteve-se de levar a Gioconda ao menos um copo de água que a aliviasse da sede provocada por uma argumentação infrutífera e interminável.

A despeito do debate, massageavam os cabelos com óleo de mamona. E recorriam, na hora de enxaguá-los, a expedientes que os fizessem dançar ao vento. As unhas, que iam pintando de roxo, recordavam a Sebastiana os panejamentos litúrgicos da Sexta-Feira da Paixão, enquanto Diana dirigia-se, apressada, ao espelho oval do corredor, no segundo andar, que ampliava cruelmente os poros cansados de seu rosto.

— Como envelhecemos nesses anos! Só espero que Caetana não enxergue como antes, resmungou Diana, sob o impulso nostálgico de uma casa que se esfumaçava no horizonte. Voltava sempre amargurada dessas excursões. Em seguida, para combater o tempo, alterava o penteado, a maquiagem, espalhava rímel nos olhos como uma estrela do cinema mudo, à força de querer recuperar a beleza de quando ia pelas tardes visitar Caetana no circo antes de sua atuação.

Tal esforço comoveu Sebastiana. Também ela, vítima da sangria dos anos, que não havia como estancar, limpou as narinas com um lenço de cambraia, presente de Virgílio.

— Lembra-se dos caramelos que Caetana me dava quando me via alvoroçada com as figuras que se moviam no picadeiro como duendes e príncipes?

Gioconda abraçou-a com o propósito de interromper o fluxo das emoções. Sebastiana, porém, arredia, livrou-se dos braços pungentes.

— Não cheguei a saber se Caetana apreciava minhas lágrimas ou se se afligia com elas. Só sei que se punha a lambê-las com cuidado e eu tinha medo de sua língua me ferir. E não deixava que Polidoro a levasse às pressas para o hotel.

Atenta à confidência, Palmira acendeu o cigarro com fósforo de cabo longo, reservado para enfeitar no futuro a lareira que Gioconda prometera construir na sala. Perto das chamas, suas juntas se aqueceriam no inverno antes de desaparecerem nos quartos.

Gioconda, afinal, resignou-se. Os caninos das mulheres à mostra indicavam sua derrota.

— Polidoro merece ser contrariado. Ele é um ditador, disse Diana, distraída em pintar as unhas.

— E não são os homens todos uns ditadores? ponderou Palmira, conformada.

Sebastiana recorreu com presteza à história do Brasil. Graças a Virgílio, que lhe frequentava o leito, citava certos fragmentos com relativa desenvoltura.

— Sempre foi assim desde o início da descoberta do Brasil. Começando pelos três imperadores que viviam lá em Petrópolis.

A rebelião doméstica ganhava corpo. Gioconda, porém, seguia com estranha doçura essas manifestações. Formavam elas suas famílias. Sebastiana, em particular, comovia-a mais que todas.

— Dessa vez errou, Sebastiana. Tivemos dois imperadores e olhe lá, sendo que o Pedro I era um garanhão. Nenhum homem em Trindade chega a seus pés. Mas de que lhe valeu andar como gato escaldado em cima dos telhados alheios se ninguém hoje se lembra dele?

Para o almoço daquela sexta-feira, Gioconda excedeu-se nos temperos. Feito às pressas, o picadinho de carne, carregado de alho, pimenta e louro, desgostou as mulheres.

— Ninguém hoje vai me querer na cama fedendo a alho, reclamou Diana.

Ainda não havia amanhecido e as Três Graças batiam o bolo com renovada esperança. Ao tirá-lo do forno armaram os três andares com toda cautela, apuradas em revesti-lo com a clara endurecida à custa de açúcar e limão batidos. E porque o bolo lhes sugeria dia de festa, iam o tempo todo entoando hinos litúrgicos. Principalmente os referentes à Virgem em seu mês de maio, que também lembrava as noivas.

— Se não fosse Sebastiana, com sua mania de datas, teríamos esquecido o aniversário de Caetana. Ela é do signo de Gêmeos, mas parece de Leão. Uma fera africana sem juba, disse Palmira, atenta à espátula com que ia aparando as sobras do glacê na superfície do bolo.

— Ela escolheu este dia de propósito. Só para nos testar. E ver se a tínhamos esquecido. Sebastiana orgulhava-se de uma memória que, embora a fizesse sofrer, mantinha-a, em compensação, presa ao passado, sempre mais favorável que o presente.

Sentadas à mesa, mastigavam sem apetite. Sebastiana não tirava os olhos do bolo, com medo de que despencasse.

— Quem avisou Polidoro sobre o aniversário, para ele comprar um colar de pérolas cultivadas de quatro voltas, cada volta representando uma estação do ano? suspirou Palmira com ar sonhador.

Diana arremeteu-se contra ela.

— Acaso esqueceu que a primavera em Trindade é igual ao verão? E que a brisa de janeiro é a mesma que chega em julho para avisar que começou o inverno?

Gioconda olhou o relógio.

— É melhor nos apressarmos. Na volta lavamos os pratos sujos.

A estação era longe do centro e da casa. Levaram uma hora para chegar. Com sorte, não encontraram ninguém nas redondezas. O prédio descascava em completo abandono. Do lado de dentro, o delegado Narciso, encarregado da ordem, consultava com desgarrada sofreguidão o relógio de bolso atado à presilha da calça. Cada hora trazia a ilusão de que o telégrafo estava prestes a expedir boas novas, comunicando-lhe a transferência para um subúrbio do Rio de Janeiro.

Pelas batidas na porta, Narciso suspeitou de visita feminina. Um toque sem firmeza nem força de vontade. Custou a empurrar a porta empenada. Quando se defrontou com o séquito, recuou intimidado. O calor da tarde embaçava seus olhos.

— O que fazem aqui? Examinou Diana, Palmira e Sebastiana com severa mirada. — Tenho ordem de só deixar passar Gioconda. Ao referir-se à mulher, reduziu a voz com flexão galante. — Isso se deve a seu porte de rainha.

Contra a vontade, Gioconda empertigou os ombros. Sentia-se cansada. Havia despertado às seis da manhã. E o trajeto da casa à estação estendera-se pelas voltas que deram para não despertar suspeitas.

— O Brasil já não comporta rainhas, delegado. E muito menos cavalheiros. Com gesto firme, pediu passagem para ela e as Três Graças.

— Um momento, ele fez menção de impedir o avanço. Gioconda aparou-lhe o braço com a mão.

— Agora é tarde, delegado. Com um sorriso forçado, recolheu o gesto. — Estamos no mesmo barco, repartimos todos a mesma sorte.

O turbante branco que usava naquela tarde escondia os cabelos anelados, fazendo-a parecer mais alta. O contraste com a pele trigueira chamava a atenção. Narciso nunca pudera desvendar seus segredos nem a intimidade que mantinha com Polidoro. Julgou prudente recuar.

Então, fazendo jus às palavras dele, sempre tão propenso a mentir, entrou ereta, seguida pelas Três Graças em fila. O cheiro de urina e mofo saía das paredes com manchas violáceas. A umidade já avançara até o teto. O empenho de Narciso e do sargento em limpar o prédio na madrugada, à luz de vela, sem ruídos, para livrá-lo das ratazanas mortas, das teias de aranha, dos detritos do chão, não evitara o aspecto desolador e miserável.

As mulheres seguiam Gioconda em rigoroso mutismo, atentas ao bolo agora carregado por Palmira, em obediência ao rodízio que o transferia a cada dez minutos para diferentes mãos, desde o início poupada Gioconda de tal encargo, uma vez que não participara da feitura do bolo. Cabia-lhe preservar contra o peito o frescor do ramo de magnólias. As mãos, ocupadas, a desobrigavam de cumprimentar os presentes.

Apesar dos trajes discretos, com exceção dos prendedores de cabelos cravejados de brilhantes falsos, Polidoro estremeceu à vista das putas disfarçadas de damas. Convencido de que Gioconda respondia pelos desatinos do grupo, preparou-se para investir contra as mulheres, com o cuidado de antes advertir o professor a seu lado.

— Lá vou eu!

Virgílio nada fez para deter-lhe a marcha. Aliviava-o até o abandono providencial. Não precisaria assim de usar de força para conter Polidoro, em desembestada partida contra as mulheres para devolvê-las à pensão. De forma alguma queria testemunhar uma humilhação pública. Afinal, tomava o chá das segundas-feiras em companhia delas. Sem falar que punha o pé, e o resto do corpo, no leito das Três Graças. De Sebastiana recebia, além dos favores íntimos, a resignada paciência.

Polidoro regulou a voz diante de Gioconda. Não desejava alardear sua presença num prédio de acústica imprevisível. A vida ali ecoava de forma exagerada.

— Pelo visto, trouxe o cortejo. Só falta banda de música anunciando a chegada. Se mal pergunto, para onde pensa levar este mulherio?

Gioconda ajeitou o turbante. A armação ameaçava desmontar a qualquer descuido. Polidoro pareceu-lhe uma remota sombra no horizonte fora do prédio. Um homem prestes a renunciar ao orgulho, tão logo Caetana se instalasse no quinto andar do Palace. Seria o primeiro a passar-lhe as chaves da cidade. Caetana podia ser persuasiva com os olhos de eurasiana que se arregalavam na raiva, embora fosse capaz, uma vez pacificada, de depositar nas mãos amigas prendas que iam de grampos a frascos de essência de fabricação caseira. Mediante tais presentes, ela instigava as Três Graças a que liberassem as travessuras do coração. Um órgão, segundo dizia, propício aos vendavais e de que se devia desconfiar. Pois, ao contrário do que os aflitos afiançavam, o coração tinha mais a ver com a morte do que com a vida propriamente dita.

— Vocês já ouviram falar em Dom José? É um personagem que, em nome do amor, se julgava árbitro e dono da Carmem. Só por isso passou a navalha na mulher. Os amantes, em geral, são terríveis latifundiários. Apropriam-se do corpo alheio sem admitir posseiros. Nunca se esqueça, Gioconda, quem ama demais o tempo todo termina amando errado. Dê-me um só exemplo de figura de ópera e de literatura que amou certo, na dose justa, confessou-lhe Caetana na véspera de sua fuga de Trindade.

A distração de Gioconda foi interpretada como descortesia. Polidoro não permitia ser destratado em público por uma cortesã.

— Além de puta, virou surda também?

A agressão mobilizou as Três Graças em defesa de Gioconda. Sebastiana, a quem coubera o bolo naquele turno, ergueu-o à frente de Polidoro para obstruir-lhe a visão.

— Parem com isso. Ainda vão provocar um desastre, disse Polidoro, temendo que o bolo fosse ao chão, enquanto amparava os braços de Sebastiana para que não fraquejassem.

Na luta, Sebastiana confundiu o sentido desse gesto. Sob a ameaça de uma violência gratuita, gritou por socorro.

— Não estrague nossa festa de aniversário. Caetana jamais o perdoará.

Vítima de impensada injustiça, Polidoro recuou. Tentou desfazer o equívoco. Longe dele a intenção de magoar as amigas cujos corpos há muito via esturricar expostos ao sol e aos anos. Incapaz de ouvi-lo, Gioconda convocou a autoridade presente.

— Delegado Narciso, preciso de seu testemunho. Para isso afinal serve a polícia. Mas se for preciso contratarei um advogado. Pensam que puta não tem advogado? E estufou-se-lhe o peito num formato de pomba.

Polidoro demonstrou arrependimento. Decerto recorrera às palavras tingidas de raiva e de desprezo sem intenção de morte. Para que então devolviam-lhe dardos envenenados?

— Já não sirvo como amigo? Já não posso mais lhe enviar os assados que correspondem ao mês de dezembro? Ou a cachaça de meus alambiques para o quentão do mês de junho? A voz extinguia-se com a emoção, a ponto de Virgílio, que agora se aproximara, não ouvi-lo.

— O que estão tramando em surdina? disse o professor, desconfiado. — Também eu faço parte da comitiva que deu brilho a esta festa! Não fosse por mim, o amor de Caetana e Polidoro não passaria de uma pífia história. Lembram-se de Romeu e Julieta? Não fosse Shakespeare, esses dois adolescentes não frequentariam os cardápios brasileiros sob forma de sobremesa tão popular. Quem de nós não aprecia uma goiabada com queijo de minas?

Mais descontraída, Gioconda tratou de renunciar aos sentimentos fortes para retornar às leis de seu ofício. O rosto, de novo sob máscara, sorriu para Virgílio, enquanto Polidoro, querendo agradá-la, dava-lhe passagem. Era o primeiro a reconhecer os caprichos da amizade, em geral simples marés que iam e vinham, perturbando o coração lunar. Valia, pois, que em conjunto consagrassem o esforço do professor, graças a quem os segredos de todos seriam no futuro contados em prosa e verso.

— Ai de nós se não tivermos um vizinho que faça de nós o motivo central de suas intrigas! Virgílio tem razão. Quem iria acreditar que existiu em Trindade gente como nós, com a mesma índole apaixonada de Romeu e Julieta?

Serenados os ânimos, Narciso acomodou-se no banco. Não havia dormido naquela noite. Com a vassoura na mão, não deixara um cisco no piso. Um serviço que, embora lhe ferisse a autoridade, deveria ser recompensado. Há muito pleiteava uma delegacia nos subúrbios do Rio de Janeiro. Como delegado de Trindade, condenado ao esquecimento, jamais frequentou as folhas da capital.

Absorto nesses pensamentos, observou Gioconda. Ela fugia do sol que entrava pela claraboia. Perto do guichê, onde outrora se vendiam os bilhetes de trem, ela indicou às mulheres os assentos de madeira.

— Descansem, meninas, ainda faltam nove minutos. Rezemos para que o bolo não despenque. Por que foram logo inventar três andares? Vejam o último. Saiu torto.

Encarregada de protegê-lo, os braços de Palmira fraquejavam. Também ela tinha receio de que a massa, sob o impacto do calor e da viagem, desmoronasse. Preferia que o desastre ocorresse sob a guarda de Sebastiana, afeita ao choro diante de estranhos, enquanto encaracolava os cabelos com dedos carregados de anéis.

Pousou a bandeja no banco. Para certificar-se de que o bolo resistira, retirou o papelão protetor. As cinco pombas de açúcar, espetadas na superfície como enfeite, pareciam dormir. Três delas tinham o bico desafiante e a menor de todas a asa quebrada.

A operação foi acompanhada por Diana. Girando em torno do banco, ela deixava à mostra, pelas laterais do vestido, as opulentas pernas. Contudo, atentos ao relógio da parede, nenhum dos homens lhe deu atenção.

Diana nutria secreta inveja das mulheres que nas cozinhas salpicavam a vida com açúcar, no exercício de uma arte em cujo nome consentiam em ser trancadas nas alcovas sem janelas e ainda assim suspirar de alegria. Um júbilo que lhes vinha através do forno em chamas, onde assavam as mais saborosas fantasias. E que as livrava de serem putas como ela.

— Não fique triste, Diana, breve abraçaremos Caetana, disse Palmira, livre agora do bolo. Abriu a bolsa com gestos comedidos. Seu medo era amanhecer desprovida de recursos, sem uma só moeda para a sopa. Talvez por isso se esquivasse de dar presentes a quem quer que fosse, sua avareza sendo reconhecida por todas. Abrira exceção apenas para Caetana, ao comprar as cinco pombinhas do bolo.

Tirou da bolsa um punhado de velas de aniversário, cada qual de cor diferente. Polidoro observava Palmira introduzindo-as na superfície nevada do bolo.

— E não seria mais bonito se fossem todas da mesma cor? Indicou as velas, esquecido de que as humilhara em público.

O interesse enterneceu Palmira. Faltava, porém, ali, Caetana, para combinar as cores.

— De todo modo, bonito mesmo é imitar o arco-íris, disse com simplicidade.

Atento à fragilidade do pavio de uma das velas, Polidoro não se lembrava do trem, atraído pelos cuidados que se deviam tomar na hora de acendê-las. Qualquer descuido, por causa da chuva ou do vento, tornaria impossível mantê-las acesas para Caetana soprá-las.

— E não é de mau augúrio que uma vela se apague antes mesmo de ser soprada?

O turbante de Gioconda ameaçava cair. Era-lhe difícil equilibrá-lo na cabeça.

— Deixe de pessimismo, Polidoro, disse, ajeitando com cuidado o turbante. — Até parece Venieris que, de tanto desconfiar da vida, invoca os deuses a qualquer pretexto. Ele ao menos tem a desculpa de ser grego.

Polidoro consultou o relógio. Estremeceu ante a exiguidade do tempo. Ameaçou dirigir-se à plataforma.

— Faltam sete minutos e Ernesto ainda não veio, disse, sem se mexer. Como se adivinhasse o pedido, Ernesto chegou esbaforido, o rosto ensopado de suor.

— Quase não chego. Vivina atrasou-se com o almoço. Não lhe pedi pressa para que não desconfiasse. Já no café da manhã me acusou de estar com cara de ladrão de cavalo. Perguntei-lhe que cara tinha ladrão especializado em cavalos. Disse-me que é cara de quem cometeu delito. Ri com Vivina. Ela então fez expressão de pitonisa, de quem nunca erra.

Ao notar a palidez de Polidoro, Ernesto esqueceu o apuro recente.

— Que cara é esta?

Gioconda, inquieta, via as flores murchando longe da água.

— Até as magnólias se assustam com os minutos gastos.

Bateu palmas, agrupando as mulheres numa formação rígida, à

altura dos sentimentos teatrais de Caetana. Ao descer do vagão, ela deveria surpreendê-las em posição harmônica. Uma atriz de seu porte levava em consideração qualquer ato cênico. Quem quer que pisasse no palco uma única vez não voltava a enxergar o mundo como antes. Mesmo descuidado, o coração se sobressaltaria por qualquer febre.

— Para onde vai, Gioconda? perguntou Polidoro, ansioso.

Gioconda mexeu os ombros, liberta de certos fardos.

— Quero ouvir a máquina do trem resfolegar de longe. Parece um cachorro de língua de fora ou um velho na cama.

Tais palavras atingiram sua honra. Gioconda vingava-se traçando-lhe o retrato. Pensou em revidar, mas controlou a raiva seguindo os ponteiros do relógio que haviam avançado cinco minutos.

— Esta puta refinou-se à minha custa e agora se ri de mim, disse para Ernesto.

O farmacêutico não via motivo de queixa. Tudo não passara de uma rinha de galos, as penas soltas no quintal, enquanto se bicavam. Também ele queria a cara arranhada por unhas de mandarim.

— Já pensou o que é fazer amor enquanto uma puta indomável nos dilacera a cara com unhas pintadas de roxo? Onde estivesse, Ernesto sonhava. Tinha gosto em liberar os apetites. Por alguns segundos a luxúria instalara-se nas feições dilatadas.

Virgílio retornou ao interior do prédio.

— Não querem vir ver os trilhos de perto? Antes que o trem chegue?

A insistência incomodou-o. Sentia-se também vigiado por Narciso.

— Quando ouvir o apito do trem antes da curva, avise-me.

Ao instalar-se no assento ocupado antes por Sebastiana, Polidoro recolheu o calor que sua bunda arquejante e volumosa havia deixado. A sensação que subiu por suas coxas fez-lhe bem. Iludia-se, em meio a arrepios, em montar o corpo de Caetana. A imagem, embora fugaz, entorpeceu-o.

Ernesto regressou da plataforma onde estivera de visita.

— A menos que se atrase, o trem chega em três minutos. Melhor que se apresse, Polidoro. Senão abraçarei Caetana antes de você, disse para espicaçá-lo.

Polidoro simulou de repente dor no rosto.

— Não é que o miserável do dente começou a inchar logo agora?

Enquanto discutiam que procedimento adotar no caso, também Virgílio apareceu nervoso.

— Pelo cheiro de carvão que me chega ao nariz a locomotiva já está quase na curva. Aposto com quem quiser que Caetana desembarca vestida de amarelo, sua cor predileta.

As sucessivas corridas tumultuavam Polidoro. Assim como os aplausos que ouvia da plataforma. Temeu que a vida se desenrolasse longe de seus olhos, só porque não tolerava surpreender Caetana pisando a terra onde fora feliz.

Polidoro suava. Ernesto apalpou-lhe a testa, tinha febre. Não querendo, porém, despertar piedade, o fazendeiro proclamou alto, para ser ouvido por todos:

— As mulheres são umas ingratas.

O amor em Polidoro não tinha pudor. Abrasava-lhe o rosto e o coração ao mesmo tempo. Ante tal quadro, Ernesto pressentiu que o amor, nessas condições, podia ser uma masmorra fria e escura. Teve pena do fazendeiro, de si mesmo, da ilusão que ambos ainda nutriam de serem um dia felizes.

— O trem chegou à curva. Está ouvindo? disse uma última vez.

Polidoro arregimentou energia. Forçou-se a sorrir. Queria rejuvenescer naqueles minutos.

— Não estou ouvindo, mas meu coração sim. Este coração vê Caetana no último vagão, a cabeça fora da janela, ansiosa por identificar cada árvore, cada telhado de Trindade. E a mim também, que estarei atrás de todo este povo na plataforma, a agitar bandeirinhas, a acenar com as mãos. Não é verdade que quase não mudei nesses vinte anos?

A súplica, dirigida a Ernesto, atingia Caetana, ainda longe dali. Tudo nele dispensava a verdade. De fato, cobrava de Ernesto a piedosa mentira. Sob o escudo da fantasia teria coragem de atravessar o portão, juntar-se aos demais.

O apito do trem, agora na curva, cortou a tarde quente. Ernesto enlaçou-lhe o ombro.

— Por que será que no Brasil o progresso rouba sempre uma tradição que já fazia parte de nossa alma? Os trens, por exemplo, onde foram parar? Como poderemos segui-los pelo Nordeste ou pelo Sul, se arrancaram os trilhos como os dentistas extraem os dentes podres, disse Polidoro, no esforço de preencher o vazio entre o medo e a ilusão.

Adepto do progresso que abria picadas nas florestas, Ernesto animou-se.

— Com o tamanho do Brasil, só mesmo andando de carro, ônibus e avião. Esse danado do Andreazza arranca os trilhos dos dormentes com as próprias mãos. Por isso Deus o fez corpulento como um touro.

Levado para a plataforma, Polidoro instalou-se perto de Virgílio, que procurava nas janelas, à aproximação do trem, uma cabeça conhecida.

— Quem sabe o foguista é ainda o Pedro, que me trazia revistas e livros do Rio de Janeiro? disse, envolto pela fuligem e a fumaça.

O deslocamento do ar agitou a tabuleta presa ao teto, com o nome de Trindade escrito a fogo. Os passageiros, surpreendidos com a acolhida, acenavam das janelas, na ânsia de abraçar os amigos que se espalhavam pelas vilas do país.

— Olhem lá, é Caetana. Os berros de Diana contrariavam os desígnios de Gioconda, que pregava discrição.

— Onde está, que não a vejo? Palmira, já não mais contendo a aflição, rompeu o rigor da fila, seguida de Diana e Sebastiana. Gioconda, deixada atrás, ainda tentou sem resultado puxar-lhe o vestido, devolvê-la à formação original.

Desgovernada pela emoção, Sebastiana buscou o apoio de Virgílio. Ele, porém, querendo os braços livres para recepcionar Caetana, aplaudi-la justo na hora em que descesse os degraus, como a pisar o palco de um teatro da capital, afugentou-a sem qualquer consideração.

Ernesto não identificava Caetana entre os passageiros.

— Onde está ela? perguntou a Virgílio.

— Como posso enxergá-la, se sou mais velho!

Afastou-se apressado. Também Ernesto queria usurpar-lhe o abraço que a atriz lhe reservara.

Sebastiana buscou a companhia de Gioconda em meio aos passageiros que desciam.

— E o bolo que deixamos na sala? Quem ficou de guarda para que não o roubem?

Para seu espanto, também Gioconda fugia de sua companhia.

— Deixe-me em paz e procure descobrir você mesma, respondeu antes de ir adiante. Em seguida, num gesto conciliatório, retornou. — Por que toda esta gente teima em desembarcar em Trindade, se vão logo seguir viagem?

Os passageiros, diante da parada imprevista, procuravam comprar, apressados, pastéis, guloseimas, jornais, que quebrassem a monotonia da viagem.

— Onde estamos? perguntou um passageiro. Polidoro não lhe deu atenção.

— Que merda de lugar é este? insistiu o homem contrariado.

Na expectativa do encontro com Caetana, as vozes em tumulto pareciam anunciar a Polidoro em que ponto da plataforma estava a atriz recém-desembarcada. Também Diana, presa da mesma ilusão, ultrapassou o fazendeiro, esbarrando nos passageiros. Sua aflição crescia ao apito do trem que anunciava a partida, os passageiros começando a esvaziar a plataforma em busca de seus assentos.

— Lá está Caetana, gritou Gioconda, correndo em direção a uma mulher no fundo da plataforma. A atriz, porém, não se movia, apesar da expectativa de ser abraçada. Gioconda não se importou. Cada passo levava-a a Caetana e essa certeza preenchia sua vida. Ia enxergando sempre menos, a vista cansada pelo suor e as lágrimas. Sob o risco de tropeçar, um vulto interceptou-lhe a corrida, quase derrubando-a. Furiosa com o ato covarde, forçou-se a identificar o agressor. Apesar do vulto que se distanciava em direção a Caetana, reconheceu Diana. Aquela puta de modos arrogantes, egoístas, pleiteava os louros da vitória só para si.

Virgílio não renunciava à disputa. Havendo ultrapassado Gioconda, era seguido de perto por Sebastiana, que lhe dificultava a caminhada.

— Largue-me, Sebastiana, desde quando nasci com você? disse, no esforço de mandá-la de volta para casa. Sobretudo agora que a sombra de Caetana, velada pelo telhado sem iluminação daquele recanto, vinha a seu encontro.

— Caetana, Caetana, disse Virgílio, alvoroçado.

A atriz, porém, repartida entre o desejo de ficar em Trindade, os acenos que lhe fazia o foguista, já pondo o trem a andar e os gritos dos passageiros aflitos, parecia hesitar quanto à atitude a tomar. Mas tão logo o trem acelerou a marcha, na iminência de perdê-lo para sempre, a mulher, com impensada destreza, pulou para dentro do último vagão. E quando, da porta do trem, acenou aos que ficaram na plataforma com a nostálgica tristeza de quem sofreu no passado a desesperada solidão das vilas pequenas, todos puderam certificar-se de que não era Caetana.

Diana, que perdera a voz de tanto gritar o nome de Caetana, pedindo-lhe que se lançasse do trem em movimento, ainda que sob o risco de ferir-se, diretamente para seus braços, pensou que a desilusão era um agasalho comido pelas traças. Buscou conforto em Palmira e Sebastiana. Sem se lembrar de que as ofendera minutos atrás.

— Se não era Caetana, onde está a verdadeira?

Saudoso do calor humano que às vezes encontrava junto às carnes de Sebastiana, Virgílio uniu-se às mulheres. Diana, porém, não via razão para dar-lhe guarida.

— Pensa que não vi quando nos deixou para trás? Só para ser o primeiro a abraçar a Caetana?

Tanto egoísmo feriu sua sensibilidade. Recordou que os homens, nos períodos negros da história, voltavam-se contra as virtudes que antes lhes despertavam admiração. Virgílio preferiu o silêncio à defesa intransigente, que talvez ferisse Diana. Haviam todos sofrido em excesso naquela tarde. Condoeu-se, em especial, de Gioconda, à beira da plataforma, quase lançando-se aos trilhos como uma Karenina moderna, sem atinar com os motivos que levaram Caetana a perder o trem ou desistir de Trindade.

Polidoro recusava-se a deixar a plataforma de volta ao prédio, a atenção presa ao jornal que um passageiro descuidado lançara da janela do trem. Nutria a esperança de encontrar um bilhete entre as páginas que o vento começava a desfolhar. Ernesto, adivinhando-lhe o ânimo, folheou o jornal maltratado. Não sabia comunicar-lhe com a necessária doçura que Caetana, impedida por uma gripe ou por luto recente, não pudera atender a seu amor. Ou, ainda, que de tanto acumular tesouros no coração, temia confrontá-los com a realidade. Ao desistir de Trindade, restara-lhe ao menos o destino arrumado dentro de uma trouxa de roupa desalinhada, enquanto que para Polidoro fora tudo um sonho que as gorduras do cotidiano e a fuligem do trem se encarregariam de desvanecer para sempre. Sonhar, afinal, era uma carga excessiva para o comum dos mortais.

— Vamos sair daqui. Começou a ventar, disse Ernesto.

Em frente à borboleta dos passageiros, pela qual decidiu sair, Polidoro defrontou-se com Gioconda, que se deteve na expectativa do fazendeiro ceder-lhe passagem. Ele, porém, optou pela descortesia. Deu um passo à frente, deixando-a para trás. A engrenagem emperrada da borboleta fez um ruído que doeu em seu peito. Eram os sinais de que aos sessenta anos não havia motivo para festa.

No salão, juntos outra vez, Gioconda prevenia-se contra Polidoro. Não queria que ele visse em sua retina a lebre solta no campo, que ambos sonhavam abater com a mesma escopeta de prata. Quis feri-lo, embora com atraso.

— Não se iluda. Caetana jamais tomou esse trem. Ela não quis voltar a Trindade. Desistiu de nós para sempre.

Gioconda dissolvia-lhe o sonho num ácido implacável, após dissuadir Caetana, por meio de mensagens telepáticas, de regressar à cidade. Aquela puta, com a sagacidade conquistada no ofício, não podia aceitar uma história de amor bem-sucedida.

— O que você quer dizer? Polidoro balbuciou com dificuldade.

— Caetana nos enganou. Quis que fôssemos felizes ao menos por quatro dias.

A arrogância de Gioconda recrudescia à medida que o magoava.

— Estamos condenados a chorar sua ausência pelo resto de nossos dias.

Sem pedir licença, Diana interrompeu-os. Tinha fome, queria retornar à pensão.

Gioconda consultou o relógio. Estranhava a fome que também sentia. O estômago positivamente não respeitava a dor. Virgílio incorporou-se ao grupo. Sua cobiça pelo bolo crescera. A saliva seca prendia-lhe a fala. Mas, não desejando apresentar sugestões, encarregou Diana de expressar seus sentimentos.

— Eu não aguento levar o bolo de volta para casa. Mais vale deixá-lo aqui, entregue às formigas, disse ela a observá-lo. Os três andares, como uma pirâmide no deserto, sobressaíam na estação.

Também Palmira recusou fazer a viagem de volta com o bolo. Defendia seu imediato consumo, em demonstração de seu sentido prático. Se Caetana recusara esfarelar contra o céu da boca a massa feita com ingredientes felizes, que repartissem o bolo ali entre todos, como se ela estivesse presente.

— Afinal, é o aniversário dela. E acendia as velas com as mãos trêmulas.

— Palmira tem razão. Mais vale festejarmos que esquecermos Caetana, disse Ernesto, apoiando-se em Polidoro.

O fazendeiro, em vez de manifestar-se, observava curioso Sebastiana a esfregar com o lenço de Virgílio a faca tirada da bolsa. O grupo em torno do bolo já iniciara a festa. Por isso a voz de Narciso, até então escondida num estojo de lata, mal pôde ser ouvida, apesar do tom visivelmente recriminatório.

— Quem vai apagar as velas? Assumir o papel de Caetana?

Polidoro agradeceu-lhe a lembrança com ligeiro aceno de mão. Tinha a atenção posta em Gioconda. Não queria perdê-la de vista, que de repente usurpasse a memória de Caetana. Por seu lado, Gioconda, em guarda, desconfiava dos homens. Outra vez tentariam expulsar as mulheres de uma festa que só existia pela feliz iniciativa das Três Graças.

— Ninguém vai apagar as velas, disse Gioconda, ciente dos perigos. — Vão derreter sozinhas até o fim, enquanto ficamos aqui esquentando nossas almas cada vez mais frias.

Após tirar a faca das mãos de Sebastiana, cortou o bolo num rápido golpe. O primeiro pedaço separou para Polidoro, que carecia de provas de estima. Agradecido, deu a primeira dentada, que não lhe propiciou prazer visível. Os farelos caíam na camisa sem que se importasse.

— As fatias para os homens são mais avantajadas que as nossas, reclamou Diana, vendo Gioconda saciar a fome masculina com desmedida generosidade.

— É simples. Eles têm mais fome que nós.

As emoções da tarde haviam sugado de Ernesto as proteínas do almoço. Sentia-se faminto.

— Só uma grande quituteira faz um bolo assim, disse à guisa de elogio.

— Comam à vontade. Já liquidamos o terceiro andar, ainda restam dois.

Gioconda instalou-se no chão junto aos outros em completo silêncio. Ouvia-se o zumbido das moscas tentando pousar nas pombas de açúcar. Palmira afugentava-as com a única mão livre, lambuzada de glacê.

— Que horas são? Virgílio consumia a segunda fatia do bolo, enquanto Polidoro, sob pressão, aceitava outra. Tinha a massa entalada na boca.

— Que pena não termos trazido guaraná ou groselha. Palmira condoía-se de Polidoro, que tinha o coração lanhado, apesar da voracidade com que mastigava.

Descontraídas, entre irmãos, as mulheres iam entreabrindo as pernas sob o peso do cansaço da tarde. Virgílio notou, por acaso, as calcinhas, por onde um pelo e outro saltavam negros e encaracolados. Exausto, queria tão somente esticar-se na cama de casa. Como os outros, sentia-se extenuado e sem vaidade. Um estado beatífico, ideal para que ouvissem a história triste e taciturna do Brasil.

O ar abafado ameaçava chuva. Gioconda, combatendo o calor, usava o ramo de flores como leque. A cada movimento as magnólias se despetalavam. Os minutos escorriam com insuportável lentidão. Só a batida na porta devolveu a vida que acabava de lhes ser roubada.

A interrupção da sesta sobressaltou Narciso. Colou o ouvido à porta.

— Quem está aí? disse, descuidado das manhas policiais. Embaraçado, porém, com a demonstração pública de ingenuidade, escancarou de vez a porta com o revólver na mão, pronto para disparar.

Francisco avançou esbaforido.

— Ainda bem que estão todos aqui. Assim me poupam o trabalho de bater de porta em porta.

Sorriu orgulhoso da missão de que estava investido. Dirigiu-se a Polidoro.

— Adivinhe quem chegou. E levou o palito amassado de um canto a outro da boca, de onde escorria um fio de baba.

Polidoro não se mexeu. A presença de Francisco recordava-lhe os deveres familiares. A hora de voltar para casa, tomar um banho frio.

— Não temos novidades, Francisco. Mas sirva-se do bolo, disse com indiferença.

A insinuação de que não passava de um maledicente obrigou-o a recusar a fatia que Palmira gentilmente providenciara. Olhou a mulher com desprezo, culpando-a da ofensa. Fez menção de retirar-se. Apesar de tal propósito, não se movia em direção à porta, atento a Polidoro. O fazendeiro, porém, arriado no chão, parecia apático.

Francisco, quase vencido pelo medo de não saber o que fazer com o tesouro que trazia na boca, ainda quis resistir, resguardar a dignidade ofendida. Afinal, o instinto de informante dominou-o por inteiro.

— Venha depressa, Polidoro. A voz rascante assumiu inesperada dimensão dramática.

— Para onde? disse Ernesto, recém-nascido do torpor da tarde.

— Ao hotel Palace. Caetana acaba de chegar com sua trupe.

A vitrola do tio Vespasiano havia percorrido quase metade do Brasil. Trazia na engrenagem envelhecida o pó das estradas que atravessam o país. E apesar de Balinho limpá-la com chumaços de algodão embebidos em álcool, os acordes de Wagner, ouvidos no hotel Palace, jamais alcançavam a magnitude desejada. A voz de Isolda, proclamando as incertezas da vida e da morte para um absorto Tristão, chegava atenuada a Caetana, encerrada no quarto.

Na sala, atento a mudar o disco na vitrola, Balinho desfazia as malas, espalhando pelo chão partituras, andrajos, lembranças de viagem. No empenho de adivinhar os segredos de Caetana, regia-lhe o gosto impondo à mulher um repertório musical compatível com seu estado de espírito.

Certas árias podiam arrastar Caetana para longe. Via-se em sua retina uma paisagem desolada que só ela sabia localizar no mapa. Uma viagem que expulsava Balinho, sem levar em consideração seu desejo de segui-la. Inconformado com esse tipo de idílio, que não contemplava senão ela mesma, Balinho lutava por trazê-la de volta.

— Onde fica Trindade? perguntou-lhe certa vez, aflito.

— No cu do mundo. Caetana empertigou os seios que arfavam acelerados. — Onde os deuses perderam as botas e não quiseram voltar para reclamá-las. Ainda assim, chegaremos lá. Só não sei o dia e o ano. E lançava chispas nascidas das narinas trêmulas.

Balinho aumentou o volume da vitrola. As pesadas cortinas da sala, os móveis antigos adornados com bibelôs e jarras recém-restaurados fedendo a cola, entediavam-no. Desde que chegaram a Trindade, naquela tarde, andava à cata de um ouvinte que prestasse atenção a suas histórias.

Os lamentos de Isolda terminaram sem comover Caetana, encerrada no quarto. A indiferença da mulher, por ocasião do epílogo, condenava Balinho ao desterro de uma sala lúgubre. Por iniciativa própria, esfregou o *Vissi d'Arte* com a flanela até não sobrar um só cisco no disco. Dessa vez, Caetana sucumbiria aos apelos de Floria Tosca em defesa do amante, prestes a ser sacrificado pelo tirano Scarpia. O espelho da alma de Caetana, sensível aos transtornos que a arte propiciava, haveria de estilhaçar-se em mil pedaços, até deixar à mostra seu frondoso coração. Este coração que Balinho tentava subornar a cada dia, enquanto catava seus cacos no chão.

O lamento da soprano, entregue ao intenso exercício da piedade, soou convincente na vitrola claudicante. O próprio tio Vespasiano, se vivo, se teria condoído de tanta miséria. Balinho esfregou as mãos, satisfeito por um ato certamente classificável como malévolo. Sentia-se um titereiro da feira de Caruaru, consciente da miséria de sua condição de ambulante e a quem sobrava imaginação para trazer, presa aos dedos, uma Caetana que às vezes o fustigava com impropérios, reprimendas e perfumes de essência duvidosa.

O espelho de sua alma, no entanto, por mistério insondável, e contrário a qualquer lógica, resistia a esfacelar-se. Talvez a chegada a Trindade tivesse abalado a sensibilidade da atriz, deixando-se agora reger exclusivamente pelo mundo enfermiço das próprias memórias.

Aguardou cinco minutos, acompanhando os ponteiros do relógio. Não sendo correspondido, bateu à porta. Caetana sempre foi generosa. Só ela poderia falar sobre uma cidade a que chegaram como ciganos, os destinos contidos numa bagagem miserável, na expectativa de se albergarem no hotel Palace por alguns dias.

— Pode entrar. O grito de Caetana abafou a súplica magoada de Tosca.

A luz mortiça do quarto, com o único abajur revestido de véu rosa, não permitiu a Balinho localizá-la. Tateava as paredes para encontrá-la.

— Onde posso estar senão aqui!

Sentada na banqueta da penteadeira, em frente ao espelho, Caetana esfregava o rosto com uma esponja. Os gestos velozes, a despeito do esmero, modelavam feições que não pareciam suas. Não se podiam ver, na luz tênue, os dentes de marfim.

Caetana não demonstrava reconhecer a penteadeira como parte de seu passado. Era comum Polidoro, sentado na cama, ficar a contemplá-la, enquanto Caetana escovava os cabelos longos e negros, de todo abstraída do desejo que despertava nele, a ponto de o homem estremecer como um afogado, sofreando o ímpeto de saltar sobre seu corpo e abrir-lhe as pernas, a fim de que os movimentos agônicos e desumanos da mulher tragassem seu sexo sem qualquer misericórdia.

Não fora fácil para Polidoro reinstalar a penteadeira no hotel. Gioconda jurava ser sua. Um regalo que Caetana lhe fizera na véspera de partir, embora pertencesse ao acervo do hotel.

— Você e as Três Graças tramaram o roubo da penteadeira. Agiram à minha revelia. Faça o favor de devolvê-la.

Gioconda manifestou estupor. O longo estio amoroso fizera minguar os últimos nacos de carne que Caetana lhe deixara de lembrança.

— Não percebe que doía a Caetana abandonar num hotel de putas de luxo e de viajantes inescrupulosos um espelho onde sua beleza ficou para sempre registrada? Gioconda argumentou, dando-se por vencida.

Balinho aspirou o aroma de jasmim e alfazema que vinha do leito. Caetana ainda não se estirara nos lençóis alvos. Escovava os cabelos sem sinal de fadiga, irrigava o cérebro para refrescar as ideias, até que lançou irritada a escova no tapete.

— De que vale lutar, Balinho. Os deuses acabam por triunfar. São uns safados. Inventaram o desterro para que criássemos a noção de pátria, de saudade. Sempre souberam antes de mim que eu ainda meteria minha cabeça de volta neste buraco que é Trindade. Onde o povo só se importa com vaca e bosta.

Balinho tentou acalmá-la. Sofria com seu desgoverno.

— Está ouvindo? Referia-se à música. — É a Callas.

Apesar de a música transportá-la para um território de onde retornava fortalecida, seguia lançando invectivas contra os que lhe regiam o destino.

— No início, adorei todos os deuses. Mesmo os mais vagabundos. Eles, porém, me recusaram. Foram eles que me esqueceram nas cidades miseráveis deste país fodido. Por que agiram assim comigo? Só porque tio Vespasiano me trazia pelas manhãs, junto com a caneca de café, uma dose desenfreada de sonhos?

Para ouvi-la melhor, Balinho puxou a banqueta para perto. Na vida privada, Caetana conservava os mesmos gestos do palco e do picadeiro, sempre grandiloquentes, em contraste com as falas banais de seus textos, bem de acordo com seu modesto público.

— Como vou admitir que introduzam a tragédia e o fracasso em minha vida sem minha licença? O esforço secou-lhe a garganta. Bebeu com sofreguidão a água oferecida por Balinho. E com movimento exagerado arrancou a capa que a protegia. Indicou-a a Balinho, que se acomodasse sobre ela. Ele furtava-se a olhar a camisola, os seios mal contidos no cetim que se rompia pelo uso.

— Os putos dos deuses afiam as unhas em minha carne. Mas me vingo deles aqui mesmo em Trindade.

Estreitou ansiosa a mão de Balinho. Ele tentou libertá-la, mas ela custou a deixá-lo ir. Para reduzir as medidas exageradas de seu coração, Balinho contra-atacou.

— Qualquer dia a vitrola não aguenta mais. Acabará enterrada debaixo da figueira, onde Judas se enforcou para chamar a atenção dos cristãos.

Através da tênue luz do abajur rosa, averiguou o grau de interesse que Caetana demonstrava pela história de Judas. Sempre que atraída por suas intrigas, dava-lhe atenção, convicta de que Balinho podia trazer o mundo para dentro de casa. Decerto cativada pela habilidade com que ele se rebelava contra enredos banais.

A ira de Caetana perdurava. A vida não tinha a riqueza que ele se esforçava em injetar-lhe. Embora desautorizado a seguir, começou a falar sem pressa.

— Li que Judas foi espia de um senador romano preterido pelo imperador e por isso planejou destruir o império. Para tal fim, entregou aos soldados romanos moedas de ouro para dependurarem na cruz aquele Cristo da Judéia. Pressentiu que o profeta estava prestes a criar uma religião poderosa, em nome da qual os escravos sacrificariam suas vidas. Assim, quando matassem o Cristo, estouraria a revolução nascida dos desesperados, ansiosos todos por serem tragados pelos leões nas arenas, em troca do reino dos céus. Um gesto tão imprevisível que os romanos, senhores do mundo e da fantasia, lhes invejaram o grau de paixão. Também eles quiseram levar para casa o manto da paixão com o qual se vestir e se proteger do inverno e da desesperança. Com o manto nos ombros, tinham certeza de que todos os sentimentos se tornavam possíveis. Foi aí que o senador chamou Judas.

Antes absorta, Caetana voltou à realidade do quarto.

— Mas afinal de que está falando, se o que importa é a vitrola. Está ou não funcionando? Seu gesto apressado espanou a história que Balinho lhe contava.

— Por enquanto resiste. Qualquer dia não vai aguentar um agudo mais da Callas.

Aquele jovem miúdo tinha o dom de trazer-lhe mentiras diariamente, sob o pretexto de perseguir a realidade. Em troca, ela oferecia-lhe lições inesquecíveis.

— Você não sabe o que diz, Balinho. Esta vitrola sabe mais de nós do que nós mesmos. Ela praticamente me viu nascer e vai estar a meu lado na hora da morte. Tio Vespasiano jamais me perdoaria se eu a deixasse silenciar para sempre.

O tema afligiu-a. Com um gesto reclamou pela luz. Queria reconhecer os objetos e a si mesma no espelho.

— Vamos ver se combato estas memórias nefandas com a luz.

Caetana observou afinal o quarto, organizado por Polidoro.

— Pelo visto, ele está mais jovem do que eu. Enquanto embaralho alguns episódios, sua memória conserva-se fresca. O quarto está igual ao que era no passado. Ele não esqueceu um só detalhe.

Até a cômoda conservava a mesma mancha de óleo de peroba que sem querer ela havia derramado na pressa de não chegar atrasada ao circo.

Balinho abriu as gavetas. Ao desfazer as malas, separava rapidamente as peças de uso normal e as destinadas à cena. Queria dar ordem ao quarto.

— Quando viajaremos de novo? perguntou, enquanto dobrava as roupas.

Caetana olhou a palma da mão direita. As diretrizes do destino estavam estampadas ali. As linhas regentes pareceram-lhe esfumaçadas. Além do mais, não herdara a habilidade do tio para interpretá-las. Vespasiano, porém, por conta do bom humor, inventava sempre um destino que fosse compatível com o sonho do interlocutor, tudo no empenho de fazê-lo feliz. A ilusão, segundo ele, devia vir junto com a claridade do dia e o primeiro gole de café. Convencido desses tesouros, acordava a sobrinha. Caetana estrebuchava, maldormida.

— Não vê, menina, que já clareou? E que o sol é o melhor amigo do homem? Ao contrário da lua, que é inimiga e ambígua.

Atento, porém, a que não lhe herdasse os presságios, vindos da Grécia antiga, ele sorria, pondo à mostra os dentes escuros que lhe sobravam na boca.

— Nada sei de como se educam as meninas brasileiras. Só sei que eduquei você para ser livre e dormir muito pouco. Onde já se viu gente como nós ficar na cama esperando que a vida bata à porta? Vamos andando, está na hora de fazer a mala. Botar a máscara de novo no rosto. Ai de nós quando já não usarmos mais essas máscaras. Seremos feios e banais. Ou em vez de atriz preferia ser rica? Com dinheiro nos baús mas sem encantos para iludir os outros.

Desatento ao físico, Vespasiano usava cinto de corda para as calças não caírem. A cintura dilatara-se pela cerveja que tomava nos bares da estrada, sob o olhar de Caetana, sempre a seu lado desde criança.

— Peguei você praticamente nas águas do Nilo dentro de uma cestinha. Preferi eu mesmo educá-la que metê-la nessas casas com telhado e paredes envenenadas. Não queria que aprendesse a bordar e cozinhar. Acaso errei, menina?

Passava os dedos à guisa de pente nos cabelos dela para desembaraçá-los. Vendo-a bela, obrigava-a a correr, imitar estátuas, treinar o riso audível a mais de cem metros.

— Jamais seja indolente. Nem renuncie ao sonho, menina. É essa convicção que nos salva. Só com ela na cara pisa-se no palco. Às vezes, estamos no circo, que é nossa miséria, às vezes, num palco de tábuas com ripas que furam as solas dos sapatos. Mas um dia você ainda vai parar no Teatro Municipal lá do Rio de Janeiro.

Nesse dia ele a conduziria pessoalmente ao camarim. Para ver a sobrinha cobrir o rosto com produtos capazes de simular rubores e paixões. Como sinal de seu apreço, juntando todas as economias, faria chegar-lhe uma corbelha de flores do campo, que fosse levada ao palco na hora de agradecer os aplausos.

— Já pensou você um dia pisando no mesmo palco onde estiveram a Duncan, a Sarah Bernhardt. Sabia que a grande atriz francesa quebrou a perna no Municipal e por isso mais tarde teve que amputá-la?

Balinho negligenciava o serviço para ouvi-la. Esquecia-se dos encargos. Tinha à sua frente o espetáculo que mais o comovia. Caetana agitava-se, erguia-se, acomodava-se de novo na penteadeira. Havia engordado, mas a opulência da carne não desfizera os nós intrincados de uma fantasia que Balinho atara ao coração com cordas poderosas e diariamente reforçadas.

— No dia em que se contar de verdade a história do teatro brasileiro, não poderão esquecer de incluir tio Vespasiano. Ou homens como ele. Não me refiro a essa merda de história oficial, que só sabe ordenhar as tetas dos vencedores, dos que entopem os teatros dos grandes centros como pulgas humanas. Falo de nós, desses desgraçados que andamos pelo interior representando nos picadeiros, nos palcos vagabundos, sem holofote, até à luz de vela.

Diminuiu a veemência para separar os colares que Balinho havia retirado de uma caixa. Sentou-se no chão a seu lado. Distraía-se com as evocações nascidas de cada objeto. Balinho sentiu-lhe o cheiro das axilas com suave enternecimento. Só faltava chorar para provar-lhe seu amor.

Caetana fingiu não registrar as emoções que emergiam como estrume numa cidade povoada de vacas e de sifilíticos.

— Não fique tão preocupado com as mentiras que precisa inventar, disse Caetana, na tentativa de abafar-lhe o excesso de sensibilidade. — Se for preciso eu mesma forneço as histórias que tenho no bolso. Não se esqueça de que fui ouvinte de Vespasiano. E ninguém melhor que o tio para divulgar a história verdadeira do Brasil, falar dos rostos descarnados e resignados que vimos por essas estradas. Só encontrávamos homens condenados ao esquecimento. Quem lhes contaria a própria história ou falaria deles depois de mortos? Acaso existe pior morte que o esquecimento, nunca mais ser recordado? Ou nunca ter conhecido a glória?

Levantou-se impaciente. Não quis mais presenciar a miséria que saltava das malas como rãs vivas. Eram seres do pântano os pertences dispersos no chão.

— Carregamos a miséria nas costas. Nossa fortuna consiste em baús de areia. Se vendermos tudo que aí está, não dará para pagar um prato de comida. Que merda de vida!

Indicou a Balinho o álbum de recortes perto da cortina. Ele fez menção de entregá-lo.

— Não quero vê-lo. O que é este álbum diante de meu talento! Uma vida inteira que não ocupa senão algumas páginas, disse, desconsolada. Reagiu, porém, olhando entre os objetos.

— Me dê o retrato do tio.

Vespasiano parecia sorrir-lhe. Até mesmo dentro do caixão, da madeira mais barata e que ameaçava desfazer-se na chuva, o tio conservava a arrogância da alegria. Nada o intimidava. Nem a miséria nem a falta de sorte.

— Vejo agora que o tio era um louco. Até os deuses desafiava por meio de gestos banais. Aliás, afirmava que a melhor arte era banal, fazia sorrir uma criança e um velho ao mesmo tempo. Acaso o tio estava certo?

Balinho mostrou-lhe a fotografia de um palácio. Os cisnes enfeitando o lago brilhavam como porcelana. Pareciam jamais haver voado.

— É o Itamarati, disse ante a surpresa de Caetana.

— E isso lá nos interessa? Não vê que formamos uma raça de condenados a viverem juntos para sempre? Quem poderá nos separar, Balinho? Quem somos um sem o outro? Já pensou em Príncipe Danilo sem mim? Mas, apesar desses palácios, somos nós que percorremos o Brasil na certeza de que ele existe e nos desprezará na velhice. Logo nós, que nem descontamos para a Previdência Social.

Balinho dobrou a fotografia. A fantasia do palácio esfumara-se. A visão de um casarão para jovens elegantes e urbanos despertara-lhe estranho sonho. Mas jamais abandonaria Caetana. Nem deixaria de contar-lhe histórias colhidas sem compromisso, habituado às suas fúrias, quando ela lhe dizia frases esparsas, muitas extraídas de peças que havia representado desde a adolescência ao lado de tio Vespasiano.

— E que outra família tenho? disse Balinho, como se confirmasse para si mesmo a intenção de permanecer a seu lado.

Caetana afagava o estômago com movimentos concêntricos. Distraída, não parecia ouvir a declaração de amor de Balinho.

— Meu estômago protesta, mas é de fome.

Balinho trouxera a merenda. Leite, maçã e ovo duro. Frugal demais após a viagem na boleia do caminhão, em meio a uma cabra de que o motorista jamais se separava. Seu balido confundia-se com as vozes das duplas caipiras no rádio.

Caetana protestou contra a pobreza que os perseguia.

— Por que querem me impor este regime carcerário?

De pé, com a camisola longa, de cor turquesa, batia contra o peito, abrindo e fechando os olhos.

— Decaí tanto que nem Polidoro se ocupa mais de mim? Ou será que ele ficou pobre?

Balinho lançou-se de joelhos a seus pés perto da banqueta.

— Não fale em decadência, por favor. Não há no Brasil outra atriz como você. Cite-me o nome de uma só que tenha conseguido deixar o coração do povão em frangalhos.

O cheiro de jasmim eclipsara-se para dar lugar a outro que descia das coxas de Caetana. Privando de repente da intimidade da mulher, sentiu-se sob o jugo do desejo, abastecido sem querer da misteriosa seiva que ela, mesmo amargurada, desprendia do corpo. Para combater a imaginação propensa a disparar como um potro, Balinho começou a falar. Queria dessa forma esquecer a desconcertante intimidade.

Reconfortava Caetana ter Balinho ajoelhado a seus pés, no esforço de reconciliá-la com uma realidade inimiga, que jamais aplaudira seu talento de atriz.

— Às vezes, tenho a impressão de que esqueço de dizer certas frases no palco. Acho que venho pecando pela gordura e pelos sonhos inúteis.

Balinho acariciou-lhe os artelhos. Usava quase sempre sandálias. Em certas ocasiões enfiava anéis nos dedos dos pés, como Gabriela Besanzoni, a cantora italiana que por amor vivera anos no Brasil.

— Se este lanche miserável deve-se a Mágico, diga-lhe que ele se equivoca com nossos andrajos. E que é a arte que nos obriga a nos vestirmos dessa maneira. Além do mais, quem pensa que somos, banqueiros? Pois saiba que somos mesmo é príncipes. Pois somos nós que damos nomes aos sentimentos e às caras esfomeadas desses brasileiros feios que teimam em sonhar. Vá depressa à cozinha. Vamos nos fartar com pratos suculentos. Preciso forrar o estômago com a gordura que meus sonhos consumirão. E mande as contas para Polidoro Alves. É ele que vai pagá-las.

Sob o impacto de tal discurso, Balinho não tinha razões para temer o futuro. Caetana provara que a estrutura do país prescindia de seus serviços. Em compensação, restava a peões da arte como eles o consolo de queimar as solas dos sapatos na estrada e morrer.

A partir daquela sexta-feira, Polidoro os lambuzaria de mel. O que a realidade lhes sonegara no passado lhes seria agora obsequiado em dobro.

— Trarei na bandeja os sete anos de fartura do Egito, disse Balinho, feliz com a lembrança bíblica. Certas frases surgiam-lhe como prêmio, sobretudo quando faltava o pão. Gostava então, nessas tardes cinzentas, de inventar histórias em ritmo acelerado.

— Pois que seja Egito, Paris ou Cochinchina, mas traga comida, disse Caetana a rir, esquecida dos dissabores. Em fração de segundos o rosto rejuvenescera. E esplendia uma sensualidade que exaltava seu escudeiro, já à porta, em direção à cozinha. Ao abri-la, porém, recuou, deixando-a entreaberta.

— O que houve? disse Caetana no quarto.

— Acho que é ele na porta. O que faço?

Caetana deteve-se, esquecida dos movimentos teatrais. Tesa, os músculos doíam. Balinho veio em seu socorro. Outra vez o cheiro da mulher invadiu-o junto com o perfume. De repente, tomado por uma ambição secreta, sem nome, difusa, invejou a sorte do homem. Sentiu-se indefeso.

Nas horas difíceis, Caetana exprimia sentimentos fortes, apoiando-se no estranho sonho que o tio lhe passara junto com o feijão, a farinha e as frutas tropicais.

— O que faço com o homem? Não é ele o rei de Trindade? perguntou, angustiado.

— Apague as luzes e deixe Polidoro entrar, comandou Caetana. Esquecida de onde havia deixado a capa, começou a buscá-la no tapete.

Balinho deu-lhe as costas sem se despedir.

A altura de Danilo permitia-lhe alcançar com os braços as bugigangas que Caetana ia atirando em cima dos armários. O gesto, sempre útil, despertava o sorriso irônico de Balinho. Parecia insinuar que a natureza contemplara Danilo com excesso de músculos em detrimento da massa cinzenta. Suas mãos, grossas e com nervuras, mal saberiam colher a cintura de uma mulher com a necessária delicadeza.

Danilo, inquirido sobre o título de Príncipe aposto ao nome, encerrava-se em pesado mutismo, enquanto polia com sofreguidão as medalhas de prata da Guerra do Paraguai que trazia na mochila. Furtava-se igualmente a confessar a idade. Ante a insistência de seus amigos, os olhos, verdes e vacilantes, piscavam sem parar, no justo instante em que a voz tosca subtraía de uma só vez dez anos de vida.

De tanto mentir, conquistara inabalável convicção de estar dizendo a verdade. E na ânsia de transmitir sinais de juventude, Danilo subia e descia lances de escada aos saltos sob risco de tropeçar.

Às vezes, assaltado pelo sentimento do ocaso, que lhe vinha como se mil tambores ecoassem dentro do peito e o dia ganhasse insuspeitadas sombras, excedia-se na bebida.

Certa noite, sem coragem de refugiar-se no quarto da pensão, bateu à porta de Caetana. Ela sentiu-lhe o bafo de álcool e a força do infortúnio.

Danilo tirou a boina, presente de um catalão, e surpreendeu-a com o crânio raspado a navalha.

— O que fez com os cabelos?

Pela manhã, em frente ao espelho, o cristal revelara-lhe os fios brancos e as feições excessivamente femininas, em visível contraste com a opulência física. Tomou da navalha movido pela certeza de que estava à beira dos cinquenta anos.

— Só lhe peço um favor, Caetana. Não revele a ninguém minha idade. Não quero que descubram que menti a vida inteira. Se for preciso esconder os papéis, enterre-me como indigente. Não tenho satisfações a dar aos céus de minha miséria. E coçou o crânio com as unhas maltratadas. Sofria com antecipação que dirigissem a seu cadáver um riso cínico. A morte em si era uma condenação suficiente.

— Vá dormir. Amanhã já terá passado esta carraspana. Caetana apressou-se em devolvê-lo ao quarto.

Danilo insistiu. Um artista como ele merecia ser criticado unicamente no palco. Mesmo porque, fora de cena, Balinho tinha razão, suas falas saíam tortas e os gestos desmedidos.

— Eles não sabem o que é para um ator a passagem dos anos! É uma verdadeira tortura pisar no palco depois que se começou a tingir os cabelos de preto.

Envolta na mesma sensação crepuscular, Caetana silenciou. Ia disfarçando as rugas com a maquiagem pesada.

— Posso ficar ao menos uns minutos?

No chão acomodou-se sobre as almofadas coloridas, trazidas do leito de Caetana. Os vapores do álcool diluíam-se, facilitando-lhe a fala.

— Tudo que fiz nesses últimos anos foi tocar as cordas da guitarra com a mesma ternura com que toquei as cordas endurecidas dos corações alheios, concluiu quase em prantos.

Danilo retornou ao assunto de sua morte no dia seguinte. Caetana, no camarim, arrumava potes e bisnagas de pintura no toucador. Naqueles meses, atrelados ao circo, aguardavam dias afortunados para reiniciarem as atividades nos pequenos teatros e cinemas do interior.

Como era seu hábito, Caetana comia uma laranja antes de entrar no picadeiro. Do lado de fora o vento fazia rugir as lonas emendadas como um leão enfurecido.

— Já lhe disse que não sirvo para a função de coveiro. Por que se preocupa tanto com uma cerimônia em que será o único convidado sem vida?

Danilo ofereceu-lhe um caramelo como prenda e penhor de boa vontade.

— Não é verdade que, apesar do aspecto bruto, tenho sentimentos nobres e a alma terna? Por que então todos querem me ferir? Já não basta esta vida miserável que nos arrasta pelo Brasil, pisando em carrapatos, cobras, escorpiões?

Na portaria do Palace, naquela sexta-feira, Caetana advertiu-o. Não o queria tropeçando nos corredores, batendo nos quartos errados, por causa da bebida.

Príncipe ofendeu-se. Apesar da camiseta modesta, das calças de cetim e das botas em frangalhos, a educação impedia-o de afrontar gente de bem. Só reagia, quebrando objetos e descadeirando cavalheiros, por ofensas graves. Estranhava, portanto, que a atriz não acatasse suas maneiras no que concernia à vida social.

— Há muito renunciei à glória e à maldade das grandes capitais. Em troca ganhei a asma a cada primavera, dizia sempre, quando queria fustigar os sequiosos de ouro e de poder com o látego de sua inocência.

Cansada da viagem, Caetana pediu pressa com a bagagem.

— Deveríamos mesmo ter voltado? Ou chegamos a Trindade com vinte anos de atraso, disse Danilo, acompanhando-a até o quinto andar.

Balinho passou com as malas e os embrulhos. Caetana, na porta, não tinha pressa de entrar na suíte.

— Saberemos nas próximas horas. A indolência prendia-a no limiar da porta. Parecia falar com um estranho.

Posto à margem das decisões do grupo, Danilo ressentia-se e tinha sede.

— O tal Francisco avisou que todas as despesas ficam a cargo do fazendeiro.

Para a viagem, Caetana vestira-se com túnica branca enfeitada de cubos vermelhos, agora encardida. Os colares de miçangas pesavam no pescoço. A cauda, ela arrastava pelo chão, como uma noiva. Com frequência escondia com as mãos as bolsas sob os olhos.

— Pelo visto, Polidoro mudou. Antes tratava melhor as vacas que as mulheres.

Entrou na sala ocupada pelas malas e caixas. Era-lhe um ambiente familiar. Sobressaltada, levou a mão ao peito. Em seguida disfarçou o gesto.

— Ah, se ao menos os ricos soubessem que, pelos dois minutos que lhes restam de vida, valia queimar notas de mil em praça pública, compreenderiam o gosto da fantasia desvairada!

Examinou os móveis com olhar descrente. Nada havia mudado, tinha certeza.

Danilo desceu pelas escadas, não queria esperar o elevador. Assoviava *Recondita Armonia*, que sempre lhe vinha à memória antes de começar a beber. Pensou em Francisco. Caetana prevenira-o contra o garçom. Decerto exagerara. Tinha a mania de colorir a realidade com tintas fortes no intuito de reproduzi-la no palco. O que fugisse a tais critérios merecia-lhe admoestação. Só se fiava nas falas que levassem ao riso e ao choro fáceis.

No saguão, o lustre aceso tinha o fulgor dos cristais europeus, apesar de algumas lâmpadas queimadas, que Mágico não trocava por economia.

Mágico fingiu não vê-lo. As vestimentas do ator, beirando o ridículo, agrediam os hóspedes, que liam jornais.

Danilo, lesado pelas miradas altaneiras, foi a seu encontro.

— Não tem vergonha de se esconder atrás do balcão e destas cortinas poeirentas, e ficar cagando regras para a humanidade? Pensa que não notei seu olhar de desprezo quando nos viu chegando famintos e tristes? Acaso já viajou alguma vez cinco horas na boleia de um caminhão? Sentado num banco de madeira que anestesia o rabo a ponto de não sentir que é seu? Por que nos trata assim? É por inveja de nosso talento, da vida de ciganos que levamos, e que não teve coragem de viver? disse, impulsivo, não lhe perdoando a censura velada.

Pelo rosto, Danilo via-lhe o cotidiano mesquinho e as masturbações noturnas.

— Se não abrir o coração, ganhará de presente uma úlcera e um buquê de hemorroidas na boca do ânus, acrescentou com vigor, disposto a seguir.

Mágico aterrorizou-se. O ator, com linguagem desabrida, lia suas frustrações. Retalhava à vista de todos seu coração, só faltando pôr à venda a inveja e a solidão que, contra a vontade, guardava em escaninhos vedados a ele próprio.

Indicou-lhe o sofá para sentar-se. O crânio brilhante de Danilo chamava a atenção. Sobretudo os bíceps desenvolvidos que saltavam da camiseta cavada.

— Está confortável? Referia-se Mágico ao sofá de couro que, apesar das estrias, viera da Inglaterra.

Ao testar as molas, Danilo fez uma careta. A aparência tosca desmentia sua sensibilidade.

Mágico acercou-se polido. Não conseguia simular afeição pelo ator.

— Se adivinha tão bem o que os homens pensam e sofrem, por que não põe cartas ou joga búzios em vez de arriscar a vida num palco?

Mágico falava sério. Nenhum outro ofício fazia os homens mais felizes. Adivinhar a sorte promovia os curandeiros a mensageiros dos deuses.

Acuado ante a perspectiva de abandonar o palco, Danilo reagiu.

— Quem lhe disse que me falta talento para o palco? Sob tal ameaça, ergueu-se, indignado. — Nesse caso, não posso aceitar sua hospitalidade.

Enfrentou-o destemido. O que sabia da vida um homem escondido naquele hotel, só para não ver o mar, as montanhas e as criaturas de Deus?

— Desde quando lhe pedi conselhos ou lhe devo favores para se meter na minha vida?

E antes de entrar no bar, do limiar da porta, Danilo fez um gesto obsceno.

— Uma banana, disse. E para ser ouvido pelos hóspedes presentes: — Meta no rabo.

No bar, Francisco indicou-lhe a mesa vizinha à de Polidoro.

— Beba o que quiser. Como hóspede de Polidoro é só destampar as garrafas. Há vinte anos que aguardávamos a chegada de Caetana. Só não lhe escrevíamos porque não tínhamos o endereço. Onde estiveram? Pode contar, sou todo ouvidos.

A primeira dose, servida com exagero, demonstrava a excelência do uísque de doze anos.

— Tenho outras garrafas guardadas, disse, notando-lhe o gosto pela bebida. Sentou-se na outra cadeira, aproveitando que o bar estava vazio.

— Que outra carta enviaram a Polidoro, além da que chegou na última segunda-feira? Francisco acautelava-se para não despertar suspeita.

Confiado na hospitalidade de Francisco, Danilo sentiu-se protegido. As insinuações de Caetana não tinham razão de ser. Francisco, de nobre extração, sabia abrir as portas para o prazer.

— Caetana não é dada a escrever. Por isso não é autora dramática. Em compensação, improvisa no palco. Gosta de enriquecer os textos saídos de plumas nobres. Certa vez alterou duas frases de um diálogo do famoso Machado de Assis. Sabe que até ficou melhor?

Esfregou as mãos. A bebida estimulava-o à felicidade. E atingia mais rapidamente a bem-aventurança quando um homem como Francisco julgava-o merecedor de mimos. Se fosse pagar a bebida, não chegariam as economias que tinha no bolso.

— É hora de o Brasil valorizar seus artistas, enfatizou Francisco no curso da sedução.

Imerso em seu tema favorito, Danilo não lhe deu atenção.

— Caetana é respeitosa com a obra alheia. Mexe de cinco a seis frases, e sempre por bom motivo. Quanto às cartas, nunca foi missivista. Fora o bilhete que enviou a Polidoro na hora de fugir, só voltou a escrever agora, anunciando a chegada a Trindade. Ela nunca quis ser escritora, que é um ofício, aliás, sem maiores atrativos. Tudo que quis, desde que abandonou o berço, foi representar. Ela vem de família de artistas. Vespasiano, que a educou, orgulhava-se de jamais ter tido uma casa montada. Era um nômade. Levava os pertences nas costas como os caramujos. Igual a nós, que nem sabemos às vezes em que buraco do Brasil nos metemos.

Francisco enalteceu-lhe a fala, longa mas rítmica. Era como vê-lo no teatro a representar. Trazia-lhe a realidade para dentro do bar com rápidas pinceladas. Graças a esse dom, fazia-o participar das aventuras vividas no palco e fora dele. Há muito não via homem tão loquaz, capaz de supri-lo com notícias instigantes e de reprodução imediata. Ser-lhe-ia fácil providenciar acréscimos, caso necessário.

— Sirva-se, Danilo. Não seja tão comedido. Quem paga pode comprar a outra metade de Trindade que lhe falta, insistiu, renovando o balde de gelo.

Príncipe Danilo bebia com sofreguidão, enquanto disparava foguetes verbais.

— Você chegou a conhecer tio Vespasiano? Ele fundou o grupo de teatro Os Romeiros, que infelizmente não existe mais. Foi um grupo famoso no Brasil inteiro.

Danilo regressava ao passado de Caetana, que também era seu, levado pela suspeita de invadir uma região ingrata. A cada abordagem surgiam fatos novos, aos quais se ajustava com precário equilíbrio.

— É difícil falar daqueles tempos em que deslumbrávamos o Brasil. Falta-me educação livresca, mal estudei. Só me lembro de histórias soltas, dispersas. Por isso recorro com frequência à mentira. Faço como todos os artistas. Não é verdade que somos mentirosos?

Danilo virava o copo de uísque, bebida a que não estava acostumado, como se fosse cachaça. O torpor nas pálpebras indicava que se excedera.

— Ai de nós sem a mentira, Francisco. Graças à mentira acreditamos nas lembranças que já tínhamos condenado ao esquecimento. O que seria de nós sem o afeto da mentira, o pão da mentira? É o único calor que combate a solidão.

O olhar de Francisco, antes aliciador, moderava-lhe a bebida.

— Não vale disfarçar, Francisco. Sua cara é de quem não tem mulher na cama nem comida quente na cozinha. Não negue. De outro jeito não ficaria aqui por tantas horas a me escutar.

Francisco escudou-se no sorriso complacente. Desviou o olhar para a garrafa. Transmitia-lhe solidariedade por suas fraquezas. Os excessos compraziam-no. Não permitiria que a vida os intrigasse, lançasse um contra o outro.

Danilo fechava os olhos na ilusão de abri-los sob as luzes de holofotes poderosos, diante de um público que o aplaudia em cena aberta, exigindo que repetisse. Ele, porém, precisava chegar ao epílogo.

— Você tem razão. Todo contador de histórias é um solitário, admitiu Francisco, constrangido. Não renunciaria, no entanto, à turbulência de Danilo, seus gritos destoantes. Há muito esgotara-se seu estoque de novidades. Já não excitava os fregueses como antes. Corria o risco de repetir-se, de exaurir a todos. Portanto, carecia urgente das notícias que só ganhavam foros de autenticidade sob a auréola do veneno da mentira e da maledicência.

Danilo enterneceu-se. Há muito queria um amigo sincero e firme. Capaz de ruborizar-se.

— Vou servir o uísque com um conta-gotas, como remédio. Está satisfeito? A gargalhada estufou-lhe o peito. Os mamilos, inchados de prazer, venciam a camiseta de algodão.

A súbita melancolia de Francisco interrompeu-lhe o riso. Tentou distraí-lo.

— O que fazem em Trindade, além de cagar e foder? Não leem jornais, não escutam a Voz do Brasil para saberem o que os milicos aprontam em Brasília?

O álcool induzia-o ao comando, a subjugar Francisco com relatos propensos a crescerem mediante sua incondicional credulidade.

— Conheceu ou não Vespasiano? Pois se não o conheceu, o enredo fica pela metade. A imaginação humana é muito engraçada. Só admite as maravilhas do mundo a partir do conhecimento que tem de sua própria paróquia. Não passamos de caçadores de cabeças, obstinados em reduzir os crânios de tamanho normal a miniaturas.

Danilo sorriu, mostrando os dentes tomados pela nicotina. Cumpria o desígnio da sedução, persuadindo Francisco a acreditar em suas lendas, obediente a uma arte que, desenvolvida no palco, fora sempre a essência do teatro. Afinal, havia envelhecido nesse ofício, nos últimos anos formando com Caetana estranha parceria, a despeito de trocarem entre si olhares cruéis e impacientes. Quando o público dava mostras de cansaço com a presença de apenas dois artistas, revezavam-se em cena. Caetana entregava-se a empolgantes solilóquios, tão naturais que pareciam de sua lavra, enquanto ele, além de cantar e tocar a guitarra, assumia o caráter solitário e desterrado do palhaço, sempre mediante gestos grotescos, nascidos de desapiedada improvisação.

— Vi Vespasiano uma única vez, no picadeiro, disse Francisco.

Haviam-lhe então garantido que a arte de Vespasiano nutria-se de equívocos. Pois, com o intuito de confundir as emoções da plateia e envolvê-la com o manto diáfano da ilusão, chorava para fazê-la rir e ria, forçando-a às lágrimas.

Para expor-se ao ridículo e cravar uma faca no próprio coração, Vespasiano vestia uma malha que modelava sobretudo a barriga vistosa encharcada de cerveja. À vista do volume exposto com tanta contundência, o público vibrava. Era quando ele fazia o sinal para que lhe enviassem a barra do trapézio. Simulava então, agarrado à barra e em terra firme, que estava em perigo, prestes a roçar a morte que o obrigava a correr pelo picadeiro. Havia, portanto, que temer por sua vida. E solene proclamava, rezem por mim agora. A essas palavras, mandava dispensar a rede. A rede que de fato era terra firme.

— Não me lembro de você, acrescentou Francisco.

— Eu era magro naquela época. Tinha os cabelos compridos e o Papa ainda não me concedera o título de nobre.

O bafo de álcool atingiu Francisco, que imediatamente providenciou batatas fritas salpicadas de gordura e sal.

— É então um duque papal? Francisco surpreendia-se com um título que pensou existir apenas dentro dos muros do Vaticano.

Danilo mastigava as batatas sem pressa. Só voltaria a dar-lhe atenção quando Francisco ardesse de curiosidade. Sua natureza afoita, porém, que sofria à interrupção de uma história contada por ele mesmo, não resistiu.

— Duque, não. Eu disse príncipe. Não confunda. Qualquer hora ainda me chama de barão. Já viu título mais vagabundo? Ocupa o degrau mais longe do trono. Não sabia que há uma escada hierárquica? O penúltimo degrau de cima para baixo é do duque. O antepenúltimo é o do marquês. No topo da pirâmide está o príncipe. Ou seja, eu, disse com bazófia.

— É como príncipe que vai contar a história de tio Vespasiano?

— Só Caetana tem esse privilégio. Sem falar que naqueles anos viajei muito. Cheguei a me apresentar na Europa. Ou não acredita? Coçou o crânio com as unhas que mais pareciam um casco.

Temendo não ser convincente, insistiu.

— Na última viagem, levei Caetana. Fomos de barco. Que sucesso ela fez? O Brasil devia se curvar ante essa mulher.

Francisco temia não abarcar a tempo um universo superior a suas expectativas.

— Polidoro está a par dessas aventuras? perguntou, aflito.

— De que história fala, se mal comecei a contar!

Pediu um Partagas da Suerdieck. Com a chama do fósforo ligeiramente afastada do charuto, formou na extremidade um anel de brasa. Após levá-lo à boca, expeliu a fumaça com grato prazer.

— Sabe lá o que significa conquistar o teatro da Ópera de Viena? Nunca vi lustres que ofuscassem tanto a vista. Senti-me cego, igual a Saulo lá na estrada de Damasco. Mas deixe-me contar desde o início. Estávamos no terraço daquele hotel Zaher, quando um homem de fraque se aproximou perguntando se havia entre nós algum artista sem contrato, a vagabundear por Viena. Embora ele não falasse em língua cristã, Caetana, de tanto ouvir ópera, indagou em italiano dos motivos de seu sofrimento. Ao saber que haviam adoecido dois de seus artistas naquela tarde, apresentou-nos como profissionais capazes de livrá-lo do fracasso.

Danilo agora sorvia os goles com exagerada parcimônia, só para certificar-se se mantinha Francisco preso à teia da intriga. Aprendera como ator a valorizar as pausas. Além de servirem à respiração, davam substância à cena seguinte.

Francisco sentiu-se de repente à mercê de um inimigo que lhe controlava as emoções, sem levar em conta seus sentimentos.

— Como sabiam de antemão que personagem iriam representar num palco tão exigente? revidou com a boca seca e os dedos rangentes.

A dúvida, exposta com agudeza, mergulhou Danilo no mundo obscuro e intranquilo onde as palavras fracionavam-se à simples enunciação.

Francisco registrou a intranquilidade. Temeu haver posto a perder o fluxo narrativo de Príncipe. Pois, advertido agora, ele amorteceria a força do relato, roubando-lhe, por conseguinte, o frescor que demonstrara possuir até aquele instante. Arrependido da atitude que quebrava o voto de confiança que lhe fora outorgado, ensaiou corrigir.

— Que diferença faz Viena, Rio de Janeiro ou Trindade? Os artistas, em geral, são donos de um repertório que serve a qualquer teatro. Nenhum autor conhece seu texto tão bem como vocês.

Enquanto Danilo ouvia aliviado a observação, a visão que tinha de Francisco em sua retina duplicara-se. Estendeu o braço em busca do rosto verdadeiro. Às apalpadelas no ar, a cabeça do homem fugia à sua frente. Apoiou então os cotovelos na mesa, equilibrando-se. Parecia conformado em conviver com dois rostos ávidos, que lhe comiam as novidades.

— O diretor enfeitou o camarim de Caetana com tantas flores que ela começou a espirrar. Sempre solícito e agradecido, levou as flores para o saguão de entrada do teatro a fim de serem entregues às senhoras que entravam de trajes longos, o pescoço ligeiramente inclinado sob o peso de colares e brincos de safira, esmeralda e brilhante. Encantadas, introduziam nos decotes os cravos orvalhados. Algumas, porém, por conta dos seios avantajados, reclamavam dois cravos, para que se destacassem no conjunto. Informou-nos o diretor que representaríamos *Casa de Bonecas* e que falássemos português. Nossa função era improvisar as falas, de modo a que os atores tivessem com quem contracenar. Eles, sim, falariam alemão. Além do mais, o público conhecia tanto a peça que seguiria com desenvoltura o entrecho dramático. Tinha fé em que a arte, acima dos obstáculos das línguas, encontrava assim sua via de comunicação. Sabe o que fez o prefeito, que veio nos visitar, enquanto chupava pastilhas de hortelã? Hasteou a bandeira brasileira numa cerimônia em que nosso hino foi cantado por Caetana, por mim e pelo encarregado do vestuário, um austríaco que havia vivido em Blumenau e falava um português enviesado.

Agitado na cadeira, Francisco temia interrupções. Ou que Danilo, incapaz de prosseguir, tombasse sobre a mesa. Ou simplesmente perdesse a vivacidade que o movia como um boneco com corda.

— E o público, como reagiu? A voz em falsete estimulava-o.

— Que finura de roupas! seguia Danilo exaltado, sem lhe dar atenção. — Tinha até rendas da Bélgica, feitas por umas velhinhas. Aí abriram as cortinas. Antes, Caetana me confessou que havia visto *Casa de Bonecas* no Rio de Janeiro. Por isso, no papel de Nora, não perdeu uma só entrada. Até que, de repente, falou de Vespasiano, o tio que lhes faltava ali. Ao final o público aplaudiu emocionado. Agradecia sobretudo que usássemos uma língua de raiz latina, prova viva de que os europeus haviam estado nas Américas. Também nós, na coxia, girávamos felizes como bailarinos.

Na tentativa de dar leveza à memória, Danilo agitou o corpo. O gesto desequilibrou-o da cadeira. Francisco correu em seu socorro. Temia-lhe a sorte, se continuasse bebendo. Trouxe da cozinha, na própria frigideira, carne-seca fatiada com cebola e tomate, à guisa de tira-gosto.

— O sal cortará os efeitos do álcool. E lhe dará tempo de me contar o resto.

Danilo tinha fome. O sal e a gordura agasalharam-lhe o estômago. Limpou o resto da frigideira com pão. Testou o muque dos braços, antes de recorrer à memória.

— Quando jovem, eu ficava horas em cima das mulheres sem pesar no bucho delas. Sustentado nos cotovelos e no pau de ouro. Suas gargalhadas exageradas dirigiam-se ao saguão do hotel onde se encontrava Mágico.

— Onde eu estava? Ah, sim, em Viena. Caetana então começou a chorar. Tinha certeza de que nunca mais voltaria àquele palco. O rímel escorria borrando sua cara. Quanto mais se compungia, mais o público ovacionava. À saída, os estudantes empurraram nosso carro como se fosse a antiga carruagem dos imperadores Francisco José e Sissi. Você se lembra de Sissi, dos filmes da Romy Schneider?

— São de que época?

— Bem antes de 64, quando os militares expulsaram o Jango para o Uruguai.

— Como eram esses filmes? Francisco enternecia-se à evocação de uma imperatriz que da Europa despertara sonhos na tela do cinema Íris, que ainda funcionava naquela época.

— Superiores à realidade, enfatizou Danilo. — Viena não chega aos pés das imagens do filme. Qualquer dia eles repetem essa série.

Francisco, que levava nome de imperador, não se conformava que em Trindade se ignorasse semelhante triunfo. Nenhum recorte de jornal referia-se à cidade, fundamental na formação de Caetana.

— Os jornais brasileiros calaram-se a respeito. É nisso que dá viver em país tão grande! Se fôssemos do tamanho da Bélgica, as notícias viajariam com a mesma velocidade com que os mensageiros de Montezuma, lá no México, faziam chegar peixe fresco ao imperador no planalto central, a mais de mil quilômetros da costa.

Mágico entrou ruidoso no bar, interrompendo o colóquio.

— Os hóspedes do Palace reclamam das gargalhadas deste ator e também da indiferença com que são recebidos no bar, disse, compenetrado.

— Que hóspedes são esses que não vejo dentro do bar? Francisco estranhou os protestos. Não havia ganhado naquele dia uma só moeda de gorjeta.

— Não dê importância a este inquisidor. Só veio aqui para ouvir nossa história. Com visível desprezo, Danilo fiscalizou-lhe o fraque desbotado, os punhos da camisa esgarçados.

— Ninguém presta atenção em você. Por isso não suporta a solidão em que vive.

Danilo levantou-se. Cambaleante, preparou os punhos para enfrentá-lo. Mágico manteve a compostura. Não pretendia bater-se com um indivíduo necessitado da caridade pública.

— Além de grosseiro, é covarde. Sob o risco de cair, Danilo tentou avançar. Agarrado a ele, Francisco convencia-o, sem resultado, a retornar à cadeira. Apelou para que Mágico deixasse o bar.

— Sou um homem digno, com um nome por zelar, disse Mágico, recusando-se a fugir.

— E que sou eu, um pária, que nada tem a perder senão a miséria? Apoiando-se em Francisco, Danilo exigia um varão ilustre que arbitrasse a questão. Dava socos na mesa. Não há homem nesta terra? Nesse caso, chamemos Caetana, que nunca temeu viajar pelo Brasil, enfrentando tormentas, desertos e bandoleiros. Como não enfrentará a verdade, nesta cidade de mentira e de merda?

Com um safanão libertou-se de Francisco em direção a Mágico, que recuava. As botas pesadas estremeciam o assoalho. Não viu o estranho que recém-entrara.

— Onde pensam que estão? Num puteiro ou num estádio de futebol? A voz ríspida imobilizou a cena turbulenta.

Danilo esforçou-se em reconhecer o rosto melancólico, agora a seu lado.

— Polidoro! assustou-se Francisco.

Os suspensórios de Polidoro, apertados, empinavam-lhe a barriga. Danilo, com a vista embaçada, lembrava-se de Polidoro bem mais magro que agora, a descer as escadas do hotel com os olhos fatigados, mas com vestígios de fogo. E quantas vezes guardando vigília à porta do quinto andar para impedir Caetana de trabalhar no circo. Vespasiano ia pessoalmente arrancá-la do quarto, disposto a tudo. Polidoro enfrentava o homem com sonoras exclamações de que a mulher era sua e nunca de um tio que, a pretexto do palco, queria guardá-la só para si. O fato de a haver educado desde menina, dando-lhe pão, mingau e tintas de educação, não lhe concedia o direito de obrigá-la a cumprir sonhos irrealizáveis.

— Que tio é este que em vez de aconselhar a sobrinha a aceitar uma casa posta em Trindade, onde teria um pomar com árvores frutíferas, um galinheiro, ovos frescos pela manhã, e dinheiro no banco para comprar o que lhe fizesse falta, corrompeu o espírito da sobrinha com o intuito de fazê-la andar por esse Brasil afora, junto com uns ciganos condenados pela miséria e pela ilusão esfarrapada? Aonde irão um dia morrer? Ou não quer para Caetana um fim tranquilo, ao lado de um homem que lhe cerre os olhos e lhe providencie uma sepultura cristã e digna? Chega de sonhos, seu Vespasiano. O senhor não tem pejo de destruir uma vida? disse Polidoro, dias antes da fuga do grupo.

Danilo estendeu-lhe a mão. O fazendeiro passou ao largo. Do balcão via melhor o bar. A cena desgostara-o. Proibia escândalos em torno de seu nome. Corria o risco de que um ginete fosse logo à fazenda comunicar a Dodô que a rival, a mulher que arrancava suspiros de Polidoro, mesmo quando fodia com a esposa no passado, havia regressado a Trindade com a intenção de roubar seu marido. Após resistir por vinte anos, a atriz viera dizer a Polidoro que estava decidida a aceitar suas condições de jogo desde que lhe montasse a casa outrora prometida. Uma vez instalada na casa, poderia visitá-la diariamente, no afã de recuperar na cama o tempo perdido. Ou tomar café com broa, a caminho do Palace.

— Tenham juízo. São velhos demais para se comportarem assim. Quanto ao senhor, Príncipe Danilo, me acompanhe. Vá avisar a Caetana agora mesmo que cheguei. E que não sou eu quem chega com vinte anos de atraso. Ela, sim, é que esqueceu de olhar o relógio.

Danilo fincou o corpo no chão. Queria recuperar o ânimo e o equilíbrio que a bebida lhe roubara. Não conseguiu mover-se. Francisco então devolveu-o à cadeira. Polidoro fez um gesto que o dispensava. Encaminhou-se sozinho em direção às escadas. Certo de encontrar Caetana aflita à sua espera.

A cozinha era estreita para tantos convidados. Mágico pedia moderação, após expulsar o cozinheiro. Ali não era lugar para tertúlias e menos ainda para desafogar as ansiedades que o encontro de Polidoro e Caetana, no quinto andar, provocava naquele instante.

Acomodado na banqueta, Virgílio apoiava os cotovelos na pia de mármore. Trajava o mesmo terno, agora amarfanhado e com manchas de bolo, com que fora à estação. Para aliviar a aflição, roía as unhas. Tinha vontade de urinar. Mas com receio de Ernesto ocupar seu assento, privava-se de ir ao banheiro. O farmacêutico comprazia-se em cancelar-lhe as iniciativas. Não queria que fosse o primeiro a registrar o encontro de Polidoro e Caetana, que prometia ser sensacional.

— Graças a Mágico, que me devia alguns favores, cheguei ao Palace à luz do dia, disse Gioconda.

— Que favores são esses que a fizeram entrar pela porta dos fundos? disse Virgílio com ironia, esquecido do chá que ela oferecia para compensá-lo do esforço de lhes contar a história do Brasil a partir da presença da primeira nau portuguesa no litoral baiano.

O sorriso amargurado de Gioconda pôs à mostra a gengiva saliente. Abstinha-se de responder. Um silêncio providencial para Mágico, envaidecido com que o supusessem afeito aos dilaceramentos amorosos. Obrigado, porém, a esmiuçá-los, retraiu-se sob forte rubor.

O tema erótico sempre apaixonou Ernesto. Quantas vezes, na pensão, descuidava-se de levar uma das Três Graça para o segundo andar, seduzido pela visão de um dorso nu de mulher na revista que folheava. Ansioso, coçava os bagos, instando Polidoro a pormenorizar seus feitos, que se iniciavam a partir do instante em que aninhava entre as coxas das mulheres o membro viril.

— Explique-me melhor aquela trepada. Extorquia-lhe confissões ao preço de jamais mencionar nessas horas o nome de Caetana.

Gioconda ajeitou na cabeça o turbante que ameaçava cair. O gesto, observado por todos, desanuviou o ambiente.

— Foi numa fotografia que vi uma escritora com um turbante igual ao meu. Fiquei com a impressão de que com ele na cabeça também eu viajaria, mesmo sem sair de Trindade, disse com acentuada melancolia, aceitando a cadeira trazida por Mágico.

— Isso aqui tem ar de festa, só falta convidarmos Polidoro e Caetana, regozijou-se Francisco, atento às informações procedentes do quinto andar.

— Estarão muito ocupados esta noite, retrucou Mágico com inesperada desenvoltura.

— O que sabe deste assunto? disse Ernesto, nervoso.

A insinuação de Mágico agravou o estado de Gioconda. Parecia longe dali. Ao ouvir, porém, as badaladas do sino do campanário, cuja sònoridade trazia a ilusão da eternidade, retornou à cozinha.

— Chega de bobagem, disse com rispidez.

— Desde quando trepar é bobagem? Mágico retrucou, subitamente fortalecido pela suposição de ser um amante ardoroso.

Francisco semicerrou os olhos. O amor daqueles heróis, de extração popular, tornara-se uma legenda em todo o município. Consultou o relógio. Pela lentidão dos ponteiros, Caetana e Polidoro entretinham-se em abraços sem tempo de irem para a cama. Aguardavam que esmorecesse a luz do dia, sempre desfavorável aos amantes. À noite, sob os lençóis, esconderiam as manchas da pele, as rugas, a flacidez do corpo, a celulite, para se entregarem às fantasias que havia anos os obcecavam.

— Já pensaram na força dessa paixão? Francisco esfregava as mãos como se estivesse no quarto, vendo desfilar à sua frente cenas que jamais contemplara de perto nem imaginara existir.

Virgílio acercou-se de Gioconda. Pressionado pela fatalidade de um amor que longe dali, no quinto andar, descuidava-se da sorte de cada um deles, enlaçou a mulher como se a tivesse debaixo de seu corpo envelhecido. Quem sabe Gioconda, num impulso generoso, simulasse sentir pelo professor um amor que havia muito corroía suas entranhas.

O corpo de Gioconda, porém, estremeceu como se lhe doesse a medula, onde tinha a alma escondida. Virgílio abaixou a cabeça, tentado uma vez por todas a renunciar ao último sonho de felicidade.

— De que vale o amor, quando ninguém sabe que ele existe? Que classe de amante suportaria trepar sem que os traços da paixão lhe ficassem impressos no rosto, no corpo, à vista de todo mundo? disse Virgílio com visível azedume, na tentativa de convencer-se de que a tarefa de testemunhar a história do Brasil, o enredo de uma coletividade ou mesmo de uma só criatura, sobrepunha-se ao amor profano que qualquer mulher lhe pudesse oferecer.

Disposto a não perder de vista Polidoro e Caetana, Virgílio mostrou-se disposto a dar plantão na cozinha. Ali ficaria até o amanhecer do outro dia. E caso Mágico o expulsasse do hotel, da rua, ao relento, examinaria com acuidade as sombras que chegassem do quinto andar, refletidas em meio aos suspiros e ais dos amantes.

— Estou de acordo, disse Ernesto.

Pela primeira vez dava-lhe razão em público. E como exemplo da concordância com o professor, recordou haver lido numa revista estrangeira a história de uma duquesa servida por três mulheres que deviam cantar, às tardes, doces canções profanas, proibidas então às damas. Sob a condição de que os sons, quase todos inquietantes e arrancados das tristes gargantas, fossem ouvidos apenas por elas na câmara, onde vivia a nobre em intransigente solidão.

Em menos de seis meses, ao contrário dos desígnios da duquesa, as cantoras, que deviam refrescar suas tardes de verão, sumiram por completo sem deixar vestígios.

— Quem aguenta a vida sem contar com o testemunho do vizinho? Que graça tem fazer rir ou chorar sem uma plateia atenta? Ernesto envolveu Virgílio e Francisco no mesmo olhar compadecido.

Gioconda quis deixá-los, incomodada com os sinais da paixão que teimavam em se propagar pela cozinha. Sentia-se igualmente agredida com a insinuação de Ernesto de que ela, igual à castelã, guardava as Três Graças sob rigorosa custódia.

Ernesto pediu que ficasse. Mágico trazia agora uma bandeja com empadas de galinha.

— Onde está Príncipe Danilo? Estraçalhava a empada jogando as palavras ao chão, junto com os farelos.

— Foi para o quarto. Bebeu demais, esclareceu Francisco.

— Arranque-o da cama e que fique de ouvido colado à porta da suíte o tempo necessário. Já não aguentamos mais tanta aflição.

Virgílio condenou o ato indigno.

— Onde já se viu agirmos como larápios, só para colhermos as confidências desesperadas desses amantes após vinte anos de separação!

— Polidoro teria feito o mesmo. Além do mais, quem sabe precisam de uma injeção que os traga de volta à vida! Nada é mais esgotante que os excessos do amor! Quantos homens não têm enfarte na hora de foder?

A conselho de Francisco, Virgílio olhou o relógio. O dia esmaecera, através dos basculantes da cozinha. Mágico acendeu as luzes.

— Pela hora, eles já começaram a rasgar as roupas. No Oriente, há povos que levam mais de duas horas na função de despir os amantes. Peça por peça, para intensificar o deleite mútuo.

Ernesto deveria logo deixá-los. Vivina servia o jantar às sete em ponto, sem lhe consultar o apetite. Mas nesta noite não conseguiria dormir ao lado da mulher sem saber de Polidoro. Se lhe adviera algum mal súbito enquanto montava Caetana que, por sua vez, tentava livrar-se do peso do macho, cujo avantajado apêndice, por artes da vida, aparafusara-se entre suas coxas sem dar mostras de desprender-se.

— Nenhum dos dois tem vinte anos. Já dobraram o cabo da Boa

Esperança. Nessa idade é preciso moderação. Só espero que Polidoro leve horas lhe propondo casamento, após se desquitar de Dodô, disse Ernesto.

Virgílio insurgiu-se em defesa da família de Polidoro. Prezava dona Dodô e as cinco filhas. Frequentara-lhes a casa inúmeras vezes. Num jantar Dodô serviu-lhe finas iguarias em baixela de prata, a mesa toda enfeitada de flores e frutas. Ele repetiu cada prato, para gáudio de Dodô, que se ressentia com a recusa do marido em provar-lhe a comida, preferindo alimentar-se nos puteiros e nos botecos de Trindade e arredores.

— Polidoro se recusa também a provar outras iguarias da casa, confessou ela, indiferente a que Polidoro, sentado à cabeceira, a ouvisse. Pretendia que o professor, por conta do ofício, registrasse o fato de haver em Trindade uma mulher prestes a morrer à míngua de carinho, vítima do próprio esposo.

Ante as vergonhas da família expostas sobre a mesa, Polidoro olhava o epicentro do prato, atraído pelo torvelinho. Dodô, porém, excitada pelos temperos picantes da comida e os fartos elogios do professor, não descansou nos ataques.

— Aqui está um marido e pai que se perdeu no passado. Há vinte anos este homem não encontra o caminho de volta para casa. Pergunte a Polidoro em que ano estamos. Ele dirá que sua folhinha ainda registra agosto de 1950. Justo o ano em que os malditos saltimbancos passaram por Trindade só para destelhar nossa casa, trazendo-nos desgraça.

Francisco ardia de curiosidade. Fatigava-o qualquer espera.

— Enviemos o mensageiro. Saberemos assim se eles ainda respiram.

Sofriam todos a irrecusável tentação de perder-se nos intrincados labirintos que Polidoro e Caetana teciam entre as quatro paredes. A possibilidade de invadir o quarto suscitava novos impulsos à vida. Sobretudo porque os intoxicava viver simplesmente entre quimeras fugazes e empadas de galinha.

Virgílio lavou as mãos no vasilhame. Um gesto que ganhou para Ernesto significado especial. O professor tinha mania de copiar a história. Reproduzia com a lavagem a mesma resignação de Pilatos.

— Como todos quiserem, disse Virgílio.

Ernesto previra o resultado. No afã de vencer, e sempre sob maneiras cordatas, Virgílio agia na surdina.

— Quem irá ao quinto andar?

Francisco e Mágico eximiram-se. Como funcionários do hotel não podiam converter-se em espias. Além de arriscarem o emprego, traíam a confiança de Polidoro que, por herança de Bandeirante, dispunha da metade do negócio.

A metade que sobrava pertencia a uma herdeira, ora vivendo no litoral de Santos. Distraída com outros afazeres, jamais reclamou a propriedade. Julgava o prédio de cinco andares em Trindade uma fantasia do tio. Já na mocidade Antunes fora um lírico, portanto passível de perder-se de amor por uma cidade que mal se via no mapa do Brasil. A sobrinha, tão logo se abriu o testamento, telegrafou a Polidoro pedindo-lhe que, na qualidade de coerdeiro, administrasse a propriedade a seu gosto. Em troca, depositasse a quantia que lhe correspondia na conta bancária anexa.

— Acordem Danilo. Ninguém melhor que um ator com prática de palco para situações difíceis.

Caso Polidoro o surpreendesse, usaria como escusa a necessidade de repassar com Caetana algumas falas que esquecera por conta da viagem exaustiva. Não queria que se lhe apagasse da memória o repertório acumulado com tantos esforços. Danilo cederia, e com prazer, pôr à prova a dramática aptidão dos artistas de desvendar os segredos da vida.

Ouviram de repente um ruído à porta. Na expectativa de um inimigo à escuta, agruparam-se em torno de Gioconda. Ernesto, que acabara de aceitar outra empada, destruindo assim o apetite que até então mantivera intacto para o jantar que Vivina estaria ultimando, engasgou com a massa podre. Fazia tal ruído que Gioconda, temendo problemas respiratórios, deu-lhe seguidos tapas nas costas. Agarrado a suas mãos, Ernesto sentia a vida esvair-se num episódio incômodo. Já imaginava Vivina, chamada ao hotel, encontrando o marido agarrado a Gioconda, a única que permanecera a seu lado na hora de expirar. Os outros, Virgílio à frente, se eclipsariam, receosos de comprometer-se. Gioconda, que dedicava aos mortos especial respeito, cruzaria suas mãos, tão logo cessassem os gestos agônicos, tendo em vista o enterro cristão, embora lastimasse a falta de um terço na cozinha para com ele atar-lhe os dedos.

Acompanhada de Dodô, que viera da fazenda Suspiro para esse fim, Vivina armaria grande escândalo ao defrontar-se com Gioconda ao lado do defunto. E isso pelo gosto de expor o morto e Gioconda ao opróbrio público. Aos brados, Vivina condenaria o marido, responsável por uma bacanal realizada entre caçarolas, travessas de maionese, garrafas de vinho pertencentes à cozinha do Palace, da qual redundara, pelos excessos cometidos, aquela morte.

— Quem pode ser? disse Virgílio.

Mágico assumiu a iniciativa. Mandou que se pusessem a trabalhar de fato. Tinham naquela noite um jantar a preparar. Uma encomenda urgente feita pelos membros do Lyons Club de São Fidélis, de visita a Trindade.

— Será um banquete de trinta talheres!

Ao tomarem das facas, dos garfos, das panelas de cobre, dos aventais e dos chapéus deixados pelo cozinheiro e auxiliares sobre a mesa, esbarraram entre si. Virgílio abria as bocas de gás do fogão, quando Ernesto, outra vez desastrado, quase decepa o dedo ao descascar um aipim que lhe pareceu o falo de um deus do Mediterrâneo. Por sua vez, Gioconda lavava os pratos entoando canções de ninar de efeito tranquilizador. Ocupada com a água que espirrava na roupa, o turbante desfez-se, pondo à mostra os cabelos presos com grampos.

Satisfeito com o preparo do banquete fictício, Mágico abriu a porta. De modo algum podia ser um ladrão. Teria errado de porta. A fortuna encontrava-se no quinto andar, à sombra das opulentas carnes de Caetana, tão atraentes que Polidoro muitas vezes pedia às Três Graças que imitassem as contorções da atriz na cama. Quando falhavam, a despeito das instruções recebidas, Polidoro enfurecia-se.

Mágico desconcertou-se ante a presença de Balinho.

— Você de novo? Onde esteve todo esse tempo, agora que Polidoro passou a viver no quinto andar?

Balinho depositou a bandeja com os pratos sujos e a travessa sobre o mármore, para facilitar Gioconda, que empilhava os pratos dentro da cuba da pia, disposta a lavá-los com ar resignado.

— Não sabia que o hotel Palace tinha tantos empregados. E todos sem uniforme? Aparentou surpresa.

— Trata-se de um banquete que se destina a arrecadar fundos para as mães pobres de Trindade. Nunca viu alguns cidadãos colaborando para o bem comum? disse Ernesto, interceptando-lhe o passo. Balinho desviou-se, à procura de Mágico.

— Passe-me umas frutas e um pudim que leve ao menos duas dúzias de gemas, disse, incisivo.

— Quem vai comer um pudim que de fato são vinte e quatro gemadas?

A ironia de Ernesto, percebida pelo grupo, dispensava Balinho de responder. O reforço alimentício, capaz de restaurar as forças de um morto, era a prova de que o amor praticado no quinto andar aniquilara os amantes, mas ainda não os fizera desistir. Tão logo ingerissem o pudim a colheradas, retornariam à cama. Pelo visto, ao contrário dos prognósticos mais idealistas, haviam começado a trepar antes de os sinos da igreja repicarem às dezoito horas. Um amor que, no intento de descontar as agruras da separação, não tinha prazo para acabar.

As vozes entrecruzadas dificultavam a Francisco memorizar acontecimentos questionados por um dos membros do grupo. Gioconda insistia não existir entre Caetana e Polidoro os ardilosos jogos do amor. Disfarçava sua aflição enrolando os cabelos de Balinho, perto da pia, para formar cachos miúdos.

— Não é verdade que Polidoro, desde que chegou ao quarto, não parou de acender um cigarro no outro e que sozinho consumiu uma garrafa de cachaça?

A carícia, que ia da testa à nuca, enfurecia-se justo à altura do casco da cabeça, causando um prazer tão asfixiante que Balinho, temeroso das malhas do sexo, pressionou o corpo contra o mármore da pia.

Ernesto insistia nas perguntas, em total desconsideração pelos sinais que Gioconda fazia, querendo encerrar o assunto.

— Não sei deles. Estive correndo o tempo todo entre o segundo andar, onde fico, e o quinto. De tanto subir e descer com as bandejas e outros objetos, quase quebrei o pescoço.

Ernesto indignou-se. Renunciara provisoriamente ao lar com intenção de participar de uma história equivalente a um tardio Romeu e Julieta. Qual não era sua desilusão ao defrontar-se com a versão brasileira do par romântico, em que os dois amantes, em demonstração flagrante de tédio e de cansaço, haviam-se metido debaixo dos lençóis, aflitos por repousar. Triste fim para um amor outrora escandaloso.

Dessa vez, Joaquim, à beira da morte, não precisaria enviar à atriz, segundo se murmurava, um frasco de veneno, como sinal de sua intenção de matá-la, caso lhe roubasse o filho primogênito, levando-o para longe, por um Brasil cujo começo e fim ninguém de boa-fé saberia dizer onde se encontravam.

— Esses portugueses nos desgraçaram, dando-nos tantas terras. Temo por meu filho, se for atrás dessa atriz por terras cheias de cobras, pântanos, rios e febres malsãs, comentou Joaquim, sabedor dos amores de Polidoro com Caetana, que trouxera um circo para Trindade. Uma mulher ambiciosa que, infeliz com a vida nômade, queria ficar ali para sempre. Tinha ela em mira metade dos hectares do filho e ainda os que Dodô trouxera como dote.

— Já que não quer falar conosco, leve o pudim de uma vez, impacientou-se Ernesto.

Balinho não admitia humilhações públicas. Educado por Caetana desde os doze anos, aprendera o valor dos artistas, os únicos seres através de quem ainda se podia enxergar a realidade com moldes novos. Sob os efeitos, pois, da arte, as palavras, encarceradas em seu cérebro, desatavam-se, permitindo-lhe inventar histórias.

— Também sou artista. É nessa qualidade que a desperto todas as manhãs, contando histórias que vocês vivem sem se darem conta. Graças a mim, por exemplo, Caetana não se esqueceu de quando Danilo, de cuecas, foi perseguido no Recife por uma amante que costurou as duas bocas de suas calças enquanto ele dormia, só para que não fugisse de casa.

Sorriu à lembrança de Danilo querendo escapar da cidade, amedrontado com as ameaças da mulher, nos dias subsequentes, de cortar-lhe os bagos.

Ernesto admirou o talento do rapaz, que economizava as palavras de modo a reservar para o futuro a parte mais estimulante, caso a amizade entre eles prosperasse.

— Nunca pensou em anotar essas histórias? Quem sabe é um escritor? disse Virgílio, sob o fascínio de uma habilidade que, como a sua, mentia e dizia a verdade sem acanhamento.

— Quase não fui à escola. Acompanho Caetana e os Romeiros desde menino. O grupo dissolveu-se em São Luís do Maranhão, em meio aos ladrilhos portugueses e aos telhados franceses. É uma história longa que exige dois meses para ser contada.

O corpo vergava sob o peso da bandeja. Depositou-a afinal no chão, já não podendo mais clausurar as frases que se concatenavam diante da seleta plateia.

— Para começo de conversa, o barco que nos levava de Alcântara a São Luís abalroou à entrada da baía. Os baús afundaram à nossa frente. Nessa hora de aflição, Caetana, presa de estranho encantamento, deu para evocar Gonçalves Dias. Pois, segundo ela, fora ali que o poeta, em meio às vagas do demônio, afogou-se, bem perto do porto, quando retornava a casa após longa temporada em Portugal. Que tristeza ver nossa única fortuna arrastada pelas ondas!

— Que houve com os Romeiros? Francisco se esforçava em estabelecer uma cronologia coerente, que lhe permitisse variações futuras sem mutilar a essência da história.

— Acordamos pobres da noite para o dia.

A fortuna privara-os dos haveres, mas conservara-lhes intacto o talento. Contudo, após a visão trágica da morte que lhes encharcara o corpo, os atores já não eram os mesmos. A pobreza e o medo imprimiram estranha fúria à representação. Esquecidos do público, só davam atenção ao outro ator no palco. Cada qual queria superar o talento do rival, numa disputa que se acirrava a cada função. Uma rivalidade que perdia a todos.

— Você é um canastrão. Como pôde ser mais aplaudido que eu?

Certa noite, trocaram bofetadas em cena. O público no início pensou que o entrevero fizesse parte da peça. Vespasiano, em geral de bom humor, desesperou-se. Caetana pressentiu o fim dos Romeiros.

— A mais grave falta de um artista é interromper uma função. Mesmo depois do funeral da mãe, temos que representar, disse com severidade.

Em meio a súplicas, as palavras de Caetana saíam lubrificadas pelo óleo dos deuses. Essa bênção pública serviu para acentuar ainda mais a discórdia entre eles.

Nessa noite, chamada por Caetana de saturnal, reinou o caos. Balinho pediu-lhe esclarecimentos. Ela porém, sensível aos acordes de uma inteligência que se protegia com o mistério, irritou-se.

No dia seguinte, estremunhados todos, notaram que metade dos atores eclipsara-se com as respectivas mochilas, sem deixar um bilhete. Tio Vespasiano, o copo de cerveja à mão, passava em revista os que haviam ficado. Dizia seus nomes em ordem alfabética. E quando lhes dava baixa, riscava-os da lista assoando o nariz com o lenço, como se os estivesse sepultando.

— E Caetana, como reagiu? O nervosismo de Gioconda sacrificou por instantes o enlevo que envolvia Balinho, enquanto lhes contava a história dos Romeiros.

— Caetana falou com o tio, que vinha fugindo dela. De modo algum admitia comentários sobre o fim de um grupo que ele, em meio ao riso, criara com desesperado amor.

— Quantos somos agora, tio?

Já não havia no Brasil, com sua mania de grandeza, lugar para eles, simples atores com coragem de exercer um ofício de memória fugaz e que lhes deixava escassas moedas no bolso.

Vespasiano cedeu-lhe a lista com os nomes. Ela leu com atenção.

Sentia a rasteira do destino, com chibata na mão, fustigando-lhes o sonho e a esperança.

— Somos tão poucos agora. Antes tivéssemos naufragado na baía de São Luís. Não estaríamos vivos para registrar tão triste fim, disse, pensativa.

Ao ver que o tio já não sorria, a despeito da volúpia com que bebia a cerveja, Caetana reagiu, a túnica grega alvoroçada pela brisa marítima.

— Nossa honra será salva pelos que ficaram. Mesmo sendo cinco ou seis, ainda somos atores.

Trancou-se no camarim que lhe servia de quarto. Um acampamento provisório, que mal disfarçava a miséria. Uma semana mais tarde, com reduzida bagagem, deixaram o Maranhão para nunca mais voltar.

— Em que ano se deu essa tragédia? Virgílio apalpava os bolsos em busca de lápis e papel.

— O resto fica para amanhã. Balinho tinha pressa de partir. Mágico abriu-lhe a porta. À saída, esbarrou com Polidoro. O fazendeiro vasculhou o interior da cozinha. Os cabelos desgrenhados acentuavam seu abatimento.

— Aonde pensa ir? falou com dificuldade.

— Vou levar o pudim.

— Já não faz falta. Ofereça a quem quiser. E indicou Ernesto com um gesto de fadiga.

O farmacêutico recusou e Balinho desfez-se da bandeja, aprontando-se de novo para sair.

— Caetana não quer ver ninguém, ouviu-se a voz rústica de Polidoro.

Balinho duvidou. Caetana não dormia sem repassar com ele as agruras do cotidiano, ambos ciosos de não acumularem acontecimentos sujeitos à memória e à mais vulgar cronologia.

— Para onde vou? Desorientado, sentiu a orfandade.

— Para o inferno, esbravejou Polidoro, vendo Balinho partir. Parecia-lhe indiferente que o jovem tomasse a direção da escada, decidido a bater à porta do quinto andar, para certificar-se de perto se de fato o homem mentira. Ele, que lhe invejava a juventude e a cercania com Caetana.

O cheiro de café, que Mágico coava, serenou os ânimos. Sentado na banqueta, Polidoro recuperava-se com o licor negro e forte.

— Caetana não me chamou? Gioconda não queria despertar a atenção. Protegia os sentimentos com extrema reserva.

Trazido de volta à realidade por essa voz, Polidoro raspou o açúcar do fundo da xícara com a colher.

— Só uma outra artista pode entender Caetana.

Aguardou que Ernesto o reconfortasse. O farmacêutico, porém, com o pensamento na esposa, que estaria levando à mesa as travessas com a comida, certa de que o marido não ousaria atrasar-se para o jantar, não lhe deu atenção.

Polidoro desconfiou de que a fortuna estreitara seu círculo de amigos. Desamparado ante essa visão realista, aceitou que Virgílio, agora a seu lado, aproveitasse a distração de Ernesto.

— Nada estimula mais um homem de cinquenta anos que partir pelo mundo em busca do Santo Graal. Ou tornar-se, de repente, sob inspiração de certa dama, um Lancelot du Lac, ou mesmo um Roland, sobrinho de Carlos Magno, por exigência de um partido político, do governo ou da oposição, disse o professor, no esforço de dissolver o mistério que Polidoro trouxera do quinto andar e guardava para si.

A receita de Virgílio, que sanava os males da velhice, despertou interesse. Gioconda, contudo, criticou a exclusão das mulheres da lista de heróis com nomes totalmente desconhecidos para ela.

— Para você, mulher só serve para estrebuchar debaixo de suas virilhas.

A insinuação de que sua verga traiçoeira buscava as mulheres em voo cego, sem considerar-lhes o espírito, obrigou Virgílio a defender-se. Jamais desacataria a condição feminina na presença de Polidoro.

— Logo eu que tenho tanta estima por Caetana!

— Por que Polidoro não defende as mulheres? Gioconda desafiou-o com o peito estufado.

— Polidoro é o típico Dom Quixote brasileiro. Graças a isso despertou tantas paixões nesta comarca.

O jeito desenvolto de Virgílio levava-o a vagar por países, épocas e personagens alheios aos limites de seus sonhos. Como consequência dessas aventuras, sobravam-lhe uma azia impertinente e acentuado sabor de solidão.

No papel de defensor, desenvolvia cansativo périplo pela cozinha. Sobretudo para Francisco, que se empenhava em despejar-lhe pela boca o café que Virgílio, na ânsia de discursar, resistia em engolir.

— Caetana jamais me fez confidências sobre os méritos de Polidoro. Mas seu rosto traía os estragos feitos pelo amor. Se tivesse vivido aqui em Trindade mais quatro noites de amor, teria renunciado à arte para sempre. Só por isso fugiu. A paixão de Polidoro subjugava-a, roubava-lhe a liberdade.

Vigiando cada palavra, Polidoro encharcava-se de café. Parecia assistir, numa tela invisível à sua frente, a cenas emocionantes. Na qualidade de protagonista, por imposição do professor, nem ele previa os acontecimentos. De sua cadeira torcia por um desenlace favorável a um mocinho que, vítima do instinto de aventura, atuava às vezes, de forma indecorosa, como vilão.

— A liberdade para a mulher é ilusória. Sobretudo quando tem na cama um macho parecido com Heitor, o impoluto herói grego, antes de sua derrota frente a Aquiles. Por outro lado, também Caetana se tornara o tendão de Aquiles de Polidoro. Ela era o pedaço do corpo que a mãe do herói, na ânsia de resguardá-lo, esqueceu de mergulhar na tina com a água preparada pelos deuses.

Ernesto retardou a partida. De repente a vida entre as paredes da cozinha induzia-o a sentimentos fortes. Oferecia-lhe ingredientes intensos como o sal e a pimenta.

— Não é verdade que também faço parte desta grei como amigo de infância de Polidoro? Ernesto ansiava pela resposta do professor.

Polidoro levantou-se. Descontrolado, espanava o ar, como se lhe houvessem furtado sequências indispensáveis à compreensão de um filme que ainda não mostrara no letreiro a palavra FIM.

— Deixe-me ver o filme em paz! O grito de Polidoro pôde ser ouvido no corredor.

A interrupção de Ernesto forçou Virgílio a abandonar o passado, onde, por sinal, estava mergulhado desde a juventude. Convinha-lhe atualizar-se com o presente, que ainda não esfriara.

— Já que Polidoro não pode contar o que aconteceu no quinto andar, falarei em seu nome.

Observou o fazendeiro com cautela. Temia atingir a medula da emoção alheia e ser castigado em seguida. De novo no tamborete, como numa sela encilhada sobre o cavalo que trotava em ritmo propício à meditação, também Polidoro colaborava na interpretação dos feitos de que fora vítima.

Polidoro encontrou entreaberta a porta da suíte, como sinal de que se apossava da própria casa. Tão logo entrou, Caetana escondeu-se atrás do biombo. Além de mulher recatada, tinha medo de que a idade houvesse dissolvido as ilusões alimentadas a alpiste e miolo de pão ao longo de vinte anos.

Virgílio avançava resoluto pelo campo das deduções. Quando tinha dúvidas, consultava os rostos dos ouvintes para escolher a versão que fosse do agrado de todos.

Emocionado, prosseguiu: Polidoro, ciente de tal pudor, ajoelhou-se diante do biombo, como um oriental recém-admitido na cidade proibida, após anos de ausência, em reverência à última imperatriz da China.

Por sorte a genuflexão não lhe castigou a barriga, encharcada por litros de cerveja consumidos no verão passado. O coração, no entanto, um búfalo do Oeste americano, pulsava em louca corrida pelas pradarias. O único inconveniente, de fato, da épica dos sentimentos que vivia naquele instante, era a teimosia de Caetana em não abandonar o biombo. Uma demora que, além de esmorecer as emoções do fazendeiro, sacrificava os joelhos em posição incômoda.

Frustrado pelo fracasso do gesto, Polidoro ergueu-se com a esperança de que as juntas, bebendo do elixir do amor que extraía do corpo anos oxidados e imprestáveis, não voltassem a ranger.

Ouviu um silvo. O sinal de Caetana. Ela deu os primeiros passos envolta numa aura de luz. A lingerie que trajava permitiu a Polidoro sonhar com suas formas. A palidez, porém, em contraste com a opulência, cobrou-lhe de imediato algumas ilusões. Para combater os exames mútuos, Polidoro estreitou-a contra o peito. O abraço permitiu que escondessem os respectivos rostos. Nessa posição, e sob a irradiação do calor dos corpos, Polidoro persuadiu-a a amar com os olhos amarelos da paixão àquele brioso cavaleiro. Um amor sob o pálio do ocaso.

Amaram-se igual à primeira vez. No circo, nus sobre um pedaço de lona esticada no picadeiro, depois da meia-noite, até que a primeira luz do dia, sem o filtro da piedade, banhara os corpos lassos.

Lancelot Alves enlaçou-a, agora no hotel, esquecido de que era mulher de rei, proibida a seu desejo. A única dama que ele aguardou por vinte anos.

Virgílio fez uma pausa. Para que sentissem o quanto o amor, uma vez frutificado, também paralisava.

— Que bela história, disse Francisco, trazendo a garrafa de vinho.

A narrativa fazia-os pousar numa terra em que o amor, premido pelo gás do desejo, emergia sem embaraços, graças a Lancelot.

— Se esse Lancelot era mesmo um cavaleiro casto, logo perdeu a pureza quando introduziu a espada na bainha da soberana, disse Ernesto com ar libertino, atrelado à história que o excitava.

Francisco encheu as taças com uma elegância saturada de gestos herdados indistintamente de fregueses, bêbados e sóbrios, que passavam pelo bar.

Virgílio agastou-se com o palavrório de Ernesto. Sentia-se cansado de lidar com a geografia imutável do hotel e com personagens trancafiados no quarto escuro do desejo, alheios à ribalta política que impulsionava a vida do Brasil. Não desejava, porém, desalojar Polidoro do palco sem pretexto convincente.

— Não seguirei com a história. Ninguém suporta a visão de um amor como o de Polidoro e Caetana sem querer destruí-lo. Quem, entre nós, pode jactar-se de estar apaixonado?

Fixou-se no farmacêutico, com sede de vingança.

— Por quem bate seu coração?

Na iminência de ser julgado pelo grupo, Ernesto recuou até o frigorífico. Olhou as mãos, sujas ainda daquela fuligem do trem da tarde. Tinha também o coração descuidado, sem dono único. Não amava em progressão geométrica e devastadora.

— Sou homem casado e tenho mulher em casa. Aumentou o volume da voz para superar o ruído da máquina. — Agora mesmo tenho mesa pronta e comida quente à minha espera. Quem aqui é tão amado como eu?

À medida que as peripécias de Virgílio facilitavam ao grupo a evasão da realidade, Gioconda zelava cada vez mais pela preservação de seus segredos. Recriminava em Virgílio a audácia improdutiva e a desfaçatez com que recorria à mentira para apropriar-se dos temores da pequena comunidade.

Faltava-lhe infelizmente a habilidade de reproduzir o que quer que fosse com o recheio da fantasia. Sofria falhas de memória, tornando-se incapaz de preencher as lacunas com improvisos de lavra própria.

— Nunca me haviam dito nesses anos todos que o professor tinha nariz de perdigueiro! Pois fique sabendo que mando em meus segredos. Ninguém vai roubar um só deles. Não adianta vir farejar em minha toca, disse Gioconda.

Estava ciente de que sua ironia sujeitava-se aos ajustes personalistas de Virgílio, ora sob as graças de Polidoro. Tentada, porém, a fugir de uma lógica caseira, que abolira de seus sentimentos a gordura que talvez os tivesse tornado eloquentes e criativos, Gioconda decidiu participar mais ativamente da festa desordenada, sem hora e data para acabar.

— Desde quando Polidoro é o único proprietário e modelo da paixão que Virgílio apregoa o tempo todo?

Sorria, impetuosa, para Polidoro. Enquanto, em competição aberta com Virgílio, propugnava por um amor a soldo da fantasia e sob o resguardo do sigilo.

— Trepar é ato público. Basta ir à pensão. Já o amor é cevado em quarto escuro sem aragem.

O turbante movia-se acompanhando os meneios da cabeça. Desfrutava com prazer dos efeitos do estranho festim. Começava a sentir de perto os impulsos destrutivos que acometiam os artistas. Não eram eles que rompiam os cristais com sorrisos desencantados?

— Bravo, Gioconda, disse Ernesto, esquecido da família. Vivina parecia-lhe uma lembrança do passado. Por vício olhou o relógio. Vivina em casa servia-se de goiaba em calda. Ela teria que esperá-lo. Agora estava atento a que a crisálida, encarnada em Gioconda, voasse como borboleta.

Polidoro aceitou outra taça de vinho. Sem ânimo de briga, acenou para Gioconda.

— Depois de tudo que foi dito aqui, resta saber se cumpro ou não o pedido que Caetana me fez antes do pôr do sol.

— O que pediu ela? disse Francisco, estimulado pela bebida.

O vinho amaciara o temperamento de Polidoro.

— Gioconda tem razão. Por enquanto o segredo é exclusivamente meu.

Sob ameaça de uma monotonia que os envelheceria antes do tempo, Virgílio alvoroçou-se.

— Pois cumpramos o pedido de Caetana, disse, oferecendo ajuda.

Gioconda recompôs o turbante. Com a fantasia à solta, igualava-se à escritora francesa de quem copiara o adorno.

— Contem também comigo, proclamou, exaltada. — Acabei de ganhar uma imaginação que sempre me faltou.

Em largas passadas, seguidas por Virgílio, juntou-se a Polidoro. Ernesto previu que sua amizade com o fazendeiro perigava. Mesmo os sentimentos, já cristalizados, quebravam-se sem aviso. E ao constatar que Mágico e Francisco adiantavam-se a ele na iniciativa, indignou-se.

— Não sabem que mesmo na democracia há um direito natural?

Francisco não se conformou que Ernesto lembrasse de forma impiedosa sua extração popular. Afinal, as revoluções faziam-se com gente de sua espécie. Aguardou a intransigente defesa de Gioconda. Inebriados, porém, com a expectativa de um futuro que a todos iria coroar com os espinhos da ilusão, ninguém se manifestou.

O ostracismo feriu-lhe a consciência. Qualquer retrocesso social abrumava-lhe a vida.

— Viva o presidente Médici, proclamou, aflito.

— Não precisa exagerar, constrangeu-se Virgílio com a saudação a uma ditadura que nos anos vindouros viria a sofrer o anátema da história.

Polidoro, como homem do partido do governo, sorriu.

— Mãos à obra, senhores. Temos muito a fazer no futuro. Não podemos falhar.

Ia deixar a cozinha, quando Francisco o interceptou com um ricto na boca que o impedia de sorrir.

— Um último brinde.

— Posso saber a quem? Virgílio esforçava-se em abandonar a esfera do sonho onde estivera mergulhado.

— E a quem poderia ser senão a Caetana!

Observou Polidoro na tentativa de colher um sinal. A máscara do fazendeiro resistia a derreter-se ao sol das emoções. Francisco, sem vacilar, ergueu o copo, acompanhado por todos.

— Viva Caetana, disse, solene.

Nenhuma voz opôs-se ao brinde.

Ao primeiro sinal de riso, Sebastiana tapava a boca às pressas. Não queria que notassem a falta de três dentes na arcada superior, sua única razão para não suportar que a beijassem na boca. Temia que, por desejo imprudente ou curiosidade, algum viajante de coração inóspito e solitário percorresse com a língua cada um de seus dentes, para testar uma dentadura em desordem desde a adolescência.

Apesar de Gioconda recomendar uma prótese, Sebastiana resistia a admitir, mesmo diante do dentista, a falta dos três dentes.

Diana não a poupava de injúrias. Com exagerada frequência mencionava os classificados referentes aos dentistas que, domiciliados no Rio de Janeiro, usavam broca e alicate com desapego quanto aos clientes.

— Esses dentistas arrancam os dentes sem pedir licença. Fariam fortuna em Trindade. O povo daqui é banguela ou tem a boca estragada pela cárie e o mau hálito. Nesta casa só eu me salvo. E contemplava ao espelho, prazerosa, a boca com acentuada dentuça.

Sebastiana erguia-se da mesa em prantos, apesar de Gioconda consolá-la, enquanto acusava Diana de pecar por desrespeito aos sentimentos alheios.

— Qualquer dia ainda vai se arrepender, dizia-lhe com a entonação adequada a prever o futuro.

Indiferente à própria sorte, Diana continuava a roubar a batata do prato de Palmira. Tinha o hábito de servir-se de reduzidas porções de arroz, feijão e ensopadinho, e limpava o prato com o pão, alegando que assim sobrava mais comida para as outras, que engordavam à custa de seu sacrifício.

— Além de roubar nossa comida, Diana ainda nos vai um dia capar como porcos, revidou Palmira.

Diana empurrou-lhe a sopeira até o prato, tentando-a com o olor de louro que se desprendia do feijão. Palmira relutou em ceder à prepotência. Não confiava em seus gestos destituídos de grandeza. E como prova de estar de sobreaviso, brincou com a concha na sopeira sem se servir.

A resistência decepcionou Diana. Via a fome estampada em Palmira.

— Desde quando vocês têm balangandãs pendurados entre as pernas para serem capadas? Aprumou-se na cadeira. Tinha gosto em usar certas palavras, sem por isso ser afetada. Mesmo que com elas desafiasse convenções sociais.

— Não consigo ser grosseira, porque nasci em berço esplêndido. Sou parecida com o Brasil, disse irônica.

Gioconda dirigiu-se à janela. Aspirou a brisa que vinha do descampado em frente. Ao retornar, sentiu disposição de pôr ordem na casa.

— Só falta dizer agora que puta é função honorífica, disse, desinflando a vaidade de Diana. — E acabe com a mania de ficar bicando o prato alheio. Sirva-se de uma vez. Ainda pega uma doença.

A sexta-feira fora um dia cansativo. Especialmente para Gioconda que retornara tarde do hotel. Evitava, em geral, caminhar à noite sozinha pelas ruas.

— Como está Caetana?

Palmira aguardava-a com o prato feito dentro do forno. Haviam despedido mais cedo os fregueses, aflitas por notícias.

— Traga o prato até aqui. Instalada na poltrona, Gioconda expulsou os sapatos para longe. Espreguiçou-se para distender os músculos. Evitava olhar as mulheres.

— Ela ainda se lembra de nós? Palmira entregou o prato agora frio.

Gioconda aceitou o lombinho com farofa e arroz. Comeu com apetite. No hotel servira-se de duas empadas, único alimento desde o frugal almoço das onze horas, além do pedaço de bolo comido na estação em seguida à partida do trem.

Sebastiana, atenta aos ruídos que Gioconda fazia mastigando, queria notícias, ansiosa por recarregar as baterias do sonho por meio das mensagens que Caetana lhe teria enviado. Esquecida das afrontas de Diana, bateu à sua porta, convocando-a a descer. As três mulheres, rodeando a poltrona, acompanhavam o apetite de Gioconda. Só na quinta garfada, Gioconda examinou-as com ar distraído.

— Não pude ver Caetana. Não recebeu ninguém. Tinha muito serviço.

À reação das mulheres, comoveu-se. Só então deu-se conta de que as Três Graças envelheciam a cada manhã tendo ela como única observadora. Nenhum membro da família, senão Gioconda, podia aliviá-las dessa carga. Só ela dizia-lhes quantas rugas tinham, certa de não errar. Preferia, porém, calar-se, dar-lhes a ilusão de juventude.

A notícia afetou-as. Cada qual reagiu de acordo com o temperamento previsto por Gioconda com regular antecedência. Diana, por exemplo, de reações intempestivas, debatia-se contra Caetana por recusar-se a vê-la, por não ter ao menos chorado à menção de seus nomes. Com gestos nervosos selecionou alguns fios de cabelo até formar um cacho que logo soltou sobre os ombros. Palmira, sucumbida à miséria humana, de hábito tombava a cabeça contra o peito, como uma madona italiana, indiferente às dores que o gesto lhe ocasionava, talvez porque aguardasse a intervenção de Sebastiana, sempre pronta a salvá-la da posição incômoda. Dessa vez, porém, o susto motivado pela confissão de Gioconda impediu Sebastiana de tomar providências práticas.

— É bom ou ruim? disse apenas, fiel a uma fórmula sempre adotada quando a realidade lhe parecia forjada com metais duros e intratáveis, passíveis de ferir seu coração.

De cara para Sebastiana, Diana se pôs em guarda, disposta a saquear-lhe uma felicidade imprópria na hora em que sofriam uma desfeita.

— Que mania é esta de dizer se é bom ou ruim! Para nós é sempre ruim. Vê se eles nos deixam entrar no Palace ou nos convidam para uma festa de casamento ou de batizado. Esses machos só nos chamam mesmo para trepar, e isso enquanto o corpo servir.

Palmira provou do arroz-doce, polvilhado de canela, antes de passar o prato para Gioconda. Ninguém dizia uma palavra. Gioconda repetiu a sobremesa.

— Acho que Polidoro virá esta noite, disse em tom distraído, sem querer chamar a atenção das Três Graças. Já era hora de dormir. Sebastiana bocejava.

Mal terminou de falar, a voz de Polidoro, perto da janela, assustou o grupo.

— E se for ladrão? Palmira tentou deter Diana que ia abrir a porta.

Ansiosa, Diana empurrou-a para lançar-se aos braços de Polidoro.

— Ainda bem que veio. Já não aguentava mais o mistério de Caetana. É verdade que passou a chave no quarto e não quer receber ninguém?

Dirigia-lhe mesuras de anfitriã, a cobrar do hóspede notícias que aquecessem a casa.

— Não vim como freguês, disse em tom acre. Nessa noite estava cansado de putas.

As Três Graças, com exceção de Gioconda, cercaram Polidoro, quase não o deixando mover-se.

— Veio nos ver para o bem ou para o mal? Sebastiana arregalou os olhos para emprestar transcendência à pergunta.

Gioconda ofereceu a poltrona de sempre e a banqueta. Pareceu-lhe fatigado.

— Não foi para casa? deu início à conversa.

Polidoro afrouxou o cinto que apertava sua barriga.

— Achei melhor passar por aqui. Para onde fosse, iria carregado de fantasmas, disse, desconsolado.

Palmira serviu-lhe cachaça. Outra vez Polidoro esqueceu-se de agradecer a gentileza. Não dava acordo da presença feminina.

— Caetana sempre foi mulher de caprichos. Não devemos nos surpreender, disse sem pressa, pausado. Tragou a cachaça de um só gole. Estendeu-lhe o copo. Temia a solidão dessa noite.

Gioconda esquecera-se de tirar o turbante. Mas não voltaria a usá-lo. A fantasia se desfaria tão logo desarmasse o coque de pano. Polidoro não mostrava intenção de partir. De enfrentar a casa sem Dodô.

— Quem vai cumprir os caprichos de Caetana, disse Gioconda, como se tomasse a iniciativa de devolvê-lo à própria casa.

Enquanto repetia a cachaça, Polidoro repassava para si mesmo as façanhas do dia. A ida à estação após o almoço. O trem chegando a Trindade sem um minuto de atraso, enquanto na plataforma brigavam todos entre si pela honra de abraçar Caetana em primeiro lugar. Ele mesmo precipitara-se em direção à mulher que lembrava Caetana. Um engano logo dissipado em meio à consternação geral, quando sentiu a dor no peito que lhe limitava o horizonte da vida. Em seguida, suspirou de alívio, por já não precisar expor em público seus sentimentos ou que os amigos lhe vissem no rosto a flor ressequida e amarga da paixão. Um motivo que talvez tivesse levado Caetana a perder o trem. Embora a atriz, afeita às tábuas que rangiam no palco a cada pisada, amasse as cenas dramáticas.

Na plataforma lutara por livrar-se de Virgílio, ansioso este por registrar as primeiras palavras trocadas com Caetana. Acreditava o professor na eficácia das histórias escritas, embora a vida lhe tivesse negado qualquer documento valioso.

À saída da estação, em frente ao volante, não sabia que direção tomar. Mas, quando Ernesto lhe pediu carona a pretexto de acompanhá-lo ao hotel, recusou insensível. Que voltassem a pé para suas casas. Ligou a ignição do carro, esperando esquentar o motor.

— Disperse o grupo, disse para o delegado Narciso. — Não quero que o povo da cidade desconfie que estivemos aqui. E para quem insista que viu o trem passar, diga que foi um sonho. Quem de nós não quis um trem na infância?

Ernesto forçou a entrada no carro.

— Se forem juntos, acabam todos acreditando que o trem passou por Trindade. Narciso tentou ser razoável com ele.

O farmacêutico reprovou-lhe a tese absurda. Fatalmente o trem deixara provas de sua passagem por Trindade.

— Quem viu logo esquecerá, aparteou o delegado, que se julgava com direito de invadir alcovas no meio da noite para flagrar algum adultério. — Ninguém aqui tem motivos para crer no absurdo.

Perto da praça, Polidoro olhou a mangueira plantada pelo avô. Para não despertar suspeitas, repetia os gestos de uma tarde comum. A caminho do hotel, imaginava a situação em que Mágico, equivocando-se de andar, entregava a Caetana as chaves de um quarto do qual ela não guardava qualquer lembrança. O que dava à atriz razão de protesto, mostrando-se indisposta a reviver as chamas do antigo amor justo numa lareira onde não se haviam consumido anteriormente as achas de madeira de sua paixão.

Então por vingança, Mágico o detinha já dentro do elevador em ruínas, só para dizer-lhe, solene, de fraque, que a direção do hotel tinha como norma estrita jamais receber atores em seus aposentos. Não abririam exceção nem para atrizes famosas como Caetana. Ante as palavras insultantes, Polidoro cuspia-lhe na cara, arrancava o talão de cheques do bolso, proclamando aos gritos, se é assim, seu Mágico, compro o hotel. Faça o preço e eu assino o cheque em sua presença.

Mágico aguardava-o à porta, certo de sua chegada. Fora ele que, intuindo instantes de apogeu para o hotel Palace, enviara Francisco à estação.

— Eu mesmo encaminhei dona Caetana a seus aposentos, disse, afetado.

Polidoro não lhe deu atenção. À porta do velho elevador, preferiu subir pelas escadas. Temia que a máquina falhasse entre o terceiro e o quarto andar. Ia ensaiando, a cada degrau vencido, que frase pronunciar de início. Uma frase que exprimisse paixão, mas preservasse as boas maneiras.

No patamar do segundo andar, recordou o sorriso de Caetana, o primeiro que lhe deu de uma série. No começo, ele não quis entrar no circo, tinha outros afazeres. Mas o cartaz com o rosto esfumaçado da mulher atraiu sua atenção. Comprou o bilhete pensando em ficar uns quinze minutos. A arte o aborrecia. Mas, tão logo a viu no picadeiro, junto ao tio, a Danilo e outros atores, despachando palavras e gestos com graça e contundência ao mesmo tempo, perdeu-se no torvelinho da emoção. Para desfazer os efeitos do coice do amor no peito, Polidoro bateu palmas. Ela, com a mão no coração, agradecia os aplausos de uma plateia desabituada ao raio mortal da arte, que se confundia naquela tarde com as nuvens negras do céu.

Ao cumprimentá-la nos fundos do circo, estranhou-lhe o nome, tão raro no Brasil. Não parecia ganho na pia batismal.

— Que outro queria, se Caetana é nome bastante para uma mulher como eu? Ou preferia que me chamassem de Dulcinéia de Toboso, também vítima das alucinações alheias?

Polidoro nada sabia de Dulcinéia. Mas Caetana não estranhou. Também ela não saberia explicar como a vida errante ilustrara-a de forma recôndita e falsa.

À medida que ela gesticulava, Polidoro convenceu-se do poder da mulher em deixar-lhe marcas indeléveis. As longas garras, rubras e afiadas, iam ao naco certo do peito, como um pássaro equilibrando-se no galho de uma árvore desfolhada.

Na tentativa de um gesto galante, reclinou a cabeça para que ela lhe sentisse os agravos do coração, que começava a estremecer de amor. Faltou-lhe, porém, naturalidade. E logo invadiu-o a preocupação de que Dodô surgisse no camarim fazendo uma cena de ciúme, na hora em que efetuava o primeiro passo para habitar as ilusões da atriz. Mas seu mais fundado temor era o de ser Caetana uma estrangeira, embora de nacionalidade brasileira. Alguém que, vindo de muito longe, mostrava-se imune às influências das novas terras que visitasse. Nenhum outro torrão a forçaria a renunciar a qualquer de seus sonhos.

— Dê-me ao menos trinta minutos de atenção. O tom súplice, contra seus princípios, descontrolou Polidoro.

Caetana consultou o relógio.

— Só um relógio me aperta o coração. O de minha arte, mas a arte me desobriga dos ponteiros. Por isso, no palco ou no picadeiro, dito a duração de cada frase que digo. Há frases que podem tardar mais de um minuto. Às vezes até matam a frase seguinte ou irritam o público, que me vaia de raiva. De que relógio então está falando? Caetana contemplava com desalento a lona desbotada do circo.

Polidoro assustou-se. A ilusão do amor, flecha envenenada, feria-o de morte. Ela queria fazer dele escravo. Vira aquele ar absorto em artistas de cinema. Todas com o mesmo objetivo. O da servidão.

— Ficarei o tempo que for necessário. Ninguém vai me expulsar de minhas próprias terras. Trindade ainda é a minha cidade. Meu berço, ouviu! disse ele, lesado na vaidade de latifundiário.

As plumas trançadas, brancas, negras e rosa, que adornavam a cabeça de Caetana, tremiam como sinal de fúria. Vestida de mundana, no papel de uma mulher para quem o destino previa uma punição que satisfizesse a sociedade, Caetana avançou contra o homem.

— Com que títulos se apresenta para usurpar das mãos de Deus o chicote do destino?

Caetana misturava, solene e teatral, as frases de seus sentimentos com outras pertencentes a peças de seu repertório. E isso de tal forma, que tinha dificuldade em distinguir umas das outras.

A perplexidade de Polidoro crescia diante da mulher. Decerto confundia-o com um inimigo deixado no passado, a quem a vigília, a insônia e a fome traziam de volta de surpresa.

— Desde quando é meu senhor! Caetana seguiu com a mesma entonação, como se lhe tivessem dado corda.

Dessa vez, a frase, longe de abatê-lo, exaltou-o. A cena, representada com rara desenvoltura, prometia prolongar-se além do camarim e levá-los para a cama, segundo o advertia o instinto de macho.

— Magnífico papel! Tentou contracenar com a atriz, como prova de seu interesse por uma arte que jamais o atraíra. — A que peça pertence essa frase, típica de uma senhora de engenho ou dona de fazenda de gado?

Caetana surpreendeu-se com a ingenuidade misturada à paixão. Seus gestos de porfia, o esforço de contracenar com ela, precipitaram-lhe o riso.

— De que está rindo? disse ele, desconfiado. Acaso não iria o riso erodir o sentimento que pulsava dentro deles?

— Se escolhi o palco, foi para encarnar heroínas fortes, com paladar para matar e governar. Um dia serei Cleópatra. Na hora do suicídio, morrerei como rainha. A despeito das sevícias impingidas pelos romanos e a indiferença de Antônio.

Polidoro acautelava-se. A atriz prometia-lhe submissão no amor, vendo-o na pessoa daquele Antônio, enquanto insinuava revanche contra os políticos. Os coronéis de Trindade, como ele e o pai. Ao citar a rainha, prevenia-o quanto ao caráter malévolo da paixão, que podia levá-los a evadir-se do mundo, ignorando os perigos de uma viagem egoísta e sem bússola.

Olhou-a pelo espelho. Caetana adornava-se com joias falsas, reservando-lhes o cuidado devido a peças verdadeiras. Sobre uma bancada improvisada, espalhavam-se lembranças de viagens, travessias pelo território brasileiro que deixaram nela e no tio o ferrete da nostalgia bem temperada.

— Vejo que você, Caetana Toledo, é mulher difícil. Parece-se com as portuguesas de antigamente, que se despediam dos maridos no cais do porto só para terem certeza de que seguiam de fato para a América. E não davam mostras de sofrer porque iam se ausentar de casa por mais de dez anos, alguns dos maridos, inclusive, nunca mais voltando. E nem por isso aquelas mulheres vestidas de negro choravam.

Sentiu-se reconfortado em exibir conhecimentos de Portugal. Também queria afrontá-la com situações livrescas. Não podia ser humilhado por uma atriz de circo que até aquela data ainda não atraíra a atenção de um empresário da capital.

Caetana aprontava-se para a segunda sessão do domingo. Nos próximos minutos retornaria ao picadeiro. Retocava a pintura com ênfase nos olhos que expeliam raro fulgor. Não parecia integrada às criaturas. De certa forma já havia partido.

Vespasiano entrou no camarim. Chamou-a pelo nome, mas ela não respondeu. O tio examinou Polidoro sem estranheza.

Polidoro insistiu.

— Posso esperá-la depois?

Ante a expressão absorta de Caetana, que o expulsava para dar lugar a uma quimera de gás e de fumaça, Polidoro dirigiu-se a Vespasiano, que aguardava com paciência as manifestações da sobrinha.

— Por que ela não me responde?

— Fica sempre assim antes de pisar no palco. Já pensou como será no dia em que pisar no Teatro Municipal lá do Rio de Janeiro? Este é o nosso maior sonho. Tenho certeza de que Caetana vai conseguir. Só espero estar vivo nessa hora de glória.

Vespasiano seguiu para o picadeiro. Com um gesto instou Polidoro a acompanhá-lo. Perto da lona segurou-lhe o braço.

— Se quiser a sobrinha, terá que vir conosco. O lugar de Caetana é aqui. Ela nunca renunciará a este mundo. Deu-lhe as costas, avançando até a entrada. Olhou para trás. Apreciou que viesse em seu encalço. — Não faça esta cara! Não seria o primeiro homem a abandonar família, dinheiro, nome ilustre, só para seguir uma atriz! disse-lhe com doçura.

Ainda que não falasse, Vespasiano parecia sugerir-lhe cautelas e preciosas informações. A sobrinha, sob a proteção da arte, atraía os amantes para o palco, privando-os do teto em que haviam nascido, só para devorá-los em seguida com insaciável apetite. De passagem por seu coração de atriz, eram logo sentenciados ao desterro. Ante tal quadro, Polidoro ofendeu-se.

— Pensa que sou palhaço? disse sem atinar com o efeito de tais palavras num circo.

— Por que ofende os palhaços? São os artistas mais ternos e sofridos de qualquer espetáculo. Também eu às vezes sou palhaço. Um palhaço que não precisa de frases dramáticas para ir ao fundo do poço. O riso é o único universo respeitável numa terra de loucos e insensatos. Não concorda comigo?

A barriga, traindo suas emoções, tremia debaixo da túnica solta, onde levava, em cima do peito, uma constelação celeste amarela, salpicada de miçangas brancas. A barba postiça deslocava-se pelo rosto quando gargalhava. Dava a impressão de possuir dois rostos.

Embora os preparativos cênicos confundissem Polidoro, abrandara as maneiras na companhia de Vespasiano. Submetia as emoções a um filtro seletivo. Não queria que Vespasiano o julgasse destemperado.

O esforço foi seguido por Vespasiano. Como prêmio, explicou-lhe as dores e as alegrias da profissão. O fato, por exemplo, de que para um ator os sentimentos como que andavam sozinhos. Pertenciam mais aos personagens que representavam do que a eles próprios. O desejo, de chama única, passava a labaredas, sem que notassem, de tal modo o ofício ia para a cama com eles no intuito de sonharem juntos.

Vespasiano entrara nos anais do teatro brasileiro a duras penas. Ninguém mais podia roubar sua glória, bem merecida por sinal. Bastava que consultasse o livro de Brício de Abreu e lá veria seu nome como fundador do grupo Os Romeiros, atores itinerantes que desde 1930 arrastavam o talento, as mochilas, caixas com trapos de veludo, telões falsos, e cadeiras de armar, pelo interior do Brasil. Um registro que lhe servia de estímulo. A quem quer que duvidasse de sua importância, exibia o livro, já bem amassado.

— Nossa raça perambula pelo mundo sem endereço certo, desde muito antes da Idade Média, sempre perseguida pelo clero, pela nobreza, pelo frio, pela miséria. Aqui mesmo no Brasil, muitas vezes nos faltou dinheiro até para comer. Em certos povoados nos pagam com legumes, ovos e galinhas. Certa feita, representávamos em cima de um tablado quando ouvimos o cacarejo de uma galinha encerrada numa cesta de vime. Foi um verdadeiro tumulto. A desgraçada pôs um ovo em nossas barbas. Afinal, terminamos rindo às gargalhadas e agradecidos pelas moedas que foram pingando dentro do chapéu à saída.

Polidoro instalou-se no banco da arquibancada. Logo começaria a função. O tio ainda dispunha de alguns minutos para falar dos saltimbancos que desprezavam casas, terras e demais coisas sólidas.

Vespasiano suava apesar da brisa que entrava por baixo da lona. E secava o suor do peito com o mesmo pano com que lustrava as botas.

— Criei Caetana desde pequena. Meu irmão morreu tuberculoso. De tanta farra que fez. O pobre espirrava sangue, manchando a roupa de cama e o pijama. Não deixou herança, senão uma capa preta da

Universidade de Coimbra, uma caixa de música com tampa de madrepérola, que uma dama lhe ofereceu sem ele jamais me revelar o nome, e poucos livros de teatro grego. Havia peças que o irmão sabia de cor. Até no campo, em meio à bosta, recitava monólogos como se estivesse no palco. Na véspera de morrer, chamou-me à meia-noite, lembro-me bem. Eu mal ouvia sua voz, tinha os pulmões cheios de furos, igual a um queijo de cuia. Foi então que ele disse...

Vespasiano comoveu-se com o público que se acomodava desajeitado na arquibancada. A maioria via um artista pela primeira vez. Não havia quase ninguém. Ele não demonstrou preocupação. Querendo provar seu desprendimento, puxou o forro do bolso da calça para fora, mostrando-lhe sua miséria.

— Seu irmão sabia que ia morrer? Polidoro inquietou-se por invadir o âmbito familiar de Caetana, da mesma forma como ouvira a história da família de Dodô antes de casar-se com ela.

— Sempre soube. Desde garoto dizia que a vida era breve, mais valia consumi-la com esplendor e a tempo. Sua preocupação, antes de entregar a alma a Deus, era a filha. Queria que Caetana, que tinha esse nome ilustre por conta da casa dos duques de Alba, uma gente ligada ao sublime Goya, fosse atriz, como toda a família. Não se sabia de ninguém do sangue que fugira dessa fatalidade. Havia que prepará-la para a adversidade, sem por isso renunciar ao ofício. Ele falava do fracasso com a naturalidade com que se referia à glória.

Tomei Caetana pela mão e comprei-lhe um vestido que substituísse o velho que tinha no corpo. Mas errei de número, ficou curto. A solução foi fazer a bainha com o retalho que sobrara do traje de uma peça. Qual não foi minha surpresa quando Caetana protestou. Não queria ser tratada como enjeitada, uma gata no borralho. Fiz com que visse que estava sendo injusta, pois por ela eu até deixaria de comer. A vida, sim, é que era ingrata com nossa raça. Nunca conseguíamos dinheiro suficiente para encostarmos nossas carcaças de artistas ambulantes em algum teatro do Rio de Janeiro. Quem sabe, então, viveríamos uma vida mais confortável, sem a obrigação de estar sempre na estrada de terra batida, que antigamente vencíamos de carroça. Quantas vezes atolávamos na lama durante dias. Vinham juntas de bois nos arrancar dali. E na seca os pedregulhos saltavam das rodas quase nos cegando. Nessa época, nas horas livres, Caetana treinava a voz em frente ao espelho, após chupar uma pasta de açúcar e limão. E me dizia, distraída, que se fosse rica nos abandonaria em troca da cidade de Milão.

Vespasiano arrecadava as lembranças fazendo com as mãos gordas, a que faltava leveza, desenhos no ar. Um sestro que lhe ficara do palco. Não demonstrava confiar na eficácia da palavra que não viesse em meio a mil gestos.

— Posso saber por que Milão?

Ela desafiava o tio com arrogância. Como se quisesse fustigá-lo pelos anos difíceis, a roupa emendada.

— Vou ser prima-dona. Quero ser cantora de ópera, que é teatro cantado, caso não saiba.

— Não vê que ser ator já nos custa a vida! E ainda quer atravessar o Atlântico, viver num país que não é o nosso, só para ser infeliz em língua estrangeira? Não lhe basta o Brasil, um país tão vasto e bonito que nunca teremos vida suficiente para conhecê-lo todo?

Polidoro grudou-se a Vespasiano. Temia o final da história. A revelação de um segredo que lhe danificasse o futuro. O cheiro de Vespasiano, que vinha das axilas, entrou em suas narinas. Sentiu náuseas. Não suportava o contato físico com outro homem.

Preso ao círculo da memória, Vespasiano não lhe notou o desgosto. De novo integrava-se às peregrinações do passado, quantas vezes fugindo das pensões durante a noite por falta de dinheiro para pagar o quarto. Em Pirenópolis, porém, Caetana serenou-se com o sucesso.

— Ofereceram-nos almoço com quinze sobremesas. Caetana ficou a meu lado à cabeceira. Trazia o penteado enfeitado com tiara falsa, queria aparentar mais idade e riqueza. Talvez por isso, sob a coroa de sonhos e pedras reluzentes, pediu a palavra.

— Em cima de mim ninguém vai montar para sempre.

Tais palavras, embora de uma menina de quinze anos, de fato saíam de uma égua de crina lustrosa, mas brava. Os lóbulos de suas orelhas tinham quase o tamanho dos brincos de pérola que usava. Pensei, compungido, se haveria no mundo quem chegasse a seu coração com ilimitada doçura. Pois tinha a pele dura, de cobra. Só a mim dizia estimar. E como prova de amor, me beijou uma vez na testa. E mesmo assim só quando me viu atirado na cama, e teve medo de que eu morresse. Chorou, vendo-me com febre a dizer bobagens.

— Ah, tio, o que será de mim se me faltar de repente? De que valerá o triunfo se não estiver presente para me olhar?

Fixavam-me seus olhos negros com tanta angústia, como se quisessem apreender de um só golpe o mistério que levava fugaz na alma como uma flor.

O desvelo amoroso da sobrinha me deu alento. Havia que agradecer um sentimento tão bem guardado e que veio à tona na hora da doença. Assim, emprestei-lhe a vitrola, de uso exclusivo para nossas apresentações. Queria que ouvisse sozinha suas árias favoritas no quarto, ou debaixo das estrelas sempre que acampávamos entre duas vilas, para não pagarmos pensão.

Polidoro escutava-o como se já houvesse começado a função. Acompanhava de perto, na condição de espectador, o drama da família que expunha, em meio a gestos desmedidos, risos, choros e suspiros, sua vida descarnada para um público pagante como ele.

— Quer dizer que Caetana leva o teatro no sangue? É mal de família?

Outra vez ofendia Vespasiano sem perceber, com tamanho descuido manifestava-se.

Vespasiano sorriu. Apreciava a franqueza que só podia ser encontrada nos currais ou então no palco, através de expressões dissimuladas e tangenciais, a pretexto de arte. Além do mais, nutria a esperança de que, sucumbido aos encantos do teatro, Polidoro terminasse por financiar-lhe uma produção digna de um teatro da Cinelândia lá no Rio de Janeiro.

— Leva no sangue e no coração. É uma paixão que vai ferir quem quer que a ame.

O olhar, pela primeira vez pícaro, pertencia a uma cena de *vaudeville* em que se insinuava que o favorito da sobrinha poderia ser ele, mediante moedas de ouro.

Polidoro animou-se. Sentia-se compensado por aspirar o suor de Vespasiano, pouco afeito aos produtos que protegem o corpo. A adesão do tio a seu arrebato por Caetana vinha em hora grata. Com a ajuda de aliados convenceria a atriz a prorrogar os trinta minutos que lhe pedira.

Vespasiano levantou-se. À vista da sobrinha na outra entrada para o picadeiro, despediu-se de Polidoro. Atuaria mais tarde, mas tinha ordens a transmitir. Convidou-o a instalar-se no único camarote. Polidoro agradeceu, aceitaria o convite numa outra noite.

— Pois assim seja, amigo, disse, afastando-se.

Polidoro escondeu-se no terreno baldio em frente ao circo. Olhava o relógio e não enxergava as horas. Já havia escurecido. Afinal os aplausos declinaram, enquanto o povo deixava o circo. Retornou ao camarim pelos fundos.

— Vim cumprir minha parte, agora cumpra a sua, disse ele, com o terno engomado e o penteado desfeito.

Caetana, ainda de penhoar, começou a descascar algumas cabeças de alho. Esfregava-as com vigor na mão direita, enquanto nos intervalos levava-as às narinas. Aspirava sôfrega o cheiro intenso que também atingia Polidoro, desorganizando-lhe o instinto, aguçando-lhe o desejo de jogá-la ao chão sob seu corpo.

Do tamborete Caetana esticou a mesma mão que de longe fedia a alho, para que a beijasse. Essa prática social, para a qual não o educaram, intimidou Polidoro que, sem saber onde esconder-se, afastou-se. No entanto, o gesto que Caetana reclamava fora no passado matéria de devaneio da mãe. Magnólia passara muitos dezembros sonhando com algum cavalheiro que lhe beijasse um dia a mão, fazendo-a assim crer que, a despeito dos brutos de Trindade, tal galanteria resistira aos séculos até chegar a ela. Quis o destino que Magnólia morresse sem vencer as resistências do marido, que se negava a cumprir em público, com a própria mulher, um gesto tão simples, o único, porém, que lhe teria extirpado da memória a figura de um homem, conhecido de todos, pois até em sua casa almoçara, um homem cujo olhar lânguido, as melenas encaracoladas, o bigode bem aparado, o traje de montaria, surgia-lhe no horizonte dos sonhos com uma frequência que a fazia estremecer.

— Se quer me amar, submeta-se à prova do alho. Vamos, beije-me as mãos.

Polidoro sentiu os testículos túrgidos, a torrente desumana do desejo a subir pelas coxas, cravando-se imponente na genitália alvoroçada. Tomado de fúria, fungou-lhe a mão, o braço, com ruidosa respiração. Lambia os dedos com a ponta da língua, a pele da mulher sabendo a carne assada. Sob o impacto de uma fome dupla, tragou os dedos inteiros dentro da boca. As falanges, que se moviam, comprimiam-lhe o palato, quase provocando vômito. Ele sentia comer o sexo da mulher, úmido e cavernoso.

Caetana cedia partes de seu corpo, a língua opressiva de Polidoro lambuzando-lhe o braço com saliva e alho, sem que previsse a evolução de seus movimentos. Finalmente, talvez exaurido de escavar aquela pele quase chegando aos ossos, levou a boca grossa, desmedida, recendendo a alho, próximo à dela, e soltou-lhe as baforadas da paixão liberada.

— Está satisfeita com meu cheiro? disse, vingando-se do amor a que sucumbira em meio a um desastre que não tinha nome.

Caetana levantou-se, afastando-o com força. Polidoro insistiu, o corpo debruçado sobre ela. Caetana voltou a empurrá-lo e retornou à penteadeira.

— É assim que me trata? Tentou abraçá-la por trás, comprimir os órgãos avantajados contra suas costas.

Pelo espelho, ela recriminou o gesto. A cena, registrada pelos dois através do cristal, envergonhou Polidoro.

— Você passou na primeira prova. Nos veremos mais tarde.

Com a mão que guardava o cheiro de ambos, Caetana dispensou-o. Polidoro desapareceu na noite, evitando ser surpreendido por Vespasiano.

Na casa da Estação, Palmira, batendo-lhe nos ombros com a garrafa, privou-o de suas lembranças.

— Sirvo-lhe outra vez?

Polidoro acudiu irritado ao chamado. Faltava a Palmira sensibilidade para consolar um homem ferido. Não se refinara no trato dos sentimentos humanos, a despeito dos homens que passaram por sua cama.

— Já não se pode mais descansar nesta casa? recriminou, apontando Gioconda como responsável.

— Esta casa não é para dormir. Se quiser se entregar à memória, busque o teto da sua.

Afrontou-o, indiferente a seu desapreço e a que lhe visse os cabelos presos com grampos, o turbante no chão perto da poltrona.

O desalinho da mulher enterneceu Polidoro. Também Gioconda, como ele, era vítima da tirania dos anos, que escolhia seus infortunados entre os inocentes.

— Já estou indo. Hoje foi um dia estafante.

— Não vá, por favor. Fale de Caetana, Diana interceptou-lhe a saída. — Só você pode garantir que ela ainda nos ama.

Na ânsia de persuadi-lo a fazer-lhes companhia na noite interminável, Diana despejava-lhe saliva misturada ao guaraná que acabara de beber.

O cansaço acentuou a solidão de Polidoro. Faltou-lhe ânimo de abrir a porta da própria casa e encontrar a sala às escuras. Olhou Diana. Desobrigado de levar qualquer uma das Três Graças para a cama, cedeu a seu gesto, limpando o rosto com resignação.

Sentiu-se comprometido a assumir de público uma felicidade antiga, a passar em revista a trajetória ansiosa de sua paixão. Ao ver a cara de Diana, que lhe servia de bússola, animou-se a contar qualquer história que tivesse Caetana e ele como protagonistas.

Diana acomodou-se no chão, como um galgo junto ao dono. Agradecida pela atenção que Polidoro lhe dispensava, em detrimento de Gioconda, foi desatando, num gesto impensado para ela, os cadarços dos sapatos de Polidoro, até retirá-los. Sobrepondo-se ao cheiro das meias encardidas, friccionava os pés do homem com suaves golpes, só faltando, igual a Madalena, enxugar-lhe o suor com os cabelos longos.

A atitude de Diana, que visava desprestigiar Gioconda na própria casa, desgostou Palmira. Ante a perspectiva, porém, de perder as palavras de Polidoro, aderiu à órbita de Diana, sentando-se a seu lado no chão.

Polidoro aprumou-se, apesar das leves cócegas oriundas das carícias agora nervosas de Diana.

— Não sei como explicar. Mas no terceiro andar tive medo de que me faltassem forças para vencer os que ainda restavam. E olhem que estou habituado a andar, cavalgar durante horas, além de haver montado sempre nas melhores mulheres deste município. O tom de voz, suave e destituído de orgulho, parecia referir-se a um vizinho. — Ali estava eu, cansado e capenga, e tudo por uma mulher! Bem que Vespasiano me advertiu desde o dia em que o conheci. Mas o que se há de fazer com essas ilusões que a gente teima em levar escondidas no coração, pois de outro jeito o peito esfria de tristeza!

A fala, com pausas acentuadas, cuidava em guardar fidelidade às ocorrências. Queria corresponder à expectativa das Três Graças, sobretudo porque Gioconda, no outro extremo da sala, não lhe dava atenção.

Sebastiana providenciara o lenço. Tinha o pranto fácil nessas horas. Jurara, porém, com o olhar, não interromper o fluxo narrativo. Qualquer história que ele contasse seria tida por todas como verdadeira. Tanto era assim que Diana, para esquentar-lhe os artelhos, seguia acariciando seus pés. Dessa forma prosseguiria ardente, ao longo da voragem da história narrada, a paixão de homem.

Lentamente Polidoro foi liberando as emoções ante as damas que lhe concediam a graça de inventar. Aquelas mulheres, tão sensíveis, bem podiam adivinhar o estremecimento de seu peito enquanto vencia as escadas. Cada degrau era a conta de um rosário imaginário. Uma reza que devorava palavras tímidas e titubeantes, encaminhadas a uma entidade sem nome.

Descansou no quarto andar. Buscava argumento que o convencesse do amor de Caetana, a despeito da longa ausência. Se em todos aqueles anos ela não fizera uso do correio, com agências pelo território nacional, para desatar por carta os laços da paixão, estava autorizado a crer que as palavras de amor de outrora, pronunciadas em meio ao farfalhar dos lençóis, mantinham-se inalteradas.

Dono dessa certeza, encolheu a barriga, ajustou os suspensórios, tentou abotoar o paletó, em frente à porta da suíte. O esforço para embelezar-se era inútil, parecia dizer-lhe um espelho imaginário, de propensão cruel e vingativa.

Não podia recuar. Viera de longe e nele sobressaía o sentimento de que consumira as solas dos últimos sapatos e tinha os pés feridos. À porta, dizia, sempre fui macho cobiçado pelas mulheres. A frase, repetida, soou convincente. Sob tal impulso, bateu. Caetana já o aguardava.

— Foi a própria Caetana que girou a maçaneta? Diana interrompeu-lhe o devaneio, apesar de Gioconda, que se aproximara do grupo, censurar essa atitude.

Gioconda jamais confiou no temperamento de Polidoro. Habituado a lidar com touros, pisar terrenos minados por cobras, aranhas e escorpiões, era difícil para ele cultivar gestos corteses ou frases poéticas. Viu-o nervoso, recolhendo os pés contra a vontade de Diana, que os retinha à força. Nessa luta Polidoro trazia de volta, a duras penas, o mundo do qual se afastara e entregara a Dodô. O retorno à realidade que tinha a mulher, as filhas, os genros e os netos como centro, causou-lhe contrações faciais, angústia, explosão de nervos.

— Puta que pariu, gritou, desfazendo a aliança estabelecida com Diana. — Como ousa me desrespeitar? Como se eu lhe estivesse lançando merda em vez das pérolas de meus sentimentos. Desde quando sou mentiroso e covarde? Acaso não estou contando o que se passou, como prometi desde o início? Pensa que estou inventando pormenores na tentativa de subtrair uma verdade dolorosa? É isso que significa essa interrupção? Ou preferia que Caetana tivesse morrido, pois não suporta saber que ela ainda vive, esplendorosa, e ninguém aqui pode disputar seu cetro?

Polidoro ergueu-se da poltrona. Não permaneceria um minuto mais na casa onde uma puta ansiosa ofendera-o. Não pretendia ceder aos rogos de Gioconda, que recolhia os sapatos que ele, em meio à indignação, lançara longe. Um chute tão preciso que atingira Sebastiana e Palmira, sentadas inocentes no chão, alvo de sua destemperança. Mas não seriam elas decerto tão inofensivas como se faziam crer. Pois haviam-se aliado a Diana, uma bruxa que mal refreava os instintos perversos, advindos dos mil pênis que passaram por sua vagina.

— Calma, Polidoro, não é caso para tanto. Não foi uma desfeita. Gioconda tentou dissuadi-lo. Já não tinha idade para excessos.

Na porta, mais calmo, aspirou o cheiro da sala com desgosto.

— Prefiro sofrer debaixo do meu teto, mesmo perseguido pelas sombras que Dodô deixou em casa de propósito, só para me vigiar. Ela pensa que não sei que alimenta esses fantasmas com iguarias para mantê-los satisfeitos e atentos. É uma mulher perigosa. Tudo que quer é me desterrar, ficar com meus bens.

A frase serviu para desanuviar seu semblante. Havia no rosto uma sombra de riso. O peito arfava debaixo da camisa ligeiramente amarelada pelo suor do longo dia.

— E o fim da história, não vai contar? disse Gioconda, servindo de escudo de Diana, que perdera a valentia.

— Qualquer dia eu conto. As histórias são como pão dormido. Quanto mais tempo ficam na gaveta ou dentro da memória, melhor se apresentam depois.

Abriu a porta. O ar da noite provocou-lhe espirros. Atirou-se à rua, queria meter-se na cama, debaixo dos lençóis.

Gioconda sentiu o braço de Diana atado ao seu. Sacudiu o corpo, na ânsia de livrar-se dele. Dirigiu-se à cozinha para coar um café.

— Será que Polidoro se resfriou? Sebastiana suspirou, querendo café.

Gioconda ponderou sobre os efeitos da primavera nos seres delicados. Uma estação que trazia alvoroço, esperança, acne no rosto e o verde de volta às árvores. Em compensação, os polens, soltos no ar, deixavam os corações desabridos e sem amparo.

— É a sina da primavera. Distraía-se, levando a água ao fogo.

— Primavera em junho? corrigiu-a Diana, refeita da grosseria de Polidoro.

— Em Trindade tudo é possível. Vivemos tão longe da civilização. Mas quem sabe Caetana virá nos visitar amanhã. E ela mesma nos conte o final da história, disse Gioconda, na tentativa de encerrar as peripécias do dia.

À noite, Polidoro conseguia esvaziar a memória. Sobrava-lhe um poço fundo, de águas turvas que ninguém conseguia beber. Um estado complacente, que provocava a firme convicção de acordar no dia seguinte sem ousar repetir para si mesmo o nome de Caetana.

Com a esperança de dormir, introduziu a chave na fechadura da casa. Observou os móveis da sala, que frequentava como visita. Dodô tinha motivo de recriminá-lo. Jamais quis cair prisioneiro de uma casa que nunca considerou de fato sua. Começava a desabotoar a camisa, em meio a tais considerações, quando ouviu do lado de fora a voz estridente de Virgílio.

— A esta hora? Não disfarçou o mal-estar. As sobrancelhas caídas no nariz exibiam desconsolo.

— Fico apenas o tempo de conhecer a verdade. Toda Trindade já sabe de seu encontro com Caetana, menos eu. Seu amigo dileto, apesar de Ernesto pleitear meu lugar.

Virgílio acomodou-se na cabeceira da mesa de jantar, perto da fruteira. Como tinha sede, rasgava com gestos nervosos a casca da tangerina. Os gomos abertos espirravam em Polidoro.

— Será que esta bendita sexta-feira não vai acabar nunca mais?

Sentou-se ao lado de Virgílio com visível desalento. Decerto a presença de Caetana em Trindade respondia por tantos transtornos.

O próprio Virgílio, que há mais de trinta anos apagava a luz do quarto para dormir antes das nove, tinha os olhos acesos como um farol.

— Se lhe conto, promete partir tão logo eu garanta não ter mais nada para dizer?

O gomo ocupava metade da boca de Virgílio. Tinha dificuldade de mastigar. Com a mão espalmada, empenhou sua palavra.

Polidoro conformou-se em repetir a história que vinha ruminando para si mesmo em surdina. Talvez pudesse agora experimentar, junto a um ouvinte atento como Virgílio, a veracidade dos feitos e certificar-se das incorreções de seu relato.

Desde segunda-feira, tão logo se anunciou a chegada de Caetana, buscava uma lógica que, aplicada ao cotidiano, trouxesse resultados práticos, enquanto se precavia em não lesar, com desmedido arroubo ou infatigável ambição, o amor que a atriz lhe vinha devotando naqueles anos com irrepreensível fidelidade. Dessa forma, antes de Caetana abrir a porta no quinto andar, sobrou a Polidoro um minuto para arrepender-se das campanhas nas quais seu coração vinha de há muito ferindo-se com seguidos contratempos. E também para autocriticar sua grosseria, que não previu um presente para Caetana no dia de seu aniversário. Deveria ao menos ter trazido as sobras das flores que Gioconda abandonara sobre o banco da estação de trem, antes de o grupo debandar após o aviso de Francisco.

Ao bater na porta, ouviu vozes. Tomado de sobressalto, suspeitou de algum inimigo que, pretendendo pôr-lhe na testa um par de chifres, forçara abraçar Caetana antes dele, só para proclamar no bar do hotel Palace a derrota de Polidoro, a despeito de sua fortuna e do amor por Caetana.

Aflito, coçou o peito. As unhas, que esquecera de aparar, provocaram na carne a amarga sensação de ciúme. Com falta de ar, anteviu o perigo de morrer à entrada do paraíso. Apressou-se em fazer exercícios respiratórios. Quando a porta abriu, um jovem imberbe submeteu-o a demorado exame, sem convidá-lo a entrar.

— De quem se trata, murmurou baixo, para não ser ouvido por quem talvez estivesse na sala. A fala pernóstica diferia da de Mágico, que sob a arrogância escondia atitudes servis.

— Polidoro Alves, respondeu, esperando que o nome lhe abrisse de vez a porta.

Ele mandou aguardar. Através da porta entreaberta, Polidoro viu parte do interior da sala que ele próprio, apesar da pressa, reconstituíra. À vista dos móveis e objetos, contaminados agora pelo calor de Caetana, sofreu a tentação de retornar para casa em desabalada carreira e enviar um bilhete a Dodô na fazenda, urgindo que regressasse, o marido consumia-se em febre. Apoiou-se no batente. Quase não comera durante todo o dia. Trazia no estômago o café da manhã, reforçado com o bolo do aniversário.

— Entre, por favor, disse Balinho. Ao surpreendê-lo, porém, encostado à porta, pálido, à escuta, sorriu. — Nossos segredos ficaram nas estradas.

Acusado de abusar de uma confiança oferecida de mão beijada, Polidoro não teve força para defender-se. Com gestos desalinhados, sentou-se na poltrona de um verde quase esmaecido. Esperara encontrar Caetana na sala, pronta a lançar-se em seus braços. Uma cena que, pelo cunho popular, fazia parte natural do repertório da atriz. No palco Caetana atuava como se a febre a afogasse. Sabia como ninguém abraçar a quem quer que fosse com o vigor de uma camponesa. E ainda, conforme o caso, comportar-se como uma dama sentada no sofá, os glúteos fatigados.

A sala, imensa no escuro, camuflaria as marcas que os anos, sempre insidiosos, imprimiam em rostos sensíveis como o dela. Balinho acercou-se. Ofereceu café com elegância afetada.

— Açúcar?

Polidoro recusou. Balinho, indiferente, encheu-lhe a xícara de açúcar, fazendo mossa da recomendação.

— Vai fazer bem. É indicado para emoções fortes.

Suas mãos tremiam sustendo a xícara. Tomou o café em meio a caretas. E ao procurar Balinho, ele esvanecera-se. Fora talvez buscar Caetana. Só retornaria à sala à frente de um séquito constituído de miseráveis, andrajosos e artistas. Para anunciar então, como arauto, a presença da atriz.

Balinho retornou. Foi direto à vitrola, que exigia cuidados. Polidoro identificou o aparelho mesmo no escuro. A voz de Callas, na *Casta Diva*, auguriava tempos austeros para ele e Caetana.

— Bonita canção, comentou. Não ouvia música desse gênero desde a partida de Caetana.

Balinho retirou-se para o quarto em meio às sombras. Uma outra sombra substituiu-o com presteza na sala. O corpo movia-se imponente na surdina. Trazia uma vela acesa que iluminava o rosto. Caetana andava como sonâmbula, os olhos semicerrados. Deteve-se no centro da sala, certa de que Polidoro a observava.

Ele ergueu-se com dificuldade, arrependido de não ter escolhido a cadeira de assento duro, em vez da poltrona de molas frouxas, que punha à prova sua agilidade.

Caetana apertava contra o peito um volume que se espreguiçava com suave reserva. Polidoro forçou a vista. Era um gato cujos olhos brilhavam no escuro como brasa de carvão.

A chama da vela, golpeada pela brisa proveniente da janela aberta, permitia-lhe contemplar a mulher. Os cabelos presos no alto, sob forma de coque. Ela engordara. E o penhoar, de tecido leve, não escondia sua opulência.

Polidoro sorriu de prazer, antevendo o instante de apertar uma carne que esbanjava formas a seu gosto. Conhecera-lhe todo o corpo, apalpara com minúcia sua superfície. De alguns recantos colhera com a língua o suor que lhe matara a sede. Os seios, voluntariosos como sempre, arfavam soltos no escuro. Redondos como uma almofada macia. O peito da mulher expelia, junto com o ronronar do bichano, golfadas generosas, como se lhe faltasse fôlego.

Polidoro aspirou o ar com violência no esforço de recuperar os aromas de Caetana que lhe ficaram naqueles anos. Trazia o corpo inoculado pela memória de suas essências. Sobretudo de uma noite em que lhe fungara impiedosamente a carne com faro de animal na floresta. Abrira-lhe o sexo peludo e pedira-lhe, quase sem respiração, que engarrafasse num frasco de bolso seus íntimos e contundentes cheiros. Queria ter à mão sua fragrância, sempre que desejasse trazer de volta certas lembranças.

— Como vai, Polidoro? Ocupada com o gato, não esticou a mão. A voz soou cristalina. Os anos não estragaram a aspereza do timbre rascante. De vinho português, dissera ela numa noite, provocando-lhe um riso descontraído:

— Um pouco de bacalhau e azeite, e torno-me uma autêntica obra-prima da culinária portuguesa.

Caetana aproximou-se.

— A mim você conhece. A ele não.

Apontou o gato. A vela, agora no aparador, ajudava Polidoro a familiarizar-se com as formas.

— Chama-se Riche. Há sete anos que me acompanha. É bravo e crítico. Sempre que me chama a atenção ou me adverte dos perigos, usa umas setenta expressões. Ainda vai me sobreviver. Os gatos nunca morrem.

Afagou-lhe lentamente a penugem. Riche reagiu sonolento, a ronronar. O longo rabo cinzento movia-se sinuoso. Esticava-se roçando o púbis da mulher.

Polidoro não desprendia o olhar do gato. O felino endurecia o rabo num movimento obsceno. Só lhe faltava penetrar no sexo de Caetana. A aliança dos gestos trocados entre a mulher e o gato, rigorosamente cúmplices entre si, perturbou Polidoro. Seu membro, intumescido e preso na cueca, era tão felpudo e escuro como a cauda do gato, guardião do templo que ele queria profanar o mais breve possível.

Envergonhado, disfarçou o descontrole.

— Seja bem-vinda a Trindade. A voz tonitruante assustou o animal que, de um salto, pulou dos braços de Caetana para o chão. Ela tentou recuperá-lo, mas o gato escondia-se entre seus pés.

— Calma, Riche, murmurou Caetana, esquecida de Polidoro.

Ele ressentia-se por não ser alvo de tamanho enlevo. Não quis, porém, protestar.

— Não fui recebê-la no ônibus porque pensei que viesse de trem. Fomos todos à estação.

Acostumado à penumbra, ia aos poucos registrando suas expressões.

— Não vim de ônibus, mas na boleia de um caminhão que não

nos cobrou nada. Como bem sabe, neste país os artistas são praticamente mendigos. A arte não compensa. Sobretudo para atores como nós, que resistimos a um mercado desumano. Cada palavra saía de um peito ferido. Parecia cansada.

— Aqui estarão a salvo, disse Polidoro, esticando-lhe a mão. Para a mulher era sempre mais fácil agarrar-se a um homem com as sobras de um amor fincado no coração há tantos anos.

Caetana não reparou que ele se aproximava com a mão estendida, num gesto que lhe oferecia estabilidade e futuro. Diante do corpo recolhido da mulher, suspeitou que a emoção do reencontro cegara os dois. Ainda assim manteve o braço no ar, caso ela necessitasse dele. Animava-o a lembrança de haver-lhe proposto no passado que ficasse a seu lado. Propiciava-lhe casa com quintal, talheres, roupa de cama, despensa farta, tudo que a fizesse esquecer as agruras da vida teatral. De volta a Trindade, não teria motivos para inquietar-se com o futuro. Pretendia reservar-lhe cuidados idênticos aos destinados à própria família. Tudo por força do amor que ainda professava por ela, até hoje ígneo e pródigo a cada manhã enquanto fazia a barba.

Caetana não dava mostra de interpretar a mensagem. Seguida pelo raro talento de Riche de deslizar a seu lado sem se enrolar em suas pernas, movia-se pela sala.

Fascinado com os movimentos do gato, que se confundiam harmoniosos com os de Caetana, Polidoro deixou tombar o braço, censurando a si mesmo por exceder-se na demonstração de um apetite que, sem levar em consideração o embaraço de Caetana e a presença de um felino sorrateiro e traidor, só cederia em troca de arrastá-la para a cama.

Reconhecia com certo prazer que Caetana, apesar da vigilância de Riche, tratava-o com a intimidade devida aos maridos, só faltando abrir a mala e devolver-lhe o pijama e os chinelos que, na pressa de fugir, levara na bagagem, para conservar consigo, enquanto dormia em outras camas Brasil afora, a lembrança de um amor tão duradouro quanto abrasador.

Agora, porém, comedido, o amor de Caetana por ele não se traduzia por gestos que recordassem a antiga paixão. Como se ele houvesse aceitado amarelar as recordações de um passado que envelhecera tanto quanto eles.

— Sabia que fracassei? disse ela de repente sem piedade, enquanto arrancava os grampos dos cabelos, que caíram sobre os ombros.

Polidoro estremeceu. Era o sinal de que Caetana queria-o na cama, ou no tapete, caso lhes faltasse tempo e serenidade até chegarem ao colchão.

À vista dos cabelos soltos, precipitou-se de braços abertos em sua direção, gritando, Caetana, Caetana, embora com a atenção presa ao gato, para não se embaralhar entre as pernas do animal. Já se encontrava quase a seu lado quando ela, reagindo, assustou ao mesmo tempo Polidoro e Riche, que miava sem parar.

— Não me toque, Polidoro.

Desatento à advertência, ele vinha desembestado. Os braços a envolviam, tentava pinçar seus lábios com um beijo.

— Entregue-se à paixão, Caetana. Ou será que já me esqueceu!

Ela protegia a boca fazendo girar a cabeça a esmo, sob o risco de distender o pescoço. Finalmente, vencida pela força de Polidoro, deixou-se abraçar.

— Não sou sua escrava, pronunciou, fria, a frase corretiva.

O timbre da voz apunhalou as ilusões de Polidoro. Teve o efeito de paralisá-lo. Suspeitou que a mulher retornara para vingar-se de uma falta de que ele se sentia inocente. Humilhava-o por um ato que a ferira mortalmente no passado.

— O que fiz para que não me ame mais? De que valeu esperar vinte anos por este amor, se me recusa agora e me torna um homem sem pátria e sem futuro!

Em frangalhos, coçava o peito. Um gesto habitual sempre que o destino o mortificava ao longo dos anos assinalados pela ausência de Caetana.

— Não seja trágico, Polidoro. Desde quando quer assumir um papel que é meu? A atriz aqui sou eu. Sou eu que tenho o direito de chorar a qualquer hora. Não você, que a cada dia compra mais vacas e terras e ainda por cima tem mulher rica.

Embora a recriminação de Caetana quisesse devolvê-lo ao bom senso, Polidoro não obedecia. Comprazia-se em comportar-se como se estivesse no palco, vivendo um personagem fadado a cometer qualquer tipo de desatino.

— Se não voltou movida pelo amor, o que faz a meu lado, agora que sou um cadáver? Com o tom salmódico, Polidoro assumia o papel que de fato pertencia a Caetana, única atriz presente na sala.

Insensível ao desabafo do homem, Caetana pediu que se sentasse. Queria atá-lo à cadeira com cordas. Ele obedeceu, desconfiado de que ela pretendia amputar-lhe o filão recém-descoberto. Representar era, segundo intuía, um gosto novo.

— Você age como se estivesse na feira, a me vender zebus ou uma franja de terra fértil, disse ele, reticente.

Nem sempre Caetana mostrara-se capaz de interpretar com justeza suas frases esquivas, algumas pejadas de metáforas rurais. Por isso discreparam no passado, ainda que Polidoro se apressasse em sufocar as desavenças, uma vez que na cama a paixão cimentava o entendimento. Sua memória, passados vinte anos, tornara-se generosa. Não conseguia registrar uma só rusga entre eles. Melhor então que se acomodassem agora no leito para os folguedos que seus corpos dominavam com inconfundível desenvoltura.

— Dou-lhe cinco minutos para irmos para a cama. Você não veio de tão longe só para conversar comigo. Sou ainda um homem inteiro e cheio de apetites, disse no tom teatral que custava a deixá-lo, por ser talvez a única via de acesso à imaginação da mulher.

O teimoso silêncio de Caetana impulsionou-o a caminhar pela sala, sob o risco de bater contra os móveis na escuridão.

— Se carecia de um cheque, em vez de amor, era só telegrafar ou usar o interurbano. Eu teria feito uma transferência bancária em poucas horas. Não precisava atravessar tantos estados brasileiros na boleia de um caminhão, desabafou, esquivando-se de vê-la.

Afinal deteve-se à sua frente. A voz quebrava-se em registros desiguais.

— Finja ao menos que me ama, implorou.

Atenta à cena, Caetana sentou-se. Cedia-lhe espaço na sala para ele mover-se. Cruzou as pernas, acomodando com gestos largos o penhoar nos joelhos. A luz da vela no aparador, à entrada, não facilitava o mútuo exame.

Polidoro irritou-se.

— Vamos nos ver de uma vez. Que diferença faz que tenhamos vinte anos a mais? Determinado, buscou o interruptor.

A súbita claridade interrompeu as divagações de Caetana, que a haviam levado para longe, no voo da memória. O rosto, resistindo a ser visto, pendia em direção ao estômago. Murmurava, quase não sendo ouvida. À medida que Polidoro se acercava, ela aumentava o volume da voz.

— Se era para fracassar, por que tio Vespasiano não me cancelou o sonho desde o início, quando meu pai me entregou a ele para cuidar de mim? Por que não me advertia, pelas manhãs, que havia no Brasil uma legião de artistas desdentados, condenados a jamais pisarem no palco do Teatro Municipal lá do Rio de Janeiro, e que ele era um deles, e que eu o seguiria nesse fado?

Ergueu, compungida, a cabeça. Envelhecera. As bolsas sob os olhos davam-lhe a fisionomia de um Buda transportado para a América com o intuito de divulgar novos métodos de vida. Agitava os cabelos, que pareciam pesar sobre os ombros. Tinha-os fartos e negros. As mãos, entrelaçadas à altura dos seios, obedeciam a uma sequência de movimentos cronometrados, que restauravam em Polidoro gestos antigos e poderosos.

Polidoro ajoelhou-se a seu lado, sem tocá-la.

— De que fracasso fala, Caetana, se visitou as mais humildes vilas do Brasil só para levar a fantasia até a porta de seus corações! Quem fez isso senão você e os Romeiros?

Sua própria veemência surpreendeu-o agradavelmente. Descobria em si uma sensibilidade verbal que se manifestava pela primeira vez. Temeu, porém, perder o inesperado dom oratório antes mesmo de levar Caetana para a cama.

À medida que Polidoro, sob a proteção do Espírito Santo, a quem invocara, acusava os artistas da televisão de se grudarem ao litoral como caranguejos, insensíveis à solidão das vilas com menos de mil habitantes, bem diferentes dos mambembes que misturavam o pão ao pó das estradas, Caetana pareceu ver à sua frente, redivivo, o próprio tio Vespasiano, a comer linguiça frita, enquanto defendia, intransigente, o teatro dos pobres, que lhes chegara como tradição desde as feiras medievais.

— Graças a vocês, Caetana, esses desgraçados camponeses sabem o que é o teatro. Essa coisa mágica que já me fez chorar, quando eu queria rir!

Caetana resistia. Custava a atraí-la para o beijo mortal. Não devia, contudo, renunciar ao desejo, ora esmorecido pelo esforço da fala, que lhe crescia nos intervalos em que buscava as palavras capazes de fazer sorrir uma mulher. Polidoro esperava colher, nos minutos seguintes, as provas da vitória diretamente das coxas abertas de Caetana.

Na expectativa de abocanhar-lhe o sexo, de meter-se nele como serpente vil e ladina, prosseguiu com raro entusiasmo, às vezes afugentando Riche com a ponta do sapato, sem Caetana perceber.

— Se a visse representar agora, tenho certeza de que lhe pediria que jamais abandone o palco, nem mesmo em nome da casa que sempre quis lhe oferecer em Trindade. Mesmo sob o risco de perdê-la, prefiro reverenciar sua arte, disse, disfarçando o grau de mentira com os olhos que abriam e fechavam às pressas. — Como é que uma atriz vai renunciar a seu trabalho só para ficar comigo numa cidade de tão poucos habitantes!

Após tal tributo, Polidoro saltou para seu lado no sofá. Tinha o direito de partilhar com ela os cheiros, os gases, os suspiros, os ais, que trocassem à espera da concretização do amor, prestes a fazê-los gozar como corcéis ávidos e impiedosos.

Riche, porém, imitou Polidoro e pulou para o sofá, interpondo-se entre eles. Polidoro conteve a ira, o desejo de atirá-lo pela janela. Havia entre o animal e o homem visível disputa. O ronroneio de Riche, antes acomodado, agora parecia de um tigre. E não lhe bastando semelhante arma, corcoveava o corpo soltando pêlos como um canário em muda.

Imune aos pelos soltos, Caetana acalmava o gato com carícias no dorso inquieto. Ao contrário de Polidoro, que sentia os pelos inimigos e cinzentos tomando-lhe os brônquios. De natureza alérgica, começou a espirrar. E os espirros impediam-no de ficar perto da mulher.

Caetana condoeu-se de Polidoro, que capitulava à tessitura fina de um gato. Olhou Riche, tentando adivinhar suas intenções. Polidoro, por sua vez, abafava os espirros com o lenço.

— Fale-me, Caetana. Não se cale, por favor, implorou, atrelado ainda ao mundo verbal que já começava a lhe escapar.

Sua armadilha, forrada de algodão e de gestos melífluos, dissolvia-se aos poucos ante a doce nostalgia de Caetana.

— Ah, que direito tinha eu de ser uma Maria Callas, se nem mesmo aprendi a cantar. Ou ser a Ângela Maria, que tem a voz esganiçada e gasta do povo brasileiro. Ou ser ainda uma Dulcina de Moraes, a quem vi em São Paulo e me fez chorar de agonia. Uma vez, mocinha, saí de Itaboraí e fui ao Rio de Janeiro tentar o sucesso no rádio, no programa do Ari Barroso. Mas sabe o que ele fez com aquele riso sarcástico e cruel? Mandou soar o gongo sem qualquer piedade. Desci o elevador da rádio morta de vergonha. Não queria que me vissem limpando a cara com o lenço amarfanhado.

Polidoro dividia-se entre o dever de exaltar-lhe as virtudes e o desejo de apagar-lhe o sonho da glória. Desconfiava de que essas palavras fossem parte de uma farsa na qual Caetana punha o melhor de seu talento. Na casa dos cinquenta, seguramente faltava-lhe no vasto repertório um papel que fizesse refulgir sua alma à beira do ocaso.

— Até a vinda para Trindade, tive esperança de retornar um dia ao Rio de Janeiro. Depois, porém, segui o tio até sua morte. Quando o enterramos lá em Goiás Velho, aonde nunca mais voltei, elegi esses povoados feios como meu único palco.

Não lhe parecia doer a confissão. Recitava como se houvesse ensaiado. Abriu a caixa de madeira e pegou um cigarro. Fortaleceu a ponta contra a mesa, para encaixá-lo na piteira de sândalo, presente do prefeito de Palmeiras lá nas Alagoas. Seguia a fumaça com desencanto.

— Sabe de onde viemos? Do Recife, onde não pudemos atuar. A brisa do mar e os fantasmas dos holandeses, que ainda perambulam pelos canais, nos expulsaram dali. Fomos atuar no tablado de um sindicato, num bairro operário na periferia. O líder é um ex-padre francês, hoje metalúrgico, casado com uma antiga freira brasileira. Os dois insistiam em me mostrar uma nova sociedade, que nada tem a ver com suas vacas e suas terras. Só que estou muito velha para esse tipo de sonho. Já basta arrotar e vomitar os meus todos os dias.

Fez uma pausa, como que para melhor exaltar-se.

— Não é verdade que os artistas disputam com os deuses o direito de representar as histórias dos homens? E querem usurpar à força o trono desses seres divinos? Ah, maldito ofício que me deixou pobre e sem teto, disse, enraivecida, sem se lembrar de Polidoro ao lado.

Tais divagações o entediavam. Desde menino preferia temas concretos, sensíveis ao tato. A alma simplesmente exauria-o. Contrariava a paixão do corpo, que era de molde gorduroso e instável.

— Que mania de misturar Deus com a arte! Ele não tem nada a ver com isso. Agastado, pôs-se de pé. A fumaça que Caetana soltava atingia seus olhos. — O culpado é seu tio Vespasiano. Há muito você poderia ser uma fazendeira rica! disse, já esquecido da estratégia de sedução.

A intransigência de Polidoro não cedera com os anos. Ainda hoje queria trancá-la no serralho, impedir-lhe com o cinto de castidade as abluções matinais. Seu percurso era o de um déspota, preocupado com o poder de suas fazendas e zebus.

— Nem sei por que lhe digo essas coisas. Talvez porque precise de coragem para lhe cobrar o favor que me deve.

O penhoar, que ia ao chão, cercava-a de um mistério que fortalecia, em meio à discussão, o desejo de Polidoro de meter as mãos entre suas pernas, provar o sabor dos sumos oriundos da vagina onde outrora banhara o membro numa frequência desenfreada. Igual a um potro, descarregara sobre os lírios do campo da mulher, essas flores bíblicas e incomuns no Brasil, o esperma que lhe saía sem esforço.

— Que favor lhe devo que ainda não paguei? Por que não protestou antes em todos esses anos?

Irado, logo se conteve. Optara por ser fidalgo. Afinal, Caetana fora sua mulher no leito e no coração, como Dodô não lograra em mais de trinta anos.

Aproveitando-se da sonolência de Riche, segurou a mão de Caetana por cima do corpo do gato.

Ela assustou-se com a insistência com que ele disputava suas falanges, as veias endurecidas, o cansaço, as desilusões. Por alguns instantes deixou-se apalpar.

A passividade de Caetana pareceu-lhe uma virtude rara. Apreciava sobremaneira as provas de pudor numa mulher, logo esquecidas no leito em benefício da paixão. Caetana, por exemplo, zelava pela dignidade, de acordo com o gosto dele. Não nascera, como as Três Graças, para puta. Na confiança comovida de que se guardara para ele ao longo daqueles anos, Polidoro apalpou-lhe os braços, agora mais robustos, com ânimo combativo. Em seguida, os seios, a despeito da distância imposta por Riche.

Lanhada por suas carícias, Caetana expulsou-o. Apegava-se no momento a gestos pertencentes a um papel que representara há muitos anos, precisamente o de uma viúva que, ante o assédio do inimigo a reclamar-lhe a honra, erguia-se do sofá em direção à cômoda da sala.

Caetana, tal como a personagem, abriu a gaveta, de onde tirou a caixa herdada do pai, sob custódia do tio Vespasiano, convicta de que qualquer prova que apresentasse deporia a seu favor ante o inimigo.

Na peça, a viúva, vestida de negro, indicava ao sátiro mercantilista o adereço no fundo da caixa forrada de veludo, enquanto proclamava veemente:

— Leve-me a joia que vale uma fortuna. Mas deixe-me a honra, que é meu único tesouro!

Aquela dama, preferindo a miséria ao escárnio público, comovia o desafeto, tentado a devolver-lhe a fortuna já em suas mãos. Uma vacilação que não escapava à viúva, cujos olhos, inchados do choro recente pelo marido, brilhavam ante a possibilidade de guardar a honra e a joia ao mesmo tempo.

O papel ajustava-se à situação de Caetana. Revivia-o com visível prazer, tendo Polidoro como coprotagonista. Só que ela, embora com igual talento, tirara de dentro da caixa, em vez da joia, um envelope pardo.

Polidoro intuiu que Caetana lhe trazia o envelope sob a luz de um refletor amarelo, enquanto as tábuas do palco de um pequeno teatro do interior rangiam sob o sobressalto da plateia. Vivia ela, à sua frente, um personagem de natureza tão inquietante e sedutor, que dificilmente poderia abandoná-lo. Ele, porém, sem formação teatral, custava a avaliar suas intenções, de que modo contribuir para conferir ao papel mais densidade.

Caetana, as feições contraídas, entregou-lhe o envelope lacrado.

— Aqui está sua dívida! Só vim a Trindade para você saldá-la.

Polidoro, na pele de um estranho, aceitou o encargo com desconforto. Fazia-lhe a vontade de forma cavalheiresca. Tinha certeza de que o pedido teria atendimento imediato. Agia como os galãs de cinema de sua juventude. Também ele sentia-se tentado a viver as peripécias vistas nas telas. Sobretudo reviver o filme em que a digna dama encerrava no envelope, junto com a mensagem, um algodão impregnado de um aroma oriental há décadas encarcerado numa garrafa de cristal, com o propósito patente de provocar no colonizador inglês, que vivia na Índia e a quem a mensagem se dirigia, uma paixão de que ele, tão distante de Londres, estava carente.

— Posso quebrar o lacre? Convicto de impressioná-la com apurada educação, Polidoro aguardou os resultados de seu ardil.

Caetana, ante o adversário, inclinou a cabeça como um ícone da igreja ortodoxa. Um gesto singelo, desproporcional a seu corpo.

— Confio em sua honra de cavalheiro, atreveu-se a confessar em obediência ao papel.

Polidoro tremia emocionado. Caetana estava a ponto de ceder à sedução. Tão logo ele quebrasse o lacre do envelope, teria as mãos livres para enlaçá-la.

Sem demonstrar pressa em possuir a mulher que se mantivera fiel à sua memória, estilhaçou o lacre vermelho.

— Vejamos o que há dentro, disse, sereno, prestes a colher a vitória.

Mal pronunciara essas palavras, sofreu o impacto de um objeto arremetido contra ele. E com tal violência que, perdendo o equilíbrio, caiu ajoelhado.

— O que houve? Compôs-se às pressas, sem esconder a decepção. O encanto do instante rarefeito quebrara-se.

— Comporte-se, Riche.

Caetana tentava atrair o gato para seu regaço. Riche, porém, escondido entre as cortinas, não atendia, receoso decerto do castigo da dona pela travessura de lançar-se contra Polidoro num salto e derrubá-lo.

— Isso é coisa que se faça, Riche? Desviando o olhar do gato, tentou consolar Polidoro.

— Sinto muito. Riche às vezes se comporta como um tigre ciumento. Não consigo reprimir nele esse estranho instinto.

Voltou a atenção para Riche, encantada com a agilidade de um animal que com golpe certeiro derrubara um homem da estatura de Polidoro.

Polidoro debruçou-se em busca do envelope que lhe escapara das mãos. Com os olhos postos no assoalho, não registrou a indiferença de Caetana por sua sorte.

Com a atenção repartida entre o homem e o gato, Caetana pediu a Polidoro que se apressasse. E inclinou-se para ajudá-lo na busca do envelope. Na pressa as mãos se tocaram e Polidoro prendeu-lhe os dedos.

Ela arrancou a mão.

— Veja logo o que há dentro.

Ao abrir o envelope, não identificou logo o cartão. Embora Caetana não lhe houvesse oferecido qualquer pista, ali estava a prova de sua rendição.

— A dama de espadas! disse ele, afinal, examinando a carta de perto.

Riche obedeceu aos chamados de Caetana. Grudado a seus pés, esfregava o focinho vaidoso contra o tapete.

— O que significa esta carta?

— Se não se lembra, é porque não quer pagar a dívida, disse ela, contundente e surpresa. Sempre o tivera na conta de homem de bem, capaz de pagar as dívidas contraídas na mesa de jogo, mesmo sem testemunhas de seu desvario.

— Devolva-me a dama de espadas! Eu o desobrigo da dívida. Puxando a carta, deixou Polidoro sem ação.

Com gestos frondosos, foi até a vitrola. Entre os discos escolheu *Vissi d'Arte*. Com essa ária pretendia despedir-se de Trindade e de qualquer espécie de quimera. Igual a Tosca, também tragava o último sonho de fel, na presença de um homem insensível como Polidoro, que sem dúvida a trocara por uma virgem de vinte anos.

Enquanto Tosca se despedia da arte e do amor, Polidoro enlaçou-a por trás, encostando com firmeza o corpo contra o seu. Há muito não a via tão bela e resoluta, os cabelos revoltos, as mãos no ar conduzindo a orquestra, contrariada nas mais recônditas aspirações.

— Ah, Caetana, como você me faz feliz!

As nádegas da mulher cediam à força do sexo que, imerso em tamanha opulência, avolumou-se de imediato. Por uma fração de segundos, ela cedeu ao impulso do amor, como se lhe fosse prazeroso recuperar, ainda que momentaneamente, o corpo do homem cujas formas tateava mediante a desesperada compressão.

Polidoro beijava-lhe o pescoço, a língua extraindo-lhe o sal, o cheiro, as narinas enfim mergulhadas nos cabelos banhados de alfazema, tudo como nos velhos tempos, quando, com um safanão, Caetana desprendeu-se daquela agonia.

— Temos um assunto pendente. O que decidiu?

Abandonado no meio da sala, Polidoro desceu envergonhado os braços, cobrindo o sexo. As demonstrações ostensivas da paixão ruborizavam-lhe as faces. Para livrar-se do mal-estar, buscou a dama de espadas, amassada entre seus dedos. Esforçava-se em recuperar as lembranças pertinentes à dama. As cartas sempre desempenharam papel predominante em seus folguedos amorosos. Entretinham-se os dois num jogo que consistia em lançar as cartas a um alvo previamente acertado. Quem chegasse mais perto do objetivo cobiçado seria proclamado vencedor, a quem cabia cobrar uma prenda, que variava de um beijo a uma mordida no dedo do pé, e cujas solicitudes faziam-se mais audaciosas à medida que os jogos avançassem. O maior dos prêmios consistia em que Polidoro penetrasse Caetana, com a condição de permanecer dentro dela por longo tempo, até tombar rendido na cama, o pênis murcho e depauperado.

— Claro que me lembro. Na iminência de repetirem os mesmos jogos, Polidoro entusiasmou-se. — O mais sábio dos jogos. Melhor que o carteado, a roleta, o bacará.

— E esta dama não lhe recorda nada em particular? insistiu, severa.

— Esta dama era um penhor de minha palavra. A promessa. O que quer que pedisse, eu lhe cederia mediante a apresentação desta carta. Até mesmo se me exigisse uma fazenda de dez alqueires e cem reses.

Vinte anos antes, após entregar a carta, Polidoro oferecera-lhe uma casa mobiliada em troca de viver em Trindade. E garantira-lhe igualmente uma pensão vitalícia. Ele próprio exigia que seu amor fosse diariamente posto à prova. A Polidoro não bastava senti-lo para acreditar nele. Sobretudo após aprender com uma puta polaca que o macho se reconhecia de fato apaixonado quando se dispunha a sacrificar parte de seus bens. Havia que esvaziar de seus pertences os bolsos das calças, para fazer crer à amada a força de seu arrebato.

Na época, a polaca ofendera sua sensibilidade. Até então, para ele o amor se pagava com beijos e flores. Só com os anos aprendeu que o amor também se consubstanciava em terras e ouro.

Soterrado pela paixão e pelo dinheiro que ele empilhara na mesinha de cabeceira, Caetana duvidara, os ouvidos moucos. No entanto, tivera o cuidado de proteger na bolsa a dama de espadas. Quem sabe já reservando-a para o futuro.

— Se empenhei a honra, cumpro minha palavra. Nem que deixe a família na miséria, disse Polidoro, caindo de joelhos, ao desafogar as mágoas. Com tal eloquência esperava comover Caetana. Não fosse ela abusar da palavra empenhada em meio à insensatez da paixão, que não considera as questões financeiras. Pois não estava preparado para renunciar à fortuna e mergulhar na miséria.

— Não se assuste, Polidoro. Não vim dilapidar o ouro da família Alves. Só tenho um pedido a fazer.

Polidoro notou o tom irônico, a reprovação ao comportamento cortês que o fizera ajoelhar-se ante ela. Nascida nos bastidores de um circo, Caetana esgotara sua vida entre a lona inchada pelo vento e as chuvas e os palcos cujas tábuas rangiam a cada espetáculo. Há muito tempo deixara de frequentar a sociedade. Nos últimos anos, sobretudo, longe dele, habituara-se apenas a conhecer agiotas, artistas e rufiões. Desaprendera a julgar os homens de bem como ele.

Ufano por haver afinal homenageado Caetana como teria sido do gosto da mãe, Polidoro ergueu-se. A poucos homens de Trindade a vida reservara tal oportunidade. Ainda que Caetana não estivesse à altura do gesto.

— Seja feita sua vontade, Caetana. Agora é só dizer o que quer. Esmerando a postura marcial, a barriga saltou-lhe da calça.

— Quero ser a Callas ao menos uma vez na vida! Aliviou-se, após assumir de público o sonho até então inviolável no coração.

— Quem é essa mulher?

— É uma maldita grega que há anos não me deixa dormir. Por ela me consumo de inveja. Enquanto ela representa no palco certas tragédias, sofro por dentro e esbravejo por motivos fúteis.

— O que espera que eu faça para você ser a grega?

Riche enrolava-se entre as pernas de Polidoro, não o deixando caminhar. Talvez cobiçasse sua natureza de homem, experimentando sentimentos salgados e imorredouros.

— Serei a estrela de um espetáculo que vamos montar. Não me peça instruções. Logo você saberá, disse, inquieta, querendo despachá-lo da sala.

Polidoro não se conformou. Na qualidade de empresário, exigia um mínimo de segurança.

— Você está louca, Caetana! De que espetáculo fala, se não há um só teatro em Trindade!

— O resto será por minha conta, disse apenas.

Polidoro estendeu-se no sofá, indiferente a que Riche se aninhasse em seu peito. Acariciou, distraído, a cabeça do gato, que ronronava ao afago. Julgou haver conquistado um amigo. Nessa ilusão, intensificou as carícias, algumas destinadas a Caetana. Riche ergueu-se, dobrando o dorso felpudo, esfregando as patas no sofá. E antes de pular para o tapete, arranhou-o com as unhas afiadas.

Ante o sobressalto de Polidoro, Caetana tranquilizou-o.

— Nunca confie em Riche. Ele trai todo mundo, menos a mim.

Polidoro aguardou um gesto de socorro. Os anos pesavam-lhe e sentia não poder acumular tantas emoções num único dia.

— Vá para casa, Polidoro. Amanhã falaremos.

Temia pela saúde dele. Ambos se haviam excedido. Mas nessa noite não partilhariam a mesma cama. Abriu a porta do quarto.

— Pode entrar agora, Balinho.

O jovem ressentiu-se com a luminosidade da sala.

— Espero que não tenha ficado com o ouvido na fechadura escutando o que dizíamos. Teve prazer em censurá-lo diante de Polidoro.

Balinho pousou a agulha no início do disco, já no prato. Outra vez a voz da Callas.

— Antes de partir, coma alguma coisa.

Polidoro não reagiu à gentileza. Acomodara-se à sorte ingrata que o deprimia. Temia igualmente enfrentar os amigos, que o vissem de mãos vazias e o corpo inóspito.

— Traga-nos um pudim que tenha sido feito ao menos com duas dúzias de gemas de ovos, disse Caetana a Balinho. Consolando Polidoro, sorriu. — Um só pedaço desse pudim faz ressurgir um morto.

— O que faremos de nossas vidas depois do pudim? disse ele, desolado, sabendo de antemão que nenhuma resposta o ajudaria a manter vivo o sonho que se alimentara com vinte anos de espera.

— Nada, simplesmente nada. Ao menos eu terei sido a Callas por vinte e quatro horas.

Caetana aproximou-se do sofá, onde Polidoro se mantinha estendido, sem forças. Levou a mão até a cabeça do homem. Devagar, foi desorganizando-lhe os cabelos, como se assim afetasse também seus pensamentos. O único gesto de carinho que lhe concedeu em todo o fim de tarde.

Naquela manhã o grego Venieris não suspeitou que o destino batia à sua porta com força para arrancá-lo de uma rotina sempre avessa a fornecer-lhe motivos para ser feliz. Sob nenhum pretexto, desde que chegara a Trindade, havia tomado o ônibus ou a carona de um carro, para deixar ao menos uma vez a cidade onde há quinze anos se sentia triste e confinado, distante do amado mar Egeu.

O galo do vizinho acordou-o como sempre às seis horas. Estava ansioso pelo café que ele mesmo preparava, tão logo punha os pés fora da cama. Resoluto, amassou no prato duas bananas com mel e passas e fez ligeiros exercícios com os braços, que lhe mereciam cuidados frequentes. Meia hora depois abriu a loja em cujos fundos vivia como um ermitão, sem precisar vencer a cidade a pé.

Na loja gostava de aspirar com certo frenesi o cheiro da naftalina comprada a quilos, espalhada entre as peças de tecido empilhadas com esmero, e que pessoalmente espanava. Temia que as traças comessem as sedas mais finas. Só então franqueava a loja aos fregueses que, em geral, lhe traziam esperanças e notícias do mundo.

Na ânsia de voltar a conviver com os homens após a longa noite solitária, noites brancas como as russas e escassamente povoadas de sonhos, punha-se a fazer perguntas sobre as respectivas famílias. Um interesse incapaz de ferir qualquer vizinho. Sabiam todos que dessa forma o grego compensava a falta de família própria.

Só através desse recurso, a que se aplicava durante o dia, Venieris abandonava a solidão. E iludia-se que era casado, com o dever de alimentar uma prole faminta, toda oriunda de seu sangue.

— Não quer levar um corte de seda? Nada se compara à sua suavidade. Com os olhos ligeiramente esbugalhados, seduzia as freguesas que estavam na loja.

Cada traje ainda por fazer-se merecia sua atenção. Desde o tecido, a metragem, até o molde, Venieris discutia exaustivamente detalhes considerados relevantes. Quando solicitado a indicar um tecido, optava por padrões coloridos, de preferência ramagens e flores concordes com sua imaginação assimétrica, contrária aos padrões convencionais.

Só então iniciava a etapa mais penosa. Seguro do ritual a ser cumprido, estendia a peça livre de poeira sobre o balcão. E trazia, como míope, a tesoura próximo aos olhos. Um exame que lhe reduzia o ritmo respiratório.

— Não posso errar o corte.

A expectativa contagiava o freguês, submisso à tensão criada por Venieris com o intuito de valorizar o raro talento de cortar um tecido sem auxílio de metro.

— Para esse vestido bastam três metros. Conferia o modelo na revista. — Nem um centímetro a mais ou a menos.

Os olhos penetrantes estudavam onde iniciar o corte, de modo a estreitar a margem de erro. Com especial unção, pegava a tesoura, respirava fundo, ia ao poço de seu medo.

— Por que não usa o metro de uma vez? disse Virgílio, comprando um tecido para Sebastiana como presente de Natal. — Assim nos pouparia tanta aflição. Já pensou no que acontece caso erre para menos?

Seguia curioso as manobras de Venieris. Às vezes, tomado de dúvida, ele levava largos minutos a definir-se em que parte da fazenda introduzir a tesoura.

— Quando sai para mais, não tem importância. Fica de presente para o freguês. Embora a sobra fira meu orgulho profissional, disse, em perpétua dúvida, sem desviar os olhos da fazenda. — Pior é quando faltam dois centímetros. Nesses casos assumo o prejuízo. E tento de novo. Sob o risco de errar no mesmo dia umas duas vezes mais. Por isso, para evitar os prejuízos, preciso dormir oito horas. Ter as mãos firmes.

Algumas freguesas, de temperamento sensível, pediam-lhe que usasse o metro. Padeciam ante a obrigação do grego de acertar. Ele, porém, agradecido, não se furtava à obrigação de exercer à perfeição um ofício para o qual fora educado ainda em Smirna, muito antes de decidir que Trindade viria a ser morada e calvário de seus dias.

— Quando completar sessenta anos, recorrerei ao metro. Já não terei o olhar de lince, próprio de minha raça. Nem o gosto pelo risco, que faz parte do comércio. Apesar de eu ser um mercador com veleidades artísticas.

Para apagar em seu interlocutor a suspeita de que procedia como um mágico, quando a vida se traduzia por atos muito mais simples, e de que conferia mistério a um ofício que há séculos se praticava através de métodos comuns, ele defendia-se.

— Podem levar para casa as sobras de meu erro. Servem para enxugar as lágrimas de alegria.

Seu preito à vida não convencia ninguém. As manchas em torno dos olhos indicavam que, sozinho em casa, chorava aos domingos. Às segundas-feiras, proclamava sua inconformidade com o egoísmo alheio. Ninguém levara uma sopa à sua porta. Nem indagara se estava vivo.

À vista, porém, das manchetes dos jornais confirmando a violência no mundo, sentia pejo em imprecar contra os deuses caros a seu coração. Tinha-os sempre presentes na memória, por força de um inconsciente arcaico que vencera séculos para supri-lo de lembranças com que esclarecer sua origem grega. Ante as evidências de que atentavam contra o destino humano, Venieris largava a tesoura, atraindo a atenção das freguesas.

— Como invocar esses deuses com apreço se eles nos trouxeram a tragédia! E agiram assim só por inveja. Não nos queriam felizes. Sobretudo Zeus, que era autoritário e cruel.

Ninguém em Trindade podia prestar-lhe qualquer esclarecimento. A menos que Virgílio estivesse presente. Venieris, porém, voltava a demonstrar desconcerto, mesmo quando o compreendiam.

— Não me preocupo tanto com minha felicidade. Nasci com a sina de ser grego. Sei que a tragédia ronda nossa casa. A qualquer hora os deuses põem a pata onde não devem, confessou a Polidoro após beberem juntos no Palace.

— Que mania é esta de querer ser infeliz?

Polidoro cansava-se com um grego que persistia na infelicidade em nome da pátria

— Como posso ser feliz se não tenho pátria, mulher e filhos?

— Mulher é fácil de conseguir, animou-o Ernesto. — Difícil é se livrar dela depois.

Enquanto Venieris esforçava-se em despertar compaixão, os dois amigos queriam extrair-lhe à força os motivos de tamanha tristeza. Livrá-lo do exílio.

Venieris, decidido a contar com sua solidariedade, lançou mão do último recurso capaz de sensibilizar Polidoro, uma alma que desabrochava diante de certos argumentos.

— Nem mesmo língua tenho para falar. Para quem eu recitaria um só verso daquele poeta de antigamente? Logo se arrependeu de mencionar o poeta cujo nome fugia-lhe da memória.

— Casimiro de Abreu, precipitou-se Polidoro no afã de colaborar.

— A que poeta se refere, grego ou brasileiro? perguntou Ernesto, mais cauteloso que Polidoro e muito menos apreciado que ele pelas mulheres. Sem querer, baixou os olhos para as calças de Polidoro, na tentativa de averiguar, através do panamá branco, o volume de seus testículos. Temeroso, porém, de o surpreenderem no exame, desviou o rosto ruborizado.

Venieris pareceu enfadado. Não acreditava que um farmacêutico tão ilustre ignorasse o nome de um poeta de tal magnitude.

— Refiro-me ao grego. Aquele que escreveu uma longa história cheia de heróis e de combates. A um deles ninguém aniquilava, porque a mãe o mergulhou numa tina de água abençoada pelos deuses.

— Já sei, Homero! exclamou Ernesto, a cultura compensando-o por seus testículos discretos, ao passo que os de Polidoro eram muito mais avantajados, embora nunca os tivesse pesado, como as antigas mães sicilianas, que apontavam para o pêndulo da balança como forma de exigir um dote melhor para o filho. Não voltara a ver o sexo do amigo na fase adulta. Exceto uma noite, em casa de Gioconda, ao entrar sem bater num quarto do segundo andar. Na cama, junto a Palmira, Polidoro assustou-se, pondo-se de pé, o pênis erguido à guisa de cumprimento. Viu então a genitália de touro e compreendeu os motivos do orgulho dele em tal matéria.

— Ele mesmo. Era confrade de Virgílio, de quem nosso historiador recebeu o nome na pia batismal.

Venieris orgulhava-se de uma ilustração que lhe chegara por meio de canções e histórias contadas pela avó à mesa, enquanto temiam que os turcos entrassem casa adentro para privá-los dos últimos pertences.

Venieris não tinha pudor de expressar suas aflições. Esse despojamento frente ao mundo dos sentimentos atraía Polidoro. Decidiu socorrer o grego antes que ele resolvesse deixar Trindade.

— Alivio seu exílio em troca da promessa de ir ao menos uma vez por semana à casa de Gioconda. Onde já se viu homem feliz sem mulher na cama? Será que os gregos não gostam de mulher?

Ernesto, que aspirava a ter aspecto de homem dominador, soltou uma gargalhada retumbante. Para suavizar, porém, um riso que punha à mostra seus dentes já naturalmente para fora, enlaçou Venieris pelo ombro, tratando-o como mulher.

— Não fique zangado. Sabemos da virilidade dos gregos, tão brutos na cama quanto os turcos. Ainda que alguns gregos famosos tenham tido no passado gosto delicado. Não é verdade que lhes apeteciam efebos de rara beleza?

A desenfreada libido de Ernesto fazia-o cometer atos cruéis e deselegantes. Demonstrando desagrado, Polidoro abraçou Venieris pelo outro lado do ombro.

— Não é o caso de nenhum de nós. Aqui não temos dessas coisas.

Com tanta mulher apetitosa, quem vai pensar em garotos que levam entre as pernas cachos iguais aos nossos.

Venieris não percebeu bem o estremecimento verbal entre os dois homens. Entretinham-se em pensar de que modo um fazendeiro rico poderia ajudar um grego solitário. Acaso seria com dinheiro? Polidoro não fazia empréstimos. Quando recorriam a ele, apontava a agência do Banco do Brasil.

— O que pode fazer por mim? perguntou timidamente, sem esconder o tremor na mão direita, onde a tesoura enganchava-se entre os dedos.

Para desgosto de Polidoro, Venieris fazia seguidamente a mesma pergunta. Como certas composições que ouvia no rádio, repetindo a frase musical umas dez vezes no intuito de reforçar, com insuportável monotonia, o motivo principal, que dava ênfase às mesmas notas reunidas num solfejo único.

Três dias depois, a pretexto de pagar contas deixadas por Dodô e as filhas, Polidoro voltou à loja.

— De hoje em diante virei uma vez por semana, só para obrigá-lo a falar grego comigo. Vai lhe fazer bem, disse, comprazendo-se em assumir semelhante trato.

Sentou-se no tamborete em frente ao balcão. Do outro lado Venieris exercitava a tesoura num retalho de linho, próprio para esse tipo de operação.

Seu coração sem dono, que ninguém vinha reclamar em hora nenhuma do dia, facilmente se franqueava, mesmo ante estranhos. Contudo, em vez de manifestar regozijo, Venieris contraiu-se. Polidoro não aprovava lamúrias nem exaltações estéreis. Exceto aquelas provenientes do amor.

Primeiro simulou incredulidade, em seguida, indisposição quanto a tão absurda proposta.

— Desde quando entende grego, Polidoro? Não sabe que é uma língua praticamente morta, igual ao latim? Há muitos séculos que perdeu o mistério e já não dá prestígio a ninguém falá-la nas rodas sociais. Sobretudo depois das invasões turcas.

Venieris reclamava com veemência enquanto lhe trazia, dos fundos da loja, um bule de chá de erva-cidreira, perfeito para os nervos. Apreciava exercer uma hospitalidade própria dos levantinos, a cuja raça garantia não pertencer, mas de quem assimilara hábitos, especialmente o de contemplar os amigos, tão logo punham os pés na soleira da casa, com dádivas, mesmo modestas.

Antes, porém, de Polidoro reagir, Venieris precipitou-se em admitir sua grosseria em recusar tal favor. Ultimamente deixava escapar gestos imperdoáveis que feriam o vizinho. Uma conduta justificada pelo fato de há anos estar perdendo sua língua, que era o retrato falado de sua alma, sem ter ganho em troca outra com igual vigor de aço.

— Meu português é feio. Mal dá para expressar um sentimento com começo, meio e fim. Tenho sempre a impressão de que as palavras roubam minhas emoções. Por isso comecei a pintar. Através dos quadros não perco a crença na realidade, ia ponderando, como se já não mais tivesse Polidoro como interlocutor. Parecia navegar longe dali, pelos mares de águas verdes de seus antepassados.

Sabia-se de sua distração e de sua propensão ao choro. Ali estava a prova. Qualquer banalidade servia-lhe para chorar. Emocionado, Venieris deu-lhe as costas. Tentou equilibrar, à entrada da loja, sobre uma pilha de tecidos, um cartaz que anunciava a preços irrisórios a venda de retalhos estampados próprios para o verão, saudados com intensos panegíricos.

Polidoro bebia o chá devagar. Tinha desconfiança de que Venieris lançava mão da bebida intragável só para vingar-se dele, que falava português com a perfeição do nativo. Absteve-se, porém, de protestar. Pior que o chá era aceitar um almoço em sua casa. Não suportava a folha de parreira, que Venieris fazia vir do Rio de Janeiro, recheada com carne de carneiro ou de ovelha, prato típico de seu país.

— Não entendo grego, mas sou sensível ao som das línguas. Chego a entender algumas palavras de italiano, por ter ouvido um pouco de ópera.

Polidoro afastou-se até a caixa registradora. Semiaberta, o dinheiro à vista não lhe despertou cobiça. Apoiado no balcão, perto da caixa, havia um quadro a secar, uma natureza-morta pintada por Venieris. Uma sombra negra anuviou seu semblante. Para afugentar lembranças, retornou ao outro lado do balcão e terminou o chá, fazendo ruído com o bico da boca.

— Sou capaz até de sorrir, se escolher as palavras mais belas de seu idioma, disse Polidoro, dando combate à angústia. — Não é uma língua musical e guerreira, que durante séculos resistiu aos turcos, não deixando que eles a asfixiassem com seus gritos vindos do deserto? Não são os turcos beduínos que vivem em cima do lombo dos camelos?

Junto a Venieris, Polidoro não temia mostrar ignorância. O grego, além de não ser letrado, assimilava com tropeços a realidade brasileira, a despeito de haver desembarcado no Rio de Janeiro por volta da década de quarenta.

— Se não pratica o grego comigo, com quem vai falar? Não lhe dou mais um ano para esquecer sua língua. Já pensou o que significa carregar dentro de si o cadáver de uma língua? Arrastar pelos quatro cantos os restos mortais de um idioma insepulto?

Os argumentos pareciam vencer as resistências de Venieris. Serviu-lhe outra xícara do chá que o bule conservava quente.

Entretido com esse arrazoado, Polidoro aceitou o chá. Queria que todos soubessem em Trindade, inclusive Dodô, de seu altruísmo, do ânimo de ir à loja de Venieris, espremida entre a padaria e o armazém em frente à praça, só para ouvi-lo resmungar numa língua enviesada, que ninguém entre eles falava. Só para que não se esvanecessem as tristes ilusões do comerciante.

— Como seguirá vivendo em Trindade, se não desafogar seus sentimentos e segredos ao menos uma vez por semana? Comigo você pode falar à vontade. Sem qualquer perigo. Não sou traidor nem inconfidente. Além do mais, como poderei trair seus segredos se não entendo uma palavra de grego?

Venieris convenceu-se. Havia que confiar nos ouvidos de Polidoro, um túmulo no qual depositaria flores, mágoas, notícias e frustrações, enquanto a cada semana cresceria o volume de sua dívida para com ele.

Tanto se entusiasmou com a prática semanal, em que afiava o grego com Polidoro, o qual, por sua vez, absorto, recuperava naquelas horas as memórias que Dodô queria cancelar ao café da manhã, que pediu ao fazendeiro para vir à loja duas vezes por semana. Na primeira visita se entreteria com assuntos pertinentes a Trindade e ao Brasil, que se esforçava agora em conhecer melhor. Na segunda exploraria o território dos sentimentos, essas fagulhas que assaltam o celeiro de ervas secas, com o fogo desabrido e cruel lambendo o galpão e deixando à mostra, sem segredos, a terra calcinada.

— Pensa que sou um desocupado? disse Polidoro rispidamente.

Venieris deu-lhe outro quadro de presente. Um vaso de porcelana com cravos rubros.

— Quem sabe no futuro você virá duas vezes? Tenho tempo e sou um grego estoico.

Naquele sábado, Venieris abaixava a porta indiferente aos ruídos da engrenagem de ferro, pronto para recolher-se à longa solidão do domingo, que começava a atormentá-lo a partir da véspera ao despedir-se do último freguês. Não esperava visita. Muito menos Polidoro, que invadiu a loja sem pedir licença.

— De tanto se distrair com a tesoura, esquece de azeitar as juntas desta maldita porta. A danada geme mais que puta na cama fingindo que goza, disse Polidoro, acomodando-se junto ao balcão.

Surpreso em vê-lo quando já começara a escurecer, deu-lhe as boas-vindas em grego.

Polidoro deteve a comovedora enxurrada verbal com gesto impaciente. Parecia preocupado.

— Hoje vim por motivos diferentes. Não me fale em grego.

Polidoro saíra do hotel Palace diretamente para a loja. Não tinha a quem apelar senão a ele. Caetana expusera-lhe parte de seus planos. Não sobrava muito tempo para agir. As informações restantes viriam depois.

Grato pela interrupção, Venieris deixou a porta semiarriada. Fez menção de ir aos fundos da loja para providenciar o chá semanal.

Polidoro esmerara-se no traje. Como se fosse a uma festa. Adquirira tiques recentes no rosto. Consultou o relógio seguidas vezes.

— A quem está esperando? Virgílio ou Ernesto? forçou Venieris, adivinhando-lhe as intenções. Quando vinha com Virgílio, Polidoro recorria a elipses de modo a que tardassem em entendê-lo. Sozinho, porém, apresentava linguagem direta e precisa.

Tão logo lhe fez a pergunta, Virgílio surgiu à porta. Para entrar curvou o corpo. O esforço custou-lhe um sorriso constrangido.

Venieris intuiu a importância do encontro. Os dois homens levavam no peito um segredo importante.

— Estou às ordens, proclamou incontinenti, para retribuir a distinção. E dar vazão ao mesmo tempo ao débito que tinha para com Polidoro.

— Muito bem, aceito, apressou-se Polidoro, temeroso de que o grego pudesse arrepender-se.

Venieris bateu no peito três vezes. Sinal de que cumpriria o mandato que lhe fosse outorgado. Lastimou que sua habilidade se restringisse à tesoura, às bisnagas de tinta e aos pincéis. Uma atuação modesta. Jamais seria um assassino a soldo, ou um palaciano astucioso que deixasse cair no vinho o veneno encapsulado no anel.

— Qual foi o último quadro que pintou?

A indagação deixou Venieris e Virgílio atônitos. Ambos se haviam aparelhado para ouvir um segredo que lhes afetasse a vida.

— O último óleo? Fez uma pausa. Temeu uma imprudência, um desastre. — Dei de presente a dona Mariquinhas, que enviuvou na semana passada. Entreguei-lhe a natureza-morta após a missa de sétimo dia pelo finado marido. Em troca, ela insistiu em que eu ficasse para jantar. Devia provar o pururuca que faziam em casa. De fato, o porquinho crestava. Fazíamos barulho à mesa sem qualquer vergonha. E ainda que não tivéssemos mencionado uma só vez o nome do falecido, Pedro parecia presente, aplaudindo o repasto feito em sua memória.

— O que tem pintado agora? Polidoro atalhou-lhe a fala. A exuberância de detalhes molestava-o. Como se Venieris fosse insinuar que, após o jantar, em continuação ao leitão pururuca, ou à guisa de aperitivo, comera também as partes íntimas de dona Mariquinhas. Nem ele, com seu fraco pelas mulheres, chegara a pensar na matrona respeitável. Talvez devesse, porém, reconsiderar essa opinião. Admitir, apesar das aflições atuais, que era um petisco para um domingo triste. Sobretudo esticada, indolente, na colcha de crochê, que ela mesma tecera com mãos virtuosas.

Polidoro examinou a loja, que nunca fora retocada naqueles anos, e o rosto de Venieris. Talvez, com a descrição do opíparo jantar, Venieris quisesse insinuar, e em português, o quanto ansiava por introduzir o sexo em paragens protegidas e de uso familiar, como era o caso de dona Mariquinhas, sobretudo porque raramente frequentava a casa de Gioconda. A visão de uma verga grega, tímida até então, estremecendo de um prazer que Polidoro desconhecia, infundiu-lhe ânimo agônico.

— Tranquei os pincéis na gaveta. Só volto a eles agora com inspiração. Apalpou o espaço entre ele e os dois homens com gestos desenhados. Parecia pintar numa suposta parede à sua frente.

Polidoro apagou as imagens perturbadoras. Avançou loja adentro. Invadia como déspota a casa modesta de Venieris nos fundos. Na sala, reconheceu os móveis *chippendale* que Dodô, tomada de ternura pelo grego e sem saber como livrar-se deles, decidira enviar-lhe, sem ao menos consultá-lo.

— É aqui que pinta? O cavalete vazio no canto da sala era a prova da deserção de Venieris desse ofício.

— Qualquer dia me animo de novo. Sou um escravo da inspiração. Sem ela a mão se acanha e sou incapaz de misturar as tintas.

Venieris esmiuçava com prazer uma aptidão artística que repousava sobretudo no fato de ser grego. De haver dado as costas a uma pátria que desde a juventude mal lhe pertencia. Sempre sentira que os turcos usurparam aquela terra sem conferir a tal feito, em si macabro, ao menos uma ternura de vencedor, que fizesse bem a eles mesmos, a ponto de se tornarem, quem sabe, mais gregos que os próprios gregos antigos. Não seriam eles os primeiros na história a seguirem esse exemplo. Constava que houve conquistadores que, seduzidos pelas virtudes dos escravos, absorveram sabidamente suas culturas, em muito superiores às deles.

— Deixemos esses assuntos para depois, interrompeu-o Polidoro, para pegar com movimentos rápidos uma tela branca abandonada perto da cômoda e fincá-la no cavalete.

— A inspiração, meu amigo, é um luxo dos deuses. Portanto, de hoje em diante largue a tesoura e as mulheres que invadem a loja, e passe a trabalhar já.

As largas passadas de Polidoro esbarravam contra as paredes. Sua ansiedade ultrapassava os limites da sala.

Virgílio jurara a si mesmo não intervir nesse encontro. Era comum Polidoro queixar-se de suas ingerências em assuntos alheios. À medida, porém, que Polidoro insinuava um mistério, sem dar em troca as necessárias pistas, sentiu-se com direito de reivindicar a parte que lhe cabia em qualquer segredo. Já não queria ser mero espectador sem voz ativa. Sobretudo porque Polidoro estava em débito para com ele. Não lhe contara com detalhes confiáveis o que se passara ao abandonar com os cabelos desgrenhados o quarto de Caetana na noite anterior.

Agora, em vez de transmitir-lhe aprazíveis revelações, a ele, eterno apaixonado pela história do Brasil, para quem as aventuras do fazendeiro confundiam-se com as de Pedro I, o gato português que queimava as patas e a cauda nas brasas das mulheres do Rio de Janeiro, lá estava Polidoro a incitar Venieris a grudar-se ao cavalete e pintar com a fúria inerente aos grandes pintores, como se sua paixão artística, provisoriamente afetada por inapetência ou ausência de musa, precisasse ser de fato recuperada para o bem de Trindade.

— Por que me mandou chamar?

Virgílio mal dissimulava o ciúme. A pedido de Polidoro deixara a casa às pressas, justo no instante em que anotava, por meio de frases convincentes, suas impressões contrárias à tese vigente, em si fraudulenta, pois afetava o caráter do homem brasileiro, imprimindo-lhe um estilo improvisado de enfrentar a realidade, de que o Brasil fora descoberto pelos portugueses por mero acaso.

— Foi para que eu servisse de testemunha de sua admiração pelo grego?

Pela primeira vez na história dessa amizade, Virgílio insurgia-se contra Polidoro, fazendo ver, com o peito estufado, sua condição de professor, embora aposentado. Senhor, pois, de um ofício sem o qual a sociedade humana teria mergulhado na mais negra desolação.

Concentrado no cavalete, Polidoro não lhe prestou atenção. Precisava dar andamento urgente aos planos de Caetana, tomar as providências que ela lhe cobrava do quinto andar do hotel. Não podia falhar. Dispunha-se a pôr qualquer dinheiro a favor de seus devaneios.

— Não é verdade que sou o companheiro ideal para Caetana? perguntou de repente. — O macho perfeito para ela?

Venieris distraía-se em equilibrar a tampa do bule de chá, enquanto enchia as xícaras. O calor da infusão trouxe-lhe ao rosto a sensação de lar. Polidoro agradeceu tais cuidados com gestos surpreendentemente educados. Queria seduzi-los.

— Caetana veio do Recife exclusivamente para me fazer uma declaração de amor. Ela quer ter certeza de que não escolheu o homem errado para viver o grande amor de sua vida. O desafio que me lança agora é para macho só como eu.

— Que repto é esse? Virgílio lambia cada palavra.

— Cabe-me enfrentar os sete desafios de Mercúrio, esbravejou Polidoro, transpirando energia. Ereto, a barriga recolhida, parecia um personagem russo do século dezenove, com o peito recoberto de medalhas.

Reconfortado com o chá, que lhe queimava a boca, Venieris balançou a cabeça em sinal de aprovação. Enfileirava-se a seu lado. Também ele carecia de sonhos que fossem comidos com açúcar, canela e mel. Portanto, era irrestrita sua fidelidade. Polidoro salvara-o da perda de um idioma que, embora crivado de suspiros turcos, preservava incomensurável herança cultural. Ademais, sob o impulso da grandeza que lhe transmitia o amigo, sentia-se capaz de mergulhar na dourada utopia.

Apesar da surpreendente euforia do grego, Virgílio não se manifestava. Excluído daquela espécie de conquista que tinha o continente americano como alvo, sentiu que um deus implicante disparara contra ele, sob o invólucro rubro do ciúme, os dardos envenenados pelos enigmas humanos.

O peito de Virgílio arfava destronado pelo grego que, com a arte de pintor, invadira o coração do fazendeiro. De nada lhe valeria agora falar do Brasil como um país novo, contundente, com descabeladas fantasias, em que Polidoro desembarcaria um dia só com o propósito de ser feliz. Qualquer coisa que lhe dissesse, o encontraria ocupado com o grego. A despeito dos alvéolos que dificultavam sua respiração, sentia-se um herói com olheiras insones, após haver renunciado à vingança contra os dois homens.

— Você se equivocou, meu caro Polidoro, esses desafios não foram enfrentados por Mercúrio, pigarreou com desenvolta elegância. — Hércules é o autor de tais façanhas. Até hoje ele assombra o mundo com feitos que ultrapassam qualquer verossimilhança. Caso queiram, descrevo cada episódio em separado. E mesmo que a memória embaralhe os detalhes, cumprirei o ciclo até o final.

Ajeitou o chapéu, de que não se separava sobretudo nas ocasiões solenes. Os gestos, em geral comedidos, agitavam-se como se ele tivesse asas, voando tanto quanto o deus citado. Ante os olhos desatentos dos outros dois, ia despejando águas turvas, nascidas das regiões mais frias do coração, embora se empenhasse em disfarçar os sentimentos que o envergonhavam.

Polidoro fazia contas rápidas com os dedos. Somava e subtraía números de forma aleatória, para concluir que Virgílio levava cinco anos mais que ele, o que se notava em seu rosto. Era, portanto, plausível que, morrendo Virgílio antes, a ele caberia o custeio do féretro, à falta de parentes.

— Hércules ou Mercúrio, é a mesma coisa.

Graças à ira, Polidoro ia esboçando o retrato de Virgílio com pinceladas implacáveis. Fazia-o destilar, à sua frente, um suor solitário e frio sob a camisa. Observava-lhe os cabelos tingidos de acaju. As raízes brancas apareciam desconsoladas. E apesar do esmero de pequeno funcionário, as roupas haviam envelhecido tanto quanto ele. Já não acendia, em quem quer que fosse, o brilho fugaz e solto do riso juvenil.

Desatento à mágoa de Polidoro, Virgílio sorria.

— Se fui capaz de descobrir o colchão de Caetana, como não embarcarei agora nessa caravela portuguesa, tendo você como timoneiro? Quero seguir as estrelas com o astrolábio no coração. E não esquecerei de levar o sextante para contemplar os astros que nos faltam conhecer.

Virgílio aliviou-se. Sentia-se liberado afinal do ciúme que o estrangulara com garras de ferro, prendera-o com cravos à cruz romana, e lhe envolvera o pescoço com o rosário, enquanto lhe proibia a fala e a dar livre curso às fantasias, antes sempre partilhadas com o fazendeiro.

Polidoro tomou a xícara.

— À vitória, brindou, sob a aprovação de Venieris, sabidamente contrário a desperdícios. Não teria admitido abrir uma garrafa de vinho, quando ainda havia chá no bule. — Os senhores vão agir como boiardos conspiradores, e limpou a boca com o dorso da mão. — Acertei dessa vez? E, com ânimo de aliado, olhou sorridente para Virgílio.

O professor não escondia a perplexidade. De que forma Polidoro, perdido em Trindade, tomara conhecimento dos donos das estepes?

— Nem eu diria melhor. Esses boiardos eram mais que conspiradores. Pareciam-se com nossos amigos de Brasília. Destronavam reis e príncipes. Foi preciso que Pedro o Grande lhes roubasse o prestígio e criasse uma nova classe.

Virgílio ameaçava prosseguir com a história da Rússia. Polidoro interceptou o discurso, sob o pretexto de que também precisava liberar o próprio talento, sempre ocluso. Sentia dentro de si um lampião aceso com óleo de baleia lancetada no mar Índico, iluminando-lhe as entranhas do cérebro. Até mesmo o ímpeto do coração, que o fizera exaltar em demasia o mundo dos sentimentos, reduzira-se, com vantagens para a inteligência, a serviço agora de Caetana.

Apontou outra vez para o cavalete.

— A partir de hoje você vai pintar um cenário com um teatro de tamanho natural. Vários painéis gigantescos que criem a ilusão de que existe um teatro de verdade em Trindade. Um teatro com porta de entrada opulenta. É por essa porta que vamos passar, tão logo os painéis sejam fixados à frente do velho Íris, que está fechado.

Virgílio não atinava com a finalidade da encomenda. Um teatro fundamentado na mentira!

— A quem queremos enganar com um teatro falso? A curiosidade de Venieris rompeu o pacto estabelecido entre os três.

Polidoro escusou-o. Não havia malignidade no olhar inocente. Teve gosto em especificar as dimensões dos painéis. Do tamanho de um teatro de verdade, mas sem abóbada. Bastava um telhado modesto. Assim dispensariam Venieris do labor extenuante de subir e descer escadas inúmeras vezes. Já não sendo ele rapazola, poupava-o de uma tarefa acima de suas forças.

— Infelizmente não posso encomendar um teatro para anões, só para facilitar seu trabalho. Preciso transformar o velho e acanhado cinema Íris em teatro imponente. O teatro que, para vergonha nossa, esquecemos de construir em Trindade. A verdade é que os poderes públicos sempre nos repudiaram, disse Polidoro, esquecido de que sempre pertencera ao partido dos diversos governos do estado.

— O que vai haver no Íris depois dessa cirurgia? Virgílio antecipava-se. — É um prédio com paredes rachadas e fede a mofo, disse em defesa do grego. Via-o em perigo, sob os escombros do Íris.

— Que tolice, Virgílio. O Íris é mais sólido que nós. Seremos enterrados antes que suas paredes caiam. Além do mais, a função de Venieris é nos dar a ilusão de que assistiremos a um espetáculo num teatro verdadeiro.

— Preciso saber quem vai se apresentar ali, disse Venieris.

O grego trocara a postura modesta pelos cacoetes de uma diva. Com as falanges magras alisava os cabelos, na ânsia de fazer crer aos demais o quanto a recente vida artística o submetia a dramáticas pressões. Ali estava um homem perseguido pelo assomo ascendente das ideias, a fazer suas primeiras exigências, compenetrado do papel de grande artista.

A insensibilidade do grego, aliada à impertinência de Virgílio, irritou Polidoro. Acaso os dois parceiros, assaltados pela vaidade, haviam esquecido que Trindade, até a vinda de Caetana, fora uma terra onde jamais se semeara um só grão de arte?

— Pois fiquem sabendo que em Trindade só cabe uma grande artista. E essa artista se chama Caetana.

Teve ímpeto de acusá-los de mesquinhos. Almas homiziadas num cotidiano tão sem perspectiva que atentavam contra os valores impostos pela cultura e a sensibilidade. Convinha dar-lhes combate, antes que a arrogância se instaurasse para sempre no rosto do grego, grudado agora perto do cavalete, parecendo convencido da força que emanava da estrutura de ferro.

À margem da disputa, Virgílio refugiou-se na cozinha. No fogão, a chaleira emitia sinais de água fervida. Uma trança de alho, pendurada na parede, despertou-lhe a lembrança de Caetana. Uma Caetana quem sabe determinada a lhes trazer sua arte com vinte anos de atraso, embora sem ânimo de contar por onde andara durante o exílio. Decerto cruzara o Brasil inúmeras vezes. Em raros povoados não abandonara as sementes de suas ilusões. Nenhum sonho seu, porém, fora tão poderoso para conduzi-la aos palcos do Rio de Janeiro. Ao longo do trajeto, Caetana despedia-se de palcos acanhados, das lonas estremecidas, sempre em busca da última quimera. Talvez Trindade fosse o único lugar da terra que guardava dela a memória de um estrelato alimentado a cada pôr do sol pelo amor de Polidoro.

À visão das panelas encardidas e de uma única caneca de ágata sobre a pia, indícios da solidão do grego, Virgílio estremeceu. Pareceu-lhe que Caetana retornava apenas para ressuscitar os mortos, as crendices, as fantasias coletivas, tudo que eles, tão relaxados, haviam deixado cair no olvido.

— Então me descuidei do avô e não herdei dele tudo que sabia? Ou ele, de propósito, me furtou a melhor parte de sua história? Nesse caso, de que valeu o avô viver, além de ter fornicado e enchido a pança com torresmo? disse Virgílio, abstraído dos detalhes da cozinha.

Polidoro fez uma concha com a mão e gritou para Virgílio. Sentia-se destratado pelo professor.

— Ouviu o que lhe disse sobre a arte de Caetana?

Virgílio obedeceu. Os eflúvios da cozinha distorciam a realidade.

— Quantas horas de minha vida passei no Íris! Economizava as moedas só para ganhar em troca os sonhos que os filmes me propiciavam. Eram tão emocionantes que me esquecia das pulgas que mordiam meu traseiro.

Polidoro estimulou esse devaneio mediante um rápido abraço. Como paga do gesto, Virgílio deveria fornecer-lhe subsídios que justificassem sua iniciativa, independente da vontade de Caetana.

Virgílio adivinhou a intenção de Polidoro. Orgulhoso da capacidade de estabelecer analogias entre a realidade presente e a outra que regera o passado, adotou a atitude profissional de sempre.

— Vai ser igual à história do conde de Potemkin, favorito de Catarina II da Rússia. Seu desvario pelo jogo levou-o a pedir à soberana uma fortuna, sob pretexto de reconstruir perto da então Petrogrado algumas aldeias necessitadas de cuidados públicos. A imperatriz, perdida de paixão, cedeu o dinheiro, que foi logo dissipado no pano verde. E quando ela quis ver de perto como vivia o povo, o conde não hesitou. Confiante na força do amor da imperatriz, mandou pintar vários cenários com casas e ruas bem traçadas e colocou-os na frente dos barracos, tapando a miséria dos súditos. Assim, da carruagem puxada por cavalos espumantes e de crinas ferozes, Catarina apreciou comprazida a paisagem tão bem simulada.

— E ela percebeu a fraude? perguntou Polidoro, ansioso.

— O amor é tirano, cega os amantes e sufoca as ideias. Catarina vivia imersa na ilusão da grandeza e do erotismo. Como iria perturbar-se com os desvarios de um amante que nem por isso a desalojaria da história, que era tudo que de fato ela queria? Sua ambição era deixar marcas definitivas na história de seu país, o resto que se danasse.

Fez uma pausa. Tinha sede e queria-os atentos. Também ele, acomodado na cadeira, intrigava-se com um enredo que ia puxando do novelo que tinha na imaginação.

— Piores que o tal conde foram os nazistas. Construíram diante de Treblinka uma fachada que era cópia exata de uma estação de trem, de modo a camuflarem os horrores que praticavam por trás de tal cenário.

Andava agora pela sala, cuja extensão lhe permitia apenas passos miúdos, com orgulho por exibir uma cultura que engordara sobretudo após livrar-se dos alunos apáticos.

— Esses antecedentes confirmam que somos presas fáceis da ilusão. Qualquer mentira é convincente, desde que se nos mostre sob invólucro agradável. Olhou Polidoro, como se houvesse feito uso desses exemplos para fixar uma posição moral.

Polidoro convencia-se de que Caetana tinha razão. Havia que se servir dos exemplos clássicos citados por Virgílio.

— A vida nos cobre de razão. A partir de agora vamos soldar as mãos de Venieris aos pincéis e às tintas. Ele nos fornecerá a ilusão que nos falta.

O entusiasmo de Polidoro não encontrou guarida no imigrante. Habituado à solidão, desacostumara-se dos sentimentos fortes que se partilham na cama ou na mesa.

— Mas eu só sei pintar flores, ramagens e vasos! aparteou, nervoso ante semelhante responsabilidade. — Nunca pintei uma única casa em toda a minha vida! Nem quando dona Dodô quis um quadro com uma casinha de boneca, onde as pessoas pudessem ser felizes sem muito empenho.

— Dodô nunca soube administrar a realidade. Sempre se dirigiu às pessoas erradas. Desde quando você nasceu para fazer casas miúdas, de boneca? É até melhor que lhe falte experiência. A inocência faz falta à arte, pontificou Polidoro. E continuou:

— Diga-nos a verdade, nunca ambicionou uma casa, com mulher, filhos e lareira? Pois o que você fará é algo parecido. Não se esqueça, porém, de dotar o teatro com telhado vermelho, paredes caiadas de branco e portas azuis.

Venieris esfregava as mãos nervoso.

— Como poderia me casar se nunca tive coragem de comprar os primeiros tijolos com que construir um sobrado?

Visivelmente abatido, Venieris enxugava o rosto em bicas com um lenço amarfanhado, sob a censura de Virgílio. Humilhava-o a condição de celibatário, sujeito a pena e suspeita. Sobretudo não poder desfrutar do calor de uma mulher no meio da noite e que, na hora da doença, lhe trouxesse caldos quentes e compressas apaziguantes.

— Já que o destino lhe reservou o privilégio de executar agora o que não pôde fazer em toda a vida, não temos mais um minuto a perder. Mãos à obra, senhor pintor de Trindade!

As palavras candentes extenuaram Polidoro. Apressado, abandonou a loja. E ao contrário de Orfeu, poeta que, segundo Caetana, perdera sua musa ao olhar para trás, seguiu adiante, certo de que Virgílio vinha em seu encalço. Caetana, nas últimas horas, unira-os para sempre.

Gioconda passou a chave na porta com resoluta decisão. Seu estado de espírito recomendava uma retórica de caráter inaugural.

— Sigam-me pelas ruas de Trindade! Caso queiram nos açoitar, reagiremos com o ferrão mortal das abelhas-mestras. É assim que devoraremos esses machos hipócritas e suas fêmeas velhas e gordas.

Arrastava atrás de si as Três Graças, cada qual com distinto estado de ânimo.

Palmira apalpou a bolsa de crochê tecida por ela mesma em madrugadas dominicais. Ao trazê-la contra o peito enxuto, sentiu na própria carne, empapada de inesperado suor, os prejuízos advindos por fecharem a casa justo na noite de sábado. Em nenhum outro dia atraíam tantos fregueses desabridos, cujos apetites, represados durante a semana, desembocavam com visível fúria nas camas das mulheres da Estação.

Gioconda registrou o gesto. Há muito tentava corrigir-lhe a usura, vício imperdoável. Apesar da pressa, deteve-se no portão de entrada. A horta verdejava após os dias de chuva.

— Não tem vergonha de ser mesquinha, Palmira? Não quer ser rainha ao menos um dia na vida? disse, cobrando de Diana e Sebastiana adesão a uma causa que a seu juízo tinha caráter político. Afinal, a estranha arte de organizar a realidade, que chamavam de política, era também indispensável a putas como elas.

Sob a pressão de um olhar que sempre administrou sua vida, a ponto de salgar-lhe até a comida, Sebastiana submeteu-se. Como prova de boa vontade, acomodou entre as mechas pintadas dos cabelos uma magnólia, cujas pétalas, dramaticamente viçosas, ainda retinham gotas de orvalho recente. Agia confiante em que os fios oxigenados irrigariam a flor, não a deixando fenecer. O gesto permitiu-lhe sonhar com a felicidade oriunda de um abstrato sábado cheio de sol e de uma estrada poeirenta ameaçando levá-la para longe. Embora vivesse absorta na falta dos caninos que enfeavam seu rosto, envelhecendo-a em alguns anos, sorriu finalmente. Um sorriso que despontava tão inesperado que condoeu as mulheres. Ninguém ousou adverti-la de que a flor, de um amarelo retumbante, destoava num semblante propenso a amealhar rugas e uma tristeza herdada de sua falecida mãe.

Gioconda voltara para casa quase ao amanhecer. Num estado febril, tentara resguardar os sentimentos mediante gestos que lhe tapavam os olhos luzentes. Às cegas, chocava-se contra as paredes, desatenta aos ruídos que espalhava pela casa. Embora Diana exigisse satisfações por meio de recursos ilícitos, em que era especialista, Gioconda devolveu-lhe a ofensiva, alternando grunhidos e suspiros.

Com rara correção gramatical manifestara o desejo de ser deixada em paz. Na madrugada de sábado, recém-compreendera que a cada indivíduo cabia um único instante de grandeza em toda a vida. Convinha, pois, acautelar-se. Talvez fosse aquele o dia da redenção.

— Para que tanta prosa, se nunca viveremos um só instante de grandeza? Diana provocou-a.

— Esse dia vai logo bater à nossa porta, disse com ar de mistério. Tentava simular um ânimo que a voz, quebradiça e rouca, não aparentava quando assaltada pela raiva. Emendou, porém, seus sentimentos contra Diana. Olhou as mulheres, generalizando a advertência.

O espírito conciliatório de Gioconda era fugaz. Diana devia aproveitar-se dessa fração de segundos para atacá-la. Nos últimos anos, apresentava traços de indomável ceticismo. Sem saber, parecia filiar-se a uma escola de filósofos convencidos da escassa valia da vida humana. Um sentimento que ela cultivava com gosto, para distinguir-se da ingenuidade de Sebastiana.

— Mesmo que salvássemos uma criança da enchente, quem poria uma medalha de honra ao mérito no peito de uma puta? Avançou com mesuras, disposta a utilizar armas vis.

Gioconda devolveu os ataques com serenidade. Queria granjear simpatia.

— Há muitas formas de grandeza, minha doce Diana. O que me diz do orgulho e da dignidade?

Massageando o pescoço com movimentos de baixo para cima, convencia-se de transmitir uma lição magistral, inesquecível para as Três Graças.

Na expectativa do sucesso, Gioconda fez uma pausa. O silêncio da sala permitiu-lhe averiguar o estado dos móveis após tantos anos de uso. Ninguém, porém, se manifestou. Suas pupilas pareciam habitar um mundo onde só predominavam os valores medidos pelo ouro e pela violência, latentes nos corações de Trindade. Tentando consolar-se da apatia das Três Graças, fez rápido balanço de seus haveres. Graças a seu repertório recheado de princípios práticos, tornara-se dona da casa da Estação. Ao passo que elas, pessimistas, desdentadas, não passavam de meras empregadas, sem garantia de colocação nos próximos anos. Pois a idade começava a expulsá-las da cama e da profissão ao mesmo tempo.

A sensibilidade de Sebastiana, advinda de suas acumuladas enfermidades infantis, registrou a tensão entre as duas mulheres. Ambas cediam, no arroubo da peleja, nacos das respectivas carnes em defesa da condição humana tão impiedosamente entregue às enfadonhas noites de Trindade. Temeu um desfecho desfavorável, justo no momento em que despontava a esperança de transitarem pela cidade como verdadeiras damas.

— Neste sábado ganharemos nossa carta de alforria. É como se a princesa Isabel, libertadora dos escravos, estivesse aqui conosco.

Nos últimos meses, Sebastiana vinha dando provas de haver assimilado as lições que Virgílio lhe passava na cama, à falta de outras em que nunca primara pela maestria ou mera aptidão.

Para sua surpresa, Diana reagiu. Inconformada com qualquer iniciativa de índole libertária que não viesse acompanhada de um tesouro, Diana denunciava a eficácia de tal liberdade. Para ela o ouro, o rubi e a esmeralda haviam-se tornado os únicos símbolos do direito de ir e vir pela terra.

Gioconda às vezes reconhecia que Diana estava melhor credenciada para enfrentar a realidade. Decidiu, portanto, prevenir-se contra o excesso de otimismo.

— Pare de dramatizar, Sebastiana! Não quero que me acuse um dia de não saber administrar seus sonhos. Ou de não corresponder a suas fantasias. Já não aguento mais tanta responsabilidade.

Tais palavras atingiram Diana. Sentindo-se preterida na escala dos afetos de Gioconda, desafiou-a com as mãos na cintura, enquanto os olhos faiscantes repartiam látegos entre as outras.

— Pode me deixar sozinha no deserto. Não tenho medo de morrer de sede.

Só permanecia na casa como membro ativo da sociedade designada como Três Graças por conta das moedas que recebia. Já não lhes dedicava carinho.

Tinha, aliás, motivos de queixa. Desde a madrugada em que retornara do hotel Palace, Gioconda agia como se Caetana, na suíte do quinto andar, estivesse sob sua custódia, não pretendendo dividi-la com ninguém.

Pela manhã concedeu-lhes apenas quinze minutos para se vestirem, sob a promessa de deixar em casa quem se atrasasse. Desatenta ao passado que as mantivera alojadas sob o mesmo teto, não lhes oferecia um só gesto de ternura.

— Hoje nos sentaremos nas cadeiras de vime do bar do Palace. Ninguém nos impedirá de frequentar esse maldito hotel, confessou Gioconda com amargura.

Diana opunha-se, mesmo com motivos para aliar-se a Gioconda.

— Corremos perigo naquele bar. Acabaremos apedrejadas como Santo Estêvão.

Nenhuma mulher saiu em defesa de Gioconda. O silêncio liquidava com suas pretensões de ascender na escala social. Melhor, pois, que renunciasse ao papel de guardiã das três ingratas. Ameaçou partir.

Palmira instou para que Gioconda ficasse, mostrando a Diana o interior da bolsa onde já acomodara batom, pó de arroz, esponja e pente. Sentia-se feliz. Pela primeira vez em tantos anos, despreocupada com a pobreza, não lhe fazia falta o ruído das moedas soltas dentro da bolsa, indício seguro de sua prosperidade. A pobreza franciscana, que adivinhava ter de viver no futuro, não a assustou. Tinha o mérito de livrá-la, de repente, dos encargos de uma falsa riqueza.

Sua fala ardorosa enterneceu Gioconda, há muito carente de provas de afeto. Mal suportava a solidão que seu caráter enérgico acarretava.

Palmira, consciente do bem que lhe fazia, prosseguiu enfática:

— Esse passeio por Trindade vai custar caro. Ficaremos ainda mais pobres. Em troca, quero apenas a glória em minha caderneta de poupança, disse sorrindo, só faltando bailar com Sebastiana a seu lado. Imaginava com alegria os homens pondo-se de pé para recepcioná-las no bar do Palace.

Sebastiana observou que Palmira, no impulso da euforia, reservava o triunfo daquele sábado unicamente para si. Ante a ameaça de ser deixada para trás enquanto caminhavam, pediu a palavra, sob o sol da tarde que as fustigava, esquecida de proteger a pele debaixo da sombrinha amarela, já com algumas varetas tortas, vinda do Rio de Janeiro.

— Prefiro ser apedrejada como o santo que continuar nesse puteiro. Já não aguento mais o suor e a gosma desses homens em cima de mim, disse, enfileirando-se ao lado de Gioconda, a dar-lhe prova pública de obediência.

O apoio de Sebastiana reconfortou Gioconda, a despeito de Diana esconder na gaveta do coração o veneno corrosivo da inveja. Consultou o relógio. Os ponteiros zelavam pelo registro do tempo sem descuidar da obrigação de envelhecê-las. Decidiu, uma vez por todas, que não voltaria a ser vítima do apetite das três putas, ainda que seguissem juntas na mesma casa nos anos vindouros. Consagrara-lhes a vida, enquanto restava nelas uma comovedora réstia de juventude. Graças a isso, aceitara que lhe transferissem seus projetos pessoais. Elas, porém, harpias vorazes, passaram a exigir-lhe a concretização de todos os seus sonhos, desde um casamento rico até a compra, por parte de Sebastiana, da sombrinha amarela que vira na televisão certa tarde de dezembro, quando o sol a pino escaldava o teto de zinco da varanda dos fundos.

Esse comportamento, que no início Gioconda aceitara com deleite, terminou por eximir as Três Graças de sentir na boca o gosto amargo de qualquer fracasso pessoal. Passaram a delegar-lhe nada menos que a tarefa de existir em lugar delas. No domínio da fantasia, era como se houvessem indicado Gioconda, ante um escrivão público, herdeira única dos anos ainda por viver.

A incumbência de zelar pelas três mulheres pesava a Gioconda. Quantas vezes pensara em bater à porta dos quartos para devolver a procuração, só não o fazendo por temer o vazio no coração tão logo renunciasse a essa tarefa.

— Agora basta, disse com firmeza. — Mais adiante eu conto meu encontro com Caetana.

As Três Graças, de comum acordo, e sob o estímulo de uma cornucópia humana que lhes despejaria palavras e ilusões, apressaram o passo para que Gioconda, abandonada atrás, fosse forçada a correr, a pedir trégua, a respiração descompassada, sob a sombra da próxima mangueira.

A manobra para derrotá-la não escapou a Gioconda. Decidiu dar-lhes combate. Os ruídos do coração quase saíam pela boca, as juntas doíam. Mas na corrida quem cedesse admitiria o domínio da outra. Precisava derrotar Diana, cabeça da rebelião.

Palmira e Sebastiana perdiam o ritmo. Uma tropeçava na outra, a despeito de Diana puxá-las pelos braços. Palmira, porém, desprendendo-se de sua tenaz, encostou-se num jequitibá à beira da estrada. Da copa derramava-se uma sombra suficientemente generosa para abrigar inúmeros inimigos, sem forçá-los a conviver uns com os outros.

— Não aguento mais. Dou-me por vencida, disse com alívio.

Sebastiana friccionava os músculos sacrificados das pernas. Habituada a andar de chinelo pela casa, jogou os sapatos altos para longe, indiferente ao olhar decepcionado de Diana, que as responsabilizava pela derrota.

— Não perceberam o que fizeram?

Sebastiana recorreu à memória. A qualquer pretexto usava frases que Virgílio lhe emprestara. Serviam-lhe nas circunstâncias mais díspares.

— A verdade é sempre um perigo, declarou, ansiosa por expulsar Diana da sombra da árvore. O instinto dizia-lhe haver escolhido dessa vez a sentença certa. O próprio Virgílio assegurara que na ordem teológica, de difícil explicação para ela, a verdade, em seu cetro de glória, só podia atingir os indivíduos através de mil espelhos que refletissem sucessivas imagens retorcidas. Eram essas visões que forneciam aos homens pretextos para se defrontarem em pleitos mortais. Quanto aos sábios, vítimas de uma busca sem resultado prático, eram os primeiros a esvaziar o conteúdo da verdade.

Diante do desconsolo das mulheres, Gioconda proclamou não existir vencedora. E mostrando boa-fé, decidiu resumir ali mesmo no descampado seu encontro de madrugada com Caetana, depois que as três se haviam trancado em seus respectivos quartos. Ela própria, de camisola, ia meter-se debaixo dos lençóis, quando um estranho apelo vibrou com tal vigor em seu peito que imediatamente mudou de roupa, desceu a escada, fechou a porta da casa e, sem considerar os perigos, caminhou no meio da noite até o hotel.

Mágico abriu-lhe a porta.

— O que quer? Surpreendido com a visita, apagou no rosto qualquer traço de cordialidade.

— Abraçar Caetana.

Quase amanhecia. Ele, porém, não quis desobedecer ao pedido que introduzia a desordem na vida do hotel. Entre bocejos, conduziu-a ao quarto. O rangido do elevador, meio emperrado, envergonhou-o. Temeu pela sorte dos hóspedes de ouvidos sensíveis.

Gioconda pisava os tapetes do corredor com cautela. Mal pôde apreciar as gravuras na parede, compradas por Bandeirante num pregão em São Paulo.

— E Danilo, onde dorme?

Na tarde anterior, na estação, Gioconda suspeitara de que Caetana trouxesse junto com a bagagem algum homem de envergadura física, fazendo-o passar por amante.

— No primeiro andar. Assim é mais fácil subir a escada quando estiver bêbado, pois esse elevador nem sempre funciona.

A ponderação moralista irritou-a. Nas raras vezes em que fora à pensão, Mágico cercara-se de cuidados mesquinhos. Antes de ir para a cama, certificava-se da alvura dos lençóis, se era de fato o primeiro a usá-los, só faltando pedir que esfregassem o sexo com o zelo que ele aplicava ao próprio membro.

À porta, Gioconda sobressaltou-se. Ao longo daqueles anos nunca recebera de Caetana uma única palavra de esperança. Tinha dificuldade de respirar.

— Você está bem? perguntou Mágico.

Gioconda apoiou-se na porta.

— Quando ela tomou o trem naquela sexta-feira, esqueceu-se de nos dizer adeus. Sempre soubemos que Caetana voltaria. Por isso nos abraçávamos nas sextas-feiras em que chovia, murmurou antes de bater.

Balinho atendeu-a ainda com o traje da chegada, poeirento e manchado de gordura do frango comido no jantar.

— Pode entrar, Gioconda, disse com convicção. Com um gesto despediu Mágico. — Ainda bem que veio. Há mais de quatro horas que Caetana estava à sua espera.

Na sala, de camisola, Caetana encerrou-a entre os braços como se não quisesse deixá-la partir. Riche embaraçava-lhe os movimentos dos pés, enquanto os rugidos aflitos da atriz emergiam do diafragma.

Sob a custódia de suas protuberâncias, Gioconda sentia-lhe a respiração ativa, sem cansaço, habilidade que se devia, quem sabe, a uma técnica assimilada de alguma revista.

— Eis a amiga que batizei na pia da vida, disse Caetana, exaltada.

Os braços de Caetana eram tenazes que roubavam a Gioconda a emoção do encontro. Em compensação, o enlace prolongado permitia que ambas recuperassem no longo minuto, enquanto o calor dos corpos lhes aquecia os sonhos, um passado quase sem rastros e datas precisas. O mundo pretérito, aparentemente desfeito na memória, movia-se no pântano confuso e fedido das duas mulheres a quem os anos foram cingindo sem piedade. Contudo, só vencendo essa zona de sombra e de olores duvidosos, conseguiriam fazer ressurgir como num cristal turvo cenas de uma magnitude que lhes redimisse a vida.

Ao sentir que Gioconda superava o ardor posto no abraço, Caetana afastou-a. O calor humano agora exauria-a. Já não tinha nostalgia dos feitiços emanados de um corpo vizinho.

Gioconda ressentiu-se.

— O nome que me deu de nada me serviu. Continuei a puta de sempre. A diferença é que agora sou a dona da pensão. Vou para a cama quando quero.

Caetana não se iludiu. Além de espetar-lhe farpas no coração, motivando-lhe raros sentimentos, Gioconda viera ao quarto, alta madrugada, para implorar sonhos de glória. De forma abusiva esperava que Caetana admitisse um fracasso que, malgrado toda vilania, não asfixiara certas ilusões. E essas ilusões, precisamente, ela vinha cobrar-lhe.

— Você ainda não me perdoou as esperanças que despertei em seu coração. Arrogante, Caetana fez-lhe ver que jamais teria ficado a seu lado. Por ninguém faria tal sacrifício. Em uma cantilena que envolvia Riche, a persegui-la sem trégua, acrescentou pesarosa: — Você é uma ingrata. Esqueceu que lhe ofereci a oportunidade de ser artista?

Falando praticamente para si, admitiu que a arte, segundo lhe ensinara tio Vespasiano, tinha a propriedade de devorar as tripas dos homens em troca da visão apaixonada. Não havia outro jeito do artista inventar seu próprio sonho senão por atos de bruxaria e malignidade.

— Dei-lhe o nome de Gioconda para criar outros nomes à sombra do primeiro, para que pudesse crer na mentira que emoldura nossas pobres vidas.

Arrependida por haver desprezado um passado que combatia a verossimilhança medíocre do cotidiano, Gioconda pediu asilo aos braços de Caetana. As dobras de seu corpo pareciam sólidas e arfavam suavemente.

— Perdoe-me, Caetana. Terei ainda tempo de voltar a sonhar?

Ia chorar, quando Caetana lhe acariciou os cabelos que cheiravam a sabão de coco.

— Ainda resta uma última oportunidade.

Tentava deter as convulsões do corpo de Gioconda, aninhado ao seu.

— Todos que fracassamos temos um encontro marcado em Trindade. Alguns já vivem aqui, outros estão chegando de trem e de ônibus, à mesma hora. Só nos move o espírito de vingança contra o destino.

O hálito de Gioconda, que no início exalava limão-galego, agora destilava o fel da paixão. Trazia o coração sangrando na palma da mão. Caetana empurrou-a para longe. Queria meter-se debaixo de lençóis limpos, esquecer as cisões do amor, comuns aos mortais.

A vida, naqueles anos, chegara-lhe destituída de sentimentos intensos. O último amante, em Belém do Pará, deixara em sua pele o cheiro de fruta passada. Seus sentidos esfriaram-se. Faltava-lhe o instinto de aceitar cega o corpo do outro. Esse mesmo instinto, alertado, devolvia à paixão alheia, que pretendia meter-se em sua cama, sinais de uma economia avara e parcimoniosa. Já não podia, como antes, azeitar-se com o óleo da juventude, que uma ânfora, naufragada junto a barcos imemoriais, outrora espargira pelas areias do litoral brasileiro.

Serviu-se do conhaque enviado por Francisco e que não pensou em agradecer. Estava sozinha no mundo depois da morte de tio Vespasiano. Não tinha mais por que entreter-se com gentilezas amorfas e mentirosas. Há muito os gestos vinham perdendo seu sentido utópico.

Sorveu o conhaque de um só gole, como vodca russa.

— Já não temos muito tempo. Logo vai amanhecer. A partir de amanhã os fracassados se converterão em artistas. Quer juntar-se a nós?

Doía a Gioconda apresentar sua vida retalhada sobre o balcão de um bar. Como dona de pensão, que não passava de puteiro, desfrutava da inteligência masculina e das Três Graças, condenadas a envelhecer juntas. No futuro elas recolheriam num pires, a ser passado entre todas, os dentes que fossem caindo.

Observou Caetana, que caminhava entre os móveis da sala, incapaz de seguir as frases alheias que se prolongassem em subordinadas infinitas. Fora sempre assim. Com gestos rudes, costumava exigir brevidade à expressão verbal. O mundo bem podia conter-se numa única frase. Faltava aos homens espírito de síntese.

Quando, porém, era acusada de cair em contradição por representar no palco textos de dramaturgos prolixos, defendia com veemência situações melodramáticas.

— Qualquer autor precisa de um mínimo de cinco frases para ser fiel à vida do vizinho. São essas frases monótonas que salvam o personagem. Só assim ele deixa de ser uma caricatura.

Os três sinais próximos ao queixo de Caetana davam vivacidade ao rosto. Gioconda voltou a acercar-se, seduzida pelo mistério que fluía da atriz.

— Admito que falhei. O que faço agora?

Caetana afundou-se na poltrona, visivelmente cansada. Observou Balinho dormindo no sofá.

— Vim reformar minha vida. É tudo que sei.

O mundo de Caetana, impregnado de símbolos, perturbou-a. De nada servia a uma cortesã, com sentido prático da existência, aquela trança de enigmas. Para ela, na hora de administrar os haveres, existia no cotidiano uma dramática modernidade que em muito superava a condição de sonhadora. Ao repartir a comida na cozinha de azulejos azuis, despojava-se com facilidade das imagens fortuitas que não trouxessem fartura à casa. Bem diferente de Caetana, que se entregara ao mister de revestir a realidade com as cores do arco-íris. Uma virtude cromática que, ao reforçar sua condição de atriz, dotara-a com a linguagem dos criadores, estranhos indivíduos que do alto do trapézio tinham do mundo a visão do acrobata na iminência de executar o salto tríplice sem rede.

— Que nos propõe? Vivermos na ilusão? Deixarmos de lado a condição de putas e passarmos a ser artistas?

Examinava a proposta com frieza, pondo de lado os sentimentos por Caetana. Tinha casa e família a defender. Respondia pelo feijão e arroz postos na mesa. Caso elegesse uma vereda atapetada com urzes e espinhos, teria todo o futuro para arrepender-se.

Caetana não suportava o antigo hábito de Gioconda de embaralhar os dados da realidade com o feijão e o arroz, sua dificuldade em assumir de repente um ofício voltado para a grandeza. De fato, ninguém fora educado desde a infância para sonhar com a fama. Contudo, quantos milhões de homens não se disporiam a encurtar a vida em troca da plenitude advinda da glória?

— Vim para montar um espetáculo. Aceita ser minha atriz? Ser aplaudida em cena aberta aqui em Trindade?

Caetana afagava o rosto com o dedo indicador. Entretinha-se na delicada carícia.

Isolada do mundo do afeto, Gioconda sucumbiu ao assédio de Caetana. Tão logo regressasse à realidade, nunca mais seria a mesma.

— Era por isso então que nesses anos todos os músculos me doíam e a cabeça parecia às vezes explodir?

A voz, pausada, não se precipitava. Convencia a Caetana e a si mesma.

— Muito bem. As Três Graças e eu aceitamos ser atrizes. Quem sabe nascemos para o palco e não sabíamos? Além do mais, é melhor ser artista que puta.

Diante de um espelho imaginário ajeitou os cabelos, distraída, num gesto que imitava as atrizes de televisão. Calculado, o movimento restaurava a maquiagem desfeita pelas lágrimas que o diretor exigira da mulher posta frente ao amante moribundo. Atrás das câmaras, ele demonstrava dessa forma como o teatro podia ser o covil perfeito dos leões vaidosos e sensíveis. Alguns, aliás, trazidos do próprio coração africano. Uma arena onde os humanos, sob fortes holofotes, expandiam atrocidades e sentimentos turvos com a naturalidade de uma arte cheia de truques magistralmente exercitados.

Caetana reagiu a tanta vaidade. Nem ela, uma profissional habituada a furtar lágrimas aos espectadores mais desprevenidos, agia com semelhante despudor.

— Faça o favor de não assumir seu papel antes do tempo!

Apalpou a barriga, querendo livrar-se de alguns gases incômodos. Precisava uma vez por todas dar vazão a um talento a que o Brasil nunca prestara tributo.

A reprimenda fez-lhe bem e Gioconda reconheceu, sensibilizada, sua maestria.

— Quando começamos a ensaiar? Pela emoção a voz de Gioconda saiu com diapasão tão elevado que despertou Balinho e o gato Riche.

— O que houve? disse ele atônito. — Quer que lhe conte outra história?

Esfregava os olhos não sabendo em que cidade estava. Temia sempre, ao amanhecer, que um dia Caetana prescindisse de sua habilidade de transformar os quinze minutos iniciais de qualquer narrativa em duas ou três horas de pura evasão da realidade.

Pela janela entravam fortes raios de luz.

— Traga-nos café, Balinho. Caetana tornara-se extremamente afável. — E as Três Graças, como vão? disse, bocejando.

— Tão velhas quanto nós. Mas logo irão remoçar com a notícia que lhes levo. Não é certo que a arte rejuvenesce? Sua ansiedade não a deixava partir.

— Por tradição, o artista é o ser mais velho da terra. Às vezes ele rejuvenesce em meio ao vendaval das emoções e do drama.

O tom impessoal excluía-a das agruras do ofício. Como Riche, que enfiava as unhas no encosto da poltrona, também ela cravava as garras nos tecidos humanos. O próprio Polidoro chupara-lhe no passado as unhas abauladas, imerso em desespero, acusando-a de guardar ali, debaixo delas, no próprio sabugo, veneno e especiarias raras. Um esconderijo de volúpias amorosas.

— Como Polidoro engordou! disse Caetana de repente. — Igual a mim. Só que eu, apesar dos quilos, continuo atriz. O palco desafoga mágoas e gorduras.

Sorria pela primeira vez. Os olhos apertados quase não a deixavam ver Gioconda.

— Iludo-me frequentemente com a juventude. E quando é preciso, sinto-me a imperatriz da China. Repare em minhas unhas. Não parecem de mandarim?

A cidade, vista através da janela, parecia reduzida a poucas casas. Para além da vidraça empoeirada, Caetana contemplava os prédios esmaecidos e remotos. Não desejava visitar Trindade, em todas as esquinas cercada por olhares impiedosos.

Balinho abriu a porta do quarto para que Caetana fosse dormir. Era o momento em que ele transformava música e poesia na única linguagem compensadora das afrontas sofridas.

Caetana fez menção de despedir-se. Acariciou o rosto de Gioconda como se reivindicasse um mundo que lhe fora extorquido. O gesto, triste e vazio, comoveu Gioconda. Também ela esforçara-se em inculcar nas Três Graças a felicidade que achara em Caetana seu modelo.

Já no centro da praça, perto do busto do avô de Polidoro, o famoso Eusébio, onde haviam chegado após a longa caminhada, Diana manifestou insatisfação.

— O que mais contou Caetana?

Sob forte emoção, Gioconda não tinha força para prosseguir.

Palmira e Sebastiana, retribuindo-lhe a atenção, praticamente lambiam seu rosto com beijos espessos, tapando-lhe a paisagem.

No afã de desembaraçar-se das mulheres, Gioconda apanhou o lenço no bolso. Ao livrar-se de tanta saliva, o rosto iluminou-se.

— Agora que somos atrizes vamos ao bar do Palace!

Na esquina da farmácia esbarraram com Ernesto, que ia levar remédios para seu Joaquim. Resistiu em incorporar-se ao desfile das mulheres. Temia por Vivina. Carregava ainda no peito as marcas das vezes em que ela o arranhara por ciúme. No auge da crise obrigava-o a entregar as cuecas, na ânsia de adivinhar a procedência de certos cheiros e manchas.

Sujeito a tal inspeção, via-se obrigado a confessar que nos últimos meses se dedicava a fraquezas recentes e constrangedoras. Dera simplesmente para ejacular até na farmácia. Em fevereiro sobretudo, quiçá pelos efeitos do calor.

— Outra hora falo com vocês. Afastou-se sem olhar para trás nem perguntar para onde seguiam.

Gioconda apiedou-se de Joaquim, quem sabe prestes a receber a extrema-unção.

— É mentira de Ernesto, disse Diana. — Não queria ser visto em nossa companhia.

— Se fosse assim, Polidoro teria enviado sinais para que não saíssemos de casa. Nem fôssemos de visita ao bar do Palace.

— Quem disse a Polidoro que íamos ao Palace? interpelou Diana.

— A partir do instante em que nos tornamos atrizes, passamos a ter todos os direitos, Gioconda recusou a argumentação.

— Ernesto não é covarde só na rua, também é poltrão na cama, disse Palmira com ares de dona da cidade. — Ele não admite a mínima emoção. Às vezes me proíbe até de gozar!

Gioconda apreciou o talento de Palmira para dramatizar os fatos.

— Nenhuma de nós representará tão bem como você, disse à guisa de homenagem.

À porta do Palace, Mágico entretinha-se com o movimento da rua. Elas apressaram o passo, cada qual querendo ser a primeira a chegar.

Mágico não as reconheceu. Sua memória falhava facilmente quanto a nomes e rostos. Para não mostrar, porém, que envelhecia, abriu passagem. Concedia-lhes, sem querer, a ilusão de que o Palace e o mundo lhes pertenciam.

— Permitam-me que as acompanhe, senhoras, disse, solene.

Seguiram-no pelo salão iluminado, apesar de ser dia claro. O lustre impressionou Sebastiana. A luz, que pingava dos pingentes de cristal, obrigou-a a fechar os olhos.

— Quem inventou esta maravilha? disse, não sabendo como designá-lo.

Preocupadas em demonstrar riqueza, os vestidos de cetim das Três Graças abusavam do rosa e do verde. As cores vistosas chamavam a atenção dos hóspedes. Mágico, distraído, conduziu-as ao bar. Francisco, atrás do balcão, vendo-as à porta, veio às pressas.

— Uma mesa para quatro, adiantou-se Gioconda, dando prova de haver sonhado com Paris, especialmente com a Torre Eiffel. Previu que Francisco fosse consultar o mapa das reservas a fim de localizá-las numa mesa à altura de sua importância.

Enquanto Gioconda treinava seus novos hábitos, as Três Graças, no afã de se fazerem presentes, rodopiavam numa dança brejeira. Afinal, alguns dos fregueses esperaram a vida inteira por essa visita.

Sobretudo Diana empenhava-se em mostrar-lhes que nascera em berço de prata. Como prova de sua origem, em vez de rir, emitia trinados. Sorria agora para Gioconda que, presa a Francisco, não lhe dava atenção. Diana conformou-se. Começava a compreender o espírito progressista de Gioconda, graças a quem estavam ali no bar do Palace.

Há muito ressentia-se de viver no serralho em que se convertera a casa da Estação, a trocarem entre si, do amanhecer ao crepúsculo, suspiros e palavras envelhecidas, num convívio ora triste, ora ardoroso. Faltava-lhes a virtude de matizar o cotidiano. Quantas vezes movidas por sentimentos vulcânicos e erupções fortuitas, cuja procedência nem elas identificavam.

Finalmente conheciam de perto o bar descrito por seus clientes, na maioria das vezes na cama. Cada um deles, preso a minúcias nem sempre compreensíveis, esboçava um bar que nunca era o mesmo para elas. Pois a imaginação de que dispunham como putas, jamais lhes permitira conceber com exatidão um ambiente em que não haviam antes posto os pés.

Francisco empertigou o corpo, disposto a coibir o abuso das quatro mulheres. Tardava, porém, em falar com elas. Sem parar, movia o palito quase desfeito de um canto ao outro da boca. Apoiou constrangido os dedos nos bolsos do colete. O tecido sem cor da indumentária combinava com a palidez do rosto.

— Por quanto tempo vai fazer esperar as quatro damas de Trindade? Gioconda sentia-se parte de uma classe que, mal ascendendo na escala social, já contava com direitos adquiridos.

Francisco engolia em seco. Descobria a complexidade de sua missão.

— Por que não fala você com elas? dirigiu-se a Mágico.

Só então Mágico reconheceu as mulheres. Mas, ao contrário do que se esperava dele, deu de ombros. Não lhe diziam respeito os vetustos preconceitos de um estabelecimento avesso ao progresso.

— Ou nos indica a mesa ou nós mesmas a escolhemos. Gioconda ameaçou avançar.

Em desagravo a tal tratamento, Diana apagava com a ponta do sapato a raia invisível que Francisco desenhara à porta para detê-las.

— Não precisamos deste magricela para nos indicar a mesa.

Na tentativa de sofrear o ímpeto de Diana, Gioconda não via Palmira e Sebastiana empurrando Francisco.

— Saia da frente, seu veado!

Resolutas, entraram no bar. Gioconda, desautorizada a prosseguir nas negociações, admitiu faltar a Francisco, a partir desse momento, condições de ser avalista das mudanças sociais em curso na cidade.

De salto alto, com ferrinho na ponta dos sapatos, as Três Graças arranhavam as tábuas da sala. No encalço delas iam Gioconda e Francisco.

— Esperem, aonde pensam ir? Na aflição a voz de Francisco saía feminina e estridente, como de cantor castrado.

À frente da procissão, Diana contornava as mesas, nenhuma lhe servia.

— Esta não, é muito perto da janela.

Sebastiana cedeu-lhe a chefia, que Diana aceitou sem claudicar.

— E que tal esta? Palmira consultou-a.

Diana fez um muxoxo com os beiços opulentos. Circunspecta, assumia a difícil responsabilidade de tomar uma decisão. De responder pelos desatinos de Trindade.

— Esta é ruidosa, muito próxima ao balcão. Não poderíamos falar nem trocar segredos.

A alguns metros do grupo, Gioconda registrava a desenvoltura de Diana, que a substituíra sem piedade. Palmira e Sebastiana, como se a tivessem enterrado, atendiam, resignadas, às leis da sucessão.

À crueza da revelação, Gioconda sentiu arder o corpo todo. Especialmente porque não as via de luto cerrado nem chorando. A culpa, porém, era dela mesma. Por ingenuidade recusara-se a ver o empenho de Diana em destituí-la de uma chefia natural, movendo-se sempre ao som da flauta doce, com os preciosismos de uma naja lá do Oriente.

Sem desalento, iniciou a luta. Tinha tudo a seu favor, a começar pela pensão, que lhe pertencia. O dedo em riste, avançou contra Diana.

— Sua puta, gritou Gioconda, esquecida de haver buscado aquele logradouro público como ideal para exibirem a condição de damas.

Diana, que recém-aprovara uma mesa, enfrentou-a na liça.

— Puta é você!

— Você é que não esperou eu ser enterrada para me substituir. Não passa de uma ingrata. Diga-me lá quem a salvou da sífilis, da gonorreia, daquele carrapato que não queria sair de suas costas, até que encostei na pele um pedaço de toucinho e assim atraí o desgraçado para fora? Acaso se esqueceu?

Ia enumerar outras circunstâncias, quando Diana, revigorada pelos sumos da memória que Gioconda lhe instilara, interrompeu o discurso.

— Você se esqueceu de falar na erisipela! E na caspa, que quase me liquida a cabeleira! Só me curei porque você esfregava diariamente banana amassada em meu couro cabeludo. E quando me via impressionada com a futura calvície, me tranquilizava dizendo que todo mundo podia perder um mínimo de quarenta fios diários sem ficar careca. Uma tarde, lembra-se, você disse em tom alegre: vamos contar os fios caídos no chão ou que estão enrolados no pente. O trabalho não foi fácil. Os fios voavam, fugindo da cama. Como eram fios louros oxigenados, se confundiam com o lençol amarelo. Até que Sebastiana trouxe uma toalha azul para servir de fundo. Graças a essa iniciativa, me convenci de que não ficaria careca. Como se esquece agora de enumerar esses fatos entre os outros?

Diana recriminou-a em tom suave. Entretidas, pareciam achar-se na cozinha da pensão, aguardando a água ferver para coar o café.

— Sente-se, Gioconda. Palmira ofereceu a cadeira de encosto alto. O gesto restituía-lhe a autoridade quase usurpada.

Francisco, alheio à reconciliação entre as mulheres, tentava apartá-las com o braço ainda solto no ar.

— Por favor, senhoras. Ainda que constrangido com o tratamento que lhes conferia, animou-se a prosseguir. — Calma, nada de brigas. Só há um inimigo aqui presente, que sou eu. Essas pelejas acabam por enfraquecê-las.

No empenho de gerenciar tal polêmica diante de Mágico, não percebera que, já reconciliadas, Gioconda e Diana observavam as mesas em torno, no empenho de memorizar os detalhes do bar.

— Está gostando, Palmira? Gioconda cobriu-lhe a mão com o calor de sua ambição.

Francisco flutuava numa esfera privada, que lhe ensejava sensações inéditas. Igual a Polidoro, sentia-se com o poder de interferir na vida alheia.

— Façam as pazes, senhoras.

Ia apalpando entre sorrisos a região mamária onde sobressaíam as costelas. Dali vinham descargas que o habilitavam a frequentar as almas daquelas mulheres, detectando suas estranhezas e mistérios.

— Já pensaram no futuro? Cada qual vivendo sozinha no porão de uma casa, sem uma única amiga que traga um prato de sopa, ou que chore ao lado, à medida que caiam os dentes por conta da maldita piorreia?

Ninguém o ouvia. À Sebastiana, em estado de graça, o bar facilitava sonhar com memoráveis façanhas amorosas.

— Que sala formosa! Ninguém aqui brigaria na hora de partilhar uma herança.

Tamanha candidez comoveu Gioconda. Para animá-la, prometeu outras visitas. Também o futuro poderia ser tão belo como a decoração do bar. Enquanto fazia a promessa, viu Francisco, colado à mesa, propondo-lhes armistício.

— A quem você se refere, Francisco? disse Gioconda.

No papel de pacificador, Francisco não podia atendê-la. Tinha deveres a cumprir. À medida que ele falava, Diana interessou-se pelo apaixonado debate na mesa vizinha sobre o time brasileiro, às vésperas de disputar no México a semifinal do campeonato de futebol. Para atrair a atenção, Diana compôs os cabelos.

— Não é verdade que Pelé vai trazer o caneco? A voz, elevada, tornou-se metálica.

Francisco, conservando o mesmo discurso em torno da concórdia, transferia-se devagar para a mesa vizinha.

— Aonde pensa que vai? Na tentativa de trazê-lo de volta, Diana puxou-lhe o paletó, ressentida com o pouco caso dos homens a quem dirigira a palavra, por sinal antigos frequentadores de seu leito.

Junto às mulheres, só então Francisco flagrou Gioconda e Palmira de mãos dadas. A cena de caráter familiar trouxe-lhe lágrimas aos olhos. Na próxima semana, teria de sobra o que relatar aos fregueses, tal a abundância de detalhes daquela teatralização. Além do mais, evitara que um drama desabasse sobre duas das mais célebres cortesãs da região.

— Ainda bem que cederam a meus apelos! Suas narinas dilatavam-se de prazer, quando Palmira debruçou-se em sua direção para abraçá-lo.

— Não precisa agradecer. Basta-me vê-las unidas. Quem melhor que eu conhece o significado da solidão! Não contar com um só afeto no mundo. Chegar em casa e não ter com quem se abrir no meio da noite!

Enternecido com o drama humano de que fazia parte, só depois percebeu que Palmira, longe de mostrar-se grata, inclinara o corpo simplesmente para apanhar o cinzeiro em outra mesa.

A oratória de Francisco, calcada nas longas frases de Virgílio, que fazia escola em Trindade, irritou Diana. Tinha o propósito visível de paralisar os ouvintes e dominar-lhes a vontade.

— Traga-nos logo uma bebida. Pode ser um uísque, ordenou asperamente, sem considerar os sentimentos do garçom. Um ingrato que ia de ônibus às cidades vizinhas só para procurar mulheres mais estimulantes que elas.

— Onde pensam que estão? Isso aqui não é puteiro. É o bar mais elegante de Trindade, reagiu, ofendido.

Sebastiana empalideceu, contraindo o rosto num ricto de dor. A figura do padrasto, revivida pelos gritos, expulsava-a de novo de sua casa, enquanto a mãe, em silêncio, ouvia o homem recomendando a sua filha o puteiro como lar. Onde estaria melhor abrigada uma jovem? Para as deserdadas da sorte equivalia às paredes de um convento.

Gioconda não suportava ver indefesa qualquer das Três Graças. Até mesmo Diana, que às vezes lhe salpicava o vestido de gordura só para ferir-lhe a vaidade, merecia sua compaixão.

— Não chore, Sebastiana. Isso não vai ficar assim.

Sebastiana precipitou-se no pranto. O desabafo da pupila deu força a Gioconda para reagir. Voluntariosa, pôs-se ao lado de Francisco, medindo-lhe a altura. De salto alto ultrapassava-o em alguns centímetros.

— Ainda que fôssemos simples putas, teríamos orgulho de um ofício tão piedoso, que não distingue o pobre do rico, o belo do feio. Só que você se equivocou. Agora somos atrizes à beira da fama.

Os vizinhos, atraídos pela arrogância, aplaudiam o tom panfletário. A adesão masculina envaideceu Gioconda. Agradecida, fez uma reverência. Nessa posição, sentiu ligeiro golpe no ombro. Sem atinar com o que se passara, viu no chão uma rosa rubra despetalada, lançada por um desconhecido. Comovida, olhou em torno. Sebastiana, porém, cruzando-lhe o caminho, precipitou-se em direção a Virgílio que entrava.

Ruborizado ante tal manifestação de carinho, o professor aceitou passivo que os homens presentes invejassem sua sorte.

— Acalme-se, Sebastiana. Ainda temos muito que fazer até a vitória final, acautelava-se contra a investida, protegendo o buquê que trazia na mão.

Fazia ver assim que chegara a tempo de defendê-las. Por isso lançara a flor ao regaço de Gioconda, embora houvesse errado o alvo.

— Dessa vez vai se haver comigo. Com arrojo, Virgílio desafiou Francisco, esquecido das lições do magistério, que recomendavam moderação. — Peça desculpa às senhoras, disse.

Gioconda custou a crer que Virgílio, sempre tão frágil, se tornasse de repente o herói das mulheres da pensão.

— Desde quando sou obrigado a me humilhar diante de putas? Também Francisco as surpreendia com a inesperada valentia. Com gestos desabridos, enfrentava Virgílio, sob o risco de engolir o que restava do palito.

Virgílio depositou o buquê sobre a mesa. Preocupava-o o desfecho do caso. A reação do garçom criava-lhe embaraço. Consultou o relógio, na expectativa de que Polidoro, fiel a uma pontualidade herdada dele próprio, surgisse no bar. Faltavam dois minutos para as cinco. Devia, pois, ganhar tempo. Na aflição, sentiu ardência na bexiga, o desejo urgente de urinar, que surgia quando a realidade lhe pesava por cima da leveza do sonho ou da ilusão.

— Vou urinar, mas volto logo. Dou-lhe cinco minutos para desculpar-se com as damas. Caso contrário, faço questão de expulsá-lo do bar. E encaminhou-se para o banheiro com solenidade.

Cada minuto decorrido engordava Francisco como se tivesse ingerido uma mistura de cevada, trigo e banana amassada. Já expirava o último dos minutos, quando Virgílio, abotoando ainda a braguilha, regressou à sala em linha reta até uma mesa longe das mulheres. Ali sentado, leu com aparente urgência uma carta de sumo interesse. Uma leitura que interrompia em troca de rápidos olhares pela sala.

— E o meu uísque, Francisco, reclamou agora em tom cordial.

Sebastiana sentiu de repente a gastura dos anos. Descobria-se desgostosa, órfã de um amor que até pouco tempo atrás se dispunha a oferecer-lhe nome e fortuna.

— E nós, Virgílio? Fez-lhe discreto reparo, na certeza de trazê-la à razão. O professor, porém, seguia na leitura, como se não a conhecesse. — O que houve com os cinco minutos oferecidos a Francisco? perguntou ela.

Francisco, que servia o uísque ao professor, indicou-lhe a mulher. O olhar súplice de Sebastiana convenceu-o de que, de fato, se conheciam. Com gesto negligente, sacudiu o paletó, retomando a cena onde a havia deixado.

— Não sou homem de esquecer meus compromissos. Jamais me descuidei da honra de uma dama!

Ergueu-se com lentidão exasperante, apresentando a artrose como desculpa. As dores travavam seus movimentos, impondo-lhe um ritmo em desacordo com sua ambição de viver.

Consultou o relógio outra vez. O cretino do Polidoro, que zelava pelos ponteiros como jamais cuidara da próstata gasta pelos anos e pelas paixões desmedidas, deixava-o sozinho à mercê dos inimigos.

— Muito bem, Francisco, a sorte o favoreceu em oito minutos em vez de cinco. Resta-lhe agora o consolo de comportar-se como um cavalheiro.

Seus olhos piscavam na expectativa de que Francisco, em sinal de gratidão por tanta paciência e gentileza, apresentasse as desculpas.

Francisco, sempre acusado de servil, decidiu pela primeira vez revidar os maus-tratos que a vida no bar lhe impusera. Já não sobravam em sua boca vestígios do palito.

— Confirmo cada palavra, professor. E quero ver quem é homem para me expulsar daqui.

Os homens presentes, estimulados pelo cheiro de sangue, cobravam a guerra, enquanto Gioconda e as Três Graças formavam um cerco de defesa em torno do professor, numa iniciativa que arrancou Virgílio definitivamente da apatia. Enternecia-o que as mulheres agradecessem assim o carinho que sempre depositara em suas camas.

— Prefiro agir como Leônidas e seus trezentos espartanos, em Pelópidas, que optaram por morrer ante um exército superior a viver numa pátria ocupada. Estou determinado a resistir a este homem à nossa frente, digno representante das forças do obscurantismo.

Virgílio alongava o discurso, dando tempo a Polidoro de chegar. Não seria cabível que atrasasse outro minuto mais.

Francisco atalhou suas bravatas com uma risada. Para sua satisfação, atraíra a simpatia da metade dos presentes. Sobretudo daqueles a quem servia doses duplas ao preço de uma.

— Sempre fui macho, só que nunca me deixaram provar, proclamou em altos brados para que essas palavras se alastrassem por Trindade, independentemente de seu esforço em divulgá-las.

Ante o perigo, o professor fechou os olhos, tentando mergulhar no esquecimento, o simulacro do sono. De novo imerso num quase estado de vigília, ouviu irromper na sala uma voz de barítono.

— Que alaridos são estes?

Sob o fascínio do som familiar que silenciou a sala, abriu os olhos. Polidoro, a seu lado, lastimava o atraso de dez minutos e os estragos que a contenda parecia haver ocasionado.

— Temos machos demais nesta terra, reprovou Polidoro com firmeza.

O garçom fingiu não vê-lo. Às cegas, apalpava as mesas em que ia esbarrando, no afã de localizar sobre uma delas a bandeja largada à vista do tropel das putas a invadir o recinto.

Os ânimos agora serenados, os homens brindavam o Brasil, na iminência de conquistar a taça Jules Rimet. Francisco, ocupado com as mesas, servia doses abundantes.

Polidoro percorria o bar sem se definir por uma mesa, ressabiado com a presença das mulheres. Um constrangimento que Gioconda notou. Ele fazia parte de uma sociedade que as depauperava sem jamais agradecer os favores prestados.

— Foi bom que chegasse, Polidoro.

Indicou-lhe a cadeira, entre Palmira e Sebastiana, para aliviá-lo da respiração opressiva que saía pelas ventas peludas.

— Posso saber por quê? Polidoro recusou o assento.

— É hora de anunciar que agora somos atrizes.

Amparada por sua tribo, e ciente das prerrogativas recentes, Gioconda ajeitou desafiante os cachos dos cabelos. De pé e seguida por sua claque, Diana aplaudiu Gioconda. O gesto, imitado pelas outras mesas, generalizou-se em tumulto.

Polidoro passou a mão no rosto. A sombra da barba que surgiu às primeiras horas da noite envelhecia-o. Faltou-lhe ânimo de enfrentar Gioconda. Receou a generosidade amarga daquele coração de puta, no qual a vingança despontava só porque Caetana chegara para ambos com vinte anos de atraso.

— Somos ou não atrizes? insistiu ela, as mãos nas cadeiras.

Polidoro pigarreou. A voz às vezes desafinava.

— Sirva as damas, Francisco, ordenou.

Mediu com o olhar sua aprovação. Gioconda, porém, mergulhada num universo que comportava a ela e às Três Graças, desafiou-o.

— Elas são de fato grandes atrizes. Vão estrear em breve.

Fez uma pausa. Solícito, tentou reduzir seu débito para com ela:

— Algo mais? Os olhos escureceram com as tintas da secreta ira.

— Por enquanto basta. Gioconda deu-lhe as costas, sentando-se à mesa. Consultou a carta de vinhos.

Polidoro acomodou-se numa mesa mais longe. As risadas mesquinhas das mulheres chegavam até ele como uma afronta. Arriado na cadeira, não escondia o cansaço e a sensação de descrédito. Procurou Virgílio pela sala. Encostado ao balcão, o professor não sabia que direção tomar.

Condoído, Polidoro convidou-o a juntar-se a ele. Naquele sábado de luzes oscilantes, carecia de cuidados contínuos, enquanto fosse sorvendo o uísque que Francisco começava agora a servir.

Ao saltar do jipe, estacionado em frente ao hotel Palace, as calças do delegado Narciso ameaçaram cair. A freada brusca atraiu o olhar de Mágico, atento ao movimento na calçada.

Narciso fiscalizou a vizinhança antes de avançar. O jequitibá nas imediações era propício à emboscada. Preocupado em apertar o cinto em torno do estômago, cada vez mais dilatado pela Malzbier, amaldiçoou uma profissão que lhe impunha frequentes deslocamentos por uma comarca feia e crestada. Por todos os recantos árvores agônicas e vacas soltas no pasto, com carrapatos à mostra. As frutas pelo chão provocavam-lhe melancolia. Ninguém as empilhava numa cesta.

Amanhecera indisposto. A barba por fazer testemunhava seu estado. A família no Rio, incrustada na casa de vila no Méier, sugava seu salário e suor. O carinho, brusco e ligeiro, só lhe vinha das putas de Gioconda. E suas mágoas, desabafadas com presteza, encaminhava-as aos ociosos do bar do Palace.

A voz de Mágico ao telefone, entremeada de soluços, fora incisiva. Clamava por uma autoridade capaz de pôr ordem no hotel que, sob os desmandos de Caetana, ameaçava soçobrar.

A reticência de Narciso, motivada pelo estômago que ardia após a refeição gordurosa, inspirou a Mágico a primeira fala heroica.

— E não lhe pagam regiamente para cumprir seu dever?

Resistira em chamar Polidoro, entretido na sesta. Temia Dodô, quem sabe de regresso a Trindade, fazendo perguntas, orientada pelo faro de perdigueiro.

— Seja bem-vindo, delegado. Estendeu-lhe a mão num gesto de reconciliação. Os dedos cruzavam o ar com certo desatino.

— Mais vale que tenha um bom motivo para me tirar da toca, resmungou Narciso entre os dentes, ignorando a saudação.

Mágico correu em seu encalço.

— O problema, delegado, é que enquanto alguns homens consomem a vida com as mulheres, minha perdição é este hotel. E indicou a fachada que começava a esverdear. O mofo subia até o quinto andar.

— Veja o estado das paredes! Ninguém quer salvar este primor arquitetônico.

Indiferente à sorte do prédio, Narciso atravessou o arco central, desprezando a porta giratória, que rangia a cada volta. Decidido a infundir medo, o delegado movia-se sobranceiro, a despeito da barriga, que era sua proa. Repetidas vezes ajeitava a aba do chapéu de feltro, no esforço de ensombrear o nariz adunco de aparência semita que herdara do avô.

Por respeito aos hóspedes do hotel, encerrara a arma no coldre, contrário ao hábito de enfiá-la entre o cós da calça e o cinturão de marinheiro, que o filho mais velho lhe enviara como presente de Natal.

Narciso estancou incrédulo. À sua frente, em filas simétricas, vários lençóis, pendurados em cordas improvisadas, dificultavam o trânsito dos hóspedes pelo salão.

A luz do lustre incidia sobre Balinho. Febril, ele torcia os lençóis lavados. Os gestos recordavam o curral da fazenda do tio, onde aprendera a ordenhar as vacas. A água pingava nas três tinas desordenadamente espalhadas ao longo do piso.

O espetáculo deprimia Mágico. Mas, convencido de que nos minutos seguintes Balinho seria arrastado até a delegacia, animou-se.

— Não lhe disse, delegado? Orgulhou-se de um diagnóstico capaz de identificar em poucos segundos uma situação à beira do caos.

Na função policial, Narciso criava às vezes a ilusão de multiplicar os objetos à sua frente, mediante seguidas contrações de olhos. Parecia-lhe assim reproduzir a realidade sob um ângulo disforme. Após ingerir uma macarronada, porém, tornava-se mais exigente, apegava-se às provas concretas, contrárias à sua imaginação. Testou, pois, a fibra dos lençóis com a ponta dos dedos. De puro algodão, pintados com paisagens, exibiam remendos inclementes. As fibras prestes a se esgarçarem exalavam perfume recente de sabão de coco.

— Estavam tão sujos. Ainda bem que não perderam as cores originais. Quase esfreguei pedra-pomes neles, exclamou Balinho, sem interromper a tarefa.

Narciso era sensível a qualquer desacato. O peso da justiça, que ele representava, ia aos poucos arriando suas costas. Ali estava um jovem presunçoso que após invadir a propriedade alheia esquivava-se de prestar um depoimento sincero e arrependido à autoridade presente.

— Não vê à sua frente o representante da lei? A voz ecoou pelos corredores formados pelos lençóis estendidos, enquanto o delegado brincava com o revólver.

Por cima dos ombros de Narciso, que lhe obstruía a visão, Balinho consultou pela porta o tempo lá fora. Ameaçava chover. A umidade acumulada dificultaria a secagem da roupa. O temperamento de Caetana se rebelaria contra a espera. Torceu de novo os lençóis num ritmo agora mais lento.

Mágico temeu que o delegado disparasse e a bala se alojasse no cristal bisotê, o único, de uma série de oito, que lhes restava na portaria. Balinho, porém, insensível ao revólver que Narciso devolveu ao coldre, prosseguia no trabalho.

As calças de Narciso haviam perdido o vinco adquirido pela manhã com o velho ferro de passar. Tenso, acariciou a coronha do revólver. Encarava o adversário, jovem e sem recursos, propenso, no entanto, a paixões extremadas, fiel a uma voragem que o fazia reduzir a quatro as horas diárias de sono, a fim de alongar suas reluzentes histórias para além dos horários convencionais.

Narciso avaliou o peso moral das testemunhas presentes. Contava com elas para julgar o incidente, uma vez que os hóspedes do Palace, molestados pela dificuldade de vencer os lençóis úmidos para chegar à rua, se haviam recolhido aos quartos, na expectativa do sol secar as roupas.

— Quem é o responsável por esta infração? perguntou num tom conciliador.

Balinho interrompeu o trabalho. Sentia-se esgotado. Caetana expulsara-o cedo da suíte com ordens expressas.

— Quero os lençóis comigo no palco. Não posso esquecê-los no dia de meu triunfo, disse, emocionada.

As peças, amareladas pelos anos, eram, junto com a vitrola do tio Vespasiano, as sobras de épocas amargas. Haviam atravessado o Brasil no lombo das mulas, em trens puxados por marias-fumaça, nas carroças cujo trepidar de rodas produzia o ruído de uma música que lhes facilitava o sono em meio aos lamentos dos boiadeiros com quem cruzavam na estrada.

— Ah, Balinho, este país já não existe mais! Evaporou-se com o progresso. É o extrato de um frasco de perfume aberto. Não nos resta nem mesmo o vidro onde enfiarmos o nariz e cheirarmos as lembranças guardadas.

Caetana abriu a gaveta. Havia ali dentro partituras, cartas de admiradores e o baralho para o pôquer e a bisca. Remexeu com cuidado.

— Leve também esta blusa de cigana para lavar. Lembra-se da cartomante que leu minha sorte? Balinho reviveu o desconsolo de Caetana fechada no quarto. Ela se despedia da trouxa de roupa como se fossem lavar sua alma, privá-la das últimas memórias.

— Sou o responsável, delegado. E o que queria, que eu esticasse a roupa no varal sob o risco de um ladrão de galinha levá-la para casa? Essa classe de gente é insensível à história. Não distinguem os lençóis comuns dos que estiveram nos picadeiros e nos palcos brasileiros, empapados de suor, servindo de cenário! Sempre nos faltou dinheiro para pintar a realidade em papelões duros. Desses que nunca voam no palco, são estáticos e custam caro. Esses lençóis aqui são levados pela brisa do mar e pela aragem da montanha. Parecem fantasmas apaixonados.

O argumento de Balinho adensava-se. Narciso seguia-o com dificuldade. Pediu socorro a Mágico com o olhar. Por sua função mundana o gerente seria mais sensível às descrições de caráter artístico, propensas a símbolo nos quais ele não sabia ancorar o barco de sua sensibilidade.

— São raros os artistas brasileiros que fazem dinheiro e têm vida fácil. A maioria perambula pela periferia das cidades, sem nunca meter os pés num teatro famoso ou ter o nome inscrito na fachada em luz neon. Caetana, por exemplo, jamais se abastardou. Preferiu a arte ao dinheiro. Não quis ir para o Rio de Janeiro correr o risco de se tornar puta, vigiada por cafetões.

Balinho ameaçava alongar-se, quando Mágico, que temia o percurso bélico das emoções capazes de incendiar perigosamente os corações dos homens, decidiu esfriar os ânimos. Cerimonioso, mergulhou as mãos na tina. E, com elas em forma de cuia, ofereceu a água dos lençóis para Balinho beber. Ele aceitou, tinha a garganta seca.

— Apresse-se, Balinho. Já não sobra nem uma gota, disse Mágico, nervoso.

Balinho lambeu os dedos de Mágico. O gosto de sal, proveniente do suor do homem, acentuou sua sede.

Narciso impacientou-se. Ninguém se preocupava com suas necessidades. A própria família só telefonava para provê-lo com problemas. E Mágico, como anfitrião, não lhe oferecera sequer um cafezinho.

— Vamos ao assunto que interessa. Em quantas horas a roupa seca? inquiriu com a autoridade restaurada.

— Antes de dormir, recolherei a roupa, sem o perigo de mofar, respondeu Balinho.

Mágico registrou a capitulação do delegado, cúmplice do maldito feitor.

— E os hóspedes? Muitos se recusam a abandonar os quartos em sinal de protesto! Apelou para seu espírito cívico.

— Que se danem todos. O que querem de mim, que os tire pela janela? Não sou bombeiro, mas autoridade policial! Irritava-o sobremaneira o casaco de Mágico, com galões dourados nos ombros e nas mangas, a gola visivelmente puída pelo uso.

— Faça então o favor de desobstruir este elevador abarrotado de malas. Já não sei quantas viagens fez a bagagem de Caetana percorrendo os andares do hotel, disse Mágico, entre provocador e resignado.

A tarde reservava ao delegado ocorrências fora da rotina. Via de perto como a realidade comezinha sofria danos longe da influência de Polidoro. Ao mesmo tempo, sentiu o inesperado prazer de desfrutar de um sentimento que lhe concedia, como homem da lei, o direito de invadir casas, maltratar foragidos e suspeitos. Até o de meter Polidoro e os de sua laia na cadeia.

Aspirou o gás benigno do poder, liberto daquele outro, mortífero, que vinha de Polidoro, a cuja usura devia o regalo de moedas sempre escassas, de modo a sujeitá-lo a um eterno suborno. Polidoro nunca lhe lançou pepitas com que comprar um apartamento em Copacabana, para onde trasladar a família ambiciosa. Os trocados, porém, comprometiam-lhe a honra e o futuro. Amanhecia então coberto por brotoejas e dormência nas pernas, as veias entupidas de gordura e desgosto.

Inflou o peito com a fumaça negra do tabaco vagabundo. A vida assumia aspecto sombrio. Livrou o pulmão do excesso de nicotina. Nas últimas semanas a condição humana parecia-lhe um chumbo que deformava sua roupa, tornando-o ainda mais desajeitado.

— Neste caso, levo Caetana para o cárcere em vez de você. Ela é a responsável pelo delito, disse, cabisbaixo.

Pensou em sua mulher. Ao ir para a cama com ela, um hábito cada vez menos frequente, ela arranhava suas costas, nunca para retê-lo dentro de si, mas com o intuito, embora disfarçado, de devolvê-lo o mais depressa possível a Trindade. Incapaz de recordar que se unira outrora com um homem altaneiro, de gestos precipitados, e que até à véspera de casar-se lançara-lhe flores da rua ao balcão da casa suburbana, enquanto agitava um lenço branco.

— Caetana é como um pássaro, não é o que vai dizer, Balinho?

Empenhou-se em compreender a raça de artistas que levava às costas, como um caracol, uma casa constituída de malas entupidas com um vestuário gasto e policrômico, e ainda, à guisa de cenário e de complemento teatral, panelas sem alças, garrafas de gesso, tocos de árvores que serviam de bancos. Já os lençóis, apesar da pintura esmaecida, davam asas à imaginação. Transportavam os espectadores aos países frios, onde os trenós e as renas felpudas simulavam a velocidade do sonho.

— Ninguém prende um artista atrás das grades, disse Narciso, pesaroso. Suspeitava que a arte, mesmo lançando mão de um artista decrépito, quase cego, tinha o dom de acorrentar a memória alheia, sem nunca mais libertá-la.

Mágico duvidou da repentina delicadeza. Nenhum bruto como o delegado poderia de repente invadir o mundo dos cristais, das agonias e de certo tipo de lágrima, após haver afugentado com a picareta as mais genuínas emoções.

Mas se Mágico estranhava, o próprio Narciso assombrava-se com os tremores dos mamilos debaixo da camisa. Ouvia, oriundos do peito, ruídos estranhos, diferentes dos que liberava ao abusar da feijoada.

Invadia pela primeira vez uma esfera composta de ingredientes a que não sabia dar nome. Pelo simples fato de falar da arte, tudo afetava seus nervos. Até as juntas dos membros inferiores umedeciam-se, permitindo-lhe movimentos quase juvenis. Corria o risco de descobrir que de fato não nascera para delegado. Dono de alma agora tão transparente, como voltaria a lidar com brutos, desordeiros, assassinos desapiedados?

Diante dos lençóis inocentes acumulava cada vez mais razões imperativas para abandonar Trindade. Uma cidade que condenava à apatia um homem que, sob o império da lei, lutaria por garantir a Caetana a prática de seus sonhos.

Narciso tocou os ombros de Balinho com intimidade. Via-lhe a coragem de promover artistas nacionais, imune ao tráfico sórdido do dinheiro.

— Que tal promover a arte de Caetana em Trindade? Se quiser, arrumo um lugar para ela. Este salão, por exemplo, serviria para uma apresentação. Com os lençóis estendidos e as tinas, criaríamos belo efeito. Seria como um lago de cisnes. Vou falar com Caetana.

Balinho dissuadiu-o de procurar a atriz. Após incansáveis anos de excursão pelo Brasil, ela repousava. Cada viagem expusera-a a difíceis provas. Ela, porém, nunca se resignara à derrota.

— Os homens são mesquinhos e a fizeram sofrer. Mas nunca a arte que ela leva consigo bem no plexo solar. Os gênios sobem ao trapézio sem rede de segurança, enfatizou para arrefecer o entusiasmo do delegado.

Narciso adivinhou as intenções dele. Convidava-o por meio de metáforas a fazer parte de sua fantasia. A usar uma malha que, a despeito de modelar impiedosamente o corpo, ajudava-o a voar por um espaço onde seria o único proprietário. Embora lisonjeado, o ofício de trapezista não lhe caía bem. Não saberia corresponder às quimeras de Balinho. Carecia de estilo e de atração pelo abismo. Era-lhe cada vez mais penoso vencer as semanas. Sobretudo em Trindade, onde aos domingos a vida escurecia antes que as nuvens prenunciassem a eclosão do temporal.

— Avise a Caetana de minha visita. Ajeitou a calça, resoluto.

Balinho tinha ordem de barrar qualquer intruso no quinto andar. A independência de Caetana era agora avassaladora. Sobretudo porque ninguém mais lhe poderia roubar o pão e a sopa que Polidoro proveria. Afinal, ela ofertara-lhe o tesouro de seu sexo. Com nenhuma outra mulher o membro dele murchara para erguer-se, sempre voluntarioso, tantas vezes seguidas. Além do mais, em seu coração de artista a angústia e o ressentimento se amalgamavam como metal nobre.

— Caetana aprecia o culto a distância. Ela é modesta e se ruboriza com facilidade. Quanto mais se comove, mais se entrega aos afazeres da arte. E a arte, delegado, busca caminhos secretos. Infiltra-se pelas paredes igual à água. O mofo aparece na superfície em menos de um mês.

Graças a Balinho, Narciso estremecia de uma emoção inédita. Sob o assomo de uma ilusão que o convertia em artista, nos próximos minutos subiria ao quinto andar. Nada o deteria.

— Quero beijar a mão de Caetana até a saliva secar. Beijos desinteressados, sem malícia, disse, contrito.

Desalojado da paixão humana, Mágico indignou-se. O delegado traía-o sem qualquer consideração. E pela primeira vez na vida prescindia de dinheiro. Deixava-se subornar em troca dos espasmos que a arte de Caetana prometia. Jurou vingar-se. Discreto, escondeu-se atrás do balcão. Discou o telefone e a sorte o bafejou. Polidoro atendeu.

— Fale logo.

Devia vir urgente ao Palace conter os ímpetos lúbricos de Narciso inspirados por Caetana, rigorosamente inocente na suíte.

Polidoro enfureceu-se que outro macho disputasse sua mulher. Para ele, ao longo daqueles anos, Caetana conservara-se intacta. Em sua memória, pendurava-a na parede ao lado do nicho de Nossa Senhora Aparecida, padroeira do Brasil. Jamais concebeu que algum membro inchado de sal e de desejo tivesse escancarado as portas secretas de Caetana, lavando-as de chuva e de luxúria.

— Vou encilhar o cavalo às pressas e marcar a cara dele com as minhas esporas.

Mas nem galopando chegaria a tempo para o castigo. Melhor ir de carro.

Narciso e Balinho consolidavam a nova amizade, trocando segredos e esperanças. O sortilégio das palavras trazia consigo uma carga de inércia. Narciso não se mexia para retirar do elevador as malas prestes a serem transferidas para o Íris, embora não quisesse subir pelas escadas. Caetana não devia vê-lo ofegante, sem fala.

O delegado batalhava entre a preguiça e a vontade de abraçar Caetana. Movido afinal pelo turbilhão da aventura que indicava o caminho da felicidade, aprumou-se.

— Vou tirar as malas do elevador.

Secou o suor do rosto e ajeitou com gesto decidido os bagos dentro das calças. A braguilha cerrada deixava-o confiante.

— Onde ponho as malas?

Sorriu galante. Aquelas malas haviam viajado muito mais que ele. Não só pelo Brasil, país visto através do fundo do vidro verde de uma garrafa, mas também pelos diversos andares do hotel Palace. Atadas com tiras, as fechaduras oxidadas não ofereciam segurança.

— Ponha perto do corrimão da escada.

Balinho forçava-o a cansar-se, atravessando o salão inúmeras vezes. Narciso obedeceu. Ao terminar de transportá-las, perdera o fôlego.

— Por que não visita Caetana amanhã? Estará mais descansado.

Não podia prestar tributo a uma dama com a respiração descompassada, o pulmão fornecendo ar para dizer no máximo três palavras.

A sugestão de Balinho feria os interesses de Mágico. Convinha-lhe que Polidoro surpreendesse o delegado no quinto andar em avançado colóquio com Caetana.

— Não deixe para amanhã o que pode fazer hoje, já dizia minha avó, comentou.

Narciso desconsiderou o conselho. Prezava no momento a voz da juventude. Havia que acatar uma sugestão feita com desprendimento. Ao mesmo tempo, sob o jugo dos vícios inerentes ao ofício que desde cedo o ensinara a julgar a má-fé alheia como fundamento básico, desconfiou de Balinho.

— Fala como amigo ou quer me humilhar?

Quem sabe o jovem lançasse dúvidas sobre sua virilidade, o conselho valendo como insinuação de impotência? Tão avançada esta, que nem a mais esforçada das mulheres daria vida a um instrumento que chegara ao fim de sua melancólica trajetória.

Vexado pela suspeita, baixou os olhos em direção à calça. Os órgãos em repouso o intimidaram. Além de faltar-lhe fôlego, já não contava com a imprudência da juventude, nem com os sonhos que vinham em sua esteira.

— Por que não vai descansar na delegacia? Querendo despachá-lo do hotel, Balinho endureceu a voz.

Encostado ao corrimão, Narciso não podia esmorecer. A atriz aguardava-o. Era tarefa dela semear as ilusões junto com o trigo de sua arte. Já agora Caetana soprava de longe ventos mornos em direção a seu peito saudoso de juventude.

O resultado foi imediato. Livre da sombra da velhice que o rondava, Narciso voltou a respirar com regularidade. Sentia-se até em condições de dispensar o elevador. Galgou o primeiro degrau. Venceria os cinco lances da escada numa única corrida.

Balinho anteviu o delegado à porta de Caetana.

— O maior inconveniente de Caetana é o temperamento. Grita por nada. Não perdoa sobretudo que a tenham impedido de ser a atriz mais querida do povo brasileiro.

Entrelaçava, compungido, as mãos contra o peito numa eloquência rouca e distorcida.

Narciso não sabia a quem atender. Se às evasivas de Balinho ou ao próprio coração, que pregava no deserto de seu peito um sermão licoroso e palpitante, fazendo-o crer que a felicidade havia que buscá-la num Finisterre miserável e cruel, onde escunas e veleiros se digladiavam contra as ondas.

— Não nos deixe, delegado. Faço questão de lhe servir um cafezinho. Mágico dissimulava o nervosismo.

— Se ao menos eu soubesse que Caetana quer me ver! disse Narciso, arrumando a aba do chapéu. Buscava dessa forma equilibrar as ideias, numa divagação que o levava ao Méier e o trazia de volta a Trindade, e que não permitiu que ouvisse ranger a porta giratória à sua retaguarda.

A visita de Polidoro surpreendeu-os. Adiantou ele as passadas como um touro. Na pressa, trajava ainda o paletó do pijama. Soltava vento pelas narinas.

— Pensei que não vinha mais, sussurrou Mágico para que não soubessem do telefonema. A fortuna colocava-se a seu lado, não podia desviá-la em favor dos inimigos.

Polidoro desprezou a mão gelatinosa. Tinha pressa em cobrar satisfações.

— Que negócio é esse de incomodar meus amigos? vociferou como um tigre que falasse.

— Quem lhe pregou esta mentira? Vim proteger seus convidados. Salvar Caetana deste gerente preconceituoso que detesta a gente da ribalta.

Polidoro inspecionou Narciso com severidade. Chegara a tempo de livrar a atriz do assédio de um homem que vivia às suas expensas. Ele suava, causando-lhe repugnância. Tinha todos os inconvenientes para ser um sedutor. As Três Graças o recebiam com desdém. Cada uma transferia para a outra o dever de aturá-lo na cama.

— Não aceito desculpas. Volte para a delegacia, que é seu lugar. Há muitos ladrões soltos por aí a exigir sua atenção.

Narciso vergou ante o peso da humilhação pública. Não suportava que Balinho testemunhasse a cena, justo quando iniciavam uma amizade. Naquela estância, sofrera emoções alternadas mas gratas. Algumas provinham do devaneio descabido que nutrira pela atriz, que conhecia apenas por descrições e pelo retrato que Virgílio mantinha em casa. A fotografia, tirada na praça ao lado do busto de Eusébio Alves, coincidia com a rápida visita de Getúlio Vargas a Trindade logo após as eleições de 1950.

O retrato servira apenas para acentuar suas incertezas. Mal revelava seus seios com fama de soberbos. Desde menino, nos subúrbios do Rio, alvoroçava-se ante o volume que nascia do peito das mulheres, o equilíbrio de uma estranha anatomia toda voltada para o transtorno e a paixão. Pelo que afirmava Virgílio, os seios de Caetana, esculpidos sob inspiração da própria Frinéia, tinham a forma de generosa taça de vinho, de cor leitosa.

Há muito Narciso admitia no bar do Palace seu fastio pelo sexo da mulher. Uma região sísmica, resguardada entre as coxas, a que ia de passagem. Como mero transeunte sem direito a afagos, escusava-se de aproximar a cara de um bosque peludo, cheirando a certos animais selvagens que jamais mastigaram uma flor com que aliviar seus humores.

Não podia compreender os franceses. Pelo que sabia, animavam-se em aconchegar a língua e a respiração no sexo recôndito, de canal igual ao da mãe, por onde fora obrigado a bracejar no intuito de vir ao mundo.

Polidoro tardava em decidir o destino de Narciso. Balinho, despojado do aspecto gentil, fazia sinais para que o delegado fosse castigado por abuso de confiança. Em defesa de Caetana, rompia a amizade recém-firmada.

Tal apoio, longe de liberar a sede de sangue de Polidoro, inclinou-o à clemência por quem no passado o servira com fidelidade. O delegado notou a hesitação. Seu destino pousava nas mãos do fazendeiro que facilmente o transferiria para o inferno. Uma delegacia de onde só poderia sair em visitas esporádicas à família, os filhos casando-se em sua ausência, não podendo ele sequer estrear o terno azul, no armário sob a proteção de naftalina e confeccionado para essas solenidades.

Incomodou-o pensar que a família não sofreria com o afastamento prolongado. Quando ia ao Rio, trocavam cumprimentos fugazes, os beijos dissolviam-se em vinagre. Em poucas horas sentia-se estranho. Os filhos esqueciam-se de passá-lo em revista, sobretudo seus sentimentos. Ao pedir café, na esperança de que viesse recém-coado, servido em xícara frágil e elegante, a mulher recomendava-lhe a garrafa térmica, o café açucarado e morno.

Sempre que em situações como aquela Polidoro hesitava, a fraqueza transparecia de imediato no rosto. Frequentemente Dodô acusava-o de pusilânime, por não punir os que o haviam ofendido. Mas ele se enternecia com o pranto rasteiro.

— Quando se manda matar é para valer. De preferência toda a família. Para que não sobre espírito de vingança. E isso serve para a vida e para a memória. Cuide-se, Polidoro, falta pouco para aniquilá-lo dentro de mim. Quem sabe já vivo com um cadáver e não sei, disse Dodô, antes de meter-se no carro que a levaria à fazenda, sem suspeitar da vinda de Caetana.

Mágico trouxe-lhes café na caneca de ágata, ao contrário do sonho de grandeza de Narciso. Um gesto que ninguém agradeceu.

— Mais açúcar? insinuou-se, na esperança de que o drama o envolvesse nas dobras de seu rico panejamento.

Polidoro buscava uma saída triunfal, que ganhasse moldura na memória daqueles homens rústicos pouco afeitos às atitudes épicas. Estava prestes a criar esse efeito, quando Narciso agarrou seu braço.

Polidoro reagiu com presteza.

— Desde quando ousa me prender? Onde estão as algemas?

O tom teatral inspirava-se em Caetana, que com maestria o guiava lá do quinto andar. Nesse empenho ele desgrenhava as sobrancelhas espessas, transmitindo senhas de que em breve usaria o macete contra os inimigos.

Incrédulo, Narciso mal acreditava que apertara o braço do fazendeiro com certa rudeza. Uma audácia que ele próprio seria o primeiro a condenar. Para remediar o gesto e dissimular os sentimentos, retomou uma expressão de talhe submisso, bem conhecida de Polidoro.

— Que outro delegado lhe foi tão fiel?

Piscando os olhos em rápida sequência, Narciso exibia um afeto que Polidoro não devia aceitar. No entanto, o bruto lhe parecia sincero. Sentiu-se desconcertado sob a pressão de sentimentos tão pendulares.

Balinho registrou em seu rosto uma contração prévia ao remorso, próxima da compaixão. Polidoro não resistiria ao ato de contrição de Narciso. Era iminente sua queda.

— Sinto muito, doutor Narciso, mas seu lugar de delegado é na cadeia a inspecionar os presos e não artistas como nós.

Ufano, Balinho soterrou os últimos laços de afeto que haviam florescido entre os dois à sombra dos lençóis que secavam.

Sob tal carga Polidoro endureceu de novo. Vestia o manto púrpuro da vingança. Não podia decepcionar a plateia. Afinal, invejara sempre os golpes certeiros que corroíam o coração fatigado dos homens.

— Deixe Caetana de vez. É minha honra que está em jogo. E para não renunciar ao sentimento rarefeito, completou: — Saia daqui agora mesmo, Narciso.

Ao indicar-lhe o caminho da rua, proibiu-o de pôr os pés no hotel na semana entrante. De frequentar igualmente o bar do Palace, entre cujas paredes, manchadas de tabaco, vinho, choro e blasfêmias, suas confidências ganhavam guarida.

Balinho encantou-se. O discurso de Polidoro reproduzia com exatidão a galanteria masculina. Lástima que tivesse sido tão curto. Esquecera-se simplesmente de esmiuçar a vida da atriz, jogando luz sobre episódios artísticos desconhecidos para Trindade e o Brasil.

Polidoro galgou o primeiro degrau da escada, levado pela esperança de chegar ileso ao quinto andar. Enquanto subia, embalado pela ilusão da vitória, um tremor nas pernas obrigou-o a apoiar-se no corrimão. Veio-lhe à lembrança o rosto de mártir, de estampa benta, que Narciso lhe oferecia. Receou haver-se excedido. O ciúme cruel induzira-o a um encarniçado ataque contra Narciso. Expulsara-o do hotel com auxílio de uma falange de anjos malignos. Pensou em reparar o ato. Teve certeza, porém, de que ele voltaria a abusar. Não convinha confiar num macho que dera prova de levar entre as pernas tão extremada cobiça.

O golpe seco desferido por Polidoro atingiu as entranhas do delegado. Traído por todos, sentiu o ímpeto de sacar a arma e vingar-se. Surgiu-lhe, contudo, o rosto da mulher, na casa do Méier, aprontando-se para visitá-lo na prisão. Às quintas-feiras, ela traria consigo um quilo de pera, contas para pagar e os bilhetes apressados dos filhos. Uma família que constituía o esquálido patrimônio que armazenara naqueles anos.

À vista de uma esposa desgrenhada que o recriminava por estar atrás das grades, o ódio esmoreceu. Ao mesmo tempo animou-o pensar que Polidoro, tão logo se lhe dissipassem as mágoas, continuaria a despejar sobre a mesa as mesmas moedas.

— Não ouviu? impacientou-se Balinho com a demora dele em abandonar o hotel. Ia acompanhá-lo até a porta, quando Mágico o interceptou.

— Sou eu que acompanho o delegado Narciso até a viatura. A elegância da frase restaurou-lhe as forças despendidas naquela tarde.

Narciso rememorou os cristãos sacrificados nas arenas romanas. Sentia-se um deles agora. A mão estendida de Mágico, convidando-o a apoiar-se nele, sugeria caridade evangélica.

Quase agarrou-se a ele. Dessa forma deixariam o saguão como marido e mulher envoltos no mesmo manto tecido com as agulhas dramáticas do amor conjugal.

Resistiu à manifestação de piedade. Devagar tirou o maço de cigarros do bolso. Serviu-se sem oferecer aos demais. Amassou o cigarro entre os dedos para que seus algozes inalassem o tabaco. Riscou o fósforo contra a caixa, levantou a gola como se usasse capa de chuva. Sentiu-se um gângster dos filmes de Humphrey Bogart. Prendia agora a fumaça com voraz determinação. Só quando os pulmões deram mostra de sucumbir, devolveu larga baforada na cara dos dois homens.

Em seguida, tirou o revólver do coldre e meteu-o na cintura, entre a calça e a barriga. Dispensando com a mão direita, enfeitada com o anel de caveira, o séquito de esbirros e acólitos, abandonou o hotel em passos marciais.

As reclamações se sucediam na suíte do quinto andar, sob forma de bilhetes entregues por baixo da porta com a anuência de Mágico. Alguns, contundentes demais, eram incinerados por Balinho numa espécie de pira improvisada.

Caetana, debaixo do edredom rosa, aspirava o cheiro de papel queimado e inquietava-se. Balinho, tranquilizando-a, assegurava que o cheiro vinha da rua. Antecipados, os fogos juninos celebravam a participação do Brasil na copa do mundo no México. Um fato que sem dúvida ameaçava incendiar a alma do Brasil.

Balinho mediu a insatisfação dos missivistas. Havia que contentá-los. Essas criaturas, embarcadas no sonho de Caetana, reclamavam simplesmente novas poções mágicas com que prosseguir uma viagem transatlântica, a bordo de um navio sob ameaça de jamais se deslocar da terra firme.

— Que tal receber alguns amigos para o chá? Sua autoridade sobressaía principalmente ao pôr do sol, quando Caetana o ouvia com particular atenção.

— Não me force a receber inimigos. Só aqueles que posso seduzir para a arte. Não quero abandonar o quintal da memória e o mundo do espetáculo, disse em irrestrita fidelidade a seus devaneios.

Desde que chegara, trancafiara-se no quinto andar, a despeito de

Polidoro adverti-la dos perigos de confinar-se, esquecida da cidade. Já vencida a primeira semana em Trindade, ela não se animara a ser vista na praça nem nas ruas. Nenhum olhar pôde enumerar com quantas rugas a mais ela chegara no Palace.

Confiante nas providências de Polidoro que cumpria suas ordens no teatro Íris, Caetana não se preocupava. Como artista cabia-lhe apenas definir os variáveis caminhos da arte que há décadas transitavam por seu peito.

Balinho insistiu, convencido da necessidade de angariar amigos.

— Um lanche rápido e a troca de breves palavras. Em trinta minutos estarão todos de volta a suas casas.

Caetana temia rever os convivas. Se ela, que cruzara o Brasil de norte a sul, havia fracassado, o que acontecera a eles, simples flores de cacto de Trindade! Quem sabe a desilusão generalizada dissipara-lhes o espírito e o brilho dos olhos!

— Quem sobrou depois de tantos anos?

A túnica escura sombreava ainda mais suas palavras. Enrolou o cabelo em forma de coque. Enquanto fixava os grampos, foi à janela. A paisagem enfastiou-a.

Balinho sabia que lhe faltava o palco para viver. Encarcerada no hotel, não suportaria a prisão por mais tempo. Sentia a ausência de um país que sempre lhe chegou através de vilas miseráveis, cujos nomes, embora não os retivesse, tornavam-se os únicos rostos familiares que riam e choravam quando ela, junto a Príncipe Danilo, inventava monólogos que já nem mais existiam nos textos dos escritores de nomes também esquecidos por ela.

Balinho aninhou-se a seus pés. Era sinal de que ambos acenderiam a lareira da memória onde assar as lembranças como opulentas batatas com casca.

— Lembra-se da história dos doze pares de França, que lhe contei antes de subirmos o rio São Francisco? E que voltei a repetir lá em Pirenópolis, na mesma cidade onde você esteve com tio Vespasiano ao completar quinze anos? Logo depois da festa da cavalhada, quando seu Pedro nos serviu em seu restaurante vinte e oito travessas de comida. Já estávamos no final, quando aquele garimpeiro, que tinha no peito uma cicatriz em forma de cruz, nos mostrou em meio ao cascalho umas pedras que ofuscavam como brilhantes, embora seu olhar luzisse muito mais que as pedras, a ponto de nos assustar.

Naqueles dias, em Trindade, Caetana não suportava enredos intermináveis. Compraziam-na apenas as histórias de curta duração e fim previsível.

— Livre-me desses malditos da França. Tudo que quero é ouvir minha própria história, contada por quem se lembre dos detalhes que já esqueci. Diga-me o que fiz eu no passado para ter tantas manchas negras no coração.

Entretinha-se com essas confidências quando se ouviu um estrondo à porta. Balinho retesou-se em defesa de Caetana. Ao liberar o trinco, encontrou no corredor um jegue manso, a cabeça pendida, todo enfeitado de fitas coloridas e papel crepom. Amarrado à maçaneta para não fugir, debatia-se assustado.

— Falávamos dos doze pares de França e veja o que temos à nossa frente, disse Balinho, cismado ante um animal que sem dúvida testemunhara ocorrências atadas entre si por um nó górdio. E que fazia parte da lenda narrada pelos cantadores cegos do Nordeste, os quais adulteravam a vida do imperador Carlos Magno na esperança de nela incluir o Brasil e seus próprios sonhos.

Caetana alisou-lhe o dorso. A humildade do animal travou sua boca. Da sua crina rente exalava um cheiro peculiar. Aspirou os pelos empestados de colônia barata.

— O povo de Trindade não aprende. Em vez de flores, envia o mais triste dos seres para uma artista. Como os nordestinos, o jegue é um exilado no Brasil.

Riche cheirou as patas do jegue. Não parecia reconhecer nessa espécie primazia sobre a sua. Com jeito soberbo, aninhou-se de novo em Caetana para dificultar-lhe a locomoção. Não a queria perto do animal.

— Aceito receber os amigos e descobrir quem me mandou o jegue com o intuito de me desalojar do hotel Palace, pois não cabemos todos na mesma suíte.

A notícia alastrou-se em poucos minutos. Polidoro, instado a não comparecer, temeu que a euforia da festa lhe criasse problemas conjugais. Havia o risco de Dodô, tomando conhecimento da efeméride, retornar às pressas ao lar para acusá-lo de macular o leito conjugal, há tantos anos deserto, com um amor afoito cuja parceria era aquela puta que se dizia atriz.

Melhor, pois, que Caetana cancelasse a festa. Balinho, porém, reagiu. Pela primeira vez, junto com Caetana, iriam receber amigos numa tarde de quinta-feira. Planejavam oferecer suco de maracujá, biscoitos de polvilho e variada quitanda, já encomendada. Era jovem e merecia divertir-se. Oferecer aos hóspedes sobretudo intermináveis intrigas.

Venieris aceitou o convite, sob condição de comparecer com o macacão de pintor, salpicado de tinta, ora usado na confecção dos cenários. Renunciara à loja para dedicar-se exclusivamente ao Íris. Conhecer Caetana, porém, renovaria sua inspiração. Realizava sem dúvida uma obra de arte que transcendia os acanhados limites de Trindade.

Também Virgílio, no afã de historiar os eventos, prometeu comparecer, apesar de contrariar Polidoro, que jurou postar-se à entrada do hotel só para ver quem o traía.

À porta do hotel, Gioconda cumprimentou Polidoro, em aberta desobediência, trazendo as Três Graças consigo. Promovidas à condição de atrizes, quase não permaneciam na pensão. Consumiam os dias na rua e no cinema Íris. Diante de qualquer espelho, ensaiavam gestos de extração tipicamente teatral. E quando hesitavam sobre a postura física mais adequada, recorriam a Gioconda, em quem reconheciam talento para direção.

Diana, agora mais dócil, reclamava um papel ao mesmo tempo dramático e tirânico.

— Quando é que Caetana vai nos visitar no Íris? disse, aflita.

— Só ela pode distribuir os papéis, revelar que peça vamos representar.

— Por que precisamos que alguém mande em nós, se a arte é livre e desenfreada? disse Sebastiana.

Afinada com a recente e intensa vida social, conquistara uma coragem que lhe permitia mostrar a boca arrombada sem a angústia de antes. De todo modo, a velhice terminaria por roubar os dentes que ainda restavam.

— Fui a primeira das Três Graças a perder alguns dentes. Isso quer dizer que terei vida longa, pois passarei a me alimentar de mingau e de sonhos.

Grudado à porta giratória, Polidoro não desistia.

— Se Dodô descobre, corremos perigo. Até mesmo o de cancelar a função no Íris.

Desconsiderado por Gioconda, pensou em recorrer a Narciso. Guardara dele, porém, uma mágoa que ainda não se diluíra. E depois, em hipótese alguma, o queria subindo ao quinto andar.

— O delegado abusou de minha confiança, ia ele dizendo.

— Por que não se junta a nós e lanchamos juntos? sugeriu Gioconda de dentro da cabine do elevador. Enquanto Polidoro tardava em responder, ela apertou o botão do quinto andar sob os aplausos das Três Graças.

Caetana recebeu-as na porta. O vestido vermelho contrastava com a tarde cinzenta, sob ameaça de chuva. As Três Graças, antecipando-se a Gioconda, lançaram-se a seus braços. Caetana não sabia a quem atender primeiro. Cada qual disputava a primazia de recolher o calor dos seios fartos. Diana encostou afinal a cabeça no peito dela. Emitiu um grito que assustou as demais.

— O que houve? disse Sebastiana.

Diana emudeceu. Preferia a dor que aborrecer Caetana. A atriz, que se deixava beijar por ela sem corresponder a tantas efusões, afastou-lhe a cabeça.

— Este broche deve ter ferido o crânio de Diana. Apontou a joia, fincada no início do decote. — Foi presente de uma italiana, que andava de jipe, lá pelas dunas de Fortaleza. Veio a meu camarim só para confessar que jamais imaginara encontrar um talento como o meu num país feito o Brasil. Sobretudo num grupo mambembe, pobre, sem cenários, que nunca ouvira falar em Pirandello. Tio Vespasiano chegou a chorar de emoção. Reuniu-nos imediatamente para uma função extra e ofereceu à italiana um punhado de cenas, todas do antigo repertório brasileiro do qual ele se sentia o depositário. Certa vez, aliás, me confessou após ter bebido:

— Carrego comigo uma matalotagem rara. Em vez de queijo, salame e pão para matar a fome, é constituída das últimas sobras das falas pronunciadas pelos atores já mortos. Sou o último artista brasileiro que ainda combina circo e teatro. Sabe como se chamava antigamente? Pavilhão.

Nessas reminiscências, Caetana saltava os anos sem obedecer a qualquer rigor cronológico. Era-lhe fácil esquecer os tempos modernos e suas criaturas. De algum modo cada palavra que ia confessando expulsava as Três Graças da sala. Mas ninguém conseguia interrompê-la quando evocava Vespasiano.

— Para explicar essa combinação, o tio falava de uma crônica de Arthur Azevedo, encantado com aquela forma de enlaçar comédia e drama no picadeiro como nunca se vira antes.

Gioconda inquietou-se. Além de Caetana descuidar-se das visitas que iam chegando, especialmente Venieris, relegado a um plano secundário perto das cortinas desbotadas, sua atuação pessoal, de fato exagerada, não dava margem às demais atrizes, as Três Graças e ela, de desenvolverem os respectivos talentos.

Diana, que nos últimos dias afinara a sensibilidade, adivinhou o temor de Gioconda. Sobretudo a inveja, alojada agora no peito como espinho cravado fundo na carne. Solidária com ela, deu um passo à frente para destacar-se dos outros convidados. Notou a censura de Caetana que, concentrada no relato ainda inconcluso, via-se burlada.

— Digam-me afinal qual é a história da amizade? Onde fica a gratidão? protestou Caetana. Os cabelos, em meio a gestos desmedidos, farfalhavam como folhas secas. Ouvia-se o ruído dos pingentes que caíam dos delicados lóbulos.

A linguagem, deliberadamente cifrada, reagia aos danos que sofria na própria casa. Balinho, de longe, também era vítima da reprimenda. Inventara uma reunião em que todos disputavam o mesmo tesouro.

Virgílio incomodava-se com a natureza competitiva das mulheres. Traiçoeiras entre si, disputavam a preferência dos homens sem o pudor que seu recatado sexo requeria. Desejando, no entanto, pôr em prática virtudes de conciliador, passou à frente de Diana.

— Lamento não ter conhecido mais profundamente Vespasiano. Ninguém melhor que ele nos teria explicado o Brasil, disse, satisfeito.

Para ouvi-la falar, Venieris, seguido dos outros, sentou-se no chão, em torno de Caetana. O círculo apertado restringia seu desempenho. Quantas vezes, porém, ela atuara com febre, as roupas cerzidas, as lâmpadas queimadas do palco obscurecendo-lhe os rictos faciais!

— Tio Vespasiano iniciou a carreira no Politeama, lá em São Paulo, que era um barracão de tábua e zinco perto do Mercado Velho, então frequentado por tropeiros recém-chegados à cidade. Ele comia em prato de folha, mas logo foi admitido à mesa dos atores. No início, quando começou a atuar, atiraram batatas e ovos podres nele. Sem falar nos assovios e vaias. Houve até uma noite em que jogaram uma coroa de capim.

Ernesto alvoroçou-se. Pareceu-lhe original que a arte pudesse ser castigada com os mesmos meios destinados ao Cristo, e que a Igreja houvera por bem eleger como símbolo dos sofrimentos do Salvador, o qual, através de expediente tão cruel, redimira a humanidade.

— Até que o público tinha razão, ponderou em voz alta e destemida. — Se ao Cristo destinaram uma coroa salpicada de espinhos, por que não enviar a seu tio, como aviso, uma de capim, que é comida de pasto?

Caetana fingiu não ouvir a intervenção de Ernesto. Tinha certeza de que o público, sob o jugo de sua narrativa, não se deixaria levar por enredos alheios ao circo verbal que pessoalmente pretendia montar à frente deles com lonas de suspiros, cordas de alegria e arquibancadas de sobressaltos.

— Como eu dizia, prosseguiu, pensando nos cuidados do tio ao transmitir-lhe uma história sempre ameaçada de sumir da memória nacional, caso ela não se fixasse nos detalhes que Vespasiano, zeloso, teimara em passar-lhe. — Os circos se locomoviam em lombos de burros e carros de bois. Até que os trilhos foram chegando para desgraça das povoações. Alguns eram ranchos de taipa cobertos com panos velhos. Assim ficava fácil desmontar e levá-los para outras geografias, não distantes da anterior. Construía-se assim um círculo de inferno e de ilusão ao mesmo tempo. A trupe, às vezes, era de vinte miseráveis que proclamavam sua felicidade no picadeiro. Em troca, exigiam apenas que o povo risse e chorasse.

— Também nós provocamos o mesmo efeito, interrompeu Sebastiana, afinal compreendendo a natureza da disputa travada entre as mulheres da pensão e a atriz Caetana, que lhes negava o direito de brilhar em cena.

Príncipe Danilo entrou discreto na sala. Acomodou o corpo avantajado com dificuldade no chão. As coxas pétreas esbarravam em Ernesto e Gioconda, que reagiam a seus movimentos. Chegou a tempo de ouvir as observações daqueles amadores pretensiosos.

— É muito diferente, disse Danilo, cortando a fala de Sebastiana. — Alguma vez as senhoras representaram *Otelo*, *A Princesa de Cristal*, *Os Irmãos Jogadores* ou mesmo *O Negro do Frade*? Ou o tabique da pensão de vocês chegou a rasgar em meio a algum vendaval, como aconteceu com nosso pano de cena que se cortou em dois? Tivemos que emendá-lo às pressas, usando, além de agulha e corda, pedaços de borracha derretida, que tiramos do pneu de um velho caminhão Chevrolet.

Entusiasmava-se em fazer desfilar as misérias vividas ao longo daqueles anos. Dando prova de um amor que a sociedade, corroída pelo despeito que sentia pela arte, não tinha o dom de avaliar.

— Quem não trocaria a fortuna pelo lampejo do gênio? insistiu, o olhar obstinado pela desforra.

— Que tal, em vez de coroa de capim, tomar de uma réstia de cebola e fazer uma coroa para sua glória, ironizou Ernesto, mais solto quando livre da presença de Polidoro.

Caetana mantinha-se à parte do debate. Com gestos lentos livrou os cabelos dos grampos que sustentavam o coque. Soltos sobre os ombros, sua figura avantajou-se.

— Sabem o que Procópio, o grande ator brasileiro, dizia de certo tipo de gente? São os pingentes da glória. Só que por camaradagem não lhes cobrava passagem para andarem no mesmo bonde que o conduzia, disse Caetana com visível mau humor.

As palavras ferinas constrangeram o público. Balinho, que até então procurara ser discreto, previu a derrota de seu ideal de congregar em torno de Caetana os que haviam aderido com arrebato ao espetáculo ora em montagem no Íris.

— Passemos ao chá, bateu palmas com energia para desfazer o mal-entendido. — Foi feito em homenagem às senhoras e aos senhores. A própria Caetana recebeu o cozinheiro nesta sala para testar seus méritos. Só assim aprovou as empadas de camarão.

O sorriso generalizou-se, todos propensos a uma sedução de resultado imediato. O próprio Balinho, auxiliado por Francisco, que no afinco de olhar Caetana tropeçava nos convidados, fazia circular as bandejas pela sala. Cada um deles, por acordo tácito e espírito previdente, provia-se de duas empadas.

— Nem parece que almocei, justificou-se Sebastiana com vergonha do apetite.

Palmira, à falta de um prato, depositou a empada de reserva no chão, em cima do guardanapo. Não perdia Riche de vista, que ronronava ao lado.

— Mais vale pegar duas que uma. Sempre tenho medo que as coisas acabem, disse, sem esperança de ser ouvida em meio a vozes mais potentes.

Caetana, cujo ouvido captava registros imperceptíveis aos demais, enterneceu-se com aquela mulher pálida com pretensões ao estrelato. Palmira enfeara e os anos haviam liquidado partes notáveis de seu corpo. Enquanto ela engordara por causa dos excessos da culinária contraditória do país, Palmira perdera peso.

— É triste envelhecer, disse Caetana com vivacidade, sem intuito de ofender senão os próprios anos, algoz esplêndido que esbanjava morte e rugas. — Era a frase favorita do tio Vespasiano em seu último ano de vida. Falava assim justo ao crepúsculo, tomado de estranha agonia. Defendia a tese de que nenhum outro ser humano sofre tanto com a velhice quanto os atores. Cada vez que pisam no palco, precisam desesperadamente de se iludirem com a certeza de ainda serem jovens. As rugas da cara têm a força de destruir um talento que ambiciona lidar com o perdurável e o eterno.

Com a colaboração de Danilo, que lhe fornecia detalhes com que enriquecer a narrativa, Caetana recordou o fraque do tio, de cor verde-garrafa, e ainda o colete branco. Ele, a sorrir em tom de galhofa, quando o chamavam de barão.

— Barão do Café, regale-nos com a fortuna de seu talento! Ele próprio replicava.

Já no final da vida, o fraque sebento e desfiado a que faltavam alguns botões dourados, Vespasiano aprumava-se como um senhor de engenho ou dono de extensos cafezais. Começara a confundir as falas de um repertório dissolvido ao sabor dos anos. E embora Danilo o emendasse, não registrava os erros. Caetana, por sua vez, repreendia Danilo. Que jamais voltasse a pôr reparos num artista de tamanha magnitude, que merecia agora repouso e respeito. Quem levava na memória uma existência tão espessa como um mingau, conquistara de vez o direito de esquecer a vida e o mais que vinha em sua esteira.

— Que diferença faz embaralhar frases de Otelo com as de Joracy Camargo! Assim encerrava ela aquelas discussões.

Vespasiano parecia apreciar a disputa ácida. Comovia-o que a sobrinha, criada por ele, morresse por sua honra.

— Vocês sabiam que Mirandinha, um palhaço vivaz como a aurora, morreu de uma hemoptise no saguão do Teatro Carlos Gomes? dizia Vespasiano, escarafunchando a memória lesada pela bebida, pelo toucinho de porco e, sobretudo, pelo empenho de sobreviver, tendo que vencer um pântano para alcançar na outra margem a duvidosa flor da ilusão.

Nesses momentos, com rara ternura, Caetana arrastava-o pelas mãos como a um cego. Fazia-o sentar-se no tamborete.

— O senhor se lembra daquela descrição do velho almanaque? "Próximos ao alpendre onde se deram as confidências levemente ensombreadas pelas folhas da trepadeira."

O prêmio por tal reminiscência fora o amplo sorriso de Vespasiano.

— E a vitrola, minha filha? É minha herança, não se esqueça. Não tenho outra coisa para deixar. Toda minha vida está nas músicas que nela ouvi.

Virgílio propôs que encerrassem as confissões. Era dia de festa e estavam a ponto de chorar sob o fascínio do verbo de Caetana. Cativados pelos encantos da tarde que nos próximos minutos os deixaria para sempre, propunha para os anfitriões uma salva de palmas como se estivessem no teatro.

— Não é verdade que acabamos de assistir a dois atores em cena improvisando um texto brilhante? O que é mais teatral que a vida em estado cru, como um boi destrinchado vivo? Não é verdade também que fomos felizes?

De pé, livre dos corpos que o comprimiam no chão, Venieris incorporou-se aos aplausos que ecoavam pelos corredores do hotel. Como simples espectador, iludira-se de haver voltado à pátria. Precisamente a Epidauro, de onde se podia lançar uma moeda do último degrau da arquibancada e colher o eco provocado pela acústica perfeita. Tudo em concordância com a tragédia humana desenrolada à vista de todos.

Seu vigoroso aplauso abafou o entusiasmo dos outros companheiros. Caetana notou a vaidade do grego, que lhes queria impor uma tradição de cinco mil anos, sem levar em consideração que o Brasil ainda não ultrapassara cinco séculos. O peso da cultura representada por Venieris asfixiava os membros da discreta sociedade.

— Sente-se, Venieris, ordenou Diana, imperativa, como se lesse o desejo de Caetana. — Aí vem outra rodada de empadas. Só espero que também sejam de camarão.

Caetana, em vez de agradecer o gesto, sentiu que Diana distendia o arco em favor de uma flecha embebida em veneno e afetos devoradores. O medo de que lhe cortassem as asas em nome do amor apareceu imediatamente no rosto da atriz, chamando a atenção de Balinho. Ele preparou-se para aparar as arestas. Andou pela sala, detendo-se em Diana, Ernesto e Virgílio, que reclamavam atenção. Refez a viagem inúmeras vezes. Sua juventude favorecia-o na visita a essas almas, com o conforto de saber que, quando quisesse, encontraria a porta de saída. Pois, de fato, o único sítio onde amava ficar era ao pé da lareira do peito de Caetana.

Caetana quis interromper o festim à custa de seu bolso financiado por Polidoro. Aquela gente, amontoada no chão e necessitada de babadores, emporcalhava as roupas e o assoalho com as migalhas das empadas. Quem andasse pela sala, como Balinho, sujava as solas dos sapatos. Tio Vespasiano, que apreciava as boas maneiras, teria sido o primeiro a espantá-los com o cabo de vassoura, inconformado com o ruído que faziam sorvendo o chá e o suco de maracujá.

— A festa está quase acabando, disse Balinho, prevendo situações incontroláveis. — Caetana alimenta a ilusão de que as senhoras e os senhores, na hora de dormir, levem para os travesseiros a certeza da felicidade que aqui compartilhamos. Caetana agradece terem vindo.

No papel de ventríloquo, Balinho adotava gestos amaneirados, imitando Caetana. Contudo, seu decoro e lhaneza faziam com que eles esquecessem a intolerância da atriz.

Danilo não se conformou com as honras concedidas a Balinho. Como ator, que corria o risco de viver, além da própria vida, a dos outros, não merecia um rebaixamento social em público. Buscava a melhor maneira de protestar, quando Gioconda se adiantou.

— Ao chegarmos, Caetana nos perguntou pela história da amizade. Nem ela nem nós demos a resposta exata. Agora que nos despedimos, quero dizer que a única história que vale a pena ser contada é a história da mentira. Aguardou, imóvel, a reação do grupo.

A reprovação a tal doutrina disseminou-se pela sala. Caetana, habituada ao avesso das palavras, fixou-se em Gioconda. Não parecia conhecê-la. Os conceitos em si não a repugnavam, mas a rivalidade que se estabelecia entre elas a partir desse momento.

— Você está aprendendo depressa, Gioconda. De fato, a mentira é a única verdade que nos interessa. O resto é grosseiro e desumano. Mesmo porque a realidade está sempre a serviço da ilusão dos miseráveis e da argúcia dos ricos. Por isso vocês e eu sobramos em Trindade, ou em qualquer outro município, disse, trocando com a outra senhas indecifráveis.

Ernesto pediu guarida às mulheres. As frases enigmáticas tinham para ele alto teor de gordura. Danificavam-lhe a percepção do mundo. Já Venieris, incorporado na última semana ao universo da arte, dispensava qualquer sabedoria duvidosa, capaz de perturbar o caráter meigo e contemplativo de sua pintura.

Na condição de estudioso da história, Virgílio precisava emprestar ao instante a última solenidade que a festa ainda podia comportar.

— Ao contrário do que aqui foi sugerido, nem sempre acho honesto inventar. É uma prerrogativa mentirosa de que os artistas devem ser acusados. Para mim, e sem intenção de ofender a quem quer que seja, os artistas não têm qualquer escrúpulo.

— O que está fazendo aqui entre nós? Não somos todos artistas? Até as Três Graças lutam por serem reconhecidas como tal, disse Caetana, dando vazão a seu ressentimento.

— Também não sei, admitiu com candura.

O impasse criado por Virgílio não permitia que saíssem da sala para retornar ao Íris. Ninguém se habilitava a desfazer as mágoas surgidas após as deliciosas empadas.

— Claro que sabe, disse a voz miúda de Sebastiana, em tímida mas autônoma manifestação.

Virgílio, que sempre a elegera sua favorita, sentiu a autoridade de mestre, duplamente confirmada no leito e na cátedra, ameaçada. Tentou cancelar-lhe a palavra por meio de sinais.

Sebastiana, porém, aflita, descuidou-se desses avisos.

— Nosso talento destina-se ao palco. Não será melhor sairmos daqui diretamente para o Íris a fim de ensaiar? Já não aguento mais viver sem a arte!

Os suspiros da mulher instigaram o historiador, igualmente ansioso por desfrutar do mesmo gênero de emoção impressa em sua Graça preferida.

— Somos um bando de homens e mulheres sujos e felizes com a ilusão da arte, interrompeu Diana, orgulhosa da alocução.

Ernesto já não reconhecia a cidade onde havia nascido. A imposição de novos hábitos o inquietava.

— Afinal, de que sociedade estão falando?

— Somos todos renascentistas de alma, mas nascemos no Brasil. Esta é a nossa desgraça, disse Virgílio.

Esse pessimismo reacendeu os ânimos do farmacêutico.

— E o grito do Ipiranga, de Pedro I, de nada valeu? rebateu com vigor patriótico.

— O rio Tietê, cenário de tamanha glória, hoje está cheio de merda e de ilusões desenvolvimentistas. O que se poderia esperar depois de Juscelino, Jânio e agora Médici? Temendo as consequências das palavras desabridas, apressou-se em corrigir: — Ainda bem que a história reteve seus nomes e há de ser piedosa para com eles.

Balinho escancarou a porta na pressa de despedi-los. Exaustos, os convivas enfileiraram-se. Uns beijavam o rosto, outros as mãos de Caetana. Embora não se furtasse aos afagos, a atriz não os retribuía.

— E meu beijo, não ganho? disse Gioconda, provocativa.

Caetana mexeu nos cabelos. Sentia calor, apesar da brisa que invadira a sala ao cair da tarde.

— Este beijo é rápido. O outro, com mais vagar, será no Íris, quando representarmos.

Inclinou-se em direção a Gioconda, mais baixa que ela. Nessa posição encostou a boca na face direita, perto da comissura dos lábios. Ali pousou, por fração de segundos, até ser expulsa por Gioconda que, ao sentir um ardor incontrolável, fugiu porta afora.

— Quando virá nos visitar no Íris? perguntou o grego.

Venieris apressou-se em ocupar o lugar de Gioconda. Singrava com ar distante as águas do Egeu, não dando crédito às paixões, mesmo quando transbordavam em sua presença.

Caetana estendeu-lhe a mão. Os anéis pesavam. Abusara dos adornos só para impressionar Gioconda e as Três Graças. O grego, como um cavalheiro, manteve a mão dela no ar justo o tempo de apreciar as pequenas manchas que enfeitavam sua pele como inequívoco sinal dos anos.

Os alqueires da fazenda Retiro estendiam-se até o Espírito Santo. Dodô retornava dessas terras com o sotaque alterado. Admitia com orgulho ser fluminense e capixaba ao mesmo tempo e aguardava, a essa declaração, os louros por um brilho cultural que, por conta da fortuna, em geral lhe negavam.

Para alegria de Polidoro, Dodô cancelara por duas vezes o retorno a Trindade. Desde sua partida transferira a ingrata tarefa de fiscalizar Polidoro à filha mais velha, a quem chegavam murmúrios de que Caetana, alojada no Palace, ameaçava atrair o pai para seu redil.

A pretexto da inauguração do busto do avô, convenceu a mãe a regressar imediatamente. Não podia ausentar-se de uma cerimônia que homenageava a família Alves, sem exceção de um só membro, inclusive os dissidentes, que cresceram na esteira da glória do velho Joaquim.

Dodô exigiu vestido novo. Não queria os trapos de luxo enfileirados no armário. O espelho dificultava-lhe o apreço por sua figura. Mais valia, pois, que utilizasse os recursos propícios a embelezar as mulheres carentes.

— Se tenho, de fato, olhos verdes, o melhor é pô-los em evidência, disse Dodô, passando a casa em revista.

Confiante na costureira, que ficara de entregar o vestido pronto no dia seguinte, uma hora antes da inauguração, procurou a loja de Venieris. Sem dúvida, ele sugeriria uma seda que aligeirasse seu corpo, para desfrutar da leveza que há muito lhe faltava.

— De preferência com fundo amarelo. Além de atrair o ouro, dá sorte. É tudo que quero, alegrou-se Dodô, ao vencer a rua Nova com a filha, em meio a cumprimentos.

A loja fechada surpreendeu as duas.

— Para onde foi esse grego? Não me digam que voltou para a Turquia? Com as mãos nos quadris, demonstrava indignação. A essa altura da vida, já lhe bastava ser contrariada na cama por absoluta omissão do marido.

Francisco, que passava por ali, não resistiu em socorrê-las.

— Sou do hotel Palace. Se procuram Venieris, podem desistir. Foi ser artista. Não sabiam?

Dodô leu nos olhos esquivos do garçom uma intenção secreta.

— Onde se escondeu, se mal pergunto?

Francisco simulou embaraço.

— Esta cidade traga até os estrangeiros.

Irritada, Dodô deu-lhe as costas. A filha, temendo sua destemperança, arrastou-a para longe. Já na praça, perto do tapume que ainda resguardava o busto de Joaquim dos olhares profanos, a filha consolou-a.

— Não faltam trajes em seu armário. Além do mais, não fica bem conversar com esse peão de obra, garantia a filha.

Dodô distraía-se. Segundo o homem confessara, trabalhava no Palace. Decerto na cozinha, pois cheirava a cebola. Polidoro proibira-a de visitar o local. Jurara abandonar o lar, caso um dia ela transgredisse essa lei. Apesar da guerra travada entre eles, preferira ceder nesse capítulo.

Em casa, o jantar esfriou sem que contassem com a companhia de Polidoro. As filhas esboçaram ligeiros protestos para agradá-la. Ao final concluíram que, com a ausência do pai, teriam algumas horas tranquilas.

Na manhã seguinte, Dodô hesitou entre o traje escuro, mais solene, e o abóbora, que correspondia a seu longínquo ideal.

— E Polidoro, onde se meteu? perguntou à filha, que se juntara ao café da manhã.

Dodô mandou examinar os lençóis. Caso tivessem amanhecido amarfanhados, significava que o marido pernoitara em casa. E muito cedo seguira para a praça, movido por seu senso de responsabilidade. Não confiava no prefeito. A vaidade fazia Pentecostes esquecer a conveniência de uma correta postura pública. No afã de agradar o governo, apelava para o jargão elogioso, por demais conhecido.

Na porta, pronta para sair, Dodô instava que se apressassem.

— Afinal, meu marido dormiu ou não em casa?

Olhando o relógio, constatou a hora.

— Vamos embora. Deus sabe o que faz. Melhor eu não descobrir a verdade.

Na praça, obrigaria Polidoro a confessar-se. Talvez ele a tragasse com um olhar que a salgava, indiferente à sua dor.

Pentecostes veio ao seu encontro. A um gesto dele, trouxeram um guarda-sol. E de forma cavalheiresca tocou-lhe ligeiramente o cotovelo dobrado pela bolsa e conduziu-a ao busto de bronze, agora revestido com o estandarte nacional.

— Faltam dez minutos, não é? Dodô não sabia mais o que dizer ao prefeito, ao notar a ausência de Polidoro.

— O tempo não espera ninguém, dona Dodô. Em compensação, é uma honra para nós aguardar a chegada de seu Joaquim.

Atendendo a seu desejo, o velho Cadillac de Joaquim deteve-se com estardalhaço não longe do local da cerimônia.

Ernesto ajudou Joaquim a saltar. Outras mãos precipitaram-se com o mesmo intuito.

— Vim para a festa, não para meu enterro, disse, afugentando-os com a bengala.

Tão logo Joaquim desceu do carro, e a um sinal do prefeito, as crianças do grupo escolar começaram a agitar as mesmas bandeiras usadas todos os anos no desfile de Sete de Setembro. Pentecostes mandara repartir entre elas, antes de se perfilharem na praça, biscoitos e guaraná.

— Quem está faltando para começarmos essa joça? disse Joaquim.

Cercado por Dodô, os filhos, os netos, o restante da família, mal se aguentava em pé. Temia a cara que lhe dera o escultor, expulso de sua casa. Aos inimigos não se creditavam gestos decorosos e elegantes. Portanto, devia esperar que o tivesse envelhecido no mínimo dez anos, sobretudo roubando-lhe o eterno bigode, só para insinuar que era um glabro, mesmo nas áreas indecentes.

Os vereadores disputavam com a família um local mais proeminente. Queriam todos caber dentro das fotografias. Dodô, inconformada com o atraso de Polidoro, e com o prefeito que a pusera à esquerda de Joaquim, quando se julgava merecedora da direita, ora ocupada por Pentecostes, cerrou o semblante, só faltando-lhe o véu negro da viuvez.

— O que é isso, filha? Joaquim bateu em seu sapato com a bengala. — Com esta cara, vai logo envelhecer.

A observação descontrolou-a mais ainda. Os machos da família Alves eram especialmente grosseiros. Quase comiam com as mãos.

— Em compensação, nós lhe trouxemos fortuna, dizia Polidoro quando acuado pela mulher.

Pentecostes consultou o relógio. Por causa do atraso, metade da assistência sumira. As crianças iam e vinham para mijar atrás das árvores. Dodô não se aquietava. O marido punha em sua cara a tarja da vergonha. Como se ela fosse um anúncio fúnebre. Deviam todos sentir pena de sua desgraça. Vai ver, estava rolando no colchão alheio. Não faltavam putas e bocetas sedentas, em fogo, pensou indignada.

— Senhoras e senhores. O prefeito pediu silêncio com um gesto. O tumulto era geral. Esquecidos do homenageado, todos conversavam. O motivo era o campeonato mundial. Alguns embarcariam no dia seguinte para o México, na esperança de chegar para a finalíssima.

— E se o Brasil for eliminado?

— Nem pense nisso. Médici é um presidente de sorte. Tudo que ele toca dá certo.

— Até que merece. É muito simpático. E estamos enriquecendo sob sua batuta.

Sem esconder o nervosismo, Pentecostes decidiu iniciar a cerimônia, ameaçada de fracassar.

— Infelizmente, pelo avançado da hora, aguardaremos um minuto apenas. O tempo do sino da igreja dobrar pelos vivos, felizmente, convocando-os para o almoço. E deu um sorriso, forçando os demais a apreciar seu bom humor. — O ilustre Polidoro Alves não tardará. Ninguém melhor que ele anima a vida cultural de nossa esforçada comunidade. Além do mais, é um homem bafejado pelo amor filial, que o move a praticar qualquer sacrifício por seu insigne genitor, sobre quem em seguida falaremos.

Tão logo o prefeito tirou do bolso as folhas do discurso, Joaquim deteve-o com a bengala, que parecia haver substituído o uso das mãos. Não confiava em outros gestos senão naqueles nascidos do bastão de madeira.

— Com este cajado apascento qualquer ovelha tresmalhada, você verá, disse para Dodô, após Pentecostes suspender a busca dos óculos nos bolsos do paletó.

— Alguma coisa, seu Joaquim? disse, estranhando a interrupção.

— É que sou velho, seu prefeito. Estou quase na casa dos noventa. Logo, não tenho tempo a perder. Estou doido para voltar para casa. O melhor é dar logo andamento à inauguração. Mostre-me lá o busto. Assim me certifico se sou eu mesmo ou se é a cara do vizinho.

A voz de Joaquim, ultrapassando a do prefeito, pôde ser ouvida pelas crianças do grupo escolar. Era difícil acreditar que o diapasão de um ancião, à véspera de morrer, alcançasse registro tão elevado.

— E meu discurso? Pentecostes não sabia como comportar-se, tal sua perplexidade.

Joaquim deu de ombros, indiferente à ambição política do prefeito. E para espanto dos presentes, as crianças assinalavam aos gritos, sob a proteção das bandeirinhas brasileiras, total apoio ao homenageado.

— Está vendo, Pente, ironizou ele, até o Brasil tem pressa. Já se cansou dos discursos oficiais.

Alheia aos acontecimentos, Dodô pensava em Polidoro, autor de tantos desvarios. Algo grave se passava. Suspeitou do naufrágio iminente da família, prestes a afundar, ainda que lhes jogassem cortiças, boias e salva-vidas. Qualquer gesto seria tardio.

— Onde já se viu seu pai faltar, cochichou ao ouvido da filha, que puxou a manga de seu vestido, forçando-a a calar-se.

Não podia repartir a angústia. Mesmo a filha, embora interessada e vítima, parecia apática ante a sorte e o futuro daquele ramo dos Alves. Havia que despertar-lhes a consciência, afiar-lhes as armas. Voltou-se para ela.

— Sei que você não se importa. Só se preocupa com seu marido. Mas qualquer dia também ele deixa o leito, igual a seu pai. Se não cuido, e, tomada de súbita rouquidão, afinou a voz, da fortuna, estaremos perdidos. Em breve o patrimônio se evapora como perfume, só deixa memória. Faço de vocês herdeiras da miséria. Umas indigentes! Logo eu que as eduquei na ilusão do ouro!

Dodô interrompeu a arrancada verbal. As últimas palavras originaram-se de uma garganta fortalecida pela agonia. O peito doía. Sentiu-se envolta por estranho vapor que lhe turvava a vista.

— Controle-se, mamãe, disse a filha. — Não vê o escândalo que o avô está fazendo?

Dodô regressou à vida com o mesmo ímpeto que a acometia após tomar o suco de cenoura e laranja pelas manhãs. Esquecida de Polidoro, atendia agora à banalidade dos acontecimentos a que tinha a rara capacidade de adicionar sal e açúcar, quando sentia faltarem.

Notou o constrangimento do prefeito. Solidária, porém, com um Polidoro ausente que não apreciava Pentecostes, alegrou-se ante a infelicidade que boiava, visível a todos, no rosto do alcaide.

— Por que ainda não descerramos o busto? Irritada, dirigiu-se ao prefeito, cujas folhas do discurso, ainda dobradas, tremiam nas mãos. — Foi tão bonita sua fala! Quase me levou às lágrimas.

A família Alves em peso deu um passo à frente, seguida de Ernesto, que agia como Polidoro, embora sem procuração. Agora, colados ao busto, aprontavam-se para recolher respeitosamente o pendão brasileiro, que escondia do público o bronze.

— Um momento, esperem por mim.

Virgílio, da extremidade da praça, apressou o passo. Sobre saltos mais altos que o costume, não se esquecia de que as legiões romanas, com suas reputadas infantarias, dominaram o mundo por conta da presteza com que chegavam aos mais distantes rincões de seus domínios. Uma velocidade nascida da energia da tropa de elite e também da descoberta dos saltos altos, que liberam o homem para a velocidade. Em poucos segundos alcançou o grupo.

— Ainda bem que cheguei a tempo. Quero ver o busto junto com vocês. Além do mais, represento Polidoro. Ele não veio em pessoa, mas aqui está seu espírito.

Dodô não suportou o ultraje.

— Onde está sua procuração?

As filhas, na tentativa de abafar-lhe a revolta, cercaram Dodô.

— Por favor, professor, fique ao lado do avô. É uma honra tê-lo aqui, falou um Alves, trazendo-o para perto de Joaquim, que não lhe dirigiu uma única mirada.

— Depois de vencermos todos uma bela escadaria de mármore que nos trouxe a este píncaro da glória, peço à ilustre dona Dodô que, ao lado de nosso notável Joaquim Alves, descerre o busto e, claro, a placa que o acompanha, disse Pentecostes.

A filha mais velha, no papel de tutora da mãe, empurrou-a para frente. Dodô aprumou-se, na qualidade de proprietária de um feudo que ela própria não sabia onde terminava. O prefeito indicou a fita verde-amarela costurada à bandeira.

— Um, dois, três, o professor marcou o compasso numa euforia nervosa.

Pentecostes, no entanto, cobrava-lhe gestos solenes.

— Não temos pressa, dona Dodô. Leve o tempo que julgar oportuno.

— Nada disso, Dodô. Acabe logo com isso, impacientou-se Joaquim. Com a ponta da bengala começou a levantar a beirada do pano.

Avançava em seu intento, quando Dodô arrancou a bandeira nacional, sem querer deixando-a cair no chão.

Instado a apreciar em voz alta a obra de arte, Joaquim resistiu. Ao se ver assim perpetuado em bronze, numa total ausência de pudor, passou em revista os que já haviam morrido antes dele. A presença do bigode no busto, a despeito da má vontade do escultor, trouxe-lhe à memória o rosto ágil e miúdo de Bandeirante. Desaparecera de Trindade sem lhe deixar ao menos um bilhete, dando prova de seu desinteresse por uma cidade que não soubera apreciar o luxo do Palace. Só muitos anos depois, quando praticamente o havia esquecido, chegou a notícia da sua morte no litoral paulista, em meio a uma matilha de lobos a disputar-lhe a fortuna. E porque Polidoro sempre guardara pelo desbravador paulista ilimitada admiração, veio-lhe a paga sob forma de herança. Tocou ao filho cinquenta e um por cento da propriedade do hotel, com direito de impor qualquer decisão à outra sócia.

— Bandeirante teria apreciado esta praça, disse Joaquim, abstraído da família. Sentia-se cúmplice de um passado que não alcançava senão pela memória vaga e fugaz. O presente, com seu aparato infernal, surgia enfeitado de uma luz feérica, deliberadamente exagerada, própria para um festim a que jamais seria convidado.

— Que tal se sente diante da própria glória? comentou Ernesto, empenhado em repetir as palavras formais que teriam saído da boca de Polidoro, caso estivesse presente.

A charanga aguardava sinal do prefeito para animar a praça. Pentecostes, porém, decepcionado com o andamento da solenidade que não lograra sequer atrair Polidoro, nem despertar o entusiasmo de Joaquim, distraía-se de apelar para a música como modo de trazer a vida de volta à cidade.

Joaquim movimentou-se em torno da coluna que sustentava o busto. Esquecido de que era o homenageado, lamentou a solidão daquele homem. Em alguns minutos mais seria abandonado para sempre. Após a morte, seu nome se confundiria com o de qualquer outro transeunte. Quis mijar no pedestal, para imprimir marca humana ao rosto sórdido, aviltado pelos anos.

De repente o som de uma solitária sanfona irrompeu no ar.

— Ainda não dei ordens, reclamou Pentecostes em defesa de sua autoridade. Mantinha permanente desconfiança para com os subordinados. Cada atitude servil por parte deles dissimulava sempre um ato disposto a lesar o poder de que se sabia revestido.

O sanfoneiro seguia sem tropeços, desatento aos reclamos de Pentecostes. A alegria, no início encomendada, era agora exclusiva criação sua. Sentia-se na roça, o pé de milho alvoroçado pela brisa do sudoeste.

Virgílio requereu a palavra.

— Esqueci de lhes anunciar que não sou eu quem está aqui. Mas Polidoro, que me nomeou seu representante, falou, sem se lembrar de que já prestara antes esse esclarecimento.

— Ele está mais esclerosado que meu sogro, disse Dodô em tom baixo para a filha.

— Muito bem, toquem agora uma canção de despedida, disse Pentecostes, liberando a charanga, de modo a dissolver os sons da sanfona entre os demais instrumentos. Em obediência, porém, a seu temperamento obsessivo, em meio à lentidão da música, pediu a Joaquim que expusesse para os convidados seus sentimentos ante o busto de bronze.

— Não é todo dia que se vira estátua, acrescentou, pernóstico.

Joaquim contornou a coluna enquanto, com a bengala, arranhava a superfície do metal. Ia deixando ali inscrições egípcias que jamais seriam lidas.

— Não está longe o dia em que as pombas virão cagar em minha cara. É triste, mas é verdade. Que seja feita a vontade de Deus.

Já se afastava, quando Virgílio o deteve.

— Por favor, seu Joaquim, diga algumas palavras para nosso livro de registro. E num gesto que simulava jurar sobre uma Bíblia imaginária, orgulhou-se do ofício de historiador.

Apoiado na bengala, Joaquim inclinou o corpo numa postura reflexiva, disposto enfim a assumir a glória que Trindade lhe conferia à força.

Pentecostes olhou para os músicos de relance. Obedientes, silenciaram os instrumentos. Virgílio tirou do bolso a caneta e o bloco de notas. O recente tremor das mãos danificava a caligrafia.

— Pode começar. Estamos prontos, disse para tranquilizar o homenageado.

Joaquim, porém, ameaçou afastar-se.

— E então, seu Joaquim? implorou o prefeito, amassando as folhas do discurso que não fora lido.

O velho inspecionou os assistentes. Sua grei e vizinhos amargos, todos cobiçando-lhe a fortuna, que morresse em breve.

— Agora, se me dão licença, vou para casa mijar, porque, nesses assuntos, a glória é muito relaxada. Se não cuido da bexiga, arrebento antes do tempo.

Indiferente à reação provocada, deu o primeiro passo. Ereto, dirigiu-se para o carro.

As notícias alvissareiras naquela semana bafejavam o presidente Médici, cujo sobrenome, de príncipe renascentista, inundava o país com o esplendor do ouro e do sangue.

— Dizem que há tortura no Brasil. Dão choques nos testículos e enfiam garrafas inteiras no rabo.

A advertência de Ernesto foi imediatamente desconsiderada. Não tendo provas do que dizia, não lhe podiam dar crédito. Pura intriga dos comunistas à solta. O Brasil vivia fase áurea no setor econômico e nos esportes.

— Quem não está comigo está contra mim, aparteou Narciso com vigor renovado após a refrega no hotel Palace.

De frente para a praça, na esquina de sempre, aguardavam Polidoro passar, em torno das cinco horas.

— Já viu Polidoro depois do incidente?

O delegado disfarçou. As mãos enfiadas nas calças, simulava indiferença. Por que haveria de temê-lo? Consultou o relógio.

— Preciso ir. Estou à caça de um bandido. Dessa vez ele me paga.

Polidoro despontou minutos depois. Vinha a pé, como um bólido. Assinalou a Ernesto que o seguisse. Tinha negócios urgentes a atender no Íris.

No hotel, Caetana sofria a ausência de notícias. Começara a desconfiar da capacidade administrativa do antigo amante. Era notória a lentidão com que ele montava um espetáculo que primava pela simplicidade. A menos que sua má vontade se devesse à dificuldade de admitir o talento da mulher que, em nome da arte, recusara suas vacas e seu latifúndio.

À vista de seu estado de nervos, Príncipe Danilo instigou Caetana a abandonar Trindade na calada da noite. Ou exigir que Polidoro se livrasse do bando de incompetentes a quem ele devia o cortejo de elogios. De outra forma não conseguiriam estrear.

— Além do mais, ele nunca demonstrou sensibilidade artística. Como vai agora se emendar? disse, magoado. Polidoro reservara-lhe o quarto de fundos do primeiro andar para moradia. E dirigia-lhe olhares taciturnos e indiferentes.

Balinho irrompeu na sala. Sua desenvoltura, que Danilo nunca conseguira imitar, nem mesmo no palco, desgostava-o. Balinho era mais ator que ele.

— Trindade está dividida em dois grupos, disse Balinho, apressado. — O primeiro defende Caetana e prepara as roupas, as joias e as emoções para a estreia. O outro é de formação recente. Torce por dona Dodô e afia as unhas em pedra-pomes. Vejam vocês que essa senhora, após a inauguração do busto de seu Joaquim, foi posta a par pela própria filha de que Caetana, de volta à cidade, se instalou no Palace. Foi um custo conter a ira da mulher. Quis imediatamente acampar à porta do hotel, uma vez que jurou a Polidoro jamais entrar no Palace, sob pena de ele deixar a casa. Para evitar o escândalo de ver a sogra aos gritos na porta, o genro convenceu-a de que, se levasse em conta a distância entre a rua e o quinto andar, Caetana facilmente confundiria seus impropérios com uma serenata de amor.

Balinho ganhava cores sempre que conseguia intrigar Caetana com a vida. Queria manter-lhe os nervos tensos como as cordas de um violino molhado e solitário. Quando os frutos da alma da atriz mostravam-se amargos, ele os mergulhava às pressas na tina com água escaldada para amadurecê-los à força. Como prêmio, Caetana prevenia-o contra a esperteza alheia, que lesava os artistas.

Ao mesmo tempo ela reprovava os impulsos vingativos de Danilo contra Balinho, oriundos de um cotidiano alimentado das evasões de sua arte, embora sua vaidade de atriz se nutrisse das desavenças entre eles, ambos em busca de seu coração.

— Melhor se trancar aqui no quinto andar até o final dessa disputa. Já pensou se a dona Dodô decide imitar aquela estrangeira? Balinho vacilou sem atinar com o nome. — Aquela que cruzou a cidade montada num cavalo, sem uma só peça de roupa. Apenas os cabelos longos cobriam suas vergonhas. Polidoro ainda nos acusaria de provocar esse escândalo.

Caetana não se intimidou. O cerco de inimigos mesquinhos robustecia-lhe a vontade. Previa com segurança uma estreia brilhante no teatro Íris, Dodô na plateia desesperando-se ante o apreço do público, o próprio marido com os olhos brilhantes, seduzido por sua arte.

— Uma atriz como Caetana não merece sucumbir ao peso dessas maldades, completou Balinho.

Prestes a deixar a sala, Danilo deteve-se. Tinha fome e ia sempre comer no botequim da esquina, onde estava desobrigado de pagar as contas por ordem de Polidoro.

— Esse menino nada entende da vida, reagiu ele.

Entretida em limpar as unhas, Caetana recolhia as impressões contraditórias.

Danilo não desistia. A voz melancólica realçava suas roupas surradas.

— A única coisa que gasta a vida é o tempo, a maldita passagem dos dias. Que diferença faz ficar dentro ou fora do quarto? De qualquer jeito estamos condenados a envelhecer.

Mostrando inesperada independência, recusou o copo de cerveja trazido por Balinho.

Aparentemente alheia à disputa, Caetana retraiu-se na poltrona. Aquele núcleo inamistoso era ainda o que lhe restava de família. De um lado Balinho, pondo-lhe tapumes nos olhos. Do outro Danilo, príncipe de andrajos, em quem tio Vespasiano recriminava o espírito infausto.

— Tudo que sei é que a arte é uma bruxa que se instala na boca de um cantor ou de uma atriz, disse Caetana afinal.

Contemplou um dos retratos da Callas na parede, fixo numa tábua envernizada por Balinho, para garantir à cantora a merecida homenagem. A grega para ela era uma feiticeira. A única que sobrara da Idade Média e que a Igreja e seu séquito de burgueses gordos não conseguiram queimar em praça pública. Mas se vivesse em Trindade, ao alcance de Dodô, haveria de ser sacrificada. O Brasil não estava pronto para enternecer-se com a Callas.

— Às vezes penso se não vale a pena se trancar num convento no dia em que a Callas parar de cantar.

Ouvira sempre dizer que as máquinas valiam por sua utilidade imediata e pela capacidade de que muitas dispunham de encurtar o trajeto do raciocínio. Ela, porém, não pleiteava uma lógica elaborada, mas simplesmente a ilusão de que alguns cidadãos de Trindade lhe passassem um recibo de aprovação que equivalia à própria glória.

Toda a parede perto da cômoda estava atapetada de fotografias da Callas. De tanto acumular frustrações, avolumadas diante dos retratos, ia dissolvendo a cada dia os nódulos de amor que sua ânsia de mulher acaso houvesse forjado.

Balinho fechou a porta atrás de Danilo. Sozinho com Caetana, temeu jamais dissipar as nuvens escuras que pairavam sobre ela. Sobretudo quando, com o velho hábito de encurtar as frases alheias, a atriz cobrava-lhe brevidade. Os sentimentos bem podiam ser cortados pela metade sem que o mundo notasse sua falta.

Enfurecida, as três pintas de Caetana no pescoço ganhavam notável coloração. Três pontos luminosos de uma provável constelação que se estendia até o púbis. Balinho surpreendera o embaraço de Polidoro ao contemplar os sinais que emergiam do penhoar decotado da mulher. Envolto nessa esfera de desejo, aspirou a trocar de lugar com Polidoro e, desse ângulo precioso, recordar os beijos que o fazendeiro decerto dera nas pintas castanhas e misteriosas.

Outra vez enternecida com o rapaz, Caetana esqueceu a perfeição da Callas.

— Um dia você ainda vai me enterrar neste Brasil. A menos que fuja antes, levado por uma paixão devassa. Nesse caso, eu o perdoarei. É sempre obsceno se privar de certas experiências. Mais vale abrir de uma vez a comporta do instinto e esvaziá-la da água de qualquer maldito amor, que ficar idealizando a bosta do amante.

Seus sentimentos oscilavam com grande frequência. Incendiavam e esfriavam a sala alternadamente, sinal de que ele devia deixá-la. Balinho já saía, quando Caetana o interceptou.

— Sabe o que quero em meu enterro? Que se diga que eu não merecia morrer. Como prosseguirá um espetáculo sem a atriz? A quem reclamar o bilhete de volta por uma função que ainda não acabou?

Ajoelhado perto da vitrola, Balinho escolheu uma ária singela da *Bohème* para encorajá-la.

— Diferente de Mimi, estas mãos nunca esfriam. Caetana acariciou-as, sem dar sinal de comover-se. — Só meu coração.

Ouviram um ruído à porta. Um intruso que rompia um equilíbrio quase conjugal entre Caetana e Balinho.

— Se for Polidoro, deixe entrar.

Rapidamente reduziu o decote do penhoar com um broche de falsos brilhantes que destoava do conjunto.

O fazendeiro beijou-lhe a mão com lentidão deliberada. Os lábios quase lambiam as falanges. A ilusão de um perfume oriental inebriou-o. Já não sabia que rumo tomar.

Caetana recolheu a mão, objeto do insano desejo. Com gesto impulsivo trancou o corpo numa arca imaginária, privando Polidoro de sensações que só ele mesmo alimentava. Repudiava a lânguida mirada dele. Não seria parceira de uma bacanal promovida à custa de uma memória esfarrapada. A cada visita Polidoro demonstrava menos receio de abrir as veias de seu amor, por onde deixava escorrer a baba negra e amaldiçoada que lhes melava os corpos.

Antes de Polidoro lançar-se a outras iniciativas bordejando o abismo, Caetana fez menção de falar. Os gestos teatrais acrescentavam-lhe alguns centímetros mais.

— Desde ontem pretendia lhe dizer que uma única noite de sucesso resgata o fracasso de uma vida.

Após a confissão, as ventas fogosas calcinavam a terra e sua pele ligeiramente enrubescida. O penhoar negro, apesar da gola puída, exibia em cima do coração, como sinal de luxo, um ideograma cujo aspecto gráfico fazia surgir na sala um dragão enlaçado a uma estranha medusa. Ao comprá-lo em Caruaru, Pernambuco, o chinês da feira, desgarrado de sua tribo naquele sertão, traduzira a caligrafia refinada: "Agora eu vivo com a felicidade."

Fraudado outra vez em suas ilusões, que só almejavam arrastar Caetana para a cama, Polidoro descobriu-se parte de uma conspiração que já envolvia metade de Trindade. Estava em curso entre eles uma ação política que lograra congregar os que até então haviam sonhado em vão. E que, tomados por benfazeja esperança, permitiam prosperar qualquer tipo de sonho. Destemidos, esses adoradores do sol desfilavam garbosos pelas ruas, como se envergassem trajes e uniformes bordados com fios de prata.

A mola saliente da poltrona feria-lhe a bunda. Dali Polidoro observou a alvura e a opulência dos seios de Caetana, que no passado, quando lhe saltavam das mãos num golpe harmonioso, eram os mais belos do Brasil. Um título que jamais lhe roubaram. Na América Latina talvez só as cubanas, sobre quem ouvira juízos favoráveis, disputassem a mesma honra.

À beira dos sessenta anos já não esperava que o sexo, levado pela tentação da clandestinidade e dos amores interditos, atuasse com brilho. Mas, assim como Caetana jogava a vida por uma noite de glória, ele apostava a sua por uma única foda que lhe atribuiria as mesmas intempéries e movimentos sísmicos da natureza. Decerto acercar-se dos deuses e fornicar sob sua inspiração perdoaria parte do fracasso que se avizinhava. O esperma já lhe vinha com cheiro inexpressivo. Em breve, aflito, o membro se debateria como um polvo em pleno estio, nas areias do litoral brasileiro para onde o trasladavam contra sua vontade.

Sob a mira de Polidoro, ela abria e fechava gavetas. No impulso de impor ordem às coisas, concentrava-se nos bemóis mentirosos e nos falsetes ariscos que emergiam da vitrola do tio Vespasiano. A realidade, sob a ameaça de uma praga de gafanhotos, parecia dissolver-se ao som da música. A mansidão sucedia ao desgosto. Tinha o ar absorto, sob o fascínio das vozes impressas num disco singelo.

O volume da música perturbou Polidoro. A mão roçou a braguilha. Parecia disposto a arrancar o membro teso e brandi-lo, proclamando, acaso se esqueceu de que juntos quebramos ao menos duas camas?

— Não me oferece um conhaque? Substituiu os atos impensados pela voz lúgubre.

As ancas de Caetana moviam-se em ligeiras ondulações. Chegavam a ele o calor e a gordura daquela carne. Excitado com o traseiro que outrora lhe merecera exaltadas demonstrações de paixão, cruzou as pernas, no esforço de domar o desejo. Caetana repudiaria atitudes impulsivas. Teimava em desconhecer que há mais de três mil anos um bando de desesperados ansiava por aquelas poções que lhes regenerassem os sexos consumidos e prorrogassem as instâncias do gozo. Em busca desses afrodisíacos, cavavam debaixo das raízes, sem qualquer temor pelas cobras, escorpiões, lagartos e outros seres pantanosos e sombrios. Na prelibação do corcel do gozo, esfarelavam dentro da sopa e da taça de vinho rubro cintilantes minerais. Tudo para alcançar um espasmo que, nascido com o homem, ocupava-lhe o sonho até mesmo no minuto anterior à morte. Ilusão de amor pela qual se batiam todos a fim de reproduzir milhares de vezes no coração o turvo cristal do desejo.

Bebeu o conhaque num gole. Queria apagar a turbulenta visão de Caetana e ele na cama quando se conheceram. Constrangidos, os corpos nus, dramaticamente envergonhados. Polidoro estendeu-lhe o copo para repetir a dose. Aqueles seres, então aflitos, sonhavam com a eficácia que assegurasse o êxtase amoroso. Sobretudo a verga ereta, sórdido obelisco a serviço de glórias bélicas.

— O resto é porra seca, Virgílio. Vai direto para a cueca e o tanque, confessara ao professor no bar do Palace. Um desabafo que se prendia à esperança de que Virgílio, chocado com a grosseria, apresentasse às pressas uma versão mais lírica do destino sexual.

O penhoar de Caetana evocou-lhe um japonês, antigo lavrador em Trindade, agora negociante no bairro da Liberdade em São Paulo. Enviara-lhe há uns dois anos uma pomada de efeito surpreendente, à base de raiz de ginseng, mosca azul espanhola, bálsamo de tigre, testículo de macaco e órgão genital de garanhões tártaros, desembarcada no porto de Santos sob a promessa de fazer ressurgir um moribundo.

Caetana censurou-lhe a bebida. Faltavam poucos dias para a estreia. Não fosse ele, com tantos desatinos, roubar-lhe a ilusão da glória.

— Sofri nesses anos o flagelo do fracasso. Minha única paixão agora é o sucesso, ainda que dure cinco minutos.

— Quer dizer que perdeu o tesão? Nem a mim você quer?

Custava a crer que Caetana, outrora tão fogosa, convertera-se em escultura insensível a uma língua que, ao lamber suas partes recônditas, a introduzia no amor.

— Não lhe devo satisfações, Polidoro. De pé, os seios tremiam ofendidos. Ameaçou deixá-lo sozinho na sala.

Polidoro estremeceu diante da fonte primordial de seu desejo. Envolveu-a num abraço ousado. Os sentimentos arfavam em obediência a uma desordenada escala musical.

— Controle-se ou chamo Balinho, despediu-o com determinação.

— Maldito moleque. Por que não engraxa meus sapatos em vez de meus pesadelos? Despejava impropérios contra o rapaz, quando notou a postura álgida de Caetana, o aviso de que não invadiriam seu coração. Passara nele cadeado e chave.

— O conhaque não me fez bem, tentou contemporizar. — Estou cansado. Os preparativos da estreia me tomam todo o tempo. Até faltei à inauguração da estátua de meu pai, que deve estar furioso comigo. Sinto a velhice bater à porta. Tenho medo de que o corpo morra antes do coração. E de que logo precise lançar mão dessas malditas pastas de mandrágora, chá de besouro ressecado ou de escaravelho.

Os apelos de Polidoro, acumulados à sua frente, pretendiam reviver a paixão que no passado largara resíduos, pelos, saliva e outros sumos no colchão que Virgílio devolvera ao quinto andar.

O olhar de Caetana reconfortou-o. Sócios na aventura de reabilitar o passado, esquivou-se de ofendê-lo. A arrogância, substituída agora por manso sorriso, desarmou Polidoro, que se julgou perdoado. Para dissuadi-lo, no entanto, de qualquer esperança, ela contemplou a galeria de retratos da Callas. Ao martelar os pregos, Balinho ferira duas molduras que envolviam as fotografias e os recortes de jornais.

Um dos retratos, especialmente, arrebatava-a. Tomada por rara tristeza, a cantora parecia reconciliar-se com a arte ao preço da própria vida. Para integrar-se à falange dos deuses de sua raça grega e ser um deles, exigiam-lhe o sacrifício da felicidade. Ali estava, pois, a amarga e solitária legenda. Os cabelos presos em coque, penteado que Caetana às vezes imitava, enquanto do pescoço pendia um colar de ouro carregado de berloques que era difícil detalhar, exceto a cruz da Igreja ortodoxa.

Ante o universo a que nunca tivera acesso, Caetana esquecia-se da áspera vida que o destino e tio Vespasiano lhe haviam imposto. Obrigada a arrastar-se pelo Brasil, sem o prêmio de pisar num palco semelhante ao do Teatro Municipal lá do Rio de Janeiro, onde, por sinal, nunca entrara.

De repente, abstraída de Polidoro, teve a ilusão de que a vida ainda poderia ser emendada. Era-lhe possível apalpar a glória de perto, cuja casca, como de cintilante maçã, friccionaria contra o colete de veludo usado no papel de camponesa europeia. Sob o primado de tal quimera, esfregou as mãos. Logo estrearia em Trindade e outra vez teria vinte anos.

Polidoro recobrou o sentido crítico. A mulher, em vez de lançar-se a seus braços, após sua veemente defesa do corpo humano, empenhava o sonho nos estrangeiros que sempre espoliaram as riquezas do Brasil.

— Quem foi essa Callas que você entronizou na parede como uma santa?

O golpe de Polidoro envenenou-lhe o espírito. Impulsionada pelo ânimo corporativista, Caetana desprendeu-se da esfera da arte para enfrentar o capitalista que tinha o dinheiro como parâmetro único.

— Dobre a língua, Polidoro. Sempre que falar da Callas, use linguagem litúrgica, como se estivesse na igreja.

Ao gesto brusco, o broche que lhe abotoava o penhoar soltou-se. Ela não notou o rego do seio exposto à cupidez de Polidoro. Prosseguia mais furiosa que nunca.

— Ela foi a única autorizada pelos deuses a visitar seus templos sem véu e com sapatos altos. Podia ser uma sacerdotisa sem lhes dever qualquer favor. Nunca houve outra garganta como a dela. Acaso quer provar que estou errada?

Fascinado pela paisagem que incluía à sua frente os seios e o ideograma bordado, Polidoro esqueceu-se do teor do debate. Os caracteres espalhados sobre o peito davam razão à mulher. Permitiam-lhe avançar pelos portões que o levariam aos mamilos rosados.

Subjugado por esses encantos, quis suborná-la. Tocar a corda do coração que a sensibilizasse a ponto de devolvê-lo às intimidades de seu corpo. Tinha ele a memória cravada de delícias irremovíveis.

— Quando será a grande estreia?

Diferente de Dodô, que trazia pantufas atadas aos pés no aconchego do lar, as sandálias de Caetana, prateadas, pareciam desprender-se a cada volta que, visivelmente nervosa, dava na sala.

Deteve-se à janela, desatenta aos miados de Riche e à sedução de Polidoro. Através do vidro empoeirado a vida chegava-lhe embaçada. Parecia distante, prestes a tomar o trem que a levaria para longe. Uma outra cidade que automaticamente apagasse Trindade da memória.

— Esqueceu que estou aqui? gritou ele, inconformado.

Caetana afastou-se da janela. Olhou a sala. Balinho prometera trazer uma salada de frutas.

— O que quer?

Polidoro quis insinuar-lhe a pélvis, a área agressiva e protuberante que queimava seu corpo e a alma, a carne temperada com sal e açúcar em quantidades excessivas. Ninguém sabia de fato repartir essas doses em proporções equilibradas e assim despertar a compaixão alheia, sobretudo a de Caetana.

— Em que dia exato será o triunfo? perguntou com doçura, a despeito do silêncio incômodo da mulher.

— Sábado, 20 de junho.

Os sobressaltos de Polidoro não a comoviam. O corpo humano já não lhe merecia a mesma piedade. E o desejo, que antes lhe fustigara a carne com seu chicote, parecia o toco de uma vela de pavio molhado.

— Na véspera da vitória do Brasil. Dessa vez traremos o caneco para casa, disse ela com ar sonhador.

Confiava numa vitória que começariam a celebrar desde a véspera. A memória brasileira, infiltrada de cachaça, sêmen e sangue, se mostraria propícia à misericórdia. Benévola e vulnerável, ajudaria os homens de Trindade a se lembrarem de que Caetana, vinte anos antes, brindara-os com a esperança e a força do desejo.

— O que quer desses machos brutos? aparteou, irritado.

— Os homens já não me servem. Só lhes peço aplauso e esquecimento.

As palavras não o aliviavam. Para sua surpresa, os ciúmes de agora não ateavam fogo no paiol de seus estranhos sentimentos. Como se o amor lhe rendesse emoções escassas. Pois, mesmo que ela o quisesse na cama, seriam visitas rápidas. Há anos levava no corpo, como castigo, marcas do desconsolo vivido. A febre da paixão, que antes o projetava em pântanos onde a vida se perpetuava através dos gritos de seu peito em pânico, já não mais o assaltava. A morte passara a ser sua amante. Repartia com ela a exaltação do amor e do medo.

Moderou o pessimismo, confiante de existir algum rincão desprovido de culpa e perseguição, longe de Dodô que irrompia por sua vida batendo portas, arrebentando os tímpanos alheios.

— Dou cinco minutos para você confessar seus sentimentos. Depois iremos para a cama.

Caetana tardava em decidir-se, como se necessitasse de toda uma vida. Acuado por um desejo que se misturava com orgulho doído e prazer de represália, Polidoro deu-lhe as costas para abafar a fervura das emoções. Suspeitava que o amor era também uma matéria sinfônica, propensa a captar e reproduzir toda espécie de ruídos.

— Fale, Caetana! Sem saber mais o que dizer, apontou o sofá, eleito de repente cenário de seus antigos amores.

Caetana seguiu-lhe o olhar. Pousara algumas vezes a bunda no tecido azul desbotado do sofá. Nunca fora, porém, palco de desditas ou de arrebatos. Sempre detestava fazer amor fora da cama, longe do farfalhar dos lençóis limpos.

Caetana não dava mostra de recordar os gritos que haviam trocado na cama do quarto vizinho.

— Não percebeu ainda que é a mesma cama? Só os lençóis foram trocados.

O olhar gelatinoso da mulher irritou-o. Sua firmeza, porém, obrigou-o a admitir que também ele esquecera-se de detalhes essenciais da anatomia de Caetana. Ainda que se esforçasse, fugiam-lhe da memória certos atributos indispensáveis à compreensão de um corpo. Guardava viva, isso sim, a febre concentrada em seu ventre, e que o transtornava. Um calor que o consumia ao alisá-la com as mãos calosas.

O instinto de Riche previa as tormentas de Caetana. Rondava a mulher, exibindo a sensualidade de sua espécie pequena e morna, alva e contorcionista.

Caetana caminhava pela sala. Tinha à frente um desafeto gordo e esperançoso. A cada guinada, iludida de pisar no palco, suspendia a cauda do penhoar, um segundo antes de a cortina descerrar e eclodirem os aplausos.

— Acaso se esqueceu da carta de espadas, da palavra empenhada? Pensa que já está quite comigo só por conta do teatro Íris? disse ela, esgotando os minutos concedidos.

Polidoro afastou o corpo. Não queria exceder-se. O ciúme que ronda as almas atormentadas termina por enfraquecê-las.

— Há vinte anos tenho os ouvidos tapados com algodão. Nenhuma sereia me seduziu com seu canto. Não pense que muitas não tentaram.

A estratégia visava ameaçá-la com sua perda. Afogar-lhe a alma no sentimento da insegurança. Animava-se ante a perspectiva de arrolar seus feitos amorosos, quando a porta se abriu. Balinho, sem pedir desculpa, entrou girando as chaves em torno dos dedos.

— Quem se iguala a Caetana? foi logo dizendo, no ofício diário de aliviá-la de ressentimentos.

Polidoro amaldiçoou-o entre os dentes. Sempre que o afugentara da sala, fracassou. Pedia-lhe vinho para mantê-lo longe dali, na cozinha do hotel, e ele retirava a garrafa e o saca-rolha do armário.

— Se o Brasil prezasse seus artistas, aplaudiria Caetana de pé. O tom solene envelhecia-o. Cofiava os primeiros fios de barba que surgiam em seu rosto.

Polidoro não suportou a vassalagem. Preferiu despedir-se.

— Hoje à meia-noite aguardamos você no Íris. Enquanto Cinderela desce apressada as escadas do palácio, prometo que será recebida com flores, guaraná e salgadinhos. Podemos contar com você?

Caetana acompanhou-o à porta. Em rápida vertigem sonhou haver firmado um contrato com letras impressas em ouro, cada cláusula comprometendo-se em garantir-lhe a glória e a ilusão intimamente abraçadas.

— Dessa vez irei. Faltam poucos dias para a estreia.

Com um aceno de cabeça aprovou a correção profissional de Polidoro. Não tinha no momento reparos a lhe fazer.

Caetana tinha razão. A apresentação no teatro Íris, que marcava seu retorno a Trindade, deveria ser na véspera do domingo em que o time brasileiro se sagraria, no México, tricampeão do mundo.

Polidoro indicou Virgílio mestre de cerimônias. À falta de diretor teatral, ele exerceria as funções que têm por objetivo dar vida aos espetáculos.

Venieris, em gesto insensato, insurgira-se contra o professor. Não o via categorizado para uma tarefa que cobrava talento artístico. O conhecimento de datas e de nomes de reis em estrita ordem cronológica não o habilitava a comandar o mundo imaginário dos artistas.

— Somos como pássaros, Polidoro. Seguimos o verão. O inverno enregela nossas asas, disse, enquanto pintava paisagens diversas, especialmente portas e uma escalinata, nos panos dispostos para esse fim. A fachada do Íris, que dava para um terreno baldio, seria enfeitada com esses painéis. Diante deles o observador acreditaria no realismo do mundo das ilusões, a despeito da aragem que casualmente movesse as telas.

— Onde pinto a porta grande?

A pergunta de Venieris, aparentemente encaminhada a todos, de fato dirigia-se a Virgílio para que viesse em seu socorro.

O professor fora o primeiro a lhe falar de uma corrente estética europeia que aplaudia o pastiche como modo de promover o veio inventivo de artistas inseguros, que por via autônoma se achavam incapazes de abrir caminhos originais na arte.

— Quanto mais se acrescenta ao que já existe, um maior número de pessoas vai se identificar com sua arte. Inventar não é o certo. Chega a ser perigoso, enfatizou Virgílio. — Veja o exemplo de Van Gogh. Embalado pelo delírio, cortou fora a própria orelha diante de um espelho quebrado!

Ante a recusa de Virgílio em ajudá-lo, para não patrocinar o que poderia ser um desastre artístico, Venieris recorreu à memória de seus ancestrais.

— Com esses fantasmas gregos embelezarei o Íris. Afinal, corre em meu sangue um elevado teor de açúcar e de esperança.

— Muito bem, apressou-se Virgílio, agora que fez a pergunta, disponho-me a ajudá-lo. Ainda sou professor.

Observou as telas de sólida aparência que se confundiam com a parede. Resistiam à brisa entrada pelos basculantes permanentemente abertos por causa da oxidação.

— Uma porta deve ser sempre imponente. Como se fosse a porta do paraíso. Tudo aqui é mentira, mas de boa qualidade. Devemos favorecer os sonhos e expulsar os incrédulos, que se recusam a enxergar para além do que vamos mostrar, disse Virgílio, satisfeito.

Gioconda agitava-se, ameaçando estatelar-se contra a vidraça como um inseto.

— Cuidado! Virgílio agarrou-a pelo braço. — A tinta ainda não secou.

O instinto de Gioconda desgovernara-se. Com as Três Graças em seu encalço, colidia com os objetos. O acúmulo de tantos desastres dava-lhe a sensação de viver antes do tempo um papel dramático que a própria Caetana ainda não indicara.

— O que estamos fazendo aqui, trancadas no Íris, dormindo, comendo, fazendo ginástica? Tudo em nome da arte? Mas quem irei encarnar? reclamou em voz alta.

De comum acordo haviam decidido fechar as portas da pensão para se concentrarem em vigília artística no teatro Íris. Em consequência dessa decisão, Gioconda dormia com dificuldade, igual insônia contaminando as Três Graças, embora permanecessem irredutíveis quanto aos clientes que reclamavam a volta delas à Estação contra a promessa de pagar-lhes em dobro os serviços.

— Nada de trepar. Vivemos agora em função da arte. Não é certo que os artistas sacrificam até a última gota de sangue só para redimir a grandeza humana? Porra! pontificou Diana em nome das demais.

Palmira aguardava a definição de seu papel, fazendo pacientes anotações num caderno escolar, que fechava à aproximação de um curioso.

— São aforismos sem importância. Para educar meu espírito. Nunca me senti tão emocionada. Agora entendo por que os artistas são distraídos e se esquecem de saldar suas dívidas.

Gioconda pedia-lhes humildade. Ela própria encarregara-se de varrer o cinema convertido em teatro. Diligente, ia eliminando a poeira acumulada debaixo das cadeiras. Uma limpeza que lhe facilitava concentrar-se em algum personagem imprevisível, desses com sina de despertar no intérprete sonhos impossíveis.

— Como é difícil ser atriz! protestou, mal suportando o peso de tanta responsabilidade.

O brado atraiu a atenção dos demais. Cercada pelo grupo, Gioconda desculpou-se. Sempre fora ilustre desconhecida. Fazia-lhe falta aprender a comprometer-se com a glória. Sobretudo apagar da memória a função de puta, cancelar o gesto de levar, diante de estranhos, a mão ao peito onde repousava um coração em frangalhos.

As noites maldormidas no Íris os exauriam. Gioconda cobrava uma liderança. A presença enfim de Caetana que não se deixava ver, enquanto Polidoro, entre idas e vindas, gastava as solas dos sapatos nas viagens ao teatro, à própria casa e ao Palace.

As recriminações de Gioconda logo encontraram semeadura fértil. Virgílio temeu que o rebanho se tresmalhasse, sob o risco de não voltar a se reunir.

— Acaso queria vida fácil? Pois fique sabendo que ninguém aqui está autorizado a desestimular os outros artistas, a plantar a discórdia, só porque tem alma frágil.

Compenetrado, o professor garantia que a arte repousava suas estruturas numa irrestrita adesão a qualquer realidade que o artista porventura defendesse. Dessa forma, certas dúvidas inerentes ao texto serviam para enriquecê-lo, jamais para restringir a margem do sonho ou reduzir a aferição da própria realidade.

O ócio propiciava debates, mantinha o grupo coeso em torno de um ideal candente. Exemplo era Venieris, esmerando-se na limpeza dos pincéis. Passava de uma tinta a outra com a incerteza no coração. Em busca do marrom-escuro, destinado à rotunda de uma igreja, cor pela qual se decidira naquele dia mesmo, saía-lhe um amarelo alegre, contrário ao tom sinistro desejado. Entretido nessa tarefa, nem observava que os fios da broxa caíam como de uma cabeleira ferida pela seborreia.

— Reclamo sempre que quiser, reagiu Gioconda à prepotência do historiador. — Não pense que é artista para mandar em mim. Apesar de arrastar nome de poeta, nunca fez um soneto.

A saia longa dava-lhe aparência de cigana. Rodopiou para que vissem seus encantos, quase imperceptíveis no teatro mal iluminado.

— Bem que o padre que me batizou se opôs ao nome do poeta. Pediu à família que desistisse, mas meu pai fincou pé.

Também ele professor primário, tinha esperança de que o filho, portador de tal nome, fosse um dia estudar em Paris.

— E acabou em Trindade, aparteou Sebastiana com impensada agressividade. Esquecida de que Virgílio, frequentando-lhe a cama, deixava junto a ela o sêmen e fragmentos de história, em especial a de Pedro I, o transgressor da sexualidade brasileira.

— Graças a Trindade conheci você, retrucou ele, galante, na expectativa de provocar remorsos, uma vez que Sebastiana era presa fácil dos sentimentos gerados no escuro ou à luz de vela. — Pior que ser poeta como Virgílio era a cegueira de Homero. Em vez de ver a vida sob as bênçãos do sol, o pobre grego convivia com as sombras. Jamais manuseou um documento como eu. Por isso inventava mentiras em troca de um prato de lentilhas.

Envergonhada por ferir o melhor freguês, Sebastiana recordou seus feitos. Sempre lhe pagara a quantia pedida sem protestar, mesmo quando seu membro falhava. Em vez de chorar como os outros, Virgílio fazia-lhe regalos na semana entrante. Tanto que se formava na prateleira de seu quarto uma fileira de elefantes miúdos, de traseiro para a porta, em busca da sorte. Todos ganhos pelo mesmo motivo.

Apoiada por Palmira, que se enternecia com seus desastres e com os dentes que lhe faltavam, Sebastiana reduziu o volume da voz.

— Posso lhe trazer café? Ou outra coisa que lhe faça falta, disse num sussurro quase amoroso.

Virgílio estufou o peito. Sentiu, pela primeira vez, o gosto de ter uma mulher que se submetia à sua vontade diante de todos. O corpo aqueceu-se em rico reflexo térmico. Compreendeu a prática da brutalidade cometida por certos homens contra as mulheres, como meio de alcançar esse tipo de prazer. Nunca na cama a boca se lhe enchera de saliva, com a mulher sob seu corpo sujeita a seus desígnios, só porque até agora lhe faltara a certeza de que semelhante exercício amoroso também podia tornar-se um implacável instrumento de poder.

Por feliz golpe de sorte, e graças a Sebastiana, esse sentimento de natureza tão obscura esclarecera-se. Disposto a recompensá-la pela descoberta, dispensou-a dos serviços domésticos.

— Reserve suas forças para o espetáculo, Sebastiana. Na qualidade de atriz você destina-se agora a tarefas nobres.

Alheia ao entrevero entre os amantes, Gioconda vigiava à porta. Polidoro prometera-lhe trazer notícias de Caetana. A atriz não poderia prolongar por mais tempo uma situação indefinida. Ninguém sabia sequer o nome da peça. Se teriam que cantar, dançar ou apenas representar.

Também Diana reagia a que o tempo se escoasse, despertando-lhe o sentido da inutilidade, a insegurança de que o dia seguinte fosse premiado pelo vazio.

— O que faço aqui a esta hora da noite? A cada dia fico mais pobre. Quem vai pagar minhas contas?

O desalento levava Diana a desenhar no espaço gestos largos. Enquanto caminhava pelo palco, as tábuas rangiam, como se o assoalho já não tivesse sido reforçado com pregos de sólidas cabeças.

Virgílio subiu ao estrado, decidido a liderar a tribo prestes a sucumbir ao desânimo.

— Fui discreto até agora. Não me queria gabar diante de todos. Mas já não posso mais retardar a verdade. Vejam só onde andei dormindo nas últimas noites.

Estendeu sobre o palco uma lona surrada que servia de cama. A poeira que levantou o fez espirrar.

O gesto teatral entusiasmou a reduzida plateia. Teve o efeito de conciliar os ânimos. Puderam compreender as razões que forçavam Polidoro a ausentar-se do teatro. Sua ânsia de ser jovem de novo, de recuperar o mesmo espírito da época de seu amor por Caetana. Era justo, pois, que os deixasse a sós, num universo destituído de comida quente e de afeto.

Diana acendeu o cigarro, lançando a fumaça em direção a Venieris, estranhamente atraída pelo grego embarcado no Pireu. Um porto famoso pelas putas que, tendo o mar como horizonte, não se conformavam com os limites da terra firme.

A grosseria, longe de excitá-lo, irritou Venieris. Contudo, aplacado pelos anseios da arte, não reagiu. Não se permitia mais retomar hábitos antigos. A verdade é que o armarinho, antes seu lar, tornara-se pequeno para suas perspectivas atuais. Por outro lado, ao observar Diana, sentiu faltar o aconchego de um corpo de mulher. Nas noites de inverno, aquecia mais que uma sopa espessa ou um chá fumegante.

— Algum de vocês quer sugerir um objeto para eu pintar? perguntou o grego, intuindo que o convite, de fato feito a Diana, gerava em si uma expectativa amorosa que se confundia com os reclamos da criação.

Os gestos esquivos, capazes de despejar em torno mal-entendidos, sempre atraíram Diana. Abominava o homem de sexo desassossegado, com pressa de meter-se em sua vagina só pelo temor de perder o tesão. Naqueles dias em particular, ia aprendendo o valor da ambiguidade, que consistia em atribuir ao vizinho o que vagamente se localizava no próprio coração.

Perplexa, porém, com os acontecimentos, proclamou enfática ante Venieris sua condição de artista. Provando a afirmação, começou a sapatear, conquanto o corpo correspondesse com dificuldade e saíssem do peito acordes descompassados.

— Preciso emagrecer, constatou amargurada.

— Desse jeito não chegaremos à estreia, advertiu Gioconda, com receio de que tantas reclamações sufocassem o raro sentimento amoroso ora difuso por seu corpo.

A personalidade de Diana, em geral obscurecida por Gioconda, reagiu altiva, abandonando o curral para onde fora tangida desde mocinha. O rosto ganhou inesperado frescor.

— Também os cantores antes de pisarem no palco invocam os santos. Por via das dúvidas, gargarejei com limão, sal e água quente. O sal é milagroso, cura até voz de taquara rachada. A melhor cura, porém, vem do talento e da sorte.

O ar de felicidade instalado de repente no Íris ameaçava dissipar os efeitos gerados pela arte. Era sabido que não se pode ser feliz e conjugar o verbo criar ao mesmo tempo. Tal prognóstico assustou Diana. Sentia o corpo repartido em dois. O sangue de um irrigava ilusão, o outro destilava o solitário gosto do fel.

— De que vale ter voz clara de soprano se não sabemos cantar! Não dispomos de partituras, instrumentos musicais, nem textos para ler. Mal contamos com um teatro, Diana perorou, pondo-se à frente de uma rebelião recém-iniciada.

Concentrados no discurso pessimista de Diana, que os trazia de volta à realidade, não viram Polidoro entrar na companhia de Ernesto.

— Basta de tanta lamúria. Até parece o muro de Jerusalém, disse, convocando-os em seguida para a revista habitual.

— O que foi feito em minha ausência?

Indicou a Ernesto a tarefa de fiscalizar o quadro harmonioso que ele havia deixado, antes de seguir para o Palace.

Ernesto constrangeu-se. Resistia a humilhar artistas em plena vigência criativa. Ou julgar atos de insubordinação. Nada conseguia dissuadi-lo de seu ofício de farmacêutico.

— Melhor que Caetana reprove essa gente. Ou diga que eles não têm talento nem disciplina. Cauteloso, não queria ofender Polidoro.

Gioconda invadiu o palco fora de si. Quase tropeçou na escada. Os cabelos saíam do lugar.

— Quando chega Caetana?

— Virá um minuto antes ou um minuto depois da meia-noite.

Polidoro examinou os objetos trazidos por Virgílio de sua casa. Decoravam os móveis que enriqueciam o cenário. Adequavam-se ao drama, à tragédia ou à comédia, segundo o que Caetana desejasse representar. A vida, aquecida no teatro, servia aos ideais artísticos da coletividade.

Em meio a gestos absortos, Polidoro exibia certa indiferença. Por amar uma mulher inabordável, talvez pudesse agora perdê-la com a resignação que lhe faltara no passado.

Abandonou o palco. Faltavam poucos minutos para a meia-noite. Caetana estava prestes a chegar.

— Por que não nos avisou antes? Gioconda afligiu-se. Não conseguia controlar-se diante da atriz. Vinte anos atrás Caetana alagara seu coração com uma matéria que resistia à oxidação do tempo.

Nervosa, recorreu ao espelho bizantino. As Três Graças acompanharam-na disputando o reflexo dos respectivos rostos na superfície do cristal.

— Como estou feia! Sebastiana concluiu, desolada.

— É tarde para se queixar, contestou Diana. — Melhor fazer um estilo com sua feiura. Virar personagem. Assim todos terminarão pensando que é bonita.

— Sabe o significado do que disse, Diana? perguntou Venieris, enquanto tentava localizar o próprio rosto no canto do espelho ainda não ocupado por ninguém. — É o que chamam de estética. Não é verdade, Virgílio? Gostar do que se inventa sem saber a razão!

Atento ao relógio, Virgílio não respondeu. Logo soaria meia-noite.

— Por que porta Caetana vai entrar? Virgílio dirigiu-se a Polidoro.

— Não há tantas portas assim, Polidoro respondeu com rispidez.

Ernesto distribuía os salgadinhos que se achavam sobre a mesa. As garrafas de guaraná, dentro de um balde em meio a pedras de gelo embrulhadas em folhas de jornal, mantinham-se frias.

— O que não nos falta aqui são portas. Até falsas temos! Venieris protestou. Empenhara todo seu engenho na arte de simular. Fazer os demais crerem na existência de cidades elaboradas pela imaginação. Para corroborar, aliás, a tese da ilusão e fortificá-la ao mesmo tempo, trouxera de casa o referido espelho bizantino e um biombo, com quatro folhas, todas coladas com cartazes envelhecidos sobre remotos temas gregos.

— E se Caetana não vier só para nos fazer sofrer? Gioconda afligiu-se.

Contemplava-se ao espelho com medo de perder a esperança, de retornar à pensão com lesões na alma que atingiriam igualmente as Três Graças, agora mais gordas de tanto comerem sanduíches.

— Que solidão, meu Deus, disse baixinho para que não a ouvissem.

Diana enlaçou-a num abraço inesperado. Prendia Gioconda com tal firmeza, como se quisesse privá-la de ver a entrada triunfal de Caetana no Íris.

O gesto amoroso, que chegava com tantos anos de atraso, comoveu Gioconda. Talvez ainda houvesse tempo para desfrutarem no futuro de um jogo recheado de carícias e de sopros quentes.

Ao ouvir ruídos vindos de fora, Gioconda empurrou Diana. Diana atraiu-a, porém, contra os seios miúdos, sorrindo para uma humanidade vaidosa que se precipitara em direção a Caetana, acabada de entrar.

O perfume que inundou as narinas de todos parecia de origem animal, uma besta de exótica beleza, prevista pela visão apocalíptica de cada membro do grupo.

— Silêncio, exclamou Virgílio, marcando a cena.

Arrancado das entranhas, o grito do historiador impulsionou Diana a abrir os braços. Quase sem ar, o olhar embaçado, Gioconda só enxergava pela metade. Ofuscava-a a presença de Caetana cercada por Balinho e Príncipe Danilo.

Balinho trazia uma tocha acesa na mão. Atento às primeiras palavras de Caetana, parecia uma espécie de Nabucodonosor que, estupefato, observava a mão anônima e sem dono imprimindo na parede de sua vida a balança e outros signos.

Passava da meia-noite. Danilo e Balinho não se preocuparam em pedir desculpa. A arte dispensava a boa educação. Além do mais, não se deixariam reger pela realidade mesquinha de Trindade, sítio de hábitos agrestes. O próprio Polidoro reconhecia que lhes faltava urbanidade. Lastimava frequentemente o costume de Dodô de instalar-se numa cadeira na calçada só para ver o vaivém do povo.

— Não me envergonhe, Dodô. Tire a cadeira da calçada!

Ela dava sempre a mesma resposta.

— Desde quando preciso tratar Trindade como cidade grande? Daqui só vejo carros velhos, caboclos desdentados e bosta de vacas soltas. Por sinal, muitas dessas vacas são nossas!

Polidoro ofereceu-lhe o braço. Caetana dispensou-o, concentrada em equilibrar-se em cima dos coturnos. Reservara-os para essa noite. Sentia encarnar uma personagem cujo nome lhe escapava agora. Tampouco queria imitar a Callas. Essas plataformas de cor negra como que haviam chegado da Grécia. De Micenas ou da memória em fogo de Agamênon! Gorda e imperial, roubara da Callas, isto sim, a capa vermelha da Tosca. Quanto à tiara, montada sobre o coque, luzia falsos brilhantes.

— Posso conduzi-la ao palco? Virgílio adiantou-se sem se importar com Polidoro. Agia como um destemido empresário que a contratara a despeito de seu temperamento contraditório.

Caetana apoiou-se nele resoluta. Julgou por um instante que o braço humano, qual pilar de mármore, podia suportar qualquer desventura. Virgílio, por sua vez, habituado a lidar com documentos, cartas, páginas de livros e uma Sebastiana que na cama o libertava de atos excessivamente ágeis e desumanos, não aguentou o peso da atriz. Na iminência de ir quase ao chão, buscou um homem próximo para substituí-lo. Ernesto, largando a bandeja de salgadinhos, atendeu-o sobressaltado. Atenta à veloz troca de parceiro, Caetana mirou-os com desprezo.

— Já não sobram homens em Trindade ou é o mundo que carece de machos! Dirigiu-se sozinha ao placo. — Meu leque, pediu.

Danilo abriu a sacola. Dentro havia bugigangas ruidosas.

— Que calor faz aqui! disse ela. — É a quentura do inferno de que eu precisava.

Abanava-se com exímia técnica. Cada golpe dado no ar exibia velozmente formas cortesãs impressas no leque. Sua pressa mal permitia que os motivos goyescos atingissem a plenitude advinda do apreço público.

Palmira, que ganhara na última semana notória desenvoltura, aproximou-se de Caetana, seduzida por suas mãos.

— Sempre quis ter um leque assim. Nunca pensei que visse um de perto. Esses produtos estrangeiros jamais chegam a Trindade!

Caetana parou de abanar-se. Com prazer mostrou-lhe os cavalheiros encapuzados.

— É inspirado em Goya, o pintor espanhol. Sou um pouco versada nele porque o nome Caetana me foi dado pela mulher que ele pintou ora nua, ora vestida. Uma maga vista sob dois ângulos. Por sinal uma aristocrata da família dos duques de Alba.

Venieris interrompeu o diálogo com seguidas mesuras.

— Minha arte está a seu serviço, senhora.

Enciumado, Polidoro devolveu-o ao trabalho com gesto incisivo. Aproximou-se de Caetana. O bafo de sua respiração envolveu a mulher.

— Comecemos de uma vez. Caso contrário, nos tornaremos escravos da ilusão.

Diante dos quatro degraus que a separavam do palco, Caetana acautelou-se. Os coturnos dificultavam a subida. Temeu a queda, o grotesco compatível apenas com a arte. Visto de perto, sem a magia das luzes, o ridículo tornava-se motivo de chacota.

Virgílio estimulou-a a subir.

— Quem de nós não é ridículo? disse como que adivinhando seu pensamento.

Ela indicou o palco onde Gioconda movia-se sobre as tábuas rangentes. Queria-o desocupado.

— Sou a estrela do espetáculo e receberei os coadjuvantes aqui embaixo. É cedo ainda para compartilharmos o mesmo palco.

Gioconda retraiu-se. Não reconhecia mais a amiga. Como um arqueiro, ela disparava flechas capazes de matar a ilusão alheia. Já descia, quando Caetana a reteve. Ganhara súbita ternura.

— Não se acanhe nem me condene. Tudo é uma farsa. Um espinho que cada um enterrou no fundo do quintal da alma.

Emanava dela intensa intimidade. O olhar garantia que ainda lhe abriria, em meio aos escombros do Íris, o cofre de seu coração.

Venieris cercou as duas mulheres, que logo emudeceram. Apaixonado, porém, pela própria arte, não se mostrava atraído por Caetana.

— Será que alguém pode me informar se no século passado existiam vigas metálicas?

A interrupção desgostou Caetana. Não bastando a atitude do grego, o próprio Virgílio, sempre cavalheiro, debatia-se para não ser ofuscado.

— Claro que sim. Havia de tudo no século passado, disse, orgulhoso.

Apesar da ânsia de vencer os degraus que a separavam do palco, Caetana preferiu dar combate ao historiador arrogante.

— O drama do século XX é ser demasiadamente enfeitado. Parece um bolo de noiva com excesso de glacê e de pombas. Sem falar que brotam bobos e vaidosos por todos os lados. Eles formam uma penca de bananas. E ninguém detém essa marcha.

Virgílio entristeceu-se. A artista feria-o por não saber que durante anos levara andrajos no corpo e conhecera a miséria. Tudo porque amara papéis comidos pelas traças.

— Peço a palavra, disse, circunspecto, querendo contornar o impasse.

— Nada disso. Você já falou muito nesses anos. Abusou das palavras na sala de aula, disse Diana, silenciando-o com os punhos cerrados. — Sou eu que vou falar agora. Quero saber o que vamos representar. Onde está o texto? E os instrumentos? Além dos artistas, que somos nós, nos falta tudo!

As reclamações não abalaram as convicções de Caetana.

— Por enquanto não necessitamos de nada. Talvez eu precise apenas de um solitário no dedo, que brilhe a distância! disse com ironia.

Polidoro indignou-se.

— Quando pisarmos no palco, a que gênero estaremos dando vida? A uma ópera, a uma peça dramática, a um balé, ou ficaremos em pé simplesmente, em silêncio?

— Será uma ópera.

— E o que é uma ópera? Gioconda inquietou-se ante a responsabilidade inerente ao novo ofício.

— É um mistério. Ao menos até a estreia. Caetana aproximou-se da escada, atraída pelo palco vazio.

— Quem vai tocar?

— Quem vai cantar?

As vozes sucediam-se desabridas. No primeiro degrau da escada, Caetana não as distinguia, recolhendo os acordes vindos da vitrola.

— São os querubins e a voz de Deus!

Balinho ofereceu-lhe a mão. Notara sua voz crispada. Apoiando-se nele, venceu os degraus restantes. Do palco, sentiu prazer em olhá-los de cima.

— Não se preocupem. Faltam alguns dias. Tio Vespasiano providenciará tudo, do céu ou do inferno.

Atropelaram-se todos na escada, querendo subir às pressas ao estrado. Ninguém se conformava em renunciar à arte, sobretudo aos aplausos.

Polidoro tentou interceptar o avanço.

— Fiquem onde estão. Quem vai subir sou eu. Preciso de um púlpito.

Ele mudara de atitude, agora em aberta competição com Caetana. Não queria mais ser mero figurante, dono de duas ou três frases. Se as ilusões provenientes da arte haviam imunizado o coração de Caetana, impedindo-a de sofrer os percalços do amor, também ele pleiteava igual proteção.

— Amanhã ensaiaremos, gritou Polidoro. E voltando-se para Caetana: — Serei o contrarregra, Virgílio o diretor. Se não houver público no dia da estreia, encho a merda deste teatro de vacas. É o que não me falta no pasto. Minha alma não passa de um boi zebu trazido da Índia.

Balinho armou-se de coragem. Subiu ao palco decidido a enfrentar Polidoro, que esgrimia o florete da traição contra Caetana para fazê-la pagar por sua deserção amorosa.

— Aonde pensa que vai, seu moleque? Polidoro agarrou-o pelo braço.

O despotismo de Polidoro exasperou Gioconda.

— Não suportamos mais seus desatinos, ela protestou, perto da ribalta.

As Três Graças, em intransigente defesa de suas respectivas posições, despontaram à frente dos demais. Generalizara-se o tumulto.

— O senhor é um ditador, protestou Balinho, livre de sua tenaz.

— O que há de mal em ser ditador num país que precisa de ordem!

— É contrário aos deuses, que pregaram a desordem. Destemido, indiferente aos apelos por concórdia que lhe faziam as Três Graças, Balinho desafiou-o.

Virgílio grudou-se ao corpo de Polidoro, como se fossem amantes. Mantinha-o a salvo da iminência do vendaval.

— Por favor, senhoras e senhores. Em nome da arte proponho uma trégua.

Fez uma pausa. Atento ao discurso de Virgílio, Polidoro acomodou-se ao calor de seu corpo.

— Por que altercarmos, se vivemos para a arte e a arte nos abençoa? Além do mais, por que amaldiçoar os ditadores? Getúlio foi um deles, e o povo o amou. O próprio Médici agora, por onde anda, é aplaudido. Desde os estádios de futebol ao Jockey Club lá do Rio de Janeiro.

Virgílio estendeu a mão, que Balinho examinou. Era fina, estranhamente peluda. Por causa dela, Sebastiana, às vezes, em meio aos afagos, puxando-lhe os pelos, o chamava de meu miquinho. Balinho deixou que ele a mantivesse suspensa no ar por tempo indeterminado. Ao impingir-lhe esse sofrimento, queria atingir também Polidoro.

De repente, numa atitude afável, prendeu firme a mão. Livrou-se do pigarro, que o atacava ao emocionar-se.

— Não se esqueçam de que Caetana é a única artista nesta casa. Graças a ela pisamos neste palco e posamos de atores. Gente como nós não povoa a cena sem o socorro dos verdadeiros artistas. Sem eles não há espetáculo. E nada é mais desolador que um palco vazio.

Ofereceu a Polidoro, a seu lado, um rosto desbotado, sem emoção. Parecia sensivelmente envelhecido.

— O senhor pode entender muito de vaca e de terra, mas de teatro não sabe nada. Quanto ao professor Virgílio, que cuida dos mortos e dos papéis comidos pelas traças, corre o risco de errar. O único fadado a acertar é o artista. E nem este sabe dizer por quê.

— Bravos, interrompeu Diana, entusiasmada com a vocação parlamentar de Balinho. — Que sorte tem Caetana assessorada por este jovem! Está feliz, Caetana?

O mistério da felicidade, discutido em público, reanimou Polidoro. Quem sabe Caetana, fiel à vocação de atriz que fizera do palco cenário ideal para extravasar suas emoções, afinal confessasse, diante da seleta plateia, seu amor por ele, mantido em profundo resguardo por pudor ou mesmo por vingança. Havia chegado a hora de despir-se dos sentimentos que lhe pesavam como se carregasse um morto.

— Se não está feliz, eis-me aqui para servi-la, disse Polidoro, comovido.

O recente ingresso no mundo do espetáculo destravara-lhe o recato. A confissão pública, longe de enrubescê-lo, trouxe-lhe serenidade. A vida parecia-lhe mais suportável agora que compartiam agonias e incertezas.

Caetana conduzia-se com deliberada solenidade. A revelação dos sentimentos, sem os recursos da arte, soava-lhe intolerável. Só as frases de lavra alheia tinham marca de verdade em seus lábios. Conciliavam-se com a única realidade que conhecia. Jamais duvidou das emoções que os autores mortos punham em sua boca. Era por essa fonte que a vida jorrava. Sob nenhum pretexto renunciaria à arte.

O cenho franzido, Caetana fixava o olhar num horizonte falso. Começou a arrastar-se lentamente sobre os imponentes coturnos, cruzando o palco. O ruído dos passos ecoava nos ouvidos e nos sonhos da grei ansiosa. Balinho e Príncipe Danilo, como se seguissem instruções, incorporaram-se à procissão, a que só faltavam pálio, terços e velas. As Três Graças não resistiram. Unindo-se a eles, roubavam-lhes o sentido do espetáculo que pretendiam de sua exclusiva propriedade. Seguiam uma batuta invisível que orquestrava seus movimentos. Corriam o risco de capengar sob tanta tensão.

— E a felicidade, afinal? Polidoro suplicou.

Seus olhos lânguidos toldavam-se no calor oriundo de Caetana. A umidade da mulher, que ele atribuía ao desejo, hospedava-se violenta também em seu corpo. Apressou o passo e tocou-lhe as espáduas. Caetana reagiu ao afago. As lantejoulas da capa de Tosca estremeceram. A aflição realçava sua pele nacarada. Não suportando tantos incômodos ao mesmo tempo, livrou-se da tiara. O gesto brusco fez os cabelos despencarem sobre os ombros. Tinham um brilho que faltava ao olhar.

— Nunca mais prenda os cabelos, sussurrou-lhe ao ouvido. Cada vez mais destemido, Polidoro abria diante de todos as veias de seu amor e finalmente deixava correr a seiva negra e amaldiçoada com que refrescar o desejo esconso, há anos abafado no corpo, entre suspiros, incenso e turíbulos acesos em honra aos santos mártires.

A tais palavras Gioconda sofreu o golpe no baixo-ventre. Não atinava com a espécie de sentimento que revolvia com tanta precisão as entranhas do ciúme. Sobretudo porque não sabia a quem reclamar. Contra quem lançar seu brado de dona.

— Responda, Caetana, disse Gioconda, perto de Polidoro.

Cercada de adversários, Caetana girou o corpo, agitando o leque contra a cara das duas criaturas, na ânsia de refrescar o ambiente e livrá-lo das paixões. Com elas em vigor, não chegariam vivos ao dia da estreia.

— Deus me fez de barro para assinalar minha sina humana.

Deixando a palavra suspensa, ordenou a Balinho que trouxesse o biombo até o palco.

— Quero fronteiras entre nós. Depois que tio Vespasiano morreu, sou uma artista solitária.

Balinho empurrava o biombo com a ajuda de Venieris.

— Cuidado. É uma peça de estimação, disse Venieris. — Volto sempre à pátria quando olho estas paisagens.

Caetana refugiou-se atrás do biombo. Longe da vista de todos, lançou a capa vermelha sobre uma das bandas de madeira, num gesto lento que estremeceu Polidoro. Pouco faltava para desnudar-se em público, como parte de um ensaio geral.

— Precisa de ajuda? perguntou Palmira, ansiosa por devassar o outro lado.

Caetana emergiu do biombo. Sem a capa, o vestido modelando suas formas, com quase metade dos seios de fora, parecia revigorada. Ajeitou o vestido na cintura um pouco apertado. Só então atendeu ao público.

— Apesar da pressa em ser famosa, cheguei tarde ao sucesso. A vida me levou para longe das capitais. Nem por isso vou permitir que um de vocês me tasque como um balão. Decido eu mesma quanto à minha morte.

A voz dramática suscitou emoções.

— Você é nossa única estrela, disse Diana, liderando as aclamações.

— Não há em Trindade e nos municípios vizinhos rivais para você, disse Sebastiana, com o apoio de Palmira.

Apenas Gioconda, prisioneira dos afetos ambíguos, privava-se de celebrar o triunfo da atriz. Junto a Polidoro, com quem disputava a atenção de Caetana, a sorte ingrata irmanava-os. Caetana não esclarecia o que seus respectivos corações reclamavam.

Agradecida, Caetana distribuía ligeiras reverências. O clima de festa estimulou Ernesto a servir os salgadinhos outra vez, enquanto Venieris despedaçava com o martelo o gelo para os copos de guaraná.

Entretidos na conversa, um forte ruído atraiu-lhes a atenção. Era Narciso, que batia a coronha do revólver contra uma cadeira.

— Vamos acabar com esta farra!

A voz ecoando pelo teatro provava a eficácia da acústica. Guardou o revólver no coldre e, para ocupar as mãos, retesou as alças dos suspensórios. O gesto, haurido nos gângsteres de Chicago, produzia segurança.

Polidoro desceu a escada com a leveza de Riche.

— Onde pensa que está?

Furioso, queria expulsá-lo do Íris. Não lhe perdoava a insubmissão e os modos grosseiros.

Apreciada de perto, a altivez do delegado inquietou Polidoro. Exibia essa expressão com o fim de preveni-lo. De tanto acumular humilhações e moedas, queria vingar-se, esvaziar o tambor do revólver contra o desafeto.

— Vim cumprir meu dever, disse com inabalável decisão.

— Desde quando me dá ordens? Ou já não quer mais ficar em Trindade? Prefere ir para as montanhas, mais longe ainda do Rio de Janeiro?

Bastava telefonar para o governador e o transferiria para a pior comarca do estado.

Narciso estremeceu. Procurou ganhar tempo, passar em revista os acontecimentos.

— Tenho ordem de fechar o teatro. Sua instalação é precária e infringe as posturas municipais.

— Quem determinou esta fiscalização? A fúria de Polidoro acompanhava sua incredulidade.

— O que pensa que sou? Um delegado de merda? Pois fique sabendo que só obedeço à justiça!

A voz traiu a mentira. Avançava por um campo minado, prestes a estilhaçar seu corpo. Decerto exagerara a arrogância.

— Pentecostes está a par desta inspeção? Polidoro exigia detalhes.

— O prefeito tomou o carro e sumiu tão logo lhe chegou a denúncia.

— Como é que ele e o secretário de obras decidiram me desafiar? O fazendeiro não se refazia do susto.

— Só cumpro ordens, endureceu Narciso outra vez, para impor-lhe uma humilhação pública.

— Traidor, conte logo a verdade! Desde quando ousa me enfrentar, a mim que paguei e pago seus serviços? E caro!

— Está me acusando de suborno e de corrupção? Narciso largou os suspensórios. Adotava gestos de protesto que cruzavam o ar como bofetadas.

— Acuso-o de ladrão e de servil. Por isso diga logo quem está por trás de você.

Narciso avançou contra Polidoro, que reteve os braços do outro no alto. Mediam forças, quando todos acudiram para apartá-los. Apenas Caetana permaneceu no palco.

— Filhos da puta! Só porque têm dinheiro querem corromper gente como eu, que mal carrega sozinho tantos sonhos frustrados!

— Fale de uma vez, senão vai se arrepender. Juro que o mando para o cu do judas.

Gioconda interpôs-se.

— Estou cansada de machos. Passei a vida inutilmente com eles na cama.

Narciso acalmou-se, agarrado à esperança de permanecer em Trindade.

— Dona Dodô. Foi ela quem fez a denúncia.

Polidoro desalinhou os cabelos. Tomado de angústia, temeu que Caetana se despedisse de Trindade, internando-se numa modesta pensão brasileira, numa rua sem nome, de uma cidade fora do mapa. Nunca mais voltaria a cheirar-lhe a pele. Levada para longe, iria amorenar-se, quem sabe, sob o implacável sol do Nordeste.

— Dodô então já sabe do Íris? E do espetáculo que vamos montar? inquiriu amedrontado.

— Com a denúncia, o secretário de obras foi obrigado a proceder à inspeção e interditar o teatro. O prédio está em péssimo estado, ainda que tenham varrido as teias de aranha e a sujeira, e o grego Venieris se proponha a falsificar a fachada. Aqui dentro fede, apesar do perfume vagabundo que Diana espargiu pela sala.

— Se Dodô sabe, vai fazer tudo para nos boicotar, disse Polidoro a Virgílio. O professor, porém, seguindo o instinto de cronista, decidiu aprofundar o assunto.

— O que levou dona Dodô a esse procedimento? perguntou ao delegado com amável sorriso.

— Soube que as filhas e os genros a apoiaram. E, ao que consta, seu Joaquim também. Acusam Polidoro de pródigo.

Narciso forçou a vista em direção ao palco. Tentou ver Caetana de perto. Afastada da luz, sua figura cercava-se de sombras. Narciso suspirou, sem tempo de sonhar. Acariciando a própria barriga, antegozou a vingança.

— E de esbanjar a fortuna da família com uma atriz de terceira categoria.

Polidoro investiu furioso contra o delegado. Estava prestes a agredi-lo, quando uma voz grave ecoou pelo Íris.

— Não preciso de advogado, Polidoro.

O peito de Caetana arfava, quase expulsando os seios de dentro do vestido.

— Só preciso de inimigos. Como os que tive até hoje.

Locomoveu-se até a escada. Fez menção de descer. Deteve-se, porém. Dali inspecionava Narciso e as cadeiras vazias do cinema.

— Sempre vivi sob o impulso da catástrofe. Quando meu tio me indicou as estradas brasileiras, poeirentas e tristes, passei por elas sem medo das cobras e dos homens. O ouro e as armas nunca impediram o avanço da arte, mesmo nos corações mais miseráveis. Ainda que queiram nos exterminar, gente de nossa espécie prolifera até em condições impossíveis. Pois que venha toda a família de Polidoro Alves para me crucificar. Estarei aguardando aqui, neste Íris feio, mas o único que temos.

Sebastiana começou a chorar. Expulsa do Íris, via-se de volta à pensão, as quatro mulheres melancolicamente reunidas na cozinha, ansiosas por coar um café fresco. De vez em quando uma delas subiria acompanhada ao segundo andar, enquanto as outras ouviriam, entre os azulejos frios da cozinha, o colchão rangendo na calada da noite.

— Calma, Sebastiana. Caetana, do último degrau da escada rente ao palco, consolava-a. — Não sabe que, sem ter um inimigo à espreita, o espetáculo não consegue imitar a vida? Não mudaremos nosso destino de artistas por conta desses capatazes. De agora em diante, permaneceremos no Íris, como se fosse uma cidade sitiada por inimigos que não deixam passar água e comida.

Balinho acomodou-se no degrau inferior ao de Caetana. Dali sentia-se um dos doze pares de França.

— Tudo que querem é nosso fracasso, disse Balinho, sugerindo-lhe um tema.

Caetana empinou o peito para ser ouvida da última fila do teatro.

— Quem são eles para nos derrotar, se a própria vida já se encarregou dessa tarefa! Há muito que trazemos o fracasso no peito, como um cobertor no inverno.

A figura de Caetana ganhava a mesma imponência da Callas, ao enfrentar o papel da sacerdotisa Norma. Balinho tocou-lhe o braço, estimulando-a a prosseguir. Não deixasse Narciso falar.

— Bem-vindos sejam os inimigos! Inclusive o delegado Narciso. Enquanto existir a arte, a casa é de todos.

Ao descuidar-se, porém, dos seguidos agudos, a voz de Caetana saiu em falsete, o que não a impediu de desencadear uma catarse geral. Abraçavam-se todos como se houvessem derrotado o inimigo após o doloroso cerco.

— Mais salgadinhos? Ernesto repassava a bandeja, insistindo em que comessem. As emoções dos últimos minutos debilitaram o organismo dos artistas.

— Falta-nos vinho para um brinde, disse Diana, rodopiando, distraída, em torno de Narciso.

Esquecido por todos, Narciso não sabia mais o que fazer. Pigarreou na esperança de chamar a atenção de um único amigo que lhe restasse. Ninguém pareceu ouvi-lo. Nem mesmo importar-se com o ruído de suas botas, quando começou a afastar-se.

Quase à saída, olhou para trás. Quem sabe ao menos Polidoro lhe cobrasse a presença. E o quisesse de volta ao palco só para castigá-lo, jurando que o expulsaria de Trindade no dia seguinte.

Tomado por um sentimento obscuro, Narciso cruzou a porta. O ar fresco da madrugada intensificou mais ainda a dor que sentia no peito.

Dodô pediu conselho ao sogro. Com tantos perigos à vista, não podia descuidar-se. Em algumas semanas teriam perdido metade da fortuna. Há muito desconfiava de que nas idas ao Rio, cada vez mais raras, Polidoro comprava moedas estrangeiras e as estocava em alguma gruta secreta, ou as mandava para uma conta-corrente numerada num banco da Suíça.

Tão logo a atriz descobrisse a chave do cofre ou a gruta a que o marido ia à noite rezar a Deus e ao Diabo, poderiam dar a fortuna por perdida. Polidoro, em nome do antigo sentimento, não resistiria ao assédio. Sobretudo porque, à falta de outra paixão recente que o lançasse às chamas do inferno onde crestar o desejo, emprestava ao amor anterior tintas renovadas e falsamente intensas, sem correspondência com a realidade.

— Todo mundo me traiu, seu Joaquim. A vagabunda há semanas está em Trindade vivendo à minha custa e ninguém me alertou dos perigos. Graças à filha mais velha, já não sou mulher traída. Não é certo que deixa de haver traição conjugal, quando se toma conhecimento do fato?

Joaquim mexia a xícara de café fazendo barulho com a colher. Queria abafar as reclamações da mulher. Havia alegado sono, após o almoço, e a idade avançada, para furtar-se à visita.

Mas Dodô, à porta, exigira ser atendida. Em matéria de honra tinha prioridade sobre os demais membros da família, sempre afoitos em pedir ao velho doações, empréstimos, raramente conselhos, como ela agora.

— O que pensa que sou, Dodô? Conselheiro sentimental? Médico da alma? resmungou para ver-se livre dela.

Ela insistia. Puxara a cadeira para perto da poltrona com o intuito de mantê-lo atento. Não o deixaria dormir.

— Não é o corpo de Polidoro que me importa, seu Joaquim. A carcaça do homem eu empresto a essa atriz decadente que veio a Trindade em busca de recursos. Pobre mulher, sequer tem casa onde morar. Mas se é assim, por que não me disse? Eu teria gosto em lhe enviar pelo correio uma ajuda mensal, não precisava morrer à míngua. Para atender a essas misérias humanas não nos faltam bois nem capim. Mas vir à minha porta com o fim de roubar o que é de minhas filhas, isso eu não permito. Terá que passar por cima de meu cadáver.

Na pressa de vestir-se, Dodô tirara do armário um vestido que lhe apertava a cintura, salientando as gorduras inconvenientes. As tintas do tecido, devido às inúmeras lavagens, haviam desbotado. O azul ganhara tonalidade lilás. Na presença do sogro, aliás, resguardava-se dos sinais de riqueza, esperando sempre deixar a casa com um cheque debaixo das axilas.

— O homem é assim mesmo, Dodô. Quando é velho, sonha com a juventude. E o que é a juventude senão o galope na garupa de um cavalo de crina e ventas voluntariosas, e ainda as mulheres soltas no mundo, prontas a receber as provas de nossa paixão?

Dodô estranhou a defesa do velho. Severo com os filhos, era o primeiro a recriminá-los. Sobretudo Polidoro, que o desafiava com frequência e sequer comparecera à inauguração do busto. Tudo por conta da atriz, que o mantinha encarcerado, ora no Íris, ora na suíte do Palace.

— Além de pródigo, Polidoro agora já não tem sentimentos. Passa as noites mergulhado no pecado e até ao pai despreza, por exigência dessa mulher. Como então o defende, em vez de chamá-lo à razão?

Na hora da refrega Dodô punha a mão na cintura. Aprontava-se para lutar, mesmo sem a solidariedade do sogro.

— Filho meu não é irresponsável. Ele é de boa cepa. Nesta casa nunca houve desrespeito. A própria Magnólia jamais levantou a voz contra mim. Assim, é melhor que cuide das palavras. Além do mais, nenhum macho está livre da paixão. Mulher que não entende essa verdade elementar não chega à velhice com o marido ao lado. E desde quando o estado civil é motivo para capar um homem como Polidoro?

Joaquim tentou erguer-se apoiado no braço da poltrona. Não via a bengala por perto. Arrimou-se nos ombros de Dodô, como se ela fosse um muro.

— Onde deixei o maldito bastão? Essa perna de pau que sou obrigado a usar, resmungou, olhando em torno.

Dodô recusou-se a ajudá-lo. Feria-lhe o orgulho, fazendo-o caminhar pela sala, com o temor de tropeçar, ir ao chão.

— Ainda que me oferecessem o braço, não aceitaria, ele disse para alguém hipotético que o observava de um ângulo da sala. Devolvia-lhe assim os maus-tratos. Ao alcançar a parede, tateou até a cômoda em busca da bengala perdida ali.

Senhor de novo dos movimentos, enfrentou a mulher com desenvoltura.

— De que está reclamando? O principal do casamento já está cumprido. Agora lhe sobram filhas e dinheiro. Não vai me dizer que você e Polidoro não fizeram um bom acordo. E ainda por cima, lucrativo. Ou preferia trocar tudo isso pelo amor turbulento, sem garantia, e ficar no lugar dessa atriz?

A prática da retaliação restaurava suas energias. Queria Dodô como vítima. Submetê-la a algum capricho que lhe ferisse a arrogância. A nora só o visitava por interesse. Nessas passagens rápidas, roubava-lhe o equilíbrio da casa, só alcançado mediante renúncia às emoções do cotidiano. Nunca ela trouxe um tabuleiro de doces ou uma cesta de frutas colhidas em seu pomar. Logo ela, que tinha casa farta. À mesa, sempre posta, havia de tudo, de salgados a doces caramelados, saídos das mãos de cozinheiras que sorriam e choravam ao mesmo tempo ante o rigor de receitas oriundas de avós já mortas e de escravas foragidas.

A abundância da mesa de Dodô não visava saciar a fome alheia. Exibia tão somente a força do dinheiro. Como uma missionária a arregimentar pagãos e anexar terras férteis, Dodô acumulava dinheiro e pertences para regalar às filhas o produto de tanto empenho. Por sua vez, as cinco filhas agradeciam, lançando-a contra o pai.

Inconformada com a sorte, também ela sonhava em terçar armas com o sogro, graças a quem engolira quantas vezes salivas e frustrações. Ele jamais a levava em consideração. Nem mesmo na consulta de uma receita de bolo. Para ele, ela não passava de uma fonte de ordem caseira e de reprodução humana, embora Joaquim houvesse apreciado as terras e o gado que trouxera como dote.

— Pensei que a inauguração do busto o animasse a pôr a cidade nos eixos. Sobretudo a corrigir os desmandos de sua família.

Enfrentou o velho com galhardia. Recusava-se a ser humilhada. Há muito queria provar o sabor da vingança, que tinha gosto de sorvete de pitanga, conforme enfatizara seu pai.

Ajeitou a gola com recato. Apesar da velhice, aquele homem intensificava o brilho dos olhos na presença de uma mulher. Pensou em envolvê-lo com a mínima doçura. Desabituada, no entanto, a realçar os sentimentos brandos, o rosto contorceu-se formando sulcos profundos. Não conseguia mesmo cultivar os gestos inerentes ao afeto.

Joaquim registrou a mudança de atitude. Não sabia a que atender. Se à defesa do filho, se à dramática carência da nora.

— Acaso quer que eu mande arrancar Caetana do hotel e a acorrente na cadeira do ônibus que vai para São Paulo?

— Se for preciso, não vejo inconveniente, sentenciou ela com sentido prático.

— Nesse caso, chame o delegado Narciso. Talvez solucione seu problema.

Afundou o corpo na poltrona, levado pelo desejo de fazer daquele buraco sua sepultura. Extinguia-se-lhe a cada hora o desejo de permanecer entre inimigos e familiares. Dodô, por exemplo, acelerava sua vontade de zarpar sem rumo, numa viagem atlântica interminável.

— O senhor está falando sério? Dodô inquietou-se, receosa de equivocar-se. Sempre que decifrava a família Alves, de temperamento impulsivo e arredio, beirava o fracasso. Divergiam em tudo de sua própria gente. Aliás, não havia uma única família parecida com a do vizinho. Nenhuma fora engendrada num paraíso que se proclamasse comum a todas.

— Posso chamar o delegado aqui em sua casa?

Dodô desmandava-se facilmente. Faltava-lhe tato para os temas delicados. Não tinha paciência com mesuras e entretenimentos palacianos. Igual ao sogro, renascia ao aspirar o cheiro de bosta.

— Com tantas fazendas, não precisa de meu teto. Além do mais, seu irmão é o favorito do governador. O que mais quer?

Jogou a cabeça para baixo, os olhos fechados. Ia tirar a sesta ali mesmo. Encerrara a discussão. Já não agia como ave de rapina. Seu grau de interesse pelas intrigas humanas reduzira-se sensivelmente. E as terras de Dodô, outrora tidas como preciosas, fundiam-se agora com as suas, graças ao sangue do filho e o da nora haverem formado entre si uma miscelânea de plasmas e de genes ambiciosos.

A atitude de Joaquim representava um insulto. Dodô sentiu-se expulsa da casa. Nada mais tinha a fazer ali. Se o velho fora omisso na defesa do filho, ela não o pouparia da vingança. Precisava agir às pressas.

No portão, sofreu ligeiro sobressalto. Sentiu a conveniência de robustecer-se. Chamou o jardineiro ocupado com as rosas silvestres.

— Cada qual tem um talento. O seu é embelezar as rosas. O meu é registrar os detalhes da semana num bloco. Quando menina, pensei em ser repórter.

Ao deslizar a mão pela cintura, arrependeu-se da gordura acumulada naqueles anos imprevidentes. Em seguida, apoiou-se nas ripas da cerca, para redigir algumas palavras no papel arrancado do bloco, fiel ao velho hábito das anotações. Quem folheasse seu caderno encontraria listas de compras, lembretes, até bilhetes jamais enviados ao destinatário. Ocorria-lhe esquecer a quem se destinavam, tamanha a cupidez com que pretendia, por esse meio, corrigir vizinhos e adversários.

— Entregue ao seu Joaquim antes do jantar. Este bilhete vai diminuir o apetite dele, disse, interrompendo a leitura que fazia do texto.

A redação improvisada deu-lhe prazer. Com acenos de cabeça aprovava o próprio talento. Já na escola pública, destacara-se nos ditados e nas dissertações, desde que fosse de ambiente rural o tema tratado. Ninguém na sala de aula descrevia melhor o estado de espírito das vacas, cuja aparente passividade resguardava uma natureza dissimulada, com a qual se sentia sinceramente aparentada.

O tratamento de excelência dado ao sogro no bilhete pareceu-lhe correto. Semelhante cerimônia teria o mérito de confundir o espírito e turvar os sentimentos dele. Tudo que queria, porém, era desafogar as paixões sob o escudo do comedimento. Voltou a ler o texto, agora em voz alta.

"Excelência seu Joaquim, peço-lhe que esqueça minha visita. De minha parte, eu a esqueci nos umbrais da porta de sua casa. Pedi-lhe conselho, mais que ajuda. Ao faltar-me o primeiro, vi-me sozinha no mundo, como se, de passagem pelo cartório, houvesse anulado o sobrenome Alves que me veio pelo casamento. Esse nome há muitos anos tenho agregado ao meu como apêndice. Diante, pois, dessas circunstâncias, vejo-me obrigada a defender a mim e a minha prole dos ataques que nos estão sendo desferidos por gente de seu sangue. Aviso aos marinheiros experientes que aí vem tempestade a bombordo. Assinado: Dodô Tinoco Alves."

Ninguém daquela família a protegera, mesmo em episódios escabrosos. Portanto, Polidoro via-se devidamente licenciado para cometer toda sorte de desatinos. Há muito calara a voz da consciência. Só o flagrara ruborizado ao abanar-lhe na cara a cueca trazida do Rio de Janeiro, escondida na bagagem. Ela surpreendera a peça por acaso. Como suspeitar de que desse prazer a um homem como Polidoro trazer bordada na cueca de algodão uma insígnia masoquista que lhe desnudava os sentimentos? Mas Dodô não se enganara no episódio. Ela própria fizera questão de lavar a cueca com sabão de coco e raiva no coração, convivendo assim com cada palavra bordada no algodão.

Nenhuma soltara tinta na lavagem. Permaneceram intactas no tecido e em sua memória: "Nasci para sofrer." Perto da abertura, por onde Polidoro, tirando o membro, desafogava o desejo de urinar, ela ainda lera em letras miúdas: "Caetana."

Já em casa decidiu que chegara a hora de prover Trindade com as labaredas da dúvida e os pedregulhos da intriga. Mandou vir imediatamente a filha mais velha, cúmplice de suas artimanhas.

— A senhora tem certeza de que é correto? A filha Isabel, após ouvi-la, demonstrava escrúpulos ante um ato que excedia sua imaginação.

— Não a chamei para pedir lições de moral. Ou quer ficar pobre? Sem deixar um tostão para seus filhos?

Isabel inquietou-se. À visão desordenada da pobreza, enfileirou-se ao lado da mãe.

— O delegado vai aderir ao plano? Ele não é amigo do pai?

Dodô agitava-se pela sala. Junto à mesa ia recolhendo as migalhas de pão deixadas certamente por Polidoro, sempre relaxado.

— Desde quando é amigo quem aceita gorjeta? Quem der mais leva o homem, disse, enfática. Suas inquietações eram de outra ordem, embora não pudesse defini-las.

— Fale ao menos com Ernesto, mãe. Ele é mais sensato que o resto do bando. Talvez dissuada o pai.

Isabel ainda insistia. Desgostava-a a guerra pública entre o pai e a mãe, exposta a família a uma rede de comentários que se espalhariam pelo município, alcançando, quem sabe, a capital.

— Você já viu de perto um macho preso pela paixão? Com febre de quarenta graus e infecção pelo corpo todo? Deus te livre desses destemperos, filha. Ainda bem que nós mulheres estamos a salvo de tais tormentos. Não, não vale a pena chamar o farmacêutico. Também ele vive a paixão por via indireta, por isso se cola na cauda de seu pai.

As duas mulheres mergulhavam os biscoitos de polvilho no café, levando-os, apressadas, à boca antes que se dissolvessem.

— Usamos bilhete ou chamamos o delegado por telefone? A filha quebrou o silêncio.

— Nada de documentos, eles sempre comprometem. Vou passar na calçada da delegacia como quem vai às compras. Narciso anda sempre por aí. Não esquenta a bunda na cadeira do gabinete. Só na dos bares.

— Muito bem, assim seja. O que a senhora vai pedir a ele?

Dodô de repente se inquietou. Em pé, não quis terminar o lanche apenas iniciado. Pegou a bolsa e dirigiu-se para a rua.

— Tenho pressa. Não posso perder mais um minuto.

— Antes diga o que vai propor ao delegado.

A filha acompanhou-a até a rua. Dodô rechaçou-a. Para essas tarefas assumia sua autoridade de esposa de Polidoro.

— Você saberá na hora certa. Quero manter segredo.

— Nem para mim, mãe? Isabel entristeceu-se.

— Quem tem cama ocupada com marido ou amante não merece confiança. Na hora de trepar não conserva um só sigilo.

Deu-lhe as costas sem qualquer cerimônia. Não quis que o carro a levasse. Preferia chegar à delegacia com a respiração arfante, bom pretexto para repousar por alguns segundos em frente à casa amarela, onde há anos Narciso consumia os dias sem qualquer esperança de sair de Trindade.

Conhecido como Balinho, seu nome de pia era Aníbal. Caetana rendeu-se ao apelido sob protesto. Por insistência do próprio Balinho.

— Por que renunciar a um nome histórico? ela lamentou.

Balinho travou as palavras. Não queria repreendê-la. Dizer-lhe que o nome, a despeito de invocar um guerreiro de sonhos delirantes, não era de seu agrado. Tratava-a com os cuidados devidos a uma princesa, apesar de pernoitarem em pensões baratas, sem teto fixo. Jamais lhe roubara a ilusão de ser uma grande atriz, embora a sorte não a tivesse favorecido.

Esquivava-se de debater certos sentimentos, turvos de nascença. Preferia ter como ofício inventar histórias, na esperança de que, entretida com algum enredo vertiginoso, Caetana aplaudisse a verdade da imaginação, em detrimento da outra, nascida da mágoa.

— Só vi seu pai duas vezes, disse Caetana. — Nas duas vezes ele voava, ora agarrado ao trapézio, ora cruzando o ar sem rede de segurança. Parecia um pássaro que não queria pousar na terra. Nunca vi de perto a cor dos olhos dele e a camiseta encharcada de suor e de medo.

Balinho suspeitava que seu nome se devia à decisão do general Aníbal de levar os elefantes africanos até o coração de Paris e desnortear os europeus, neutralizando-lhes toda iniciativa estratégica.

Para pôr em marcha esse plano, o general obrigou os paquidermes, de melancólica mirada, a vencerem escarpas e desfiladeiros, e ainda a resistirem à atração magnética dos abismos. Exigiu, enfim, que contrariassem seu instinto e a imposição do peso. Disposto a desconsiderar qualquer obstáculo, o guerreiro os fazia se lançarem ao ar como autênticos trapezistas, embora sem a graciosidade destes.

— Soube da morte de seu pai muito depois, disse Caetana, comovida. — Dizem que, antes de se estatelar no picadeiro, o corpo manteve na queda inalterável elegância. Contou-me tio Vespasiano que o dono do circo, sentado na primeira fila, registrou o sorriso dele, na fração de segundo antes de atingir o chão.

Caetana insistia no tema trágico a fim de promover em Balinho o orgulho pelos ofícios que diariamente requisitavam a vizinhança da morte, para melhor se desfrutar da plenitude dos sentidos.

Admirava o trapezista que, de posse de escasso verniz de história, intuíra o delírio de Aníbal, tão semelhante ao dele, submetendo sonolentos paquidermes à vertigem da altura e implantando-lhes asas no lombo pétreo.

Príncipe Danilo interrompia com frequência esses diálogos. Por meio de adendos adversativos, ofendia Balinho.

— E seus elefantes aonde foram parar? É verdade que, passados na brasa, serviram de iguaria em banquetes exóticos? Não sobrou um só deles para contar a história?

Sob a guarda de Caetana, Balinho admitia, jocoso, os paquidermes como parte da herança paterna. Após a partilha, ao vendê-los a um circo em Juiz de Fora, vira-os partir com tristeza.

— Eles formam hoje o maior espetáculo circense do Brasil. Quem sabe do mundo! São os únicos elefantes que não têm medo de altura. Podem ser içados até no trapézio. Além de não sentirem tonteira, olham os precipícios com desprezo.

Danilo invejava-lhe a presteza do contra-ataque. Desde menino, Balinho renunciara às atitudes grosseiras. A imaginação sempre folgada garantia a elegância de sua linguagem. Uma virtude que Príncipe sentia não ter. A vida lhe teria sido mais amena se tivesse combatido os inimigos com afiadas lâminas verbais.

A desenvoltura de Balinho crescia justamente na miséria. Instalado agora no Íris, que nunca lhe pareceu um cenário ideal, fazia os preguiçosos trabalharem, mantendo-os longe de Caetana. A atriz não devia fatigar-se até a estreia.

Caetana, que até o instante se furtara a revelar o tipo de ópera de que participariam, mandou que se acotovelassem no palco à sua frente. Sob sua regência, impôs-lhes nervosos traslados pela cena. Forçava-os a um exercício impensável para corpos que, desabituados à disciplina teatral, esbarravam uns nos outros, em decorrência das ordens expedidas às pressas.

Ninguém protestou. Apesar do enfado de Caetana, intuíam que cada gesto no palco correspondia a uma marcação. E que, embora não lhes confiasse o papel a ser representado, já os estava treinando. De certa forma garantia a cada um dramática e pungente personagem, dessas que despertam na memória da plateia fantasmas e emoções soterradas.

Após o treino suavam satisfeitos, ansiosos por falar com ela. Caetana, porém, sorria, trancando-se imediatamente no camarim. À porta Balinho proibia a entrada, insensível a Ernesto que trazia um sortimento de salgadinhos e uma garrafa de vinho tinto, de sua própria casa.

— Agradecemos a atenção, mas deixe na porta, disse Balinho.

Ernesto indignou-se.

— Por que não posso entrar? Sou o melhor amigo de Polidoro e dono da farmácia Bom Espírito. Quem garante que vocês não vão precisar de meus préstimos?

Equilibrava o tabuleiro com dificuldade. As mãos tremiam por causa do esforço dos exercícios violentos. Balinho, contudo, não afrouxou a ordem.

— Vejo que de tanto perambularem pelo Brasil, perderam as boas maneiras.

A voz de Ernesto atraiu a atenção de Danilo, que veio em seu socorro, recriminando Balinho.

— Acaso me censura? disse Balinho.

Príncipe tirou a suéter. A camiseta decotada punha à mostra o peito cabeludo. Bateu à porta, desafiando a autoridade do jovem.

— Ah, é você? disse Caetana, em meio a exercícios respiratórios, amuada com essa presença.

— Há anos seguimos juntos. Não posso ser humilhado em público por um fedelho. Ou Balinho se emenda, ou nos separamos.

Com gestos contundentes convencia-a de sua altivez.

Os dedos de Caetana, afagando o rosto, contornavam as pálpebras e desciam até as dobras do pescoço.

— Quem vai lhe garantir casa e comida? disse com desalento, em frente ao espelho. Se ao menos tivesse quarenta anos, tentaria a sorte no Rio de Janeiro, o nome ocupando logo uma coluna de jornal. — Por que não, se sempre tive talento! O desabafo em voz alta originava-se de frases interiores a que só ela tinha acesso. Um pensamento que a atormentava, esquecida de Danilo.

Ele não lhe deu atenção, inteiramente subjugado pela certeza de que para sobreviver dependia da paixão de Polidoro por Caetana. Enquanto persistisse tamanho ardor, bastava ir ao botequim, pedir uma bacalhoada com vinho português e assinar a conta.

Para justificar a vinda ao camarim, desviou o tema.

— Vim dizer que Gioconda me mandou. Prefere que a chame a bater na porta.

Caetana molestou-se. Não aceitava intimidações. Às vésperas de seu triunfo não cederia aos rogos de Gioconda.

Danilo, porém, em flagrante desobediência, trouxe Gioconda pelas mãos. Os exercícios recentes, mesclados à emoção do encontro, dificultavam a respiração de Gioconda.

Caetana olhou a mulher pelo espelho.

— Eu mesma lhe dei esse nome, Gioconda, que é de ópera. Só espero não disputar com você o mesmo amor, como Norma e Adalgisa, disse a atriz numa expressão de perdida nostalgia. Por instantes, sob o impulso do talento outorgado pelos deuses, sentiu-se a Callas. Bastaria abrir as guelras de peixe, e sairiam daquela gruta notas musicais, nácar e pérolas.

— Não me deixe nessa encruzilhada. Se for preciso, sigo a pé com você até o fim do mundo, disse Gioconda, precipitando os acontecimentos. — Quem sou na arte e quem sou em sua vida?

Danilo recuou. Os sentimentos exaltados, ainda que ladrilhados de forma tão simétrica, punham em evidência o vazio de seu coração. Era muito tarde agora para vestir-se com uma mortalha costurada por mãos apaixonadas. Nos cômodos apertados em que dormia, não havia lugar para móveis, bibelôs, lembranças e mulher.

— Para onde vai? gritou Caetana ao vê-lo fugir.

Enfrentou-a, já não suportava a solidão.

— Vou cumprir um dever animal. Simplesmente mijar, disse em represália, quando queria que o afagasse, compadecida de seu futuro inóspito.

— E eu? insistiu Gioconda.

— Só lhe dei o nome para salvá-la, nada mais. Sentiu-se acuada. Queriam roubar-lhe a invencível praga dos sonhos.

— Você me deu esperança de que eu seria feliz. Quando me pôs o nome, pensei que me levasse junto para onde quer que fosse. Jamais me deixaria para trás, aflita à sua espera!

Caetana levantou-se. Já não podia fugir do embate. Ambas miravam-se e prometiam ser velozes nas respostas.

— Você se iludiu, Gioconda. Nunca fui de ninguém. Só a vida me teve, tosquiou meu pelo. Quem veio a meu corpo, expulsei em algumas semanas.

Gioconda avançou com precisão. Segurou-lhe o ombro. A atriz queria esquivar-se ao olhar denso.

— Confesse que fugiu para não me levar. Diga a verdade! Será meu único consolo. E foi enfiando as unhas na carne de Caetana, que resistia estoica às investidas. Não parecia sofrer. Esvanecia-se ante o esforço de Gioconda.

— Você e Polidoro estão mergulhados na merda da ilusão. Continuam se enganando com a vida. Nunca os amei. Nunca, ouviu!

Livrou-se de Gioconda. Solta no camarim, andava sem parar. Sentia falta de Riche a se enroscar em suas pernas. Benfazeja era a liberdade, pensou, condoída da miséria em que todos estavam mergulhados. Ninguém lhe extorquiria o direito de sancionar seu destino peregrino.

— Quer dizer que esperei em vão? Gioconda tentava seguir os passos nervosos da atriz.

Caetana quase não a via. Imersa na teatralização do cotidiano, buscava pretexto para vasculhar o passado. Confundia Gioconda com Balinho ou mesmo Danilo.

— A cada manhã, ao me levar a caneca de café, tio Vespasiano me garantia o sucesso. Apesar de seus devaneios, minha vida estava cronometrada para o fracasso. Como poderia eu acertar, se nos apresentávamos unicamente em comarcas povoadas de almas com lepra, doença de Chagas, puros fantasmas? Puta que pariu, explodiu Caetana, indiferente aos efeitos da destemperança.

Aflita, esbarrava em Gioconda. Tomava-lhe a mão, mas logo a abandonava ao sentir a pele escaldante, os dedos pressionando-a.

— Se era para fracassar, por que o tio me educou para o sonho? Que direito tinha eu de imitar a Callas se nem me ensinaram a cantar. Não passei de uma aprendiz com cordas vocais enferrujadas!

Gioconda estremecia. Mal continha as lágrimas diante da confissão. Caetana esforçava-se em propor-lhe a apologia da mentira, que afinal alimentara com espessa levedura a deselegância de seus sonhos.

— Pare, Caetana. Saia do palco! Volte para a vida. Fale de nós. De Polidoro, se quiser. Mas basta de confundir os cenários. Acaso representa na hora de cagar ou quando for morrer?

Gioconda devolvia ao corpo uma dignidade que a presença de Caetana facilmente lhe subtraía. Queria livrar-se dos grilhões dos sentimentos, finas farpas que exauriam seus nervos.

— A ilusão é minha sina. Estou condenada a julgar a vida sem passar recibo de quitação. Esta merda de vida não me pega mais desprevenida. Esta puta de vida me deve tudo. Não quero que o fracasso seja na velhice minha única rubrica. Prefiro a morte.

— Quem acompanhará você até o fim?

Gioconda perdeu a rispidez. Agarrou a mão da atriz, aquecendo-a contra o peito caído, sem sutiã. Sentiu-lhe o vago tremor sem destino. Suas emoções, mesmo recatadas, não tinham dono. Quem sabe Caetana já não contasse com as delícias do corpo alheio! As delícias que instauram a desordem no quarto e fazem exalar, pelas frestas abertas da janela, o estranho perfume das entranhas apaixonadas.

— Diga que voltou para me levar, murmurou, atraindo sua atenção.

Caetana sujeitara-se a Gioconda apenas o tempo de afugentar a angústia. Retirou a mão. Grudado à pele, o calor da mulher não a eximia da sensação de fracasso.

— Nas minhas veias corre o desmando da arte. De que me vale o amor ou a carne, se a alma é imortal? E a alma é o palco! É o sucesso!

Gioconda recobrou a energia. O olhar de Caetana, denso e oblíquo, expulsava-a do camarim. Era pior que o exílio de vinte anos. A mulher, tendo fartado o corpo com surpreendentes gorduras, eliminara a paixão humana. Os poros cerraram-se como cortina que veda a luz solar.

A espera de Caetana, a cada dia acariciada com dedos febris, dissipara-se. Gioconda não tinha mais a quem aguardar no futuro, senão a verdade crua, filtrada pelo desalento. Num gesto impensado, avançou contra o vistoso colar turquesa de Caetana. Ao enfeixar as pedras, arranhou o pescoço da atriz, já cor de papiro, começando a se encarquilhar nas dobras.

— O que quer de mim? Enlouqueceu?

— Quero ver a mim mesma em seus olhos!

Enlaçou-lhe os ombros, alvo de sua cobiça. Caetana não podia escapar, nem pedir ajuda a Balinho, entretido em algum afazer. Gioconda nunca a teve tão perto.

— Perdi vinte anos aguardando você. Entretendo-me com Polidoro nas quintas-feiras. Um encontro sob o signo de uma terrível religião em que você era o objeto da reza. Polidoro e eu envelhecíamos a cada ano junto ao mapa do Brasil. Tentando adivinhar em que parte deste maldito país você cumpria sua sina de atriz. Atriz amaldiçoada, que ia de comarca em comarca, pondo os pés e o talento em picadeiros e palcos vagabundos, quase às escuras, iluminados apenas por um lampião de querosene. Às vezes, Polidoro e eu trepávamos, levados pela melancolia e pelo tédio. Gozávamos fora de hora e esquivávamos de nos olhar. Sabíamos que você se interpunha entre nós. E não tínhamos coragem de denunciar sua presença.

Largou Caetana com inesperada doçura. O gesto de abandono trazia indícios indecifráveis. A carne das duas mulheres, que tanto atraía Polidoro, extenuara-se. Faltava-lhes o viço da paixão.

Gioconda deu-lhe as costas num recanto do camarim. Escondia o rosto entre as mãos, o corpo sacudido pelo pranto.

Caetana assustou-se. Habituada ao drama vivido no palco, única espécie de entrecho que conseguia sobressaltá-la, recusava a vida que lhe chegasse aos borbotões, deslocada. A vida para ela só cabia no palco. Fora desse território, tudo parecia falso, insuficiente, de gosto duvidoso.

— Por que está chorando?

As palavras saíam de seu peito como uma frase musical. Atenta à própria voz, que se esforçava em ganhar fidelidade aos registros melódicos, Caetana sorriu, satisfeita por não desafinar em meio ao tormento. Era uma artista nata. O cotidiano não a corrompia. Havia, pois, que dar seguimento ao descalabro humano, ali personalizado por Gioconda, a reivindicar-lhe a alma.

— Agora sou eu que lhe digo, chega de drama. Não lhe dei este nome para se esquecer do palco e chorar sem testemunhas. A única maneira de apagar as nódoas gordurosas do pranto é recolher o aplauso da multidão.

Gioconda limpou o rosto com a manga do vestido, raspando a maquiagem. Queria a dureza de volta. Com essa couraça enfrentara os homens de Trindade e amealhara moedas.

— Desculpe se a incomodei, disse, ressentida. O falso orgulho despontou em meio a trinados quebrados. Não era convincente.

Já saía quando Caetana a reteve.

— Para onde pensa levar esta cara ofendida? Quer exibi-la como um troféu de guerra? Vociferou, indiferente a ser ouvida no corredor.

— Sou dona de meu destino, replicou Gioconda, ainda aprumada. — Você não me dá mais ordens. Perdeu o direito de comandar meu futuro.

A frase irrompeu redonda, sem margem para dúvida. A sinceridade de seus propósitos conferiu-lhe discreta beleza.

Caetana invejou a súbita dignidade. O manto que levava nessa noite fora provisoriamente usurpado pela recente inimiga. Sob a ameaça de um furto artístico, interpôs-se entre Gioconda e a porta.

— Você e Polidoro nunca tiveram grandeza. Por isso ficaram em Trindade à minha espera. Não sabiam para onde ir. Faltava-lhes a coragem de andar a esmo pelo mundo, de dormir no feno, de comer rapadura, de perder os dentes. Quando me lembrava de vocês, eu tinha pena, proclamou, aliviada.

— Nunca lhe pedimos piedade, Gioconda enfrentou-a, destemida. A certeza da perda dava-lhe força para resistir.

— Lembra-se de uma noite em sua casa em que lambuzei os dedos com alho e cobrei de você e de Polidoro provas vivas de amor ou de desejo? Polidoro assustou-se, tinha medo de repetir essa prova diante de você. Arrependia-se de haver cedido uma vez no camarim. Sua ambição se limitava a me fazer gozar na cama, coisa que só envelhecia meu desejo. Você era diferente. Sonhava com a quimera de me agradar. Não sabia, porém, onde exatamente se localizava meu coração. Se numa estufa de orquídeas ou numa cama larga de lençóis amarfanhados. Ambos ciumentos, me disputavam, desatentos ao mundo da ilusão. E a ilusão era para mim mais forte que o orgasmo. O orgasmo não passava de uma pedra solta arrastada pelas águas do rio. Quebrava-se na correnteza e desaparecia em meio ao cascalho.

Ia prosseguir com igual ímpeto, quando Gioconda interceptou-lhe os passos e cortou-lhe a palavra.

— E que provas não lhe dei? Em que falhamos? Por que não protestou antes?

Sua serenidade esgotara-se. Lutava agora para recuperar as trilhas do passado. Talvez ainda sobrasse tempo para alimentar certas ilusões, apesar das gorduras que enfeavam uma estrutura outrora sólida e gozosa.

— Eu lhes disse brincando, beijem meus dedos lambuzados de alho. Quero a língua de vocês fedendo a alho na hora do beijo. Vocês riram. Não podiam crer que eu pedia socorro, que me livrassem da fantasia desenfreada. Ou que se incorporassem a ela e saíssem comigo pelas estradas. Naqueles dias eu queria arrastá-los pelo Brasil.

A cada palavra, Caetana desferia golpes seguidos numa memória esfacelada, incapaz de costurar adequadamente os fatos tragados pelos anos.

— Por que não nos contou a verdade? Aflita, Gioconda desarrumava os cabelos. Não se conformava com uma sorte firmada sobre imprevistos insignificantes. As expectativas vitais, reduzidas ao sonho alheio, eminentemente ingovernável, lançavam-nos à masmorra e ao degredo.

— Não teriam suportado as condições de vida de um artista mambembe. Vocês sempre sonharam com cama, mesa, panela no fogo. Minha casa era o descampado. Indo sozinha, eu teria o Brasil inteiro para mim. Nunca estranhei a miséria nem a fantasia de meu país, sempre vestida de andrajos, esquelética mas inesgotável. Tio Vespasiano aceitou fugir de Trindade como se fôssemos ladrões. Sem despedidas formais, sem antes rasgar nossos sentimentos como pedaços de papel. Quem sabe, assim teríamos livrado você e Polidoro dos espinhos dos sentimentos possessivos que reclamam vingança e cobram perdas.

— Agora é tarde, não é? Gioconda disse, desconsolada.

Caetana furtou-se a responder. Tinham ido longe demais. Não convinha fraturar as vértebras de suas ilusões. Unicamente com elas, a cada dia consolidava sua dignidade.

Distraía-se com os objetos do toucador. Balinho trouxera para o Íris alguns pertences com que assegurar a Caetana o sentimento de permanência, provê-la com um devaneio que Trindade não havia antevisto. Estalou os dedos num ruído de castanhola. Balinho surgiu à porta. Era o sinal de que a visita de Gioconda terminava.

— Voltamos para o hotel? Balinho sacudia a capa pendurada atrás da porta. Nunca mais livraremos o Íris da poeira de tantos anos! disse, enquanto envolvia Caetana com o manto. Ela deixou-se abraçar pelo jovem, mais baixo que ela.

— O que faço agora? Gioconda perguntou, sem rumo.

— Fiquem todos de vigília no Íris. Vai lhes fazer bem respirar a atmosfera de um teatro. Já pensaram nos artistas que sangraram neste palco?

Gioconda não lhe deu atenção, obcecada pelos impulsos da emoção.

— Trata-se de uma despedida?

Caetana dirigiu-se para a saída.

— Há muito que eu lhes disse adeus.

Esperou que Balinho abrisse a porta. Aprumada, Caetana ganhara rara solenidade. Antes de sair, fixou-se de novo em Gioconda.

— Olhe meus dedos. Nunca mais esfreguei alho neles.

E sem recolher os cacos do rosto desfeito de Gioconda, abandonou o camarim seguida de Balinho.

Polidoro foi chamado às pressas. Encerrado no Íris, recusou-se a abrir a porta. A voz da filha convenceu-o a deixar o abrigo.

— O que quer a esta hora, menina? Você deveria estar na cama com seu marido.

Com o carro à porta, ele foi à casa do pai. Joaquim expirava após ingerir uma feijoada. Num ato de rebeldia exigira uma refeição de rei como despedida.

— Esta comida não vou devolver à terra sob forma de estrume. Vou levá-la comigo no estômago na hora de morrer.

Ninguém acreditou que estivesse decidido a deixá-los. A visita de Dodô à casa largara no ar o inconfundível cheiro enjoativo do almíscar que a nora teimava em usar.

— O médico já foi chamado? Sonolenta, a voz de Polidoro não traía a emoção da despedida. Pareceu-lhe de repente que o pai há muito partira, esquecido de levar a carcaça consigo.

No quarto semiescuro, iluminado por dois candelabros de prata, os irmãos animavam-se com a sequência imposta pela morte iminente.

— Até que enfim, Polidoro.

A inveja estampava-se na confraria familiar. Preferiam o papel de artista, ora assumido pelo irmão, do que tanger vacas pelos pastos.

— Pai, está ouvindo? Polidoro perguntou, sob o olhar de censura de Dodô.

— Claro que sim, mas não estou interessado em falar, respondeu o velho.

A questão encerrada pelo pai aliviou os presentes. Revezavam-se agora entre o quarto e o refeitório singelo. O próprio Joaquim ordenara que recolhessem os enfeites no porão.

— Quanto mais saibam o que tenho, mais depressa desejarão minha morte, sentenciou.

A mesa cobria-se de doces, salgados e um pernil de porco providenciado de última hora.

Dodô perseguiu o marido até a horta. Antes de clarear, Polidoro estudava os efeitos da lua no âmago humano. Sua bexiga doeu e ele desaguou ali mesmo, sem se dar conta da mulher.

— Só assim vejo que ainda é homem, ela disse, cortante, para ofendê-lo.

Polidoro retraiu-se imediatamente. Sempre cuidou de preservar sua intimidade.

— Não está satisfeita, Dodô?

— Com você nunca. Só depois da morte vou descansar.

Aproximou-se de Polidoro. Aproveitava a luz da lua para olhar o marido.

— Querendo ou não, a cada minuto envelhecemos. E sua atriz está mais velha que nunca, acentuou com expressiva satisfação.

— Respeite ao menos o pai moribundo.

Polidoro agia com elegância inédita. Puxou a cadeira de palha para sentar-se. A brisa da madrugada revigorou-lhe o tônus. Conquistava o prazer de estar vivo em oposição ao ofício da morte tão perto dali.

— Não adianta fugir, Polidoro. A vingança está próxima. Dessa vez os deuses vão ficar a meu lado. Sobretudo Nossa Senhora Aparecida.

Polidoro inquietou-se, apesar do escudo de serenidade com que se revestia. Pintadas de vermelho, as unhas de Dodô pareciam crescer em sua direção.

— Pois que venha, estarei à espera. Também usarei minhas armas, falou baixo, as bochechas trêmulas. Usava suspensórios em vez do cinto de couro surrado, último presente da mãe. Puxava-os para a frente, soltando-os em seguida. O estalo contra o peito exibia a fúria do temperamento contido.

— Desse jeito suas calças vão cair, sentenciou a mulher no mesmo tom usado em casa, com o qual estavam acostumados e que significava a consolidação final de um estado desde sempre imutável.

Polidoro aceitou o sanduíche de pernil trazido por uma cunhada. Deu a primeira mordida e pensou no pai, que não voltaria a provar as delícias de um porco que agonizou em meio a um embate desigual.

— Obrigado, Junca. Eu estava com fome e não sabia. Com a frase conseguiu expulsar a cunhada e ficar sozinho com Dodô. Quem sabe ela revelaria os planos concebidos contra Caetana.

— O que você quer afinal?

— De volta o que é meu, respondeu ela.

Polidoro deixou a cadeira. Tinha os dedos engordurados. Com raiva, num gesto provocador, esfregou-os contra a calça.

— Não lhe basta a fortuna? Um mundo de terras e de vacas? O maldito ouro empilhado em sua cama? Insinuou-lhe a desastrada solidão, o corpo vazio de que ninguém ia em busca.

Dodô não desanimou. Dispunha-se a trazê-lo de volta para casa a qualquer preço. Se o corpo havia muito esfriara sua alma, sobrava-lhe ainda o ânimo de guerreira. Polidoro temeu a determinação dela. Preparou-se para a refrega.

Uma voz vinda da cozinha cortou-lhes a respiração.

— Depressa, seu Joaquim morreu.

A cunhada que lhe dera o sanduíche de porco encarregara-se de trazer a notícia da morte.

Polidoro correu para a cozinha. Dodô deteve-o por um instante.

— Não vale fugir. Nem a pretexto da morte. A partir de hoje me aguarde em cada esquina. Estarei à sua espreita.

Azulejada, a cozinha parecia ainda mais fria no mês de junho. Ele tremeu, sentindo as juntas rangerem na corrida. Pela primeira vez veria o pai num estado inquietante, o mesmo que lhe caberia viver nos anos vindouros. Olhou para trás.

— Pois que assim seja, disse, e desapareceu no interior da casa.

O tumulto generalizou-se. Os vizinhos acorriam na organização do velório. Polidoro, ao contrário da tendência geral, preconizava um enterro imediato, já de manhã, talvez ao meio-dia.

Para surpresa geral, Dodô reagiu.

— O corpo ainda não está frio e você já quer lançá-lo à terra? Isso é um insulto à memória de seu Joaquim.

Com um gesto, ele pediu que se calasse. Ligeiramente enrubescido, sentia vergonha de ser comandado em público pela mulher. Dodô, porém, tinha um poder que faltava às outras esposas da família. Ao entrar nessa grei rústica, aportara ouro e sonhos inconfessáveis. Portanto, sensatos, os irmãos afastaram-se da discussão.

— Minhas filhas e eu só iremos ao enterro se for depois das quatro da tarde. A hora da sombra. Antes disso o caixão não deixará esta casa.

Esquecido dos circunstantes, Polidoro olhou o relógio. Inquietava-o a presença de Ernesto, que desertara do Íris.

Para humilhá-la, Polidoro simulou indiferença. Parecia alheio à discussão.

— Como estão todos no Íris? Estranharam minha ausência? Dirigiu-se, aflito, ao farmacêutico.

Ernesto observou o rosto pálido de Dodô. A humilhação pública, com testemunho familiar, doía-lhe no corpo todo. Ele esquivou-se de responder a Polidoro, mesmo porque, recém-chegada, Vivina enlaçava os ombros de Dodô num longo abraço.

Receou que, sob a pressão da morte do pai, ligeiramente azulado, dentro do caixão, Polidoro pudesse de repente trazer à baila o nome da atriz. Desse medo, aliás, comungavam Dodô e as filhas. Unidas no meio da sala, perto do ataúde, formavam uma moita nervosa, cujos ramos arfavam com sofreguidão.

— Você é o mais velho e o mais rico, mas não manda na morte, pediu a palavra o caçula dos filhos de Joaquim. — O enterro sai em caravana até onde nossa mãe está sepultada, logo depois que o sol se ponha. Dodô tem razão. Não podemos confundir o suor com as lágrimas derramadas.

Polidoro examinou o pai pela última vez, o pensamento longe dali. A vida no Íris decorria a despeito de sua ausência. Assim se passava com o pai. Ele acabara de partir, e tudo fluía com o vigor de sempre.

— Encontro você na sepultura. A hora de estar lá escolho eu, disse, amuado, sem se fixar em Dodô.

No cemitério Narciso esquivou-se de sua companhia. Nem para dar-lhe um abraço. Parecia constrangido em vê-lo. Polidoro notou-lhe o tremor das mãos, que ele escondeu nos bolsos. Enfiara o chapéu na cabeça para que não vissem a direção de seu olhar.

— Este é um Judas, disse Polidoro perto de Ernesto. Lamentava que Virgílio, encarregado do Íris, não estivesse presente. Com seu faro histórico desvendaria a gênese daquela traição.

— Você está louco, Polidoro. Deu agora para ter mania de perseguição. Narciso sempre demonstrou ser amigo e, além do mais, se borra de medo de você.

Polidoro esquecera o pai. Os olhos postos em Dodô, não perdia um só movimento dela. Por trás do lenço molhado de lágrimas fingidas e apertado contra o peito, ele talvez surpreendesse o maço de notas a ser entregue por ela ao delegado. O policial sempre apreciava os atos furtivos, sujeitos à condenação social. Não passava de um marginal, pensou Polidoro, desolado com a traição do antigo aliado. Como não desconfiara de uma aliança que tinha tudo para dar certo, tratando-se de Dodô e de Narciso? Suspeitava até de que a amizade entre os dois datava de longe. Quem sabe, na calada da noite, Dodô e Narciso encontravam-se algumas vezes, só não chegando a sucumbir à carne por força dos lamentos que ambos trocavam, Dodô a assacar contra o marido toda espécie de calúnia, o delegado, por sua vez, a lastimar a família no Rio, insensível a seu calvário, além da circunstância de não o transferirem de Trindade.

Os coveiros manejavam as pás com rapidez e rigor. Lançavam a terra sobre o caixão, abreviando a cerimônia, no interesse da família. Dali os homens iriam tomar cerveja nos bares da cidade.

— Já sei como Dodô subornou o delegado, sussurrou ao ouvido de Ernesto. Também ele, o lenço na mão, simulava uma dor que de fato não repercutia em si. Nos últimos anos o pai e ele olhavam-se com impaciência crescente, beiravam quase o rancor.

— Não é porque tenha se apaixonado que Narciso vai me trair, insistiu Polidoro. — Desconfio de que ele está broxa. Há muito não vai à casa de Gioconda.

— Por favor, Polidoro, preste atenção ao enterro. Já estão formando a fila dos cumprimentos.

Polidoro apalpou o peito perto do coração. Não havia rugidos nessa área. Desejou que Caetana, na solidão do quarto, lhe cravasse os dentes nos mamilos, sugando-os em meio aos impropérios de puta fogosa. E lhe dilacerasse a carne só para cobrar do homem sinais de desfalecimento e de que não havia morrido para os sentimentos.

— Obrigado, repetia a cada abraço, ansiosos os presentes por envolvê-lo nos respectivos cansaços e enfados. Era o mais poderoso dos filhos de Joaquim.

Dodô enfrentou-o ao final da fila, como se não fosse parente.

— Já lhe disse que se acautele, Polidoro. A menos que me peça perdão.

Antes que o marido pudesse demonstrar em público sua insatisfação, as filhas cercaram Dodô para protegê-la. O exército de saias domou por instantes o humor do homem.

Ele voltou a fixar-se no relógio. Seguia para casa ou tomava o rumo do Íris, com todas as consequências? A barba malfeita incomodava-o. Arranhou o rosto com as unhas no afã de livrar-se da repentina aflição.

— Quer uma pomada para o rosto? Previdente, Ernesto ofereceu-lhe a bisnaga.

Polidoro seguia Dodô, longe dele. Sua bunda agitava-se com desembaraço. Infelizmente perdera Narciso de vista.

— Engraçado, só consegui semear mulheres. Desconfio que tenho esperma fraco. O destino não quis me dar um varão.

Não sabia ainda que caminho tomar. Afinal, enterrar o próprio pai trazia consequências inevitáveis. Pensou na volúpia dos anos, todos deselegantes e grosseiros, encarregados de aniquilar as ilusões. Gastaram-se às pressas, deixando como saldo rugas, desesperanças e cabelos brancos.

— Vencer cada ano é tarefa de Hércules, sorriu pela primeira vez na semana.

Aceitou a carona de Ernesto, que havia tirado o carro da garagem. Meticuloso, o farmacêutico clareou o vidro e testou o limpador de para-brisas. Os rumos das máquinas sempre lhe escapavam.

— Um dia, ainda serei o Fangio de Trindade, disse para animar o passageiro afundado ao lado.

Polidoro mergulhara nas trevas. Não estava disponível. Cercado de inimigos, seu coração esvaía-se.

— De agora em diante ninguém deixa o Íris sem minha ordem. O teatro vai virar de fato uma cidadela.

A voz, embora endurecida, não escondia a mágoa de dar combate à mulher e às próprias filhas.

— Só assim nos divertiremos em Trindade, completou Ernesto, ligando o carro. O barulho do motor não permitiu que registrasse o discreto suspirou de Polidoro, ligeiramente encurvado no assento.

Raramente vira Palmira longe da pensão. O convívio estabelecido no Íris apagou na memória de Ernesto as vezes em que lhe frequentara o leito, assim como as lembranças prazerosas arrancadas do colchão suado.

Palmira de repente parecia-lhe nova e inacessível. A sensação de que podia iniciar um namoro com relativa dose de inocência incendiou sua imaginação, comprometeu-lhe o afeto. Quando se afastava dela, mesmo a pouca distância, sofria uma espécie de tristeza proveniente de uma zona encarregada de trazer-lhe de volta cenas da adolescência.

Palmira notou a emoção dele. Também ela, desacostumada de apreciar os homens por conta de servi-los na cama, enquanto recolhia, em meio a beijos desatentos, seu sêmen ácido, afastava-se do olhar de Ernesto, na pretensão de ser seguida. Cada recanto, afinal encontrado nessa busca, tornara-se para ambos o esconderijo mágico, e isso porque, mal se instalavam, apressavam-se em sair, quem sabe levados pelo medo de que o tédio, oriundo dos hábitos estabelecidos, os escolhesse como vítimas.

Diana percebeu o sentimento que fazia desabrochar em Palmira rubores súbitos e gargalhadas nervosas. Até a avareza, o hábito de levar para casa sobras de bolo e barbantes imprestáveis, suavizava-se.

Tão logo se repartiam os doces, os salgados, as bebidas, era a primeira a renunciar à sua porção, destinando-a a Ernesto, que, por sua vez, orgulhava-se de que uma mulher se sacrificasse em público por ele. A seus olhos, semelhante atitude representava velada promessa de no futuro lavar-lhe as cuecas, as camisas e ainda a alma quantas vezes desconsolada.

Indiferente agora ao fervor apátrida de Venieris em sua cruzada artística, Ernesto temia haver envelhecido, já não lhe sobrando tempo para viver essa paixão. Ao olhar Palmira, porém, reconciliava-se de imediato com seu corpo já avançado em rugas.

O júbilo fazia-o esquecer o próprio lar. Nunca lhe parecera tão fácil soterrar a família, guardada às costas como um fardo. Essa leveza devia-se simplesmente à ilusão de desejar Palmira. O corpo da mulher, contemplado de longe, provocava o mesmo efeito de uma lamparina na varanda da casa materna.

Sempre à espreita, Diana reprovou o romance recém-iniciado. O brilho emanado de Ernesto e Palmira destoava dos anos que ambos levavam impressos nos rostos. Tamanha exaltação dos sentimentos ajustava-se melhor aos jovens. Desconfiava sobretudo dos efeitos funestos do amor. Os corpos, uma vez em chamas, alastravam em torno falsas quimeras e eflúvios perniciosos.

Atraiu a atenção de Virgílio para o problema. Empenhado em formar uma célula social ativa e competente, o professor não percebera a aleivosia dos dois amantes. Assustou-se. Os movimentos subterrâneos, de origem amorosa, bem poderiam minar seu teatro.

— Se é tão caótico como você diz, corremos o risco de não ter espetáculo, lamentou, compungido.

Diana agradeceu o apoio. De posse de um amigo a quem transferira a inquietude, poderia dedicar-se melhor ao papel que lhe coubesse na estreia.

— O que faço agora com esse romance? Virgílio interpelou a mulher.

Polidoro interceptou a conversa. Posto a par, julgou o caso banal. Em defesa de Ernesto, convinha esquecer esse assunto.

— Se quiserem, providenciamos um canto para eles aplacarem seus ardores.

Ainda sob o impacto do enterro do pai, sentenciou implacável:

— Em poucas horas esse amor vira cinzas. A vida é uma merda!

Virgílio se opôs a tal desígnio. Levava em conta certos ensinamentos morais. A vida, bem supremo, havia que tratá-la de forma respeitosa.

— Por que se escandaliza, Virgílio? Seu nome não é o de um poeta que só gostava de bosta? Polidoro irritou-se. A voz, uma oitava acima, atraiu a atenção de Gioconda, que vinha esquivando-se do convívio humano. Em meio a intensas tragadas de cigarro, acercou-se.

— Virgílio era um poeta lírico e bucólico ao mesmo tempo, aparteou o professor, envaidecido de ser o único timoneiro de um barco onde se empilhavam livros e sonhos.

— Pode ser. Mas se queria cantar as delícias da vida no campo, tinha que amar as vacas. Como eu. Precisava falar de bosta, berne, carrapato e Deus sabe mais o quê. Ou pensa que o campo é sempre poético!

Virgílio retirou-se. A manifesta impaciência de Polidoro não se creditava apenas à dor pela perda do pai. A tarja negra na manga da camisa servia para aplacar sua consciência, toda centrada em Caetana. Tanto que, em seguida ao enterro, buscara a atriz. Ela, porém, já retornara ao Palace. Polidoro explodira ante o suposto abandono.

— Caetana enlouqueceu! Faltam três dias para o espetáculo estrear e nada sabemos a respeito.

Ernesto recebeu instruções precisas.

— Basta de idílio a esta hora, ouviu? Polidoro fingia não ver Palmira ao lado. — Traga Caetana agora mesmo. Se for necessário, arraste-a pelo cangote.

Encheu o peito com o ar insuflado pelo orgulho. Finalmente podia assumir os riscos de perdê-la. Ao menos simular, ante a seleta plateia, que na condição de macho mandava na cidade, no teatro e, por conseguinte, na atriz.

— No passado montei suas ancas. Fui ginete, cavalo selvagem. Uma besta. Acaso ela se esqueceu?

As últimas palavras, reveladoras de um amor que se reabilitava ao fogo da mínima evocação, foram pronunciadas ao ouvido de Ernesto. O amigo, agora sensível aos reclamos do amor, abraçou-o comovido.

— Farei tudo por você. Ainda terei a alegria de vê-los juntos de novo na cama.

Venieris observou Ernesto partir, na presunção de que Caetana, de regresso ao teatro, chorasse de emoção pelos feitos artísticos de sua lavra.

— Como estamos? Virgílio perguntou, fiscalizando o trabalho.

— A tinta azul já terminou. Restam o vermelho e o amarelo. Com eles farei outros milagres.

Convicto quanto ao mérito da arte, Venieris resistia ao sono e aos maus-tratos. Consentia com gosto que Virgílio passasse em revista o trabalho, que, aliás, ia bem avançado. Do teto pendiam, em vias de secar, várias faixas pintadas, integrando em conjunto uma única cena. Formavam o frontispício de uma casa de espetáculos, encimado pelas palavras CAETANA HOJE.

As portas falsas, a que faltava rigorosa simetria, ofereciam, a quem as contemplasse, a ilusão de estarem todas franqueadas. De fato apenas uma abria-se, aquela por onde entraria o público. Para decorar as portas, Venieris não se esquecera de pintar maçanetas volumosas, com diâmetro superior ao de qualquer mão aberta.

— Estas faixas estendidas na fachada do Íris não vão dificultar o acesso ao teatro? afligiu-se Virgílio, para quem a eficácia caminhava junto com a estética. — Porque belas elas são! Mas serão práticas? E desatento ao dever de resguardar os acontecimentos para registrá-los um dia no papel, abandonou Venieris.

O grego ressentiu-se com o descaso. Quem iria pagar suas noites de vigília, as calças sujas de tinta, a crosta da ilusão a crescer cada vez mais na alma? Temendo o futuro, nos minutos vagos indagava-se sobre que destino seria justo aguardar, tão logo esgotasse o sonho da arte. Quem mais lhe confiaria um trabalho com aquelas dimensões? De um tamanho que excedesse a portada do Íris, além dos cenários, que inventou sem considerar o tipo de espetáculo a ser montado. Tal esforço equivalia a construir sozinho uma cidade.

— Quem vive uma vez com a grandeza não renuncia mais a ela, disse contrafeito. Mirava-se num espelho abstrato, querendo ouvir de dentro do cristal uma voz que lhe assegurasse a genuína vocação de artista. — Quem é melhor pintor que eu? E o eco voltou cheio, redondo, adiposo: — Venieris.

Por sua vez, Sebastiana sofria ante a indiferença de Virgílio. Embora fosse um amante frequentemente falho na cama, coisa, porém, a que estava habituada, apreciava não apenas os afagos do professor, mas sobretudo o fato de ser a favorita de um especialista em livros, objetos que antes nem em sonho lhe passaram pelas mãos.

O comentário do grego, feito em surdina, chegou a ela. Solitária, segurou-lhe a mão, para poupá-lo da desgraça. Mas como habitar o corpo e o espírito de um homem que se recusava a ser ocupado por uma mulher?

— Só a arte lhe interessa agora? E tapou a boca para que ele não visse a falta de seus dentes.

Venieris acenou afirmativo. Há muito o sexo da mulher afligia-o. Temia os pelos negros e encaracolados que cresciam com a força outorgada pela natureza dos trópicos. Diferente de seus próprios pelos que, menos ondulados, harmonizavam-se com o membro discreto. Nunca permitiria que pesassem seus testículos, como em certas regiões montanhosas da Europa, segundo lhe afirmara Virgílio. Se a natureza não o dotara de membro avantajado, provera-o, em contrapartida, com o infindável destino de sonhar.

— Não sou culto. Mas herdei dos fenícios a capacidade de negociar. Só que abandonei o Egeu e o Mediterrâneo por este país enfurecido, onde o sexo é uma boca que devora serpentes e escorpiões. Vocês não se envergonham dessa situação tão desesperada?

Diana chegou a tempo de notar o embaraço de Sebastiana, incapaz de sustentar uma conversa mais profunda. Epidérmica, a vida vinha-lhe por escassas palavras. Já na terceira frase praticamente implorava ao interlocutor que detivesse a marcha dos acontecimentos.

— Quer dizer que no dia da estreia a frente do Íris terá essas faixas?

Diana observou o trabalho. Embora sem juízo crítico, ambicionava ser admirada pela inteligência. Que ao menos em certas horas esquecessem seus ardores, tidos como desenfreados na cama.

Venieris arrepiou-se. Rugia-lhe o peito à lembrança de que Diana tragava os pênis de Trindade com a precisão de quem possuía a ciência de retê-los duros no interior da vagina por longos minutos. Felizmente nunca caíra em sua cama. Amou sempre com parcimônia, ainda que anelasse ser um dia devorado por uma mulher que lhe salpicasse o corpo com noz-moscada, orégano, pimenta, raras especiarias. Temia, porém, que a prática febril do sexo se transformasse em vício ou obsessão.

Diana acariciou o próprio peito. Sentiu os mamilos rijos, sensíveis à sorte amorosa que se jogava em torno. Tinha brio em despertar apetites em algum corpo aplacado pelo medo da paixão.

— Não é verdade que o público terá a ilusão de estar entrando num teatro de luxo?

Enquanto se referia ao revestimento falso, Diana seduzia o grego para que lhe atribuísse o dom de musa. Dissera-lhe Virgílio que na Grécia, ao parir um filho que se convertesse instantaneamente em deus, também a mulher desfrutava de igual benefício.

— Ah, como quero as benesses da vida!

Ondulando os quadris, sonhou que o grego levava para a arte, ao sabor das tintas mescladas e dos pincéis quase sem pelos, a beleza da mulher nascida nos trópicos. Morena como ela, a pele trigueira de cigana nômade, os olhos negros que podiam cegar nas madrugadas dolentes.

Venieris largou o pincel por segundos. Encostou a escada contra a parede. A pretexto da arte, ambos se auscultavam, cada corpo eriçado pela existência do outro. Comprazia-se Diana em ser artista sem renunciar aos atributos que arrastavam um parceiro para a cama.

— Afinal o que estamos fazendo aqui? Venieris engasgou. As palavras saíram com sotaque rascante. Sentia-se tentado a regressar à Grécia levando consigo, dentro da bagagem, a mulher, vestida de seda vermelha para realçar seu tom trigueiro. Seria a prova viva de que de fato estivera na América.

O gosto de seduzir esfumou-se em Diana. Desencantada com as palavras do grego, que não lhe reforçaram o desejo, apontou para o estrado.

— Faltam três dias para a estreia. Quando é que vai rechear este palco vazio? Ou seremos os únicos a ocupar planície tão triste? perguntou, severa.

Venieris trouxe-lhe uma série de croquis indicativos de que avançava no trabalho.

— Como Caetana se recusa a descrever que ópera vamos montar, concebi vários ambientes. A cama, a mesa, o salão, tudo misturado, servindo para qualquer situação artística.

Polidoro, alheio à confabulação sobre o destino da arte, fiscalizava as cadeiras da plateia.

— Algumas estão quebradas. Vão ferir as bundas mais ricas da comarca. Mas não tem importância. Elas merecem.

Riu, satisfeito com os progressos do grupo. Virgílio tinha tino administrativo. Cuidava melhor da realidade que da história.

Lisonjeado com o apreço do fazendeiro, de fato Virgílio esmerara-se com o intuito de acumular elogios. Queria ser imprescindível em sua vida.

— Quem vai enviar os convites para a estreia?

Colete e gravata impecáveis, o professor posava de senador da república.

— Não precisamos de anúncios nem de convites. Dodô encarregou-se de divulgar o espetáculo. Não se esqueça de que é a maior intrigante de Trindade.

Esquivou-se de mencionar o próprio prestígio. Em segredo distribuíra seus peões pela comarca convidando os homens mais representativos, recomendando que trouxessem amigos e empregados de confiança. De preferência deixassem as mulheres em casa. Ao lado delas, os homens inibiam-se, como forma anárquica de fazê-las falsamente felizes.

Virgílio aliviou-se. Queria o teatro apinhado, o resplandecente calor humano. Imaginava como teria sido a plateia do teatro de São Petersburgo antes da Revolução, os cavalheiros e as damas vencendo as noites brancas após assistir a uma ópera ruidosa e cheia de brilhos.

— Será um sucesso. O carnaval pela próxima vitória do Brasil na Copa vai começar aqui mesmo. Mas o que será de nós depois da conquista do caneco de ouro?

O olhar furtivo deslocava-se para Polidoro mergulhado numa esfera de gás à simples menção do futuro, quando os ruídos à porta atraíram-lhe a atenção.

— Veja quem chegou! Virgílio exclamou.

Caetana entrou, seguida de Ernesto e seu séquito. Trazia Riche no colo.

— Quem está aí? Polidoro, distraído, custava a soltar as rédeas do animal imaginário sobre o qual estava encilhado. Agarrado à crina nervosa, vencia prados, rios e piranhas famintas.

— Reúnam-se todos, gritou Caetana. — Chegou a hora de repartir os papéis!

Sem a capa e os coturnos, os movimentos de Caetana agilizavam-se, apesar do peso de Riche aconchegado contra o peito. O gato aninhara-se entre os seios opulentos, roubando calor que Polidoro sonhava armazenar para o consumo de seus sentidos.

Mesmo no Íris, Polidoro inebriava-se com o cheiro que lhe vinha, em ondas, do sexo de Caetana. Um olor que o ajudava a adormecer, convencido de que o absorvera para sempre nas narinas. Assim, ainda que Caetana partisse, lhe bastaria cheirar o próprio corpo para trazer de regresso a mulher inteira e próspera.

As olheiras de Caetana denunciavam noites insones e nervosas. Sobretudo a última, quando, sobressaltada pelo futuro imprevisível, fora à sala em busca de Balinho, que dormia no sofá com Riche aos pés.

Ele julgou sonhar, sentindo Caetana a acariciar seus cabelos com delicadeza impensável para aquelas mãos agora bem mais gordas. Balinho assustou-se.

— Fique calmo. Sou eu.

Ela não ousava inquiri-lo a propósito da estreia. Ou sobre os feitos do passado, capazes de levá-la a pisar no palco com a serenidade advinda da secreta paixão de existir como quem, há muito, largou a esperança para trás sem qualquer arrependimento.

Balinho pulou do sofá. Havia tirado a calça do pijama. De cueca, cobriu envergonhado o sexo com as mãos. O gesto tão inocente desviou-a da angústia.

— Não se preocupe. Você podia ser meu filho.

Abandonou o afago. A maternidade de repente confundia-se com as tonteiras provocadas pelo pegajoso desejo de um corpo alheio.

Após abotoar a camisa apanhada do chão, ele trouxe-lhe vinho. Rubro na taça, como o medo que os acometia na madrugada.

— Que nome dar a tanta aflição? indagou. Sem esperar resposta, ela parecia premeditar o que ia dizer. — Se ao menos tio Vespasiano vivesse! Ele me levaria pessoalmente até a boca do palco, só para confirmar aquela realidade. Quantas vezes me dizia que não há que ter medo de representar. O que resta, aliás, do ator longe da ribalta? Ele próprio temia sobreviver, caso o expulsassem dos circos miseráveis ou das casas de tapera, quase sem teto, forradas de folhas de palmeira, que nos serviam de teatro.

Caetana escondeu o rosto, não queria que ele visse seus olhos. Balinho manteve-se ereto como um soldado.

— Ainda nos resta o Brasil por conquistar! Com ânimo exaltado, esquecia as pernas magras, cabeludas, expostas à brisa que entrava pela janela aberta.

— É melhor dormirmos. Ainda pegamos um resfriado. Cabisbaixa, Caetana começou a afastar-se.

— Para onde vai? Quis trazê-la de volta, obrigá-la a sufocar as emoções que engendrara nele. Faltou-lhe a coragem destinada aos abraços fortes.

— Vou sonhar, Balinho. Sonhar como sempre.

Caetana arrastava os chinelos que há anos trazia nos pés, enquanto Balinho, de vigília, olhava pela janela. Atento a Dodô e seus fantasmas. Tinha idade para acautelar-se contra os fracassos a que Caetana se referia. Cada degrau de uma escada propunha ao mesmo tempo a descida ao inferno.

Ouviu batidas à porta. Não podia distinguir amigo de inimigo na madrugada.

— Quem é?

Ernesto entrou esbaforido, querendo levá-los ao Íris. Já não suportavam tantas indecisões. Caso Caetana resistisse, Polidoro desfaria o trato.

No Íris, amontoavam-se todos, sonolentos, em torno de Caetana. Ela brandia os papéis como armas brancas. Trouxera do hotel anotações precisas.

— Não briguemos, por favor, antecipou-se Virgílio, que se proclamava profundo conhecedor do coração humano, onde descansavam lodo, raízes podres e estranhos bichos.

— Onde está Gioconda? Caetana deu pela falta da mulher.

Trazida pelas Três Graças, Gioconda acomodou-se entre Ernesto e Virgílio. Os ombros masculinos apoiaram-na com firmeza de montanha.

— Você está bem? Ernesto ocupou-se da mulher na expectativa de enciumar Palmira, à espreita. Duvidava da força dos sentimentos apenas inaugurados.

Balinho olhou o relógio de parede, que os contemplava impassível. Por meio do instrumento sensível, queria chegar às pressas ao sábado.

— Muito bem, suspirou Caetana, confiante na acústica do Íris. — Aqui estão os papéis.

Distribuiu-os devagar, indiferente às mágoas que eventualmente ia implantando em cada um daqueles corações aflitos.

Dodô rondava o Íris seguida de Narciso, que guardava distância. Ela proibira-lhe qualquer aproximação.

— Sou mulher decente. Não quero ser confundida com essas putas à solta em Trindade.

Advertido, Polidoro lançou seus cães contra tal investida. Nomeou Mágico chefe da matilha.

— Siga a mulher, senão perde o emprego no Palace.

Na véspera da estreia renunciara a qualquer cortesia. Sem poder dormir, praticamente ao relento, tinha os nervos tensos. Apenas sustentava-o o sonho de ter um dia Caetana sob seu corpo, prestes a agonizar.

— Não importa que eu broxe na hora, confessou a Virgílio. Não faz diferença. Quero a mulher nua e o segredo de seu cheiro.

Tão logo Caetana distribuiu os papéis, formaram-se dois grupos. O primeiro, disposto a morrer pela arte, seguia Caetana por onde ela fosse. O outro, aliando a inveja à melancólica esperança de reverter uma situação aparentemente definida, simulava independência. Já não lhes importava, como antes, representar no palco as diversas instâncias da vida.

— O que se passa em cena é pura mentira. Se isso é arte, o que é então a vida, que tem sangue, ódio e fome? Palmira indagou, preterida pela atriz.

Ninguém quis responder, correr o risco de despertar a ira de Caetana.

— Mais vale não tê-la como inimiga, advertiu Balinho, enquanto, com resignada paciência, limpava a vitrola com o algodão trazido da farmácia Bom Espírito.

— E esta vitrola tem nome? Sebastiana entregava-lhe o algodão com as pontas dos dedos. Receava sujá-lo com a gordura dos salgadinhos. Não parava, aliás, de mastigar. Sobretudo por sentir-se alvo da indiferença de Virgílio.

— Quanto menos trepo, mais fome tenho, confessou ao amanhecer. Arrependida, porém, de uma declaração insensata, esclareceu: — A arte só não basta. Acho que comecei essa carreira muito tarde. Fico logo ansiosa com as coisas da vida. Essas sem-vergonhices todas que não me saem da cabeça. Sou fraca como os caquis maduros que temos lá no quintal da pensão.

Concentrado na delicada tarefa, Balinho encaminhava-lhe perguntas anódinas, que dispensassem respostas.

— Prefere então a vida à arte?

Sebastiana apalpou a gengiva que murchava pela falta dos dentes. Não fora educada para filtrar as palavras que podiam ferir sua sensibilidade. Seu impulso vital restringia-se a lavar com esmero as partes íntimas, por temor às enfermidades que acometiam as criaturas como verdadeiro flagelo. E, na hora do recreio, tomar café com bolo de fubá. Ao cair da tarde, porém, entretinha-se com conversas vagas. Gostava especialmente de ouvir o professor. Correspondia-lhe com acenos e exclamações. Um repertório que saciava Virgílio até a semana seguinte:

— Vocês estão adiantados nos ensaios? Balinho já eliminara a crosta que nos últimos anos se acumulara na vitrola por descuido. Agora fazia o algodão chegar às frestas secretas onde praticamente nascia a engrenagem. De vez em quando acariciava os discos sobre a mesa.

— Se um destes discos se quebra estamos perdidos, disse, amedrontado. Ao perceber a incontinência verbal, disfarçou. Sebastiana felizmente não registrara o aparte.

Palmira sentou-se no chão, ressabiada. As lágrimas que saltavam de suas órbitas eram de tal leveza como se houvessem perdido todo o sal.

— O que houve? Sebastiana assustou-se com os cabelos desgrenhados da amiga.

— Um desastre, disse ela, pesarosa.

Venieris guardou distância das mulheres. Encarnavam uma paixão que os deuses de sua terra sempre condenaram. Aquele era um fogo de uso exclusivo deles. Resguardava-se, portanto, da ansiedade descontrolada daquelas criaturas que via boiar na tina da água onde ia limpando os pincéis. Longe delas, e devotado aos dissabores da arte, queria apenas terminar sua obra. Cobrar os aplausos antes mesmo da noite de estreia. O sucesso de Caetana, previsto para o sábado, ameaçava obscurecer seus méritos artísticos. Aprendera, ao longo dos dias no Íris, que os segredos encerravam em si traição e maus augúrios.

— Conte-me! Sebastiana insistiu.

— Ah, que falta sinto da pensão. Lá a vida não pesava.

Sebastiana desaguou sua expectativa no peito de Palmira, em cujas dobras roçou a boca com hálito de cerveja.

— Lá a vida nos poupava do amor! Palmira falava seguindo um discurso que parecia redigido por um carpinteiro vizinho da pensão, que, no empenho de construir banquetas e cabides, aparava ramos de árvore com tesoura afiada, mas cruel.

— Como o amor é triste! A gente pensa que é mel e o beijo parece salmoura.

Palmira tentava dissimular os estragos na maquiagem e no vestuário.

— Onde esteve afinal para voltar neste estado? Sebastiana não se conformava em ser segregada na hora da dor. — Sempre estivemos juntas na pensão. Quantas vezes partilhamos o mesmo quarto. Agora que a vida sangra você, não me deixe de fora.

O único responsável por tal desgraça era o farmacêutico. Sob o impulso dos sentimentos que revolviam suas entranhas, arrombando-lhe as portas interiores, Ernesto levou Palmira para debaixo do vão de uma escada que dava para o segundo andar. Uma área que, a despeito da intransigência de Virgílio, a exigir de todos rigorosa limpeza das partes comuns do teatro, acumulava poeira e teias de aranha de muitos anos. Por conta da paixão, essa contingência pareceu-lhes desprezível. Palmira sorria feliz por restaurar, ainda que fugazmente, a juventude perdida. Sobretudo porque, apesar da idade, agiam como insensatos.

Ao ser, porém, beijada, Palmira foi tomada pela dúvida. Não sabia se lhe convinha ou não retribuir com igual fúria os beijos de Ernesto, que lhe metia a língua entre os dentes, sugando as obturações de ouro, ampliando com seu arrebato as cavidades ali existentes. Quem sabe o desejo do homem repousava justo em sua suposta inocência? Um estado decerto mentiroso, mas em que ambos acreditavam.

À medida que Palmira mostrava-se arredia, Ernesto beijava-a com maior intransigência. A saliva do homem alastrava-se pelo rosto da mulher, pingava-lhe nas pupilas, cegando-a.

— Vão nos ver, ela tentou protestar.

Ernesto sacudiu-a desajeitado.

— Não fale, senão perco o tesão. Embalava, nervoso, o próprio desejo, esquecido da mulher em seus braços.

Jogada no chão, a poeira invadiu as narinas de Palmira, que começou a espirrar, cada gesto de amor custando-lhe dramático esforço.

— Abra as pernas, senão eu não consigo. Irritado, Ernesto tentava tirar-lhe as calcinhas.

— Espere um pouco, disse ela, disposta a colaborar, apesar dos espirros. A preocupação em conciliar tantas dificuldades pouco a pouco dissolvia os impulsos amorosos de ambos.

Sob a emoção de reviver a cena, Palmira começou a claudicar. A história saía-lhe sem têmpera.

— Não me deixe aflita, Palmira. Afinal, treparam ou não? Sebastiana implorou.

Palmira olhou-se no espelho da bolsa. Passou a escova no cabelo e removeu o brilho da cara com o pó.

— O homem broxou. O pior não foi isso, e sim quando nos olhamos, totalmente envergonhados. Perguntávamos o que fazíamos debaixo daquela escada que fedia a urina.

— E Ernesto onde está?

Polidoro enviara Ernesto ao delegado. Estava disposto a cobrir qualquer proposta de Dodô. Para essa missão confiava na habilidade do farmacêutico.

— Está me ouvindo? Polidoro disse.

Abúlico, Ernesto custava a responder. O corpo ressentia-se dos estragos recentes.

Diante da visita, Narciso mostrou-se firme. Não deviam tê-lo procurado. Sentia-se agora fortalecido pela certeza de que a esposa, no subúrbio do Rio de Janeiro, jamais poderia prescindir de seu socorro.

— Quanto quer para nos deixar em paz? disse Ernesto, renunciando à proclamada diplomacia.

— Não tenho mais preço. Vocês chegaram tarde.

O delegado encerrou o encontro com frieza, enquanto recolhia os papéis da prateleira, empilhando-os num recanto do gabinete, sob o olhar magnânimo do general Médici pendurado na parede.

— Está com jeito de mudança, disse Ernesto sem saber como retirar-se.

Narciso guardou silêncio. Desfrutava do prazer da vingança. Bem que dona Dodô estava certa. A desforra tinha gosto de sorvete de pitanga.

O recado, de volta a Polidoro, não deixava margem a dúvida. Não podia mais contar com os serviços de Narciso. Seu sistema de suborno sofrera mudanças. O delegado bandeara-se de vez para o lado de Dodô.

— Não foi por dinheiro. Nisso ganho de Dodô. As vantagens que de fato pesaram na decisão de Narciso foram avalizadas pelo irmão de Dodô.

— Nunca vi Narciso tão feliz!

Ernesto queria fugir à lembrança que lhe restara do entrevero amoroso com Palmira. Ao urinar, porém, apalpava o sexo intimidado. Falhara-lhe a mais sensível máquina humana.

— Isso quer dizer que talvez ele nos abandone nos próximos dias.

Na prefeitura, Polidoro sondou Pentecostes sobre a transferência de Narciso. Se fosse verdade, podiam ainda obstruí-la? Pentecostes, num território acima dos interesses partidários, invocou a neutralidade. Limitava-se no caso a aplaudir Caetana em cena aberta.

— Há quanto tempo não assisto a um bom espetáculo! Nada é mais reconfortante que a arte.

A mentira pregada na cara, os olhos miúdos de Pentecostes, sempre sorrateiros, simulavam emoção.

— Outro filho da puta, comentou Polidoro de volta ao teatro.

Ernesto examinou as unhas violáceas, por carência vitamínica.

— Como a velhice chega depressa!

Estavam nesse ânimo, quando Gioconda irrompeu junto a eles.

— Caetana decidiu fazer modificações. Quer roubar o papel que coube a Diana desde o início. Teima que deve haver rodízio. Não me oponho a trocar, mas só depois da estreia.

Sua perturbação era visível. O retorno de Caetana provocara nela acentuada desordem espiritual.

À simples menção de algum projeto de futuro, Polidoro estremecia.

— Que garantias quer de mim, Gioconda?

— Você e eu passamos vinte anos precisando de Caetana. Sendo assim, pergunte a ela. Caetana é a dona do segredo.

Num gesto eminentemente teatral, típico de Caetana, Gioconda deu-lhes as costas.

— Veja no que nos convertemos. Ainda não estreamos e já começamos a brigar. Desse jeito não deixaremos nada para Dodô. Ela acabará por ter pena de nós.

Desfilava para Ernesto esses pensamentos, quando Príncipe Danilo o convocou em nome de Caetana.

— Por que não vem ela até aqui? disse, arrogante.

Danilo devia-lhe bacalhoadas e suculentos pratos de feijão. Preferiu, pois, não lhe falar sobre a maioridade da arte. Embora os artistas sofressem o suplício nas mãos de homens como ele, constituíam a vanguarda do conglomerado humano.

Polidoro acabou indo vê-la. No camarim vasculhou seus seios, que arfavam com desesperada constância, sobretudo durante os ensaios. O desejo chegou-lhe à consciência como um arpão.

— Faltam só dois dias, Caetana, e ainda não sabemos qual será o fundo musical de nossa história, reclamou, a vista atada ao peito escabroso da atriz.

Caetana andava, qual alpinista, por altitudes rarefeitas. Reagia a que lhe furtassem a pureza das montanhas. Sem lhe devolver a mirada, ocupava-se de detalhes subalternos.

— Não precisamos de partituras, retrucou com firmeza. — Porque não teremos orquestra, nem mesmo violão. Balinho será o responsável pela música.

Virgílio irrompeu no camarim sob a emoção de transfigurar-se, uma vez no palco, num intolerante nobre francês, disposto a cancelar os sonhos amorosos do filho dedicados a uma célebre cortesã. Esse papel, de início disputado pelo farmacêutico, caía-lhe sob medida. Faltavam a Ernesto ao menos cinco anos para ajustar-se às características físicas do personagem.

— Você é jovem demais, Ernesto, além de muito vigoroso, disse, no intento de suborná-lo com as palavras que Ernesto aspirava a ouvir.

A cada disputa Caetana acalmava os ânimos.

— Não se precipitem. Só começarão a atuar na hora de pisar no palco. A verdade é que não irão pronunciar uma única palavra. Apenas mexer os lábios e contracenar comigo.

Polidoro recusou-se a ser ator. O artifício cênico não lhe ficava bem. Por aquelas bandas, onde era conhecido como Polidoro Alves, não podia ser outro senão ele mesmo. Preferia, pois, ocupar-se das questões externas. Como, por exemplo, o arrebato dos amigos que, subjugados ao talento de Caetana, queriam enviar-lhe flores e outros regalos.

Caetana interrompeu-lhe o devaneio. Proclamou convicta:

— Serei a heroína. A própria Violeta!

Há muito ambicionava o papel. Ninguém podia arrebatá-lo dela.

Encarnava-o à perfeição, ainda que seu corpo contrariasse as medidas da mundana assaltada por um bacilo oriundo da orgia e do amor desenfreado.

— Qualquer corpo serve para viver as emoções humanas, disse para dissipar as dúvidas.

Sem pedir licença, em desrespeito às convenções impostas por Caetana, Diana abriu a porta do camarim.

— Venham depressa! E desapareceu tão rápido quanto entrara.

Caetana não reagiu. Adestrara-se de tal forma às convulsões vizinhas que simplesmente as minimizava. Já Polidoro, que sacrificara durante vinte anos as reservas emocionais na expectativa da vinda de Caetana, sofreu um impacto. Saiu às pressas no encalço de Diana, recriminando a indiferença de Caetana em enfrentar realidades julgadas comezinhas.

O cortejo seguindo Diana engrossou até a rua. O próprio Venieris, obcecado com os cenários que nem sempre se conciliavam com as pretensões de Caetana, incorporou-se ao grupo.

Na calçada, Pentecostes aguardava-os. Contrafeito, limitava-se a ajeitar o nó da gravata, enquanto indicava as faixas nas ruas. Não via como indispor-se, na qualidade de prefeito, contra os ditames populares.

— Sinto muito, Polidoro. Veja só o que deixaram em nossas ruas. Eles vieram como uma praga de gafanhotos lá do Egito. Nada pude fazer.

Cheio de melindres, Pentecostes assoava o nariz, fazendo menção de sumir da vista do fazendeiro. Só a solenidade do cargo e a fortuna de Polidoro o retinham.

Na sexta-feira, Trindade amanhecera enfeitada de faixas, preparadas especialmente para festejar a atuação do time brasileiro no México, às vésperas de conquistar o tricampeonato.

— Que beleza a rua enfeitada de faixas! É quase um domingo de Pentecostes, disse Virgílio em tom bajulador, não atinando com o motivo do visível mal-estar do político.

— Vejam aquelas faixas: VIVA MÉDICI, O PRESIDENTE CAM-

PEÃO. A alegria de Mágico traía sua simpatia pelos militares. Desde o golpe de 1964 tranquilizara-se quanto ao destino do Brasil.

— Trindade está cheia de puxa-sacos, contraparteou Diana com repulsa.

As faixas, espalhadas pelas ruas, lembravam o mesmo espírito decorativo das bandeirinhas juninas. Cada qual, com dizeres particulares, endeusava um jogador. Os atletas, egressos do Olimpo, faziam parte de uma configuração épica. Sob a custódia do próprio Netuno, em meio às espumas da glória, sobressaía o nome de Pelé.

— Mas o que é aquilo? Polidoro gaguejou, apontando a faixa espremida entre a de Médici e a de Pelé.

Sebastiana, de índole tímida, querendo provar seus precários avanços na leitura graças a Virgílio, começou a soletrar letra por letra.

— A-p-u-t-a-v-o-l-t-o-u. A-pl-au-sos-pa-ra-e-la! Leu, afinal, de uma assentada.

Apesar da satisfação de Sebastiana, faltava-lhe ainda casar à perfeição o ato de ler com o entendimento. Empinou, pois, o corpo para colher os louros. Ao voltar-se para Polidoro, viu-o pálido, prestes a soçobrar. Só então começou a desconfiar da mensagem embutida nas palavras.

— Mas a que puta se referem? perguntou com rigorosa incredulidade.

Ernesto acercou-se de Palmira, ansioso por mostrar-lhe valentia.

— Isso é coisa de Narciso. A guerra já começou. Mas estaremos prontos para o combate.

Imbuída do espírito da arte, Sebastiana, como antiga cortesã, não se sentiu ofendida. Até na terra de Cristo, longe de Trindade, muitas mulheres foram apedrejadas sob a mesma acusação. Em qualquer época os puritanos e recalcados reclamavam vítimas para os sacrifícios humanos.

— Chegou a vez de Trindade exibir sua intolerância, disse, usando algumas das frases de Virgílio.

Pentecostes, que ainda não partira, seguia o desfecho do caso.

— E a senhora tem provas dessas acusações? Desde quando nos

pode comparar a povos bárbaros? Se duvida de nosso grau de civilização, por que não recorre aos tribunais e constitui uma ação de denúncia? desafiou, pernóstico.

A intervenção de Pentecostes ameaçava precipitar o debate com Polidoro. Tinham agora a rara ocasião de desenterrar velhas desavenças.

— Para que esse palavrório inútil, Pentecostes? A quem quer enganar, além das putas e dos rufiões? Polidoro replicou, adestrando-se para a liça. Não confiava nas palavras daquele homem para dissolver os nódulos da injúria.

Pentecostes contemporizou. Tentava dissimular o constrangimento. A amizade pela família Alves, sobretudo Polidoro, obrigava-o à contenção. Acima mesmo das exigências e da compostura do cargo. Além do mais, o tempo urgia. Convinha enfurnar-se no gabinete em defesa da comunidade.

A retirada de Pentecostes estimulou os outros a retornarem ao Íris. Atento à faixa, que a ninguém ocorrera remover dali, Polidoro não notou que estava sozinho. Pensou que Virgílio, experiente em matéria estratégica de tanto ler livros de guerra, estivesse a seu lado.

— O inimigo começou a apertar o cerco, disse Polidoro. — Querem nos deixar a pão e água, Virgílio.

A imagem de origem bíblica consolou-o. Também os hebreus, em defesa do Deus único, sacrificaram as próprias vidas.

Preocupado com as acusações assacadas contra Caetana, não estranhou o silêncio de Virgílio, em geral palrador. Decerto esforçava-se em tirar da memória exemplos cabíveis a aplicar contra os inimigos. Haveria de concordar com ele que, tão logo isolassem Dodô, os demais adversários se renderiam.

— O que faremos para enfrentá-los? Polidoro insistiu.

O historiador emudecera de vez. Sua omissão raiava ao egoísmo, à falta de solidariedade.

— Está ouvindo, Virgílio? Providencie a imediata retirada do inimigo. Se for necessário, faremos uma violenta incisão no tumor.

Com o olhar ainda posto na faixa, Polidoro oferecia-lhe a ocasião de redimir-se. Sobretudo porque se convencera de que o drama humano não podia dispensar alianças e cúmplices.

Virgílio recusava-se a falar. Punha à mostra sua indiferença e covardia. Abandonado pelo amigo, Polidoro decidiu enfrentá-lo. Seria ele capaz de sustentar seu olhar de aço? Ao voltar a cabeça não viu Virgílio. Todo mundo desaparecera.

— Para onde se escafederam esses filhos da puta?

Suspeitou que o grupo debandara pela porta lateral do Íris, que o vento balançava. O temporal ameaçava cair.

Polidoro não se moveu. Além do peso da solidão, temia recolher-se ao teatro. Não tinha como prever as tramas costuradas em separado por Dodô e Caetana, ambas visando aprisioná-lo. Em qualquer circunstância sentia-se vítima das duas mulheres. Jamais Caetana o chamaria ao camarim para abraçá-lo e devolvê-lo restaurado à vida. Ou mesmo, de comum acordo, derramar junto a ele algumas lágrimas em memória do amor deixado para trás.

— Muito bem, que fique aí a faixa. Para todo mundo ver, disse, vingativo.

Afastava-se, quando se arrependeu. Como chefe de uma tribo tresmalhada, precisava desincumbir-se da tarefa de tangê-la, de responder por seus desatinos. A derrota no Íris o lançaria de volta aos braços de Dodô.

Com tais prognósticos, esbarrou em Francisco, que lhe trazia o consolo da admiração.

— Posso saber por quê?

— Sempre admirei os vencedores, disse o garçom, convencido de agradá-lo.

A Polidoro pareceu que um anjo arriara as asas para protegê-lo, ainda que sob a forma do intrigante Francisco. Nem sempre se podia escolher o calor humano perfeito, que nos cobrisse como um manto de cardos. O bom augúrio, no entanto, animou-o. Convinha, a qualquer preço, esquecer a solidão. Até bem pouco tempo atrás, posto na salmoura pelos amigos, secava agora ao sol da esperança. Deu o braço a Francisco.

— Venha comigo ao Íris. Você é meu convidado.

Virgílio sentiu-se magnânimo naquele sábado. Ao contrário do poeta Homero, cujo nome associava-se sempre ao seu e que dependia de uma lamparina acesa para divisar algumas sombras, ele estava encarregado das luzes do teatro Íris.

Ensaiara desde a véspera. O jogo de luz e sombra obtido nesta noite transtornou-lhe a imaginação. Pois ele, que sempre dependeu da transfusão alheia para vencer fronteiras, fruir de sons novos e de paisagens inesperadas, poderia agora realçar os olhos, a boca aflita, os seios opulentos de Caetana. Ou mesmo a pequena jarra de cristal, parte do cenário.

Caetana proibiu que fizesse a luz incidir diretamente sobre seu rosto.

— Para uma artista como Caetana, basta iluminar a metade do rosto, orientou-o Príncipe Danilo, relutante em tornar-se também vítima das deformações provocadas pelos jatos luminosos.

Ciente da delicadeza de lidar com o oposto da escuridão, Virgílio pediu que o ensinassem a trocar os fusíveis. A cada lição, porém, fracassava. Finalmente conformou-se com os escassos recursos do teatro Íris e com os limites do próprio talento.

Venieris aguardava ansioso o momento da aclamação pública a seu trabalho.

— A que horas abrem a porta para o povo entrar?

Na madrugada insone, com a ajuda de Mágico e de peões de Polidoro, instalaram a partir do telhado, bem atados com cordas, os painéis pintados. Soltos, sem contrapeso nas extremidades que tocavam o chão, os telões balançavam contra as paredes, transfigurando a aparência do velho prédio. A falsa portada convertia o modesto cinema na miniatura de um teatro lírico.

Atento ao perigo de que algum inimigo à espreita pudesse danificar o fruto de tanto trabalho, Ernesto, da calçada, examinava os efeitos da farsa. Não o moviam escrúpulos morais. Na arte havia que transgredir sempre, explicara-lhe Caetana em meio a suspiros. Com a própria Palmira, entre tropeços carnais e coitos malsucedidos, assimilara também igual conceito.

Padecendo ainda das desilusões desse amor fugaz que lhe sufocava os brados íntimos, esperneou diante das escadas pintadas de vermelho. Nessa contemplação de natureza estética, invadiu-o a repentina lembrança de Vivina em casa, de quem já não tinha mais como fugir, a pretexto de que quimera fosse.

— E se quiserem subir pela escada falsa em vez de usarem a porta verdadeira?

Não desejando que o julgassem inábil no cultivo de devaneios, tratou de justificar-se.

— O que me atrapalha é o espírito samaritano. Não quero acidentes na estreia.

Polidoro passeava constantemente pela calçada em frente ao Íris. Em guarda contra movimentos suspeitos, temia um ataque traiçoeiro. Enquanto estivessem desprevenidos, entregues ao exercício da arte, a mão assassina viria por trás, roubando-lhes as ilusões.

— Que mania! exclamou Virgílio, que se recusava a trabalhar sob a vistoria do medo. — Dona Dodô é uma alma generosa. Por que ergueria a mão contra o próprio marido?

Tamanha ingenuidade perturbou Polidoro. De tanto soprar a poeira dos documentos e de acompanhar a lentidão com que as traças devoravam papéis, Virgílio não conseguia avaliar as manobras de um inimigo encarniçado.

— A mulher não é sua. O que sabe você dessa víbora? descontrolou-se, sem notar os estragos que fazia na sensibilidade de Virgílio, crédulo defensor da harmonia conjugal.

— Jamais casei, mas se mudar de ideia busco uma dama igual a dona Dodô.

A súbita palidez do professor mergulhou Polidoro na dúvida.

— Tudo isso por Dodô? disse, presa da negra suspeita de que a renhida defesa do historiador devia-se a um esconso amor pela mulher.

— Só a arte agora me dá razão de viver, disse Virgílio, afastando-lhe os pensamentos sombrios. — Como subirei ao palco se você nos ameaça com o inimigo?

Virgílio retornou ao trabalho, enquanto Polidoro, querendo dar a todos exemplo de firmeza, brincava com os suspensórios. Trazia calça listrada de garrafeiro e as mangas da camisa arregaçadas. À noite, quando se apresentasse de paletó cinza-chumbo e gravata-borboleta, facilmente o confundiriam com um homem urbano. A própria Caetana se renderia à sua surpreendente elegância.

Tranquilo, decidiu cumprimentar o grego. Dizer-lhe de viva voz que seu grande mérito artístico, a partir desse dia, possivelmente o condenaria ao desajuste social. Depois da estreia, quem lhe compraria um tecido sem temer magoar sua sensibilidade de pintor? Talvez nesse caso a única solução fosse partir de Trindade. Esperava que após tantos anos de Brasil não houvesse esquecido o caminho de volta à Grécia.

Sob o impacto desse discurso e em meio a lágrimas, Venieris aceitou a possibilidade de mudar de rota, procurar de novo a terra dos ancestrais e renunciar ao comércio.

— Estou pronto a obedecer às ordens de meu destino, agradeceu, sensibilizado, olhando as mãos sujas de tinta.

No momento, porém, o projeto de Polidoro era imobilizar os inimigos de tocaia, não lhes ceder terreno para uma ação inesperada.

— E onde se encontra Dodô? Trouxe à baila o nome temido.

Encarregado de seguir Dodô e Narciso, Mágico envergonhou-se de enumerar seus fracassos. Pois, pressentindo a perseguição, ambos tomavam rumos contrários. Assim, quando tinha Dodô sob sua mira, perdia de vista o delegado. Além disso, comportavam-se com rigorosa inocência. Nenhum gesto deles denunciava a menor intenção de fraude.

— Está tudo em ordem, Mágico perfilou-se sorridente, prevendo a recompensa.

Polidoro amargava uma secreta frustração. À tarde, ao bater à porta do camarim, com a ilusão de que Caetana se lançasse agradecida em seus braços, pelo esforço de transformar o Íris numa sala que cheirava agora a lavanda silvestre, Balinho, para seu desgosto, sugeriu que só retornasse pouco antes de abrir-se a cortina do palco.

— Que merda de cortina é esta? gritou, indignado com o cultivo de uma fantasia que, para manter-se de pé, o sacrificava. Sobretudo porque ele mesmo providenciara na loja de Venieris um tecido com boa queda e sem transparência. Nessa ocasião, quando o grego lhe ofereceu redução no preço, ele, com entranhado orgulho, recusou, pois de repente o dinheiro perdera toda importância. Dono de fortuna, empenhava-se em consumi-la agora, ao menos pelo gosto de empobrecer Dodô e as cinco filhas.

Irredutível, Balinho informava que Caetana, no afã de se mostrar justa, manteria rígido rodízio à porta. Os integrantes do elenco seriam individualmente admitidos antes da abertura da cortina, para que lhes transmitisse as últimas instruções.

— É só por precaução, pois temos certeza do sucesso. E prosseguiu, solene: — Caetana confia no talento de todos, inclusive no seu.

Indignado a princípio, Polidoro rendeu-se em seguida. Perseguia-o, contra sua vontade, o temor do fracasso. Não que atribuísse à destemperança de Dodô a ruína do espetáculo, mas à sua estrutura de arriscada leveza, de alta improvisação, conforme exigira Caetana. Homem que bem cuidava do pasto, no palco tudo parecia fugir-lhe entre os dedos. Embora Caetana pregasse a eficácia da imaginação, ele não julgava que só com ela se pudesse erguer um castelo de areia e habitar entre suas paredes.

— Tem certeza de que está tudo em ordem? Polidoro insistiu,

disposto, se necessário, a fazer vir da capital, naquela hora mesmo, alguns adornos que faltassem para embelezar um pouco mais o cenário, ou talvez até uma orquestra completa, daquelas que animavam bailes de debutantes ou de formatura.

O laconismo de Balinho não o convenceu.

— A vitrola do tio Vespasiano vai mesmo funcionar? Sem ela estaremos perdidos.

Pela primeira vez tratou Balinho com o mesmo carinho dedicado à filha Isabel antes de cair sob o jugo de Dodô.

A mudança de tratamento afetou Balinho. Intimidado, esquivou-se de maior aproximação com o fazendeiro. A irrestrita fidelidade a Caetana não lhe permitia ser cúmplice do antigo amante da atriz. Polidoro era fugaz em sua vida. Não lhe devia, portanto, votos de boa sorte. Nem bafejá-lo com gestos amistosos.

Tamanha frieza, incomum num jovem, feriu a consciência de Polidoro do próprio poder. Sujeito, porém, aos sonhos de amor, oriundos todos de Caetana, escondeu humilhado as mãos nos bolsos da calça, renunciando a qualquer atitude heroica.

— Avise a Caetana que minhas contas estão quase pagas. Saldarei a última dívida hoje à noite, tão logo as luzes do Íris se apaguem, disse, circunspecto, superando com elegância o desejo de vingança.

Gioconda chegou a tempo de recolher a última frase. As palavras soltas no ar não lhe causaram efeito. Transitava pelo teatro com a diligência de uma sombra familiar. Pisar no mesmo palco com Caetana provocava nela uma estranha sensação de desfalecimento. Sentia a morte dos sentimentos na pele seca, que já não se lubrificava nem quando outro corpo roçava o seu.

No palco, sob o foco das luzes erráticas de Virgílio, Gioconda soltou um grito. Com receio, porém, de fazer jorrar os sentimentos mais resguardados, tapou a boca. Tinha razão Caetana, que acusava o palco de subjugá-los sem clemência. Em troca da magia oferecida, era alto o preço a pagar. Caetana garantira que naquele retângulo o corpo corria o risco de sangrar.

— O que pode sangrar mais que o amor? proclamara Gioconda, cheia de mágoa. Sozinha agora, vítima de Virgílio, tinha que se defender.

— Jogue esta luz infernal nos inimigos!

Na pressa de acalmá-la, Virgílio apagou os focos.

— Como pude feri-la, se lhe dei vida em cena? Não ouviu o que disse Danilo? Sem a luz correta no palco, não há fantasia, ninguém nos enxerga. Tornamo-nos meros fantasmas.

No escuro, por precipitação de Virgílio, Gioconda tropeçou na cadeira, estatelando-se no chão. Sobressaltado, tateando o vazio, Virgílio chegou até ela. Esforçou-se em levantá-la. Gioconda não queria ajuda. O orgulho ofendido só se reabilitaria por meio de provas que ele não podia oferecer.

— O que sabe de mim? Acaso pensa que a arte é minha maior ambição?

As luzes já acesas, Polidoro ajudou-a a erguer-se. Ela condoeu-se com o estado do fazendeiro. Temeu que não houvesse um único vencedor no Íris.

— O que houve? perguntou, prestativa.

— É o Balinho. Comporta-se como dono de minhas fazendas.

Mal mencionou o nome, ele surgiu. De aspecto descarnado, perdera cor nos últimos dias. Fiscalizava o ambiente. Consultando o relógio, dirigiu-se a Polidoro.

— Ainda não é sua vez. Olhou para Gioconda. — Quanto a você, está dispensada da visita.

Ao consignar os estragos que a informação imprimia no rosto da mulher, tentou corrigir.

— Caetana não se cansa de dizer que você é uma atriz nata. E com vocação para dirigir os demais.

A lisonja, em vez de envaidecê-la, despojou-a dos adereços que trazia na alma como contrapeso. Nas últimas horas optara por uma limpidez de propósitos que emergia da solidão recém-constatada. Já não queria, como antes, integrar um grupo com pretensões de peregrinar altaneiro pelo mundo dos sonhos.

— Não se preocupe, Balinho. Serei a última a abandonar o barco. Por mim Caetana será a Callas ao menos esta noite.

Na expectativa de que Polidoro observasse o grau de renúncia de uma antiga cortesã, repetiu a frase. Ele, porém, além de não registrar tanto desprendimento, irritou-se com a insinuação de que também deveria desistir de Caetana, para dar prova de igual grandeza.

— As mulheres nunca sabem o que querem. Por isso sonhamos por vocês e reformamos o mundo sem consultá-las, disse e afastou-se, ufano, com suas ruidosas botas de cano largo.

Gioconda convocou as Três Graças em regime de emergência.

— Falta pouco para nos tornarmos atrizes para sempre! Esse ofício é como um sacerdócio, deixa marca indelével na alma. Nesses dias, acampadas no Íris, me contive para não dar ordens. Não sabem quanto me custou renunciar ao comando. Espero que tenham apreciado meu sacrifício.

A declaração trouxe Sebastiana de volta à realidade caseira de que vinha escapando. Sentindo-se desamparada, abraçou Gioconda.

— O que será de nós a partir de amanhã?

Gioconda sacudiu a cabeça, preferindo afastar-se. Palmira, porém, cujos sentimentos por Ernesto iam esmaecendo a cada minuto, impediu-a de sair. A expectativa da estreia propiciava-lhe emoções e atitudes vigorosas.

— Com que direito quer nos desequilibrar, quando estamos só a duas horas do espetáculo? O que lhe fizemos para nos deixar inseguras e órfãs?

Sebastiana solicitou discreto aparte.

— Não importa o espinho no coração. Nunca mais seremos as mesmas depois de hoje à noite.

Tropeçava nas palavras também por conta dos dentes que lhe faltavam. Em compensação, livrara-se do sentimento de feiura que a perseguia desde a infância. Se, de um lado, Deus, por um estranho desígnio, desguarnecera-a da beleza, do outro era um alívio pensar que, ao menos uma vez na vida, assumira a dimensão própria dos grandes artistas.

Compadecida, tomou a iniciativa de enlaçar Palmira. A amiga sofreu de imediato o sobressalto do calor humano. E a nostalgia que sobreveio em seguida acentuou-lhe as feições congestionadas.

Sebastiana orgulhou-se de ser capaz de comover a companheira com a força de seus braços delgados, fazendo uso de uma sutileza que, enfim, abria entre os respectivos corpos frestas de ar.

Diana, por sua vez, observou impassível os rictos na cara de Gioconda, que a envelheciam tanto em tão pouco tempo. O exílio vivido no Íris afetara todos. Cada qual, regado por esperanças daninhas, convertera-se em presa fácil das ilusões. Um carrossel que, à força de girar com o ímpeto das emoções, deixava-os à deriva. Gioconda, para fugir ao raivoso silêncio de Diana, pensou em repassar algumas cenas no palco. Dentro em pouco, atuando com Caetana, testemunharia a emoção da atriz em emprestar à Callas, cuja voz emergiria dos discos tocados na vitrola do tio Vespasiano, os lábios de que a grega carecia para estar suntuosamente presente no teatro Íris.

No palco, como mudos, todos agitariam os lábios, simulando cantar. Balinho jurara que o efeito desse empréstimo seria perfeito e convincente.

— Respondo pelo encaixe das vozes. Quando Caetana mexer os lábios, a voz da Callas sairá com a orquestra atrás, disse, sem medo de errar.

— E nós que nada sabemos da música? Diana inquiriu, aflita.

— Não parem de mexer a boca e tudo sairá bem. Não precisam conhecer a música que vão logo esquecer, disse Balinho.

Tentada por uma súbita vaidade, que se refletia na reluzente jarra de cristal sobre a mesa, trazida do Palace, Gioconda imaginou-se disputando com Caetana algumas cenas, só para arranhar-lhe o coração. O choque das botas de Polidoro contra as tábuas secas rompeu seu devaneio.

À vista de Gioconda e das Três Graças, reunidas, estranha família que dilapidava entre si emoções que só elas sabiam intitular, o fazendeiro pensou de que maneira adverti-las quanto à desmedida ambição que as invadira nos últimos dias. Elas de fato corriam o risco da intolerância e da fatuidade. E de fazerem no futuro ouvidos moucos aos apelos dos homens que, assaltados pelos vômitos do desejo, batessem à porta da pensão. Tudo em nome da arte, um eclipse lunar de breve duração.

Ernesto atraiu Polidoro para o círculo das mulheres. Sentados no chão, pormenorizavam o espetáculo. O fazendeiro apoiou-se no caixote. Visto dali, o palco, com os móveis improvisados e os cenários de Venieris, ganhara beleza. Sobretudo por causa dos arranjos de flores trazidos da fazenda Suspiro, dispostos sobre a mesa em torno da qual iria borboletear a leviana Violeta em seu salão de Paris.

— Conseguimos um milagre, Ernesto. Polidoro referia-se à festa armada no palco.

— Você acha que convenceremos o público de que irá mesmo ver a ópera chamada *La Traviata*? indagou Ernesto.

Polidoro lia as anotações esparsas. As folhas traziam marcas de gordura do sanduíche que ainda mastigava.

— Segundo Balinho, está tudo em ordem. Ontem repassamos os deveres de cada um. Não temos desculpa para falhar. Além do mais, aqui não é Rio de Janeiro nem Paris. O que pode exigir uma cidade do tamanho de um ovo como Trindade? A voz soou falsa, aparentando dominar a situação.

Venieris retocava os últimos detalhes com o pincel lambuzado de várias cores. De todo estoque só lhe restava o vermelho, que aplicava com exagero, sem medir as consequências. Sob as luzes de Virgílio, a cor da paixão ganhava realce, ofuscando o mármore da pele humana.

— Quem você vai ser? Francisco dirigiu-se ao farmacêutico.

Incorporado ao grupo desde o dia anterior, o garçom fazia seguidas perguntas, amparado na proibição de Polidoro de que não devia deixar o Íris, para evitar o vazamento de qualquer informação.

Ernesto assumiu lépido a juventude de Alfredo, o amante da heroína.

— Fiz a barba agora mesmo para ficar mais jovem. Antes de entrar em cena, espalho no rosto um creme que vai me rejuvenescer alguns anos. Eu mesmo não me reconhecerei no espelho! Quer saber dos outros papéis, com exceção do coro, que decidimos não incluir na ópera?

A exclusão de seu nome do elenco enumerado por Ernesto magoou Danilo. Nenhuma voz, aliás, se ouviu para revelar sua condição de pai de Alfredo, móvel da tragédia a que iriam assistir. Um papel a que Virgílio fora obrigado a renunciar para ocupar-se das luzes.

— Todos a postos, gritou Virgílio, dissolvendo o grupo. Deviam refugiar-se nas coxias. Nos próximos trinta minutos Venieris providenciaria o acesso dos primeiros espectadores ao teatro Íris.

Polidoro estremeceu como se batesse à porta da felicidade. Em menos de cinco horas levaria Caetana para a cama. No turbilhão do desejo, perderia de vez o medo de envelhecer desfalcado de sonhos e de fantasias.

Correu para o camarim de Caetana. No cubículo recendendo a flores do campo, Balinho a atendia. Passava-lhe o espelho, os cremes e as joias falsas.

— Posso participar do festim? Polidoro ensaiou uma brincadeira.

Caetana tocava nos objetos com unção. Eram da época de Vespasiano. O tio nutria estranhas crenças. Nos minutos anteriores à entrada em cena, ele admitia existir no palco, alheio ao texto que se ia dizer, um universo móvel e sem obediência às noções conhecidas de tempo e de espaço, capaz, porém, de propiciar às palavras, quando unidas aos gestos, a ocasião única de disparar o gatilho de um fervor sem nome e incompatível com o cotidiano incolor e repressivo da maioria das pessoas.

— O teatro está cheio? A ansiedade devolvia a Caetana súbita juventude.

Polidoro entusiasmou-se ante a beleza que se restaurava sob os efeitos da arte.

— Não há uma só cadeira vazia, mentiu, seguro de que não faltaria ninguém na noite perfeita.

— Melhor assim. Só a arte se opõe à mediocridade, murmurou para si mesma. E, com um gesto voluntarioso, ordenou: — Apresse-se, Balinho, está na hora de assumir seu lugar, perto da vitrola do tio Vespasiano.

Ele transportava debaixo dos braços os discos escovados desde a véspera. Estava pronto a salvá-los da sanha de algum bucaneiro. Tudo em Balinho inspirava confiança.

— Volto no final do primeiro ato.

Sozinho com Caetana, Polidoro suspirou.

— Depois do espetáculo aceita ser minha mulher? Não levava em conta o nervosismo que precede todas as estreias.

Ela distraía-se diante do espelho.

— Sou igual ao toureiro que reza à Virgem antes de enfrentar o touro.

Atenta ao retrato da Callas, esforçou-se em providenciar uma imagem feliz.

— Callas é minha Virgem, disse, comovida. Na fotografia, a cantora grega cobria-se do preto das heroínas funestas e sacrificadas. Caetana exercitava-se agora no espelho, abrindo e fechando a boca em rápidos movimentos. Convenceria assim o público de que sua voz era a da Callas, que afloraria da vitrola do tio Vespasiano.

— Ninguém desconfiará de que minha arte se casa hoje à noite, e para sempre, com a da Callas!

Virgílio, no papel de contrarregra, surgiu à porta.

— Atenção, começaremos agora mesmo.

Polidoro arrumou a gravata-borboleta. Na qualidade de amante da atriz principal, seria alvo da curiosidade do público.

— Ouça a orquestra! Caetana comprimiu o peito com receio de que fugissem os acordes soando em sua memória.

— É a *Traviata*, não é? Querendo tirar proveito da emoção quase desgovernada da atriz, Polidoro aspirou seu perfume com expressão intumescida. — Está feliz, Caetana?

Montada nos coturnos, a atriz dirigiu-se à boca de cena, esquecida de Polidoro. A cortina se abriria tão logo Balinho mudasse o disco.

— Chegou minha hora! Caetana disse, enternecida, olhando o homem.

Ele afagou-lhe o rosto, condoído de que os sonhos se cumprissem só para deixarem um vazio no peito. Caetana, a cabeça ligeiramente tombada, aceitou a carícia.

— Diga que vai ser minha, pediu-lhe ao ouvido.

Na iminência de deixar-se levar por uma quimera envolta na misteriosa pátina do tempo, Caetana sorriu.

— Depois do triunfo posso ser qualquer coisa.

Dirigia-se ereta para o palco, quando Gioconda lhe cortou a entrada. A princípio confusa, Caetana recompôs-se, concentrada apenas na música.

De seu assento, Polidoro orgulhava-se de atrair a atenção. Observou a cortina que se abria, apresentando os atores. Com trajes coloridos, em atitude briosa, agitavam-se na tentativa de reproduzir, para a imaginação do público, muitos dos personagens da ópera que não estavam ali presentes. As roupas improvisadas farfalhavam a cada movimento desordenado. Caetana, com extrema naturalidade, deu um passo à frente para destacar-se do grupo. Fazia uso do leque à guisa de um mundanismo que trocara Paris pelo amor a Trindade.

A plateia, exclusivamente masculina, aplaudiu-a em cena aberta, forçando-a a inclinar-se.

Uma voz aflita bradou em meio aos aplausos.

— Viva o Brasil, viva os tricampeões do mundo!

Outra, jocosa, entusiasmou-se:

— Bis!

— Por que bis, se ela ainda nem começou a cantar? aparteou o vizinho de Polidoro.

Sob a batuta de Balinho, atrás do palco, as vozes do coro, saídas da vitrola, cobriram os risos e a algazarra incipiente.

Obediente ao andamento orquestral, Caetana fingia cantar cercada pelo elenco. Gioconda, no papel de Flora, desvelava-se junto à amiga, envolvendo-a com carinhos exagerados. Também ela queria atrair todos os olhares. Em breve chegariam à cena do brinde proposto pelo amante de Violeta. Ernesto, no papel de Alfredo, teria gosto em exaltar publicamente o amor com que sonhara nas longas tardes consumidas na farmácia Bom Espírito.

Polidoro suspirou de alívio. Além de vencer Dodô no território apropriado, atara-lhe as mãos para sempre. Agora poderia celebrar uma dupla vitória, a de Caetana e a do Brasil. Para ele, a vida estava em ordem.

O juiz apitou às três da tarde, dando início à partida. Reinava a certeza de que o time brasileiro, na capital mexicana, sairia vencedor nesse domingo de junho.

Polidoro olhou o relógio. Não havia dormido. Desde a véspera, após os acontecimentos no Íris, escapava da família e dos amigos como um foragido da lei. Quando tinha sede, ia de carro à fazenda Suspiro, onde não temia o ridículo ou o riso impiedoso. Tão logo depositava a caneca de água ou de café em cima da pia, corria de volta à cidade. Os faróis do carro no escuro iluminavam a estrada sem lhe aliviar as aflições do peito.

Em Trindade, alentava-o a esperança de que Caetana, após seu sumiço, fosse de novo encontrada no Íris ou no quinto andar do Palace.

Guiado pela lua, ia para o centro da praça. Fiscalizava o hotel e as calçadas circunvizinhas, meio escondido atrás das colunas dos bustos familiares. Ambos de bronze, representando Eusébio e Joaquim, despertavam lembranças amargas. A exemplo deles, corria o risco de ser no futuro o terceiro de uma série que ameaçava nunca mais acabar.

Ao final do jogo, com a vitória do Brasil, um carnaval jamais visto em Trindade invadiu as ruas. Era tal a algazarra que Polidoro, já não podendo mais ficar a salvo na praça, buscou às pressas outro refúgio.

A aba do chapéu encobria seu rosto. Dirigiu-se de carro à antiga estação de trem. Para sua alma desconsolada, o prédio seria um presépio onde repousar.

A porta entreaberta fora forçada. Algum malfeitor ou vagabundo, à cata de abrigo, longe da polícia, chegara primeiro. Entrou com cautela. Temia Narciso de tocaia, descarregando o tambor do revólver contra ele. Ou Dodô, com uma faca de cozinha, cumprindo afinal a antiga promessa de cortar-lhe os bagos, tão insultantes à sua honra.

Ao cruzar a porta, sentiu o impacto de um objeto arremessado contra o peito. Como se Riche o agredisse de novo com o propósito de roubar-lhe Caetana. Não lhe adveio, contudo, uma dor aguda nem o sangue de uma ferida incauta.

— Saia do esconderijo, Narciso. Enfrente-me cara a cara, covarde! Temos contas a ajustar, disse, ao ver no chão a banana que o atingira.

O eco devolvia uma carga sonora quase épica, intensificando sua eloquência. Ansiava agora por retomar atitudes compatíveis com um varão belicoso. Capaz de enfrentar um inimigo sagaz, desafogando assim a angústia insone. Entendia nesse instante o sentido da guerra na vida dos povos, o empenho dos generais em engendrar conflitos, como meio de desafogar tensões e aliviar frustrações coletivas.

O amor, que era um ardil, abrandara-lhe a agressividade. O sentimento por Caetana suavizara suas maneiras. Reconhecia, ali no prédio cheirando a urina, que nos últimos anos Dodô tornara-se o homem da casa, o que dava à mulher motivos de queixas.

Narciso não queria enfrentá-lo. Escondia a própria sombra. Como um samurai, Polidoro girava em torno de si num círculo de diâmetro mínimo, sem oferecer as costas ao inimigo. Ouviu um ruído proveniente da plataforma. Narciso decidira-se pelo duelo.

— O que fazem vocês aqui? Polidoro espantou-se, sem atinar com a presença de Gioconda e das Três Graças.

— Quem chegou primeiro é que tem o direito de perguntar.

Diga-nos por que veio perturbar nossa solidão. Invadir nosso refúgio?

As mulheres, as mãos atadas entre si, arrastavam-se trôpegas. Cada qual temia perder-se do grupo. Vestiam-se ainda com as roupas do Íris, como que à espera do sinal de entrar novamente no palco. Na estação sentiam falta dos calafrios da noite passada e da voz da Callas, que começavam a apreciar.

— Onde estiveram nesta maldita noite? Entre as idas e vindas à fazenda, Polidoro não vira uma única luz acesa ao passar pela pensão.

— Fugimos do Íris diretamente para cá, informou Sebastiana, recém-desperta, limpando a remela dos olhos.

Palmira inquietou-se. Polidoro recordava-lhe Ernesto agora nos braços de Vivina. Aquele amor fugaz não durara uma semana.

— Pior do que isso é a fome, disse, meditativa, catando objetos no chão, até que encontrou as cinco pombas e os cotos das velas do bolo de aniversário sobre o prato de papelão.

— Se tivesse ao menos sobrado um pedaço daquele bolo! E contraiu o estômago ardendo de fome.

— Pena que as formigas comeram o andar inteiro que esquecemos de levar para casa, na pressa de visitar Caetana, lamentou Sebastiana, em direção à porta de entrada. Intuía que Virgílio, em permanente disputa com Ernesto pela amizade do fazendeiro, estava prestes a chegar.

— Se não fossem machos, até dava para desconfiar. Esses dois mais parecem as mulheres de Polidoro! reclamara ela, por coincidência, na longa madrugada.

O sono cerrava as pálpebras de Polidoro. Atirou-se ao banco. Ao lado, Gioconda pendia a cabeça numa atitude de desalento. No mesmo prédio, ainda antes do trem apitar na curva, começara a sonhar com Caetana, que lhe traria ilusões e esperança.

— Chegue para lá, disse Diana, deslocando Polidoro no banco, querendo sentar-se perto deles, necessitando também do calor dos corpos arriados.

Polidoro consolou-se em ficar emparedado entre as duas mulheres. Contava apenas com o cheiro dessas criaturas. Lembrou-se de Dodô. Não guardara de seu corpo qualquer memória. Esse pensamento sobressaltou-o em meio ao torpor. Pela primeira vez, em tantos anos, admitia que a natureza dela era igual à de Caetana, com os mesmos orifícios por onde ele exercera no passado a incontinente virilidade.

— Se ao menos Virgílio adivinhasse que estamos aqui! Sentiu uma garra no coração.

— Só assim saberíamos o que se passou no Íris, disse Sebastiana, confiante na realidade que o professor lhe ia filtrando. Dava-lhe ele seguidas provas de entranhado amor pela verdade, embora quase sempre os feitos posteriores negassem as versões de Virgílio.

— Você não estava lá para ver? Diana criticava sua submissão, a persistência em não aprender a ler. Com que resignação Sebastiana abraçava os homens, na crença quase religiosa de serem eles os únicos a assegurar-lhe o pão de cada dia!

— Eu estava olhando o público. Como ia saber o que ocorria lá dentro nos bastidores?

Sorriu, orgulhosa do correto manejo da palavra que melhor definia os corredores e os espaços comprimidos atrás do palco, por onde os artistas, sob a auréola do sofrimento e do êxtase, que, aliás, os deixava inseguros e instáveis, transitavam na iminência de entrarem em cena.

— Como sofri naquele palco, obrigada a abrir a boca para que um morto cantasse através de mim!

Nervosa, Sebastiana circulava em torno do banco. Sua aflição, cada vez mais manifesta enquanto falava, ia chegando a Gioconda, Diana e Polidoro só pela metade. Unicamente Palmira, longe do banco, podia vê-la por inteiro.

— Quem lhe disse que os mortos cantavam através de nós? É por essas e outras que prefiro ter o doutor Sabe-Tudo a nosso lado que deixar você falar, Diana espezinhou-a sem contemplação.

Sebastiana voltou-se resoluta para o banco e enfrentou-a.

— Pisei no palco e serei atriz até a morte. Mesmo que o espetáculo não tenha chegado ao fim. Tenho vaidade dessa profissão!

— Adeus à arte. Não passamos agora de putas, disse Diana em tom acre, com as unhas à mostra.

Cada minuto acentuava em Polidoro e Gioconda o cansaço da interminável noite insone. Devagar, iam encostando a cabeça no ombro um do outro. O amparo mútuo dava-lhes a sensação, ajudada pela modorra, de estarem no sofá de suas casas. A doce ilusão de que o lar, pelas comodidades que oferecia, não era afinal um projeto tão impossível ou condenado para sempre.

Palmira acordou Gioconda, esquecida da cabeça de Polidoro, que sofria os abalos de suas sacudidelas.

— Elas ainda vão se matar, Gioconda.

— Deixe-me em paz. Não basta o que já passou? Gioconda despertou de sua letargia com a boca amarga.

Palmira se pôs a recolher as pombas e os cotos das velas para dentro da bolsa. Desde que saíra do Íris, voltara a horrorizar-se com qualquer forma de desperdício.

— Quero a verdade, disse, em meio ao lixo.

— Que verdade? A de que fracassamos? Querendo levantar-se, Gioconda empurrou Polidoro. Privado do equilíbrio que a cabeça da mulher lhe oferecia, tombou sobre ela.

— Acorde, Polidoro! Ela recobrava o ânimo.

Expulso do ninho, Polidoro assustou-se. A cada crepúsculo, a vida chegara-lhe sempre por meio do calor da mulher, uma fonte de água que fervia, onde se banhava a cada sonho. Sem saber que passo dar, esforçou-se em observar em torno detalhes que lhe passavam despercebidos. Urgia que no futuro, nas horas de ócio, reabilitasse certos fatos que hoje pareciam tão obscuros.

— Aposto que Virgílio vai aparecer, disse Sebastiana. Já não conseguia viver sem o professor. Graças a ele a vida podia sorrir-lhe de repente. Especialmente quando ele a recheava com histórias que Sebastiana aceitava ter vivido só porque nasciam de sua boca. Histórias tão brilhantes como dias de sol. Quase equivaliam a uma viagem ao Rio de Janeiro.

Em meio ao alvoroço, Virgílio apareceu.

— Adivinhei que me queriam ver.

Ele, que zelava pela aparência, jamais esquecendo o lenço limpo que enfeitava o bolso externo do paletó, sempre pronto para secar as lágrimas de alguma dama chorosa, impressionou os presentes com tanto desleixo.

— Onde esteve que chegou tão atrasado? impacientou-se Polidoro.

— Por aí, perseguido pelos fantasmas e pelas luzes do teatro que ainda ofuscam minha vista. Como fui o último a sair, apaguei os focos, deixando o teatro às escuras. Com que dor desliguei as luzes que iluminavam um espetáculo tão imponente.

— Como sabia que estávamos aqui? Diana reagiu à presença que monopolizava a atenção de todos.

— Para onde iríamos, se nos falta coragem de voltar para casa!

— Ernesto também anda solto por aí? Palmira já não queria ouvir as exigências daquele amor. Para ela o sentimento esgotara-se no Íris. Só esperava que o farmacêutico fosse discreto e não ressuscitasse tais lembranças.

— Se ao menos eu entendesse o que se passou! Virgílio assoou o nariz, prestes a resfriar-se. Arrumou os cabelos com os dedos, tentando melhorar o aspecto. Envergonhava-se de que as provas de seu desleixo e de sua desilusão se imprimissem para sempre nas retinas dos amigos.

A declaração melancólica mas genuína desconcertou o grupo. Pela primeira vez o professor admitia desconhecer uma realidade de que fora testemunha. Renunciava à sua habilidade de improvisar explicações para uma história recente, que todos traziam à flor da pele. Sequer sobrava ânimo a Virgílio para justificar as estrepolias do presente com algum fato do passado, como era de seu feitio.

Nessa emergência, Polidoro assumiu a função do professor. Mediante exaustivos apertos na testa suada, onde se grudavam alguns fios de cabelo sob forma de caracol, ele forçava a memória.

— Tudo começou um pouco antes de terminar o primeiro ato. Eu estava na primeira fila. Tão comovido que não me passou pela cabeça que Narciso, levado por um impulso insano, fosse usar a porta dos fundos para silenciar Balinho com um ato criminoso.

— Por que iria ele liquidar Balinho? Melhor seria raptar Caetana no final da ópera, quando estivesse agradecendo os aplausos. Já pensaram na repercussão, se ele sumisse com Caetana? Logo a primeira dama da companhia! Com a agravante de que ela usava a voz de uma estrela que vale uma fortuna em dólar! Virgílio ponderou, propenso a aparar a fantasia do fazendeiro.

— Então quem foi o culpado? Diana fazia gestos com menção de sair do prédio, em busca de sua cama, sem nenhum homem que lhe montasse as ancas.

— Qualquer um de nós, disse Palmira, instaurando a dúvida nos corações azinhavrados e orgulhosos.

De volta às suas lembranças, Polidoro não lhes deu importância.

— Só sei que, de repente, apesar de Caetana mexer com os lábios, não se ouvia a voz da grega nem a orquestra.

No início, Caetana não notou. Mas, quando se viu desacompanhada, pareceu não acreditar. Arregalou os olhos, esquecendo-se de fechar a boca. Os outros, notando-lhe o estado, imobilizaram-se também, menos Ernesto que, sob o enlevo do amor, dava provas vivas de paixão por Violeta, sem perceber que a vitrola de tio Vespasiano cessara de enviar a música imprescindível à cena.

Gioconda, no papel de Flora, advertiu Ernesto. Puxou-lhe os trapos do casaco que fazia as vezes de fraque. Estava desesperada com a vaidade do farmacêutico. Ele não cedia às evidências. Gioconda, então, agarrou-se a Caetana. Tinha esperança de que Balinho, apenas provisoriamente privado dos sentidos, voltasse a enviar a música. No abraço, que se prolongou por uns dois minutos, Gioconda sussurrou-lhe algumas palavras ao ouvido. Com um safanão Caetana desprendeu-se dela, como que ferida por uma verdade intolerável. E ouviu os assovios. O público afinal percebera a fraude. Caetana, em vez de cantar, tomara emprestada uma voz originada atrás do palco. A atriz contraiu-se. Era imperdoável o comportamento mesquinho dos amigos de Polidoro. Humilhada, saiu às pressas de cena, só não caindo do alto dos coturnos graças a Ernesto que, ao ver-se privado da fogosa amante, reclamava sua volta ao palco, onde o amor, por ele representado, aguardava-a. De forma alguma seguiria amando sem a presença do objeto de sua paixão.

— Volte, Violeta, volte! O que será deste pequeno nobre de França sem você!

Convicto de que dizia uma verdade de fácil assimilação pelo público, Ernesto agarrou-a pelo braço. Caetana debateu-se contra a intrusão. Já quase tropeçava, quando, com grande esforço, Ernesto manteve-a de pé, proeza que ele praticou sobretudo por saber-se alvo dos olhares masculinos que, invejando-lhe o amor insano, torciam por seu fracasso. Ajudou-a, pois, a sair do palco com a mesma dignidade com que entrara.

Longe, no entanto, do público, Ernesto, que tinha uma família para manter, devendo precaver-se contra enfartes e luxações no braço, largou-a de supetão, sem qualquer piedade. Apoiado numa coluna, no afã de se recuperar, não viu mais Caetana. Apenas lembrava-se de que Danilo, prestes a encarnar o papel de pai zeloso no ato seguinte, foi em seu encalço. O Príncipe mostrava os caninos, disposto à desforra.

— Não foi nada disso. Isso não passa de uma deslavada mentira!

Gioconda interrompeu, intempestiva, a sórdida versão. Atribuíam-lhe um desempenho ingrato e capcioso. O que sopraria ela ao ouvido de Caetana que a atriz já não soubesse? Em outras oportunidades lograra abrir-lhe o peito, tão necessitado de irrigação. Tinha, portanto, reparos a fazer. Não fora Ernesto que levara Caetana até a coxia. Fora ela que, notando o apuro da atriz, praticamente cega pelas lágrimas, enxergando à frente apenas valas, penhascos e precipícios, tomara enérgicas providências.

— Ernesto quis tirá-la de mim. Mas o que sabe ele das mulheres? Ir para a cama com elas não lhe concede autoridade para debater sobre sentimentos instáveis e desesperados.

Ela mergulhava fundo na memória. A viagem doía-lhe.

— Na saída, talvez Caetana quisesse me agradecer. Confessar, quem sabe, que tudo lhe ardia. Estávamos cercadas de sombras. Faltavam os focos de Virgílio, iluminando seu rosto. Mesmo na penumbra, a mirada de Caetana era tão intensa que temi seu percurso. Cruzou a mim e a parede atrás de mim para retornar a ela mesma.

— Não há se ser nada, Gioconda. Fui outra vez vencida. Só que agora não tenho tio Vespasiano para me consolar, Caetana disse, sabendo de antemão que eu memorizava suas palavras com fervor. Não podendo esconder meu desespero, tinha ganas de me vingar de quem aniquilara as últimas ilusões dela.

Caetana ergueu o queixo. Não parecia estar ali. Havia muita estrada pela frente. Voltava a engolir pó, aipim frito, farofa, lascas de toucinho e de carne-seca. Cada gesto seu era de rainha destronada, cercada de traidores que a odiavam, mas não lhe podiam extorquir o título nem a dignidade. Exigiam que ela saísse do país, sob pena, se ficasse, de ser encarcerada numa torre sem escadas.

Caetana enrolou-se na capa que trouxera do palco. Com ela escondeu o rosto, só os olhos à mostra. O vermelho do veludo reverberava.

— A vida é que nos traiu! Ninguém nos trai sozinho. Os homens são meros instrumentos do destino. Além do mais, ainda temos na boca o gosto da carne crua. Mal deixamos a vida das cavernas, Gioconda. É este o seu nome ainda, não é?

— Forçou um sorriso, continuou Gioconda. — Preparava-se para me deixar sozinha. Eu não sabia o que fazer, dividida entre ela e as Três Graças. Avancei em sua direção.

Sebastiana, interrompendo o relato, abraçou-a, compungida. Não suportava a solidão. Tinha a impressão de estar despedindo-se para sempre de Gioconda e de Virgílio. Nunca mais voltaria a vê-los depois que tomassem o trem.

— Já sei o que você lhe disse. Sebastiana parecia soluçar.

— O que pode ter dito Gioconda? indagou Palmira, indefesa e frágil ante o mundo das palavras. Apegava-se a Sebastiana como se viesse dela o sentimento de segurança de que tanto necessitava. De novo, a pobreza aterrorizava-a.

— Claro que Gioconda lhe ofereceu nossa casa. Disse-lhe, venha para a pensão. Farei um jantar para nós. Estamos famintas de sal e de amor. Enquanto eu estiver na cozinha com as panelas, as Três Graças cuidarão de você. Depois, poremos você na cama. E nunca mais voltará a sentir frio. Não foi o que lhe disse, Gioconda?

Sebastiana começara a chorar, comovida com a miséria que já lhes batia à porta. Os anos de esplendor haviam-se esgotado. Segurou a mão de Palmira para que envelhecessem juntas. O medo não devia medrar entre elas.

Gioconda sentia-se cansada. Sem ânimo de prosseguir. Polidoro desinteressara-se dela. Exigia que Virgílio falasse. O professor relutava. Embaraçado, encontrava-se como os demais sob o signo da paixão e do ódio entrelaçados.

— De que ódio está falando? Tal desconfiança afetava Polidoro. Como se o professor promovesse sentimentos inferiores, apenas para compará-los aos inimigos.

— Só me lembro de que, mal refeito do susto, esqueci de desviar os focos de luz do palco. Sob o impacto do brilho intenso, os personagens assemelhavam-se a mariposas, a bichos alados, prisioneiros de uma rede cintilante. Ao mesmo tempo, quando os vi com tanto medo, senti-me como um inglês na Índia. Depois de encurralá-los num desfiladeiro sem saída, eu propunha uma rendição em que lhes seria poupada a vida em troca de renunciarem à sua religião.

No palco, porém, todos rebelaram-se.

— Apague a luz depressa, Virgílio. Tire-nos deste maldito palco, por favor! Envergonhados, só deixariam o estrado protegidos pela escuridão.

Imediatamente Virgílio mergulhou o teatro em breu. Só deixou acesa a luz da escada que dava para a plateia. Para quem quisesse fugir, era o caminho ideal.

O Íris esvaziara-se em poucos minutos. Todos tinham pressa de chegar em casa e esquecer o fiasco. Não queriam testemunhar as cenas constrangedoras.

Polidoro indignou-se com a debandada. Alteou a voz para ser ouvido.

— Isto aqui não é curral. Nem um pasto para o estouro da boiada. Comportem-se como homens de bem, ou vão se haver comigo.

Em silêncio, agora buscavam a saída. Pesava-lhes, proveniente da impostura, uma ameaça de ordem quase espiritual. O malogro podia também atingi-los um dia.

Às apalpadelas, Virgílio chegou aos bastidores. As Três Graças repreendiam Gioconda, não fosse ela atrás de Caetana. Gioconda jurara jamais deixá-las ao desabrigo, sobretudo agora que a velhice, célere, ameaçava chegar.

— Onde está Balinho? Vá buscá-lo, Ernesto, disse Gioconda.

Ernesto recusou-se. Estava de saída. Vivina procurava-o pelas ruas de Trindade. Não podia sacrificar a vida da mulher nessa noite de trovões e tempestades.

Inquieta com o destino do jovem, Gioconda recorreu a Virgílio. Algum acidente decerto ocorrera. Era a única explicação para o silêncio de uma vitrola que ele dispunha-se a defender com a própria vida. Onde quer que estivesse agora, Balinho sentia-se compungido. Responsável, quem sabe, pelo desastre.

Ao lado de Sebastiana, Virgílio inspecionou num relance as paredes mofadas do prédio da estação.

— Aceitei hesitante a incumbência. Temia surpreender Balinho no outro lado do palco num ato de natureza duvidosa. Suspeitei que, solapado por sentimentos inesperados, vindos todos de fora com o propósito de lhe estrangular a alma, não pudera opor a eles qualquer resistência. Apesar de sua inocência, dera guarida aos vilões, emprestara-lhes a alma.

Por meio de suspiros repartidos com a fiel Sebastiana, Virgílio reforçava a misericórdia que lhe despertava o destino alheio.

— Pobre alma humana! Apesar de honesta e esforçada, sempre resvala no limo das pedras.

Diana não suportava mais o professor. Além de ingrato, de jamais lhe fazer afagos no Natal, nem levar-lhe um único presente, explorava a dócil Sebastiana.

— Você teve foi medo de ir até a vitrola, disse ela abanando-se com as folhas retorcidas de um jornal com uma data de 1963 no cabeçalho.

— Nunca fui covarde! Aponte-me uma só vez em que fugi da tribuna ou dos alunos que ameaçavam lapidar-me com cascalhos!

Reagiu à agressão. De fato nunca matara um homem, mas não era preciso passar por tal prova para mostrar valentia. Nem provocar guerras dispendiosas com o intuito de implantar noções rudimentares de patriotismo.

— Teve medo sim. Ofereci-me para ir junto, já que Ernesto, um covarde, correu para os braços de ferro de Vivina.

Fiel ao amigo de infância, Polidoro quis sustar o libelo contra Ernesto.

— E nosso grego onde estava? Procurou desviar a atenção para um personagem de provável escopo heroico.

— Não me interrompa, Polidoro, disse Diana, sentindo-se ultrajada.

Surpreendentemente ele aceitou a reprimenda. Como se lhe fizesse bem conhecer a humildade de perto.

Como atriz, as atitudes de Diana eram soberbas, em rigoroso contraste com as paredes mofadas do prédio.

— Fui buscar a vela e a caixa de fósforos tateando no escuro. Ernesto e Palmira escondiam esse material debaixo da escada do segundo andar. O recanto que se tornara o ninho de amor deles.

A tênue luz da vela guiou-a ao local da vitrola. Diana fazia barulho com os sapatos, querendo avisar Balinho de sua chegada. Mas ele não se encontrava ali. Fora sequestrado ou sumira simplesmente, cansado do teatro. A vida no Íris, onde as fantasias afloravam com inaudita violência, punha em evidência sentimentos que iam do amor à inveja, passando pelo despeito, a amargura, o ressentimento. Talvez ele tivesse urgência de viver com recursos próprios, abandonando a sombra de Caetana, que o asfixiava.

Também a vitrola desaparecera. Sobre a mesa havia apenas discos quebrados.

— Que discos eram? Gioconda parecia apreensiva.

— Os discos da ópera que representávamos.

— Quer dizer que Balinho quebrou os discos antes de desaparecer? Sebastiana espantou-se.

Virgílio rejeitou tal versão.

— Isso não foi obra dele. Por que agiria contra os interesses de sua dona?

O comentário maldoso do professor, que reduzia Balinho a um animal doméstico com coleira, regozijou Polidoro. Não estimava o jovem. Por causa dele não conseguira beijar Caetana, nem levá-la para a cama.

— Balinho tinha motivos para traí-la. Jamais aceitaria que Caetana ficasse comigo em Trindade. Sobretudo depois de seu triunfo, propiciado por mim, disse Polidoro convicto.

Com um gesto, Gioconda conteve o delírio mental. A loucura disseminara-se pelo prédio abandonado. Como se os fantasmas, grudados às paredes à espera do trem que um dia passaria por ali para levá-los, falassem de fatos que não haviam presenciado. As contradições acumulavam-se. De sua parte, só podia atestar que, após o retorno de Diana, surgira Venieris, cabisbaixo.

— É alguma dor nova? Sofria pelo pintor que lhe dizia palavras incompreensíveis, talvez em grego, como se só assim ele se reconfortasse.

Venieris não conseguia perdoar que Virgílio, sem consultá-lo, tivesse mergulhado o teatro na escuridão. Ninguém mais podia apreciar os cenários confeccionados com o deliberado propósito de conferir uma estética singular ao velho Íris. Como se não lhe bastasse tragar semelhante desgosto, adveio-lhe outro mais grave ainda. Arrastado pelos homens que evacuavam a sala como uma manada de búfalos, encontrou-se na rua. Em meio a carros que fugiam bispados ameaçando sua vida, descobriu que certa mão criminosa, sem dúvida a soldo de alguém, providenciara a retirada dos telões onde ele pintara a falsa fachada do teatro.

— Foi o último golpe de misericórdia em nosso sonho, disse Venieris, penalizado. — Não nos resta uma única lembrança. Ainda que quisesse fazer de novo aquelas pinturas, não conseguiria. Só me cabe agora ir para a Grécia e pintar lá um teatro de verdade. É o único jeito de ser feliz outra vez.

Chegou a gritar por socorro ante a evidência do roubo. Francisco, acompanhado por Mágico, bateu-lhe às costas.

— Que pena. Era tão bonito! E pediu licença para sair. O bar do Palace estaria apinhado de fregueses.

— Consolei Venieris e perguntei se havia visto Balinho, levado pelos sequestradores, esclareceu Gioconda, apoiada no banco da estação.

— Ninguém me disse nada! Venieris respondeu, atento apenas ao roubo de suas pinturas.

Enquanto Gioconda relatava a história, revivia a pressa com que bateram à porta do camarim de Caetana. Embora ela não respondesse, insistiram. Virgílio quis arrombar a porta.

— Se contássemos ao menos com Danilo! disse Palmira, saudosa de um corpo opulento, após conviver naqueles dias com um homem tão franzino quanto Ernesto.

— Gire a maçaneta. Vai ver que ela não se trancou.

O professor abriu a porta com delicadeza. Temia a reação de Caetana, magoada com o sucedido. Gioconda, porém, tomou a dianteira, disposta afinal a mergulhar no desatino.

Caetana eclipsara-se do camarim. Enquanto discutiam, ela levara consigo as roupas e as joias falsas. O toucador estava nu.

Palmira sentou-se no banco ao lado de Polidoro. Condoía-a a figura patética dele, repetindo a mesma frase sem parar:

— Eles fugiram de novo. Como há vinte anos.

— Onde você esteve esse tempo todo, desde que deixou o Íris? Desconfiada, Gioconda interrompeu-lhe o tom salmódico. Também Polidoro tinha motivos para cometer um ato indigno. O fracasso deixaria Caetana à mercê de sua compaixão e de sua fortuna.

— Não me obrigue a falar, por favor, respondeu com voz débil e rouca.

— Para onde iria Caetana sem dinheiro e sem futuro senão para os braços de Polidoro? Gioconda acirrou a discussão sem controlar a ira.

Virgílio se opôs à intriga.

— Caetana se mataria antes de depender da caridade de Polidoro.

O fazendeiro livrou-se de Palmira, que segurava sua mão.

— Não seria caridade, mas amor! A voz tonitruante era um indício de que se recuperava. Debatia-se furioso. O que sabiam, afinal, de seu desespero no Íris, quando de sua cadeira percebeu que a fumaça do sonho fundia-se com a névoa da luz enfocada por Virgílio. Durante longo tempo não se moveu. Acompanhou os protestos doloridos de Venieris, sua arte desprestigiada por causa de um sórdido jogo de intrigas. Que pátria lhe restava após ter descoberto os imperativos da arte? Viu quando Ernesto, fugindo de Palmira, tropeçou na escada do palco, na pressa de voltar para casa. Passou por ele e fingiu não notá-lo. Sozinho ali, aproximou-se do palco. Ouviu os gritos das Três Graças atrás da cortina. E constatou a decepção do grupo ao abrir a porta do camarim, ninguém sabendo de Caetana. Foi então que decidiu enfrentar Dodô. Mas ela não estava em casa. Ele apanhou a espingarda de caça com que percorria as fazendas. Correu para a delegacia. O prédio, com uma única lâmpada acesa, parecia vazio. O cabo de serviço recebeu-o.

— Dr. Narciso viajou para o Rio de Janeiro há coisa de uma hora. Queria estar com a família em frente à televisão, para comemorar o triunfo do Brasil na Copa.

Ofereceu-lhe um café frio e açucarado. Sentia não poder atendê-lo. Não contasse com o delegado nos próximos dias. Quando voltasse, permaneceria em Trindade apenas o tempo de entregar o cargo. Finalmente fora designado para servir num subúrbio do Rio de Janeiro. Um prêmio pelos serviços funcionais. Com um olhar cúmplice, insinuou conhecer o favor prestado a Narciso. Era a Polidoro e a dona Dodô que o delegado ficaria devendo sua transferência e a promoção.

— Tentei esconder a verdade! Polidoro cobria o rosto com as mãos. — Sofro de pensar que Dodô é a culpada.

Polidoro tremia de frio. O mesmo frio que sentira ao subir de madrugada até o quinto andar do Palace, na esperança de ainda encontrar Caetana. Não saberia o que dizer. Deu com a porta escancarada. As gavetas abertas, vazias, papéis soltos no chão. A mudança fora feita em pouco tempo. Eles tinham prática de arrumar e esvaziar malas. Na parede haviam deixado apenas o retrato da cantora grega. Vestida de negro, pendia do pescoço da estrangeira a cruz ortodoxa.

Ao ver a cantora, atirou-se na cama, soluçando. O cheiro de Caetana e um remoto calor desprendiam-se dos lençóis. Desesperado, acomodou o sexo contra o colchão. Espremia-o como se a penetrasse. Envergonhou-se, porém, e não concluiu o ato. Sentia que amava um cadáver que mandara desenterrar só para seu prazer.

— Como saíram eles daqui com a bagagem? perguntou a Mágico que dormia no sofá.

Mágico custou a acordar. Estremunhado, sonolento, pediu desculpas.

— Embarcaram no mesmo caminhão que os trouxe. Danilo foi buscar o homem, que bebia no botequim da esquina. Por coincidência, estava quase partindo.

— E Caetana? Temeu um quadro dramático, que Mágico fincasse um cravo em seu peito.

— Agia como se nada tivesse acontecido. Os gestos pareciam de teatro. Talvez exagerasse na voz quando dava ordens, pedindo pressa.

Mágico concentrou-se na tentativa de pinçar alguma lembrança do interesse de Polidoro.

— Ah, sim, me olhou como sempre, com pouco-caso. Mandou também apagar as luzes do lustre. Não queria que se incomodasse o gato, que ronronava em seu colo. Ela observava o salão. Um olhar metálico. Sabe o que falou?

— Diga ao povo de Trindade que volto daqui a vinte anos. Se estiver viva e vocês também. Espero então trazer minha velhice e as últimas ilusões. Para uma cidade que sonha apenas com vacas, valerá a pena esperar por mim.

— Subiu à boleia do caminhão com a roupa que chegou do Íris. A capa e a tiara na cabeça. Balinho ajudou-a, acomodando-se a seu lado.

O relato esgotara Polidoro.

— Ela prometeu voltar um dia, concluiu.

Gioconda tinha os olhos postos no horizonte. Faltava à sua frente a perspectiva de uma avenida enfeitada com árvores frondosas em que pousar a vista.

— Não será fácil aguardar mais vinte anos!

— A sorte é que muitos de nós não estaremos vivos, disse Virgílio, aparentemente conformado com esse desfecho.

Ouviam as bombas e os alaridos pelos festejos do tricampeonato.

— De quanto ganhamos? Sem pressa, Polidoro regressava à vida.

Diana sentia-se aliviada com a possibilidade de voltar logo para casa.

— Se tivéssemos um mapa, saberíamos para onde Caetana foi, disse Virgílio. Ao lado, Sebastiana estimulava-o a falar do Brasil.

— O Brasil é grande demais, Sebastiana. Por isso ele nos condena à solidão, disse Gioconda, sentando-se junto de Polidoro.

De repente, o fazendeiro foi tomado de estranha emoção. A um sinal seu, encaminharam-se para a plataforma, na esperança de que o trem surgisse na curva.

— Quando ela chegará? Palmira não sabia que direção costumava tomar o trem para a felicidade. Pela direita ou pela esquerda?

— Você não ouviu? Daqui a vinte anos!

Polidoro tinha os olhos presos aos trilhos sujos. Estava certo de que também as ilusões descarrilhavam, mutilando os viajantes que inadvertidamente haviam embarcado no sonho impossível.

— Caetana! gritou ele, as mãos em concha, em direção ao sul, que era o rumo do vento.

— Estou aqui, respondeu Gioconda.

Polidoro ofereceu-lhe o braço. Era hora de deixarem a estação. As Três Graças e Virgílio seguiam à frente. Gioconda, a cada passo ao lado de Polidoro, agia com a postura que finalmente roubara de Caetana.

Barcelona, 10 de agosto de 1987

Este livro foi composto na tipologia Caslon 224BK BT,
em corpo 10/14, e impresso em papel off-set 90g/m²,
no Sistema Digital Instant Duplex da Divisão
Gráfica da Distribuidora Record.